Oriana Fallaci

Il coraggio che ci serve

La Rabbia e l'Orgoglio
La Forza della Ragione

Proprietà letteraria riservata
© 2016 Rizzoli Libri S.p.A. / BUR Rizzoli

ISBN 978-88-17-09162-6

Prima edizione Best BUR settembre 2016

Realizzazione editoriale: Compos 90 / Milano

Seguici su:

Twitter: @RizzoliLibri   www.bur.eu   Facebook: /RizzoliLibri

Il coraggio che ci serve

La Rabbia e l'Orgoglio

Prefazione
di Ferruccio de Bortoli

Devo essere sincero. Non so se Oriana avrebbe gradito questa mia prefazione. Il nostro è stato un rapporto intenso, tempestoso. Interrotto più volte. E mai ripreso prima della sua morte, purtroppo. Avrei voluto esserle vicino. Non è stato possibile. La colpa credo sia mia. E dunque, queste poche e insignificanti righe cominciano con una confessione maturata in otto lunghi anni. Oriana andava difesa di più. Il suo direttore, si fa per dire, il sottoscritto, ebbe il piccolo merito di convincerla a scrivere, dopo l'Undici Settembre e un silenzio decennale, ma il grande torto di seguire poi le maledette regole del politicamente corretto. «L'Italia si divide nel nome di Oriana» titolammo il giorno dopo la pubblicazione del suo articolo. Un titolo corretto, ma freddo, distaccato. Con *La Rabbia e l'Orgoglio*, l'Italia venne investita da un ciclone di sentimenti. Un pugno nello stomaco alle sue viltà. Si divise, certo. Ma fu abbracciata all'improvviso da uno straordinario atto d'amore che in qualche modo la rese più unita, più consapevole della propria identità. Oriana colpì al cuore, facendo pensare, scuotendolo, anche chi non condivideva nulla del suo pensiero. Persino chi lo trovava, sbagliando, un po' razzista. Scrisse bene Giuliano Zincone, il 17 ottobre del 2001, sul «Corriere»: «Oriana ha sbriciolato il pigolio del buonsenso, le cautele ecumeniche, afferran-

9

do il nuovo spirito del tempo. Non conta la correttezza dei suoi argomenti, ma la forza con la quale mi costringe a riflettere».

Uno scrittore, un grande scrittore, crea emozioni, scopre gli angoli più remoti della nostra coscienza, muove le passioni. Oriana in quel settembre di sangue, con l'America ferita dal terrorismo e il mondo impaurito, ci prese a schiaffi, ci spinse contro un muro, insultandoci, ma risvegliò il nostro orgoglio sopito con l'affetto profondo che solo una madre, lei che non lo era, può avere nei confronti dei suoi figli. Ecco, Oriana è stata la nostra Madre Coraggio. «I profeti – ha scritto Fiamma Nirenstein in una bella recensione al libro – vedono tutto ciò che è proibito vedere e il dono del cielo che ricevono è poterlo ammantare di poesia. Così è il testo di Oriana Fallaci: veritiero, poetico e disperato.» «Un calcio violentissimo sferrato contro il castello delle nostre ipocrisie» commentò Angelo Panebianco. Oriana, prima di pubblicare *La Rabbia e l'Orgoglio*, l'aveva definito, al telefono con Howard B. Gotlieb, il gestore del suo fondo di scritti all'Università di Boston, un sermone. «Call it a sermon» gli aveva urlato.

Quell'Undici Settembre non fui io a chiamare lei. Non lo feci per una sorta di timidezza. Lei detestava sentirsi chiedere un articolo. «Voi direttori, siete tutti uguali, alla fine volete solo quello, vi conosco...» Ci avevo provato tante volte. Senza il minimo risultato. La misura dell'articolo era qualcosa che aveva finito per sembrarle persino insultante. Chiamò lei. E parlammo a lungo. Descriveva l'orrore di quei corpi che cadevano dalle torri, la sensazione spettrale di una New York svuotata e percorsa solo dai mezzi di soccorso. Mi colpì perché parlava dell'odore che si respirava anche lì da lei, sulla 61esima, fra la Seconda e la Terza. Un odore di morte.

«Potremmo fare un'intervista, Oriana, che ne dici?» Si fece convincere. «Ma la devi fare tu, d'accordo?» «Va bene.» «Prendi il primo aereo e vieni.» Attesi la riapertura dei collegamenti fra l'Europa e gli Stati Uniti e salii sul primo aereo fra Milano e New York. Era il 15 settembre. I passeggeri sembravano muti. Solo sguardi straniti, tentativi goffi di apparire normali. Un viaggio surreale. Arrivato a New York, feci un salto in albergo. Il Waldorf Astoria era deserto; il personale incollato ai televisori continuava a guardare le immagini della tragedia; gli aerei che entravano nei grattacieli, come lame nella carne viva di una città, di un popolo. Poche auto. Lunghe file di taxi vuoti. Il tempo si era fermato.

Quando Oriana aprì la porta del suo appartamento, al numero 222 della 61esima, ricominciai a respirare, nonostante l'ambiente fosse chiuso, l'aria viziata, le finestre sempre serrate. Cataste di libri, un disordine insopportabile ma affascinante. Lei cordiale e persino affettuosa. La sigaretta sempre accesa. L'intervista? Non cominciò neppure perché era già stata fatta. L'aveva già scritta lei, domande comprese. E cominciò subito a leggerla davanti a me. Le piaceva farlo, le piaceva ascoltarsi. E subito dopo apparire insoddisfatta di quello che aveva scritto. Una specie di gioco, con un pizzico di vanità. Come se si guardasse allo specchio. La voce dava corpo ai sentimenti. Era tutt'uno con le parole. Come nella *Lettera a un bambino mai nato*, che forse le era piaciuto più leggere, e incidere, che scrivere.

«Benissimo, Oriana, ma sei tu che intervisti te stessa (poi l'avrebbe fatto). Io non c'entro nulla, ogni mia parola rovinerebbe tutto. Devi fare una cosa tua, con la tua firma.» «Ci risiamo, tu vuoi l'articolo, lo so, non te ne frega niente di tutto il resto.» L'umore era cambiato di colpo, la voce ancora più roca e tagliente. Si alzò dal divano e se ne andò in cucina. Ricordo che restò in silenzio per qualche minuto. Interminabile. Pensai: adesso mi caccia via.

Si era fatto tardi. «Mangiamo qualcosa?» disse lei. «Possiamo andare da qualche parte.» «No, ho delle aragoste in frigorifero, mancherebbe lo champagne.» Uscii, in una New York ancora più deserta e lunare, e andai a comprare una bottiglia di Cristal, il suo champagne preferito. Mi vergognavo un po'. Lo sguardo del rivenditore era di condanna. Che cosa avrà da festeggiare questo qui? Boh. Non riflettemmo un attimo sull'inopportunità di un menù, diciamo così, spensierato. Si cominciò a parlare d'altro. Della sua vita, della mia. Di come era uscito il giornale del dodici settembre, del mio editoriale che le era piaciuto solo per il titolo, diventato poi famoso («Siamo tutti americani»), ma non per il contenuto. Lei avrebbe fatto ben altro. «Si vede che non hai le palle, non vi sporcate mai le mani, state troppo in ufficio...» Dall'esterno, a un certo punto, cominciarono ad arrivare delle voci concitate. Oriana si alzò di scatto. «Sono i soliti bastardi...» Ce l'aveva con gli avventori di un locale notturno vicino. Ma soprattutto con gli autisti che aspettavano in strada. Molti dei quali di origine araba. Rovesciò un po' di epiteti, ma le impedii di andare alla finestra. «Oriana... e poi dici che sei costretta a barricarti in casa...»

Si fece tardi, molto tardi. Io ero distrutto. Lei sprizzava energia, la voglia repressa di uscire di casa, di andare a Ground Zero. Di tornare in prima linea, come quando era più giovane. Ma non si poteva, ed era del tutto inutile avvicinarsi. «Ci vediamo, domani?» «Sì, domani, ma pensaci, inutile fare un'intervista. Scrivi tutto tu. Io farò un box a parte, in cui spiegherò come si è arrivati alla tua decisione di rompere il silenzio. Non vuoi un articolo? Scrivi una lettera. Scrivila a me, ti va?» «Ci penso stanotte, a domani, ora sono un po' stanca.» Non lo sembrava affatto, nonostante la tosse, i segni di una malattia con la quale lottava, ignorandola, in ogni minuto di un'esistenza solitaria. Oriana aveva sempre un fronte sul quale stare, questo era il più pericoloso e maligno.

La mattina dopo la raggiunsi un po' sul tardi. Le portai dei fiori. Che lei prese, aprendomi la porta, con distrazione e senso di fastidio. Bevemmo un caffè e parlammo di tante cose. Io non avevo il coraggio di tornare sull'argomento della sera prima, l'articolo o la lettera. E, dunque, aspettai che lo facesse lei. Passò del tempo. Lunghissimo. Poi Oriana mi chiese se avevo pensato a come presentare la sua cosa. La cosa, generica. «In prima pagina, di spalla, e poi dentro, con l'impaginazione e le foto che decidi tu.» Lei non rispose e andò subito a rovistare fra tante sue immagini. Quella che le piaceva di più la ritraeva in macchina, la portiera aperta, le torri gemelle riflesse sul finestrino, un grande cappello e occhiali scuri. «Questa può andare.» «E il box l'hai scritto?» Aprii il computer e le mostrai quello che avevo messo giù in albergo. Con la tentazione di leggerlo ad alta voce. Come faceva lei. Ma rinunciai subito. E lei lo lesse con lo sguardo corrucciato, in silenzio. Come un esame. Fallito. Non le andava che facessi riferimento a *Penelope alla guerra* o a *Insciallah*. Le dava fastidio leggere un testo sul computer. «Insopportabile e anche scomodo.» «Guarda, Oriana, lasciamo perdere. Qualsiasi testo accanto al tuo apparirebbe inutile e stonato.» «Beh, se proprio insisti...» Oriana sapeva distillare il sapore delle proprie vittorie. Anche le più piccole. «Ma in prima come lo metti?» «Faremo un palchettone, a nove colonne (c'erano ancora), poi girerai all'interno in un inserto speciale. Sarà come un libro che si pubblica la prima volta su un quotidiano, va bene?» Lei fece sì con la testa, preoccupata di non sembrare mai soddisfatta. «E il titolo?» Qui la discussione si fece lunga. Si gettarono le parole sul tavolo, come in un improvvisato Shanghai. E lei le scartò una a una.

Alla fine io insistetti per «Il massacro e l'orgoglio». E lei sembrava convincersene, ma forse più per stanchezza. Poi accendendosi una delle tante sigarette di quella mattina, si alzò di scatto dalla poltrona e disse: «La rabbia...». Tutta quella che aveva dentro. *La Rabbia e l'Orgoglio*.

P.S. A Oriana non erano piaciute le risposte alla sua lettera da New York di Dacia Maraini e, soprattutto, di Tiziano Terzani. Tornassi indietro li ripubblicherei allo stesso modo, sfidando la sua ira. Erano due articoli contrari, ma scritti con impegno e passione. Gli interventi di due fiorentini come lei, ai quali replicò sul «Corriere» un altro fiorentino, Giovanni Sartori. Dando ragione a Oriana. Un quinto fiorentino, che non l'amava certo, era morto da poche settimane. Indro Montanelli le avrebbe reso omaggio. Da par suo. Ma ciò avrebbe inevitabilmente suscitato i sospetti di Oriana, diffidente verso gli elogi imprevisti, gli abbracci improvvisi. Lei, combattente irriducibile dal suo eremo americano, amava andare controcorrente. Ma da sola.

agosto 2009

LA RABBIA E L'ORGOGLIO

Ai morti dell'Undici Settembre,
ai miei genitori Edoardo e Tosca Fallaci
che mi insegnarono a dire la verità,
e a mio zio Bruno Fallaci
che mi insegnò a scriverla.

«Piangete, troiani, piangete! E datemi in prestito diecimila occhi, ché io li riempirò con le lacrime della profezia».

(Shakespeare, *Troilo e Cressida.*
Urlo di Cassandra)

AI LETTORI

Io avevo scelto il silenzio. Avevo scelto l'esilio. Perché in America, è giunta l'ora di gridarlo chiaro e tondo, io ci sto come un fuoriuscito. Ci vivo nell'auto-esilio politico che contemporaneamente a mio padre mi imposi molti anni fa. Ossia quando entrambi ci accorgemmo che vivere gomito a gomito con un'Italia i cui ideali giacevano nella spazzatura era diventato troppo difficile, troppo doloroso, e delusi offesi feriti tagliammo i ponti con la gran maggioranza dei nostri connazionali. Lui, ritirandosi su una remota collina del Chianti dove la politica alla quale aveva dedicato la sua vita di uomo integerrimo non arrivava. Io, vagando per il mondo e poi fermandomi a New York dove tra me e la politica di quei connazionali c'era l'Oceano Atlantico. Tale parallelismo può apparire paradossale: lo so. Ma quando l'esilio alberga in un'anima delusa offesa ferita, credimi, la collocazione geografica non conta. Quando ami il tuo paese (e a causa del tuo paese soffri) non v'è alcuna differenza tra fare il Cincinnato su una remota collina del Chianti assieme ai tuoi cani, i tuoi gatti, i tuoi polli, e fare lo scrittore in una metropoli affollata da milioni di abitanti. La solitudine è identica. Il senso di sconfitta, pure.

Del resto New York è sempre stata il Refugium Peccatorum dei fuoriusciti, degli esiliati. Nel 1850, dopo la caduta della Repubblica Romana e la morte di Anita e la fuga dall'Italia, ci venne anche Garibaldi: ricordi? Arrivò il 30 luglio da Liver-

21

pool, così arrabbiato che sbarcando disse subito voglio-chiedere-la-cittadinanza-americana, e per due mesi abitò a Manhattan in casa del livornese Giuseppe Pastacaldi cioè al numero 26 di Irving Place. (Indirizzo che conosco bene perché proprio lì, nel 1861, si sarebbe rifugiata la mia bisnonna Anastasìa a sua volta fuggita dall'Italia). In ottobre si trasferì a Staten Island cioè in casa del fiorentino Antonio Meucci (il futuro inventore del telefono) e, per sbarcare il lunario, a Staten Island aprì una fabbrica di salsicce che non ebbe successo. Infatti la trasformò in una fabbrica di candele e nell'osteria di Manhattan dove ogni sabato sera andava per giocare a carte, l'osteria Ventura in Fulton Street, una volta lasciò un biglietto che diceva: «Damn the sausages, bless the candles, God save Italy if he can. Maledette le salsicce, benedette le candele, Dio salvi l'Italia se può». E ancor prima di Garibaldi, senti chi ci venne. Nel 1833, Piero Maroncelli: il romagnolo che allo Spielberg era stato nella cella di Silvio Pellico, la stessa in cui gli austriaci gli avevano amputato da sveglio la gamba incancrenita, e che a New York morì nel 1846 di stenti e di nostalgia. Nel 1835, Federico Confalonieri: l'aristocratico milanese che gli austriaci avevan condannato a morte ma che sua moglie aveva salvato buttandosi ai piedi dell'imperatore d'Austria. Nel 1836, Felice Foresti: il ravennate al quale nel 1821 gli austriaci avevano commutato la pena di morte in vent'anni di Spielberg ma che quell'anno avevano scarcerato e che New York aveva accolto dandogli la cattedra di letteratura al Columbia College. Nel 1837, i dodici lombardi destinati alla forca ma all'ultimo momento graziati dagli austriaci che tutto sommato si comportavan meglio del Papa e dei Borboni. Nel 1838, il generale Giuseppe Avezzana che nel 1822 era stato condannato a morte in contumacia per aver partecipato ai primi moti costituzionali in Piemonte. Nel 1846, il mazziniano Secchi de Casali che a Manhattan fondò il giornale «L'Esule

Italiano». Nel 1849, il segretario dell'Assemblea costituente romana Quirico Filopanti...

Né è tutto. Perché dopo Garibaldi ne vennero molti altri. Nel 1858, ad esempio, lo storico Vincenzo Botta che per molti anni insegnò alla New York University con la qualifica di Professor Emeritus. E all'inizio della Guerra Civile, cioè il 28 maggio del 1861, proprio qui a New York si formarono le due unità di volontari italiani che la settimana successiva Lincoln avrebbe passato in rassegna a Washington. La Italian Legion che sulla bandiera americana portava un gran fiocco tricolore con la scritta «Vincere o Morire» e le Garibaldi Guards ossia il Thirtyninth New York Infantry Regiment che al posto della bandiera americana portava la bandiera italiana con la quale Garibaldi aveva combattuto nel 1848 in Lombardia e nel 1849 a Roma. Sì, le mitiche Garibaldi Guards. Il mitico Trentanovesimo Fanteria che nei quattro anni di guerra si distinse nelle battaglie più difficili e sanguinose: First Bull Run, Cross Keys, Gettysburg, North Anna, Bristoe Station, Po River, Mine Run, Spotsylvania, Wilderness, Cold Harbor, Strawberry Plain, Petersburg, Deep Bottom su su fino ad Appomattox. Se non ci credi, guarda l'obelisco che sta nel cimitero di Ridge cioè a Gettysburg e leggi la lapide che inneggia agli italiani morti il 2 luglio 1863 per recuperare i cannoni catturati dal generale Lee al Fifth Regiment US Artillery. «Passed away before life's noon / Who shall say they died too soon? / Ye who mourn, oh, cease from tears / Deeds like these outlast the years».

Quanto ai fuoriusciti che a New York trovarono asilo durante il fascismo, non si contano. E spesso si tratta di uomini che da bambina ho conosciuto perché erano compagni di mio padre cioè appartenenti a Giustizia e Libertà: il movimento fondato negli Anni Trenta da Carlo e Nello Rosselli. I due fratelli assassinati in Francia per ordine di Mussolini. Nel 1924 ci venne, ad esempio, Girolamo Valenti che fondò il quotidiano antifascista «Il Mondo Nuovo». Nel 1925, Armando Borghi che insieme a lui organizzò la Resistenza Italo-Americana. Nel 1926, Carlo Tresca e Arturo Giovannitti che insieme a Max Ascoli fondarono «The Antifascist Alliance of North America». Nel 1927, lo straordinario Gaetano Salvemini che nel 1934 si sarebbe trasferito a Cambridge nel Massachusetts per insegnar Storia all'Università di Harvard e che per tredici anni avrebbe assordato gli americani con le sue conferenze su Hitler e su Mussolini. (Di una ho il manifesto. Lo tengo nel mio living-room, dentro una bella cornice d'argento, e dice: «Sunday, May 7th 1933 at 2,30 p.m. Antifascist Meeting. Irving Plaza hotel, Irving Plaza and 15th Street, New York City. Professor G. Salvemini, International-known Historian, will speak on Hitler and Mussolini. The meeting will be held under the auspices of the Italian organization Justice and Liberty. Admission, 25 cents»). Nel 1931 ci venne Arturo Toscanini, suo grande amico, che Costanzo Ciano aveva appena bastonato a Bologna perché s'era rifiutato di eseguire in un concerto l'inno caro alle Camicie Nere: «Giovinezza, Giovinezza, Primavera di Bellezza». Nel 1940 ci vennero Alberto Tarchiani e Alberto Cianca e Aldo Garosci e Nicola Chiaromonte ed Emilio Lussu che ci trovarono Pacciardi e don Sturzo e che insieme a loro fondarono la «Mazzini Society» poi il settimanale «Nazioni Unite»...

Voglio dire: qui sto in buona compagnia. Quando mi manca l'Italia che non è l'Italia malsana di cui parlavo all'inizio, (e mi manca sempre), non ho che chiamare quei modelli della mia fanciullezza: fumarmi una sigaretta con loro, chiedergli di consolarmi un po'. Mi-dia-una-mano, Salvemini. Mi-dia-una-mano, Cianca. Mi-dia-una-mano, Garosci... Oppure non ho che evocare i gloriosi fantasmi di Garibaldi, Maroncelli, Confalonieri eccetera. Fargli un inchino, offrirgli un grappino, mettere il disco del Nabucco eseguito dall'Orchestra Filarmonica di New York diretta da Arturo Toscanini, ascoltarlo con loro. E quando mi manca Firenze anzi la mia Toscana, cosa che mi accade con ancor maggior frequenza, non ho che saltare su un aereo e venirci. Di soppiatto, però, come faceva Mazzini ogni volta che lasciava Londra per recarsi a Torino e visitar clandestinamente la Sidoli. A Firenze anzi nella mia Toscana, infatti, ci vivo più di quanto si creda. Spesso, mesi e mesi o un anno di fila. Se non si sa è perché ci vengo alla Mazzini. E se ci vengo alla Mazzini è perché mi ripugna incontrare gli stronzi a causa dei quali mio padre morì in esilio sulla remota collina ed io mi sento costretta a star qui.

Conclusione: l'esilio richiede disciplina e coerenza. Virtù nelle quali sono stata educata da due genitori coi fiocchi: un babbo che aveva la forza d'un Muzio Scevola, una mamma che sembrava la Madre de' Gracchi, e ai cui occhi la severità era un antibiotico contro la cialtroneria. E per disciplina, per coerenza, in questi anni son rimasta zitta come un lupo sdegnoso. Un vecchio lupo che si consuma nel desiderio d'azzannare le pecore, sbranare i conigli, eppure riesce a controllarsi. Ma vi sono momenti, nella Vita, in cui tacere diventa una colpa e parlare diventa un obbligo. Un dovere civile, una sfida morale, un imperativo categorico al quale non ci si può sottrarre. Così, diciotto giorni dopo l'Apocalisse di New York, ruppi il silenzio col lunghissimo articolo che apparve su un giornale italiano poi su alcuni giornali stranieri. Ed ora interrompo (non rompo: interrompo) l'esilio con questo piccolo libro che raddoppia il testo dell'articolo. È dunque necessario che spieghi perché lo raddoppia, come lo raddoppia, e in quale modo il piccolo libro è nato.

* * *

È nato all'improvviso. È scoppiato come una bomba. Inaspettatamente come la catastrofe che il mattino dell'11 settembre 2001 ha incenerito migliaia di persone e dissolto due degli edifici più belli della nostra epoca: le Torri del World Trade Center. La vigilia della catastrofe pensavo a ben altro: lavoravo al romanzo che chiamo il-mio-bambino. Un romanzo molto corposo e molto impegnativo che in questi anni non ho mai abbandonato, che al massimo ho lasciato dormire qualche mese per curarmi in ospedale o per condurre negli archivi e nelle biblioteche le ricerche su cui è costruito. Un bambino molto difficile, molto esigente, la cui gravidanza è durata gran parte della mia vita d'adulta, il cui parto è incominciato grazie alla malattia che mi ucciderà, e il cui primo vagito si udrà non so quando. Forse quando sarò morta. (Perché no? Le opere postume hanno lo squisito vantaggio di risparmiarti le scemenze o le perfidie di coloro che senza saper scrivere e neanche concepire un romanzo pretendono di giudicare anzi bistrattare chi lo concepisce e lo scrive). Quell'11 settembre pensavo al mio bambino, dunque, e superato il trauma mi dissi: «Devo dimenticare ciò che è successo e succede. Devo occuparmi di lui e basta. Sennò lo abortisco». Così, stringendo i denti, sedetti alla scrivania. Ripresi in mano la pagina del giorno prima, cercai di riportare la mente ai miei personaggi. Creature d'un mondo lontano, di un'epoca in cui gli aerei e i grattacieli non esistevan davvero. Ma durò poco. Il puzzo della morte entrava dalle finestre, dalle strade deserte giungeva il suono ossessivo delle ambulanze, il televisore lasciato acceso per l'angoscia e lo smarrimento lampeggiava ripetendo le immagini che volevo dimenticare. E d'un tratto uscii di casa. Cercai un taxi, non lo trovai, a piedi mi diressi verso le Torri che non c'erano più, e...

Dopo non sapevo che fare. In che modo rendermi utile, servire a qualcosa. E proprio mentre mi chiedevo che-faccio, che-faccio, la Tv mi mostrò i palestinesi che pazzi di gioia inneg-

giavano alla strage. Berciavano Vittoria-Vittoria. Poi qualcuno mi raccontò che in Italia non pochi li imitavano sghignazzando bene-agli-americani-gli-sta-bene e allora, con l'impeto d'un soldato che si lancia contro il nemico, mi buttai sulla macchina da scrivere. Mi misi a fare la sola cosa che potevo fare. Scrivere. Appunti convulsi, spesso disordinati, che prendevo per me stessa cioè rivolgendomi a me stessa. Idee, ragionamenti, ricordi, invettive che dall'America volavano in Italia, dall'Italia saltavano nei paesi mussulmani, dai paesi mussulmani rimbalzavano in America. Concetti che per anni avevo imprigionato dentro il cuore e dentro il cervello dicendomi tanto-la-gente-è-sorda, non-ascolta, non-vuole-ascoltare. Sgorgavano come una cascata d'acqua, ora. Ruzzolavano sulla carta come un irrefrenabile pianto. Perché vedi: con le lacrime io non piango. Anche se un violento dolore fisico mi trafigge, anche se una pena lancinante mi strazia, dai miei sacchi lacrimali non esce nulla. Si tratta d'una disfunzione neurologica, anzi d'una mutilazione fisiologica, che mi porto dietro da oltre mezzo secolo. Cioè dal 25 settembre 1943, il sabato in cui gli Alleati bombardarono per la prima volta Firenze e commisero un mucchio di errori. Anziché centrar l'obbiettivo cioè la ferrovia che i tedeschi usavano per il trasporto delle armi e delle truppe, colpirono il quartiere attiguo e l'antico cimitero di piazza Donatello. Il Cimitero degli Inglesi, quello dove è sepolta Elizabeth Barrett Browning. Io ero col babbo presso la Chiesa della Santissima Annunziata che da piazza Donatello dista appena trecento metri, quando le bombe incominciarono a cadere. Per sfuggirvi ci rifugiammo lì, e chi lo conosceva l'orrore d'un bombardamento? Ad ogni scarica le solide mura della chiesa oscillavano come alberi investiti dalla bufera, le vetrate si spaccavano, l'impiantito sobbalzava, l'altare dondolava, il prete urlava: «Gesù! Aiutaci, Gesù!». D'un tratto presi a piangere. In maniera tacita, bada bene, composta. Niente gemiti, niente singhiozzi. Ma il babbo se ne accorse lo stesso e credendo d'aiutarmi, povero babbo, fece una cosa sbagliata. Mi tirò uno schiaffo tremendo. Dio, che schiaffo. Peggio. Mi fissò negli occhi, mi sibilò: «Una ragazzina non piange». Così dal 25 settembre 1943 non piango più. Ringraziare il Cielo se all'occorrenza mi si inumidiscono gli occhi, mi si chiude la gola. Però dentro piango più di chi piange con le lacrime, a volte le cose che scrivo sono proprio lacrime, e ciò che scrissi in quei giorni era davvero un irrefrenabile pianto. Sui vivi, sui morti. Su quelli che sembrano vivi ma in realtà sono morti come gli italiani che non hanno le palle per cambiare, diventare un popolo da trattar con rispetto. Ed anche su me stessa che, giunta all'ultima fase della mia vita, devo spiegare perché in America ci sto in esilio e perché in Italia ci vengo di soppiatto.

Poi, piangevo da una settimana, il direttore del giornale venne a New York. Ci venne per convincermi a rompere il silenzio che avevo già rotto, e glielo dissi. Gli mostrai addirittura gli appunti convulsi, disordinati, e lui s'infiammò come se avesse visto Greta Garbo che tolti gli occhiali neri si esibisce alla Scala in licenziosi strip-tease. O come se avesse visto il pubblico già in fila per comprare il giornale, pardon, per accedere alla platea e ai palchi e al loggione. Infiammato mi chiese di continuare, cucire tutto con gli asterischi, farne una specie di lettera rivolta a lui, mandargliela appena pronta. E pungolata dal dovere civile, dalla sfida morale, dall'imperativo categorico, accettai. Di nuovo trascurando il bambino che privo di latte e di mamma dormiva sotto quegli appunti, tornai alla macchina da scrivere dove l'irrefrenabile pianto si trasformò in un urlo di rabbia e d'orgoglio. Un J'accuse. Una requisitoria agli italiani che gettandomi qualche fiore, forse, e certo molte uova marce, m'avrebbero ascoltato dalla platea e dai palchi e dal loggione di quel giornale. Lavorai un'altra settimana. O due? Senza fermarmi cioè senza mangiare e senza dormire. Non sentivo neanche la fame e il sonno. Mi tenevo su a sigarette, caffè, e basta. E qui devo fare una messa a punto. Devo dire che scrivere è una cosa molto seria per me. Non è un divertimento o uno svago o uno sfogo. Non lo è perché non dimentico mai che le cose scritte possono fare un gran bene ma anche un gran male, guarire oppure uccidere. Studia la Storia e vedrai che dietro ogni evento di Bene o di Male c'è uno scritto. Un libro, un articolo, un manifesto, una poesia, una preghiera, una canzone. (Un Inno di Mameli. Una Marsigliese. Uno Yankee Doodle Dandy. O peggio: una Bibbia, una Torah, un Corano, un Das Kapital). Così non scrivo mai alla svelta, cioè di getto. Sono uno scrittore lento, uno scrittore cauto. Sono anche uno scrittore incontentabile. Non assomiglio davvero a quelli che si compiacciono sempre del loro prodotto, manco urinassero ambrosia. In più ho molte manie. Tengo alla metrica, al ritmo della frase, alla cadenza della pagina, al suono delle parole. E guai alle assonanze, alle rime, alle ripetizioni non volute. La forma mi preme quanto la sostanza. Penso che la forma sia un recipiente dentro il quale la sostanza si adagia come un vino dentro un bicchiere, e gestire questa simbiosi a volte mi blocca. Ora, invece, non mi bloccava per niente. Scrivevo alla svelta, di getto, senza curarmi delle assonanze, delle rime, delle ripetizioni perché la metrica cioè il ritmo fioriva da sé, e come non mai ricordando che le cose scritte possono guarire od uccidere. (Può giungere a tanto la passione?). Il guaio è che quando mi fermai e fui pronta a spedire il testo, m'accorsi che anziché un articolo avevo partorito un piccolo libro. Per darlo al giornale dovevo tagliarlo, ridurlo a una lunghezza accettabile.

Lo ridussi quasi a metà. Il rimanente lo chiusi in una cartella rossa, lo misi a dormire con il bambino. Metri e metri di fogli su cui avevo rovesciato il cuore. Quelli sui due Buddha ammazzati a Bamiyan, ad esempio, e quelli sul mio Kon-dun.

*Il Dalai Lama. Quelli sulle tre donne giustiziate a Kabul per-
ché andavano dal parrucchiere, e quelli sulle femministe che
se ne fregano delle sorelle in burkah e in chador. Quelli su Alī
Bhutto costretto a sposarsi meno che tredicenne, e quelli su re
Hussein cui racconto in che modo mi hanno trattato i palestinesi. Quelli sui comunisti italiani che per mezzo secolo m'hanno trattato peggio dei palestinesi, e quelli sul Cavaliere che ci
governa. Quelli su mio padre e su mia madre, quelli sui mol-
luschi d'oggi cioè sui giovani viziati dal benessere e dalla scuola e dai genitori. Quelli sui voltagabbana di ieri e di oggi e di
domani... Accantonai perfino i pezzetti sul pompiere Jimmy
Grillo che non cede e su Bobby il bambino newyorkese che
crede nella bontà, nel coraggio. E nonostante ciò il testo rimase tremendamente lungo. Il direttore infiammato cercò di aiutarmi. Le due pagine intere che m'aveva riservato diventarono
tre poi quattro poi quattro e un quarto. Misura mai raggiunta,
credo, per un singolo articolo. Nella speranza che glielo dessi
completo, suppongo, mi offrì perfino di pubblicarlo in due
puntate. Due tempi. Cosa che rifiutai perché un urlo non si
può pubblicare in due tempi. A pubblicarlo in due tempi non
avrei ottenuto lo scopo che mi proponevo cioè tentar d'aprire
gli occhi a chi non vuol vedere, sturare le orecchie a chi non
vuole udire, indurre a pensare chi non vuol pensare. Anzi, prima di darglielo, (lui non lo sa e non lo immagina neanche),
tagliai ancora. Accantonai i paragrafi più violenti. Sveltii i passaggi più complicati. Sintetizzai alcuni brani, cancellai molte
righe connesse alle parti tolte. Tanto nella cartella rossa custo-
divo quei metri e metri di fogli intatti: il testo completo, il piccolo libro.*

*Bè, le pagine che seguono questa premessa sono il piccolo
libro. Il testo completo che scrissi nelle due settimane durante
le quali non mangiavo, non dormivo, mi tenevo sveglia a caffè
e sigarette, e le parole sgorgavano come una cascata d'acqua.*

Di correzioni ve ne sono poche. (V'è ad esempio quella delle quindicimilaseicentosettanta lire con cui mi congedarono dall'Esercito Italiano e che nel giornale avevo erroneamente indicato con la cifra di quattordicimilacinquecentoquaranta). Di tagli, stavolta, non contiene che qualche frase ormai superflua. Ad esempio quella indirizzata a chi non mi rivolgo più. Sic transit gloria mundi.

* * *

È quello, sì, e a pubblicarlo mi par d'essere Salvemini che il 7 maggio 1933 parla all'Irving Plaza su Hitler e su Mussolini. Sgolandosi dinanzi a un pubblico che non lo capisce ma lo capirà il 7 dicembre 1941 cioè il giorno in cui i giapponesi alleati di Hitler e Mussolini bombarderanno Pearl Harbor, sbraita: «Se restate inerti, se non ci date una mano, prima o poi attaccheranno anche voi!». Però v'è una differenza tra il mio piccolo libro e l'antifascist-meeting dell'Irving Plaza. Di Hitler e Mussolini, allora, gli americani sapevano poco. Potevan permettersi il lusso di non creder troppo a quel fuoriuscito che illuminato dall'amore per la libertà vaticinava disgrazie. Del fondamentalismo islamico oggi sappiamo tutto. Neanche due mesi dopo la catastrofe di New York lo stesso Bin Laden dimostrò che non sbaglio a sbraitare: «Non capite, non volete capire, che è in atto una Crociata alla Rovescia. Una guerra di religione che essi chiamano Jihad, Guerra Santa. Non capite, non volete capire, che per loro l'Occidente è un mondo da conquistare castigare piegare all'Islam». Lo dimostrò durante il proclama televisivo nel quale sfoggiava all'anulare destro una pietra nera come la Pietra Nera che si venera alla Mecca. Il proclama attraverso il quale minacciò perfino l'Onu e definì il Segretario Generale dell'Onu, il buon Kofi Annan, un «criminale». Il proclama con cui incluse gli italiani nella lista dei nemici da castigare. Quel proclama a cui mancava soltanto la voce isterica di Hitler o la voce sgangherata di Mussolini, il balcone di Palazzo Venezia o lo scenario di Alexanderplatz. «Nella sua essenza questa è una guerra di religione e chi lo nega, mente» disse. «Tutti gli arabi e tutti i mussulmani devono schierarsi, se restano neutrali rinnegano l'Islam» disse. «I leader arabi e mussulmani che stanno alle Nazioni Unite e ne accettano la politica si pongono al di fuori dell'Islam, sono Infedeli che non rispettano il messaggio del Profeta» disse. «Coloro che si riferiscono alla legittimità delle istituzioni internazionali rinunciano all'unica e autentica legittimità, la legittimità che viene dal Corano». E poi: «La gran maggioranza dei mussulmani, nel mondo, sono stati contenti degli attacchi alle Torri Gemelle. Risulta dai sondaggi».

C'era proprio bisogno di quei puntini sulle «i», *comunque? Dall'Afghanistan al Sudan, dall'Indonesia al Pakistan, dalla Malesia all'Iran, dall'Egitto all'Iraq, dall'Algeria al Senegal, dalla Siria al Kenya, dalla Libia al Ciad, dal Libano al Marocco, dalla Palestina allo Yemen, dall'Arabia Saudita alla Somalia, l'odio per l'Occidente cresce. Si gonfia come un fuoco alimentato dal vento, e i seguaci del fondamentalismo islamico si moltiplicano come i protozoi d'una cellula che si scinde per diventare due cellule poi quattro poi otto poi sedici poi trentadue. All'infinito. Chi non se n'è accorto, guardi le immagini che ogni giorno ci porta la televisione. Le moltitudini che inzuppano le strade di Islamabad, le piazze di Nairobi, le moschee di Teheran. I volti inferociti, i pugni minacciosi, i cartelli col ritratto di Bin Laden. I falò che bruciano la bandiera americana e il fantoccio coi lineamenti di Bush. Chi non ci crede, ascolti i loro osanna al dio-misericordioso-e-iracondo o i loro berci Allah-akbar, Allah-akbar. Jihad-Guerra Santa-Jihad. Altro che frange di estremisti! Altro che minoranze di fanatici! Sono milioni e milioni, gli estremisti. Sono milioni e mi-*

lioni, i fanatici. I milioni e milioni per cui, vivo o morto, Osa- *ma*[*] *Bin Laden è una leggenda uguale alla leggenda di Kho-* *meini. I milioni e milioni che scomparso Khomeini ravvisaro-* *no in lui il nuovo leader, il nuovo eroe. Sere fa vidi quelli di* *Nairobi, luogo di cui non si parla mai. Gremivano la piazza* *più che a Gaza o a Islamabad o a Giacarta, e a un certo punto* *il telecronista intervistò un vecchio. Gli chiese: «Who is for* *you, chi è per voi, Bin Laden?». «A hero, our hero! Un eroe,* *il nostro eroe!» rispose il vecchio, felice. «And if he dies, e se* *muore?» aggiunse il telecronista. «We find another one, ne* *troviamo un altro» rispose il vecchio, sempre felice. In parole* *diverse, l'uomo che di volta in volta li guida non è che la pun-* *ta dell'iceberg: la parte della montagna che emerge dagli abis-* *si. E il vero protagonista di questa guerra non è lui. Non è* *neanche il paese che via via lo partorisce o lo ospita. È la Mon-* *tagna. Quella Montagna che da millequattrocento anni non si* *muove, non esce dagli abissi della sua cecità, non apre le porte* *alle conquiste compiute dalla civiltà, non vuol saperne di li-* *bertà e giustizia e democrazia e progresso. Quella Montagna* *che nonostante le scandalose ricchezze dei suoi padroni (pensa* *all'Arabia Saudita) vive ancora in una miseria da Medioevo,* *vegeta ancora nell'oscurantismo e nel puritanesimo d'una re-* *ligione che sa produrre solo religione. Quella Montagna che* *affoga nell'analfabetismo, (nei paesi mussulmani la percen-* *tuale dell'analfabetismo non scende mai al di sotto del sessan-* *ta per cento), sicché le «notizie» le attinge soltanto dalle vi-* *gnette dei disegnatori venduti alla dittatura dei mullah e degli* *imam. Quella Montagna che essendo segretamente gelosa di*

---

[*] **Nota dell'Autore.** La grafia corretta è Usama. E questa scelsi fin dalla prima edizione di questo libro. Ma nell'uso corrente Usama divenne Osama. Ben pochi ormai adottano la grafia Usama, e per chiarezza cambio la U nella O.

noi, segretamente attratta dal nostro sistema di vita, attribuisce a noi la colpa delle sue povertà materiali e intellettuali. Sbaglia, dunque, chi crede che la Guerra Santa si sia conclusa nel novembre del 2001 cioè con la disgregazione del regime talebano in Afghanistan. Sbaglia chi si consola con le immagini delle donne che a Kabul non portano più il burkah e a volto scoperto escono di casa, vanno di nuovo dal dottore, vanno di nuovo a scuola, vanno di nuovo dal parrucchiere. Sbaglia chi si accontenta di vedere i loro mariti che dopo la disfatta dei Talebani si levano la barba come, dopo la caduta di Mussolini, gli italiani si levavano il distintivo fascista.

Sbaglia perché la barba ricresce e il burkah si rimette: negli ultimi vent'anni l'Afghanistan è stato un alternarsi di barbe rasate e ricresciute, di burkah tolti e rimessi. Sbaglia perché gli attuali vincitori pregano Allah quanto gli attuali sconfitti, dagli attuali sconfitti non si distinguono in fondo che per una questione di barba, (infatti le donne li temono in uguale misura), e quasi ciò non bastasse si litigano ferocemente tra loro alimentando il caos e l'anarchia. Sbaglia perché tra i diciannove kamikaze di New York e di Washington non c'era nemmeno un afgano e i futuri kamikaze hanno altri luoghi per addestrarsi, altre caverne per rifugiarsi. Guarda la carta geografica: a sud dell'Afghanistan c'è il Pakistan, a nord ci sono gli Stati mussulmani dell'ex-Unione Sovietica, a ovest c'è l'Iran. Accanto all'Iran c'è l'Iraq, accanto all'Iraq c'è la Siria, accanto alla Siria c'è il Libano ormai mussulmano. Accanto al Libano c'è la mussulmana Giordania, accanto alla Giordania c'è l'ultramussulmana Arabia Saudita, e al di là del Mar Rosso c'è il continente africano con tutti i suoi paesi mussulmani. Il suo Egitto e la sua Libia e la sua Somalia, per incominciare. I suoi vecchi e i suoi giovani che applaudono alla Guerra Santa. Sbaglia, soprattutto, perché lo scontro tra noi e loro non è militare. È culturale, è religioso, e le nostre vittorie militari non ri-

solvono l'offensiva del terrorismo. Anzi la incoraggiano, la inaspriscono, la moltiplicano. Il peggio, per noi, deve ancora arrivare: ecco la verità. E la verità non sta necessariamente nel mezzo. A volte sta da una parte sola. Anche Salvemini lo disse in quell'antifascist-meeting dell'Irving Plaza.

* * *

Nonostante le similitudini di fondo, v'è un'altra differenza tra questo piccolo libro e l'antifascist-meeting dell'Irving Plaza. Perché gli americani che il 7 maggio 1933 ascoltavano l'incompreso o quasi incompreso Salvemini non avevano in casa le SS di Hitler e le Camicie Nere di Mussolini. A sviarli dalla verità, a giustificare la loro incredulità, c'era un oceano d'acqua e d'isolazionismo. Le SS e le Camicie Nere dei Bin Laden, invece, gli italiani anzi gli europei ce l'hanno in casa. Protette, di solito, dal cinismo o dall'opportunismo o dalla cretineria di chi ce le presenta come stinchi di santo. Poverini-poverini, guarda-che-pena-fanno-quando-sbarcano-dai-gommoni. Razzista-razzista, tu-che-non-li-puoi-soffrire. Bè: come già sostenevo nell'articolo apparso sul giornale, le moschee che in Italia sbocciano all'ombra d'un dimenticato laicismo e d'un risorto bacchettonismo pullulano fino alla nausea di terroristi o aspiranti terroristi. Non a caso, con l'aiuto di Scotland Yard, dopo la strage di New York qualcuno l'hanno arrestato. Qualche arsenale di armi e di esplosivi da usare a gloria del dio-misericordioso-e-iracondo l'hanno trovato. Con l'aiuto supplementare della polizia francese e spagnola e tedesca, qualche cellula di Al Qaida l'hanno scoperta. Ed ora si sa che dal 1989 l'Fbi parlava d'una Pista Italiana anzi di Italian Militants. Si sa che già allora la moschea di Milano veniva segnalata come un covo di terroristi. Si sa anche che l'algerino-milanese Ahmed Ressan era stato beccato a Seattle con sessanta chili di

35

componenti chimici per fabbricare esplosivi, che altri due «milanesi» chiamati Atmani Saif e Fateh Kamel erano coinvolti nell'attentato alla metropolitana di Parigi, che da Milano gli stinchi di santo andavano spesso in Canada. (E vedi caso: due dei diciannove dirottatori dell'11 settembre 2001 entrarono negli Stati Uniti proprio dal Canada). Si sa che Milano e Torino sono sempre state centrali di smistamento e reclutamento degli estremisti islamici, compresi quelli afgani e curdi. (Particolare che insaporisce lo scandalo di Ocalan, il superterrorista portato in Italia da un parlamentare comunista e ospitato dal governo ulivista in una villa alla periferia di Roma). Si scopre che gli epicentri del terrorismo islamico internazionale sono sempre stati Milano, Torino, Roma, Napoli, Bologna. Che anche Como, Lodi, Cremona, Reggio Emilia, Modena, Firenze, Perugia, Trieste, Ravenna, Rimini, Trani, Bari, Barletta, Catania, Palermo, Messina hanno sempre avuto covi binladiani. Si parla di Reti Operative, di Basi Logistiche, di Cellule per il Traffico d'Armi, di Struttura Italiana per la Strategia Internazionale Omogenea. Si rivela che i terroristi peggiori sono spesso muniti di passaporto regolarmente rinnovato, carta d'identità, permesso di soggiorno. (Tutta roba che il Ministero degli Interni rilasciava con notevole disinvoltura e generosità...).

Si conoscono anche i loro luoghi d'incontro, ora. E non sono i risorgimentali salotti delle contesse Maffei dove rischiando i plotoni d'esecuzione o la forca i nostri nonni cospiravano per liberar la patria dallo straniero. Sono le macellerie halal cioè le macellerie islamiche di cui i nostri graditi ospiti hanno riempito l'Italia perché la carne loro la mangian solo se l'animale è stato sgozzato quindi dissanguato poi disossato. (Ergo chi come noi la cuoce col sangue e con l'osso è un Infedele da disprezzare, da punire). Però si incontrano anche nelle rosticcerie arabe, nei bar che a disposizione del pubblico tengono l'Internet. E, ovvio, nelle moschee. Quanto agli Imam delle

36

moschee, alleluja! Insuperbiti dalla strage di New York hanno gettato la maschera e la lista è lunga. Contiene il macellaio marocchino che con democratica deferenza i giornalisti chiamano Leader Religioso della Comunità Islamica Torinese, ad esempio. Il pio Squartavitelli che nel 1989 piombò a Torino con un visto turistico, che contribuendo più d'ogni altro a trasformare in kasbah la città di Cavour e di Costanza d'Azeglio vi aprì due delle suddette macellerie nonché cinque moschee, e che alzando il ritratto di Osama Bin Laden oggi dichiara: «La Jihad è una guerra giusta e giustificata. Non lo dico io, lo dice il Corano. Molti fratelli qui vorrebbero partire, unirsi alla lotta». (Signor Ministro degli Interni anzi signor Ministro degli Esteri, perché non lo rimanda a casa sua con quei fratelli ansiosi di unirsi alla lotta?). Include pure l'Imam e presidente della Comunità Islamica di Genova, altra gloriosa città profanata e trasformata in kasbah, nonché i suoi colleghi di Napoli e Roma e Bari e Bologna. Tutti stinchi di santo occupati a inneggiare l'idolo Bin Laden oppure a difenderlo sfacciatamente, e il più sfacciato è quello di Bologna dalla cui mente eccelsa è uscito il seguente verdetto: «Ad abbattere le due Torri è stata la destra americana che sfrutta Bin Laden come paravento. Se non è stata la destra americana, è stato Israele. In ogni caso Bin Laden è innocente. Il pericolo non è lui. È l'America».

Sembra un cretino e basta, vero? Invece no. In difesa della fede il Corano ammette la menzogna, la calunnia, l'ipocrisia. Qualsiasi teologo dell'Islam può confermartelo. E il 10 settembre 2001, quindi ventiquattr'ore prima dell'Apocalisse newyorkese, nella moschea di Bologna fu distribuito un volantino che inneggiando agli attentati annunciava «l'imminenza d'un evento eccezionale». (Volantino che la polizia sequestrò ma che subito archiviò). Non di rado figlioletti o nipotini dei comunisti che negavano o approvavano le stragi di Sta-

lin, i loro protettori sostengono che nella gerarchia islamica l'Imam è un personaggio innocuo e irrilevante. Un travet che si limita a guidare la preghiera del venerdì, un parroco privo di qualsiasi potere. Nossignori. L'Imam è un notabile che dirige e amministra con pieni poteri la sua comunità. Squartavitelli o no, è un alto sacerdote che manipola o influenza a piacer suo le menti e le azioni dei propri fedeli: un agit-prop che durante la predica lancia messaggi politici. Tutte le rivoluzioni (sic) dell'Islam sono incominciate grazie agli Imam nelle moschee. La Rivoluzione (sic) Iraniana incominciò grazie agli Imam nelle moschee, non nelle università come oggi si vuol far credere. Dietro ciascun terrorista islamico c'è un Imam e io vi ricordo che Khomeini era un Imam, che i leader dell'Iran erano Imam. Ve lo ricordo e affermo che nove Imam su dieci sono Guide Spirituali quindi complici del terrorismo.

Quanto alla Pearl Harbor che stavolta rischia di abbattersi su tutto l'Occidente, ecco: sul fatto che la guerra chimica e la guerra biologica appartengano alla strategia dei nuovi nazi-fascisti, non esistono dubbi. Durante i bombardamenti su Kabul un iroso Bin Laden ce le promise, ed è noto che per quel tipo di stragi Saddam Hussein ha sempre avuto un debole. Malgrado le tonnellate di bombe che nel 1991 gli americani rovesciarono sui laboratori e sulle fabbriche dell'Iraq, egli continua a produrre germi e batteri e bacilli per spargere la peste bubbonica o il vaiolo o la lebbra o il tifo. E non dimentichiamo la rivelazione del genero che nel 1998 egli fece assassinare: «Presso Bagdad abbiamo enormi depositi di antrace». Con gli enormi depositi di antrace, immense quantità di gas nervino. Incubo che ben conobbi durante la Guerra del Golfo cioè quando in Arabia Saudita bisognava portarsi dietro la maschera antigas, le fiale d'antidoto, le siringhe per iniettarselo. (Ammesso d'averne il tempo perché il gas nervino paralizza e soffoca in un battito di ciglia). Bè, a tutt'oggi la guerra chimi-

ca non s'è vista e quella biologica s'è limitata al carbonchio delle Anthrax Letters che perseguitano l'America. Il Bacillus Anthracis s'è rivelato meno letale di quanto si credesse. Sei morti più il tormento dei poveri postini che non pochi guardano storto, trattano con sgarbo, cacciano brontolando: «Go away, go away! To Hell with you and your fucking mail! Via, via, accidenti a te e alla tua fottuta posta!». Manco fossero untori del 1600, sicari degli assassini. Ma la responsabilità di Saddam Hussein e di Bin Laden non è stata dimostrata. Il guaio è che la Pearl Harbor di cui parlo riguarda anche un'altra minaccia della Guerra Santa: l'attacco che gli americani s'aspettano dacché l'Fbi lo ha segnalato con le tremende parole «It is not a matter of If, it is a matter of When. Non è una questione di Se, è una questione di Quando». Un attacco che temo più dell'antrace, della peste bubbonica, della lebbra, del gas nervino. Un attacco che minaccia l'Europa assai più di quanto minacci l'America. L'attacco ai monumenti antichi, alle opere d'arte, ai tesori della nostra Storia e della nostra cultura.

Dicendo when-not-if gli americani pensano ai propri tesori, ovvio. Alla Statua della Libertà, al Jefferson Memorial, all'obelisco di Washington, alla Liberty Bell cioè alla Campana di Filadelfia, al Golden Gate di San Francisco, al ponte di Brooklyn eccetera. Hanno ragione e ci penso anch'io. Ci penso come penserei al Big Ben di Londra e all'Abbazia di Westminster se fossi inglese, a Notre Dame e al Louvre e alla Tour Eiffel se fossi francese. Però sono italiana quindi penso ancor di più alla Cappella Sistina e alla Cupola di San Pietro e al Colosseo, al Ponte dei Sospiri e a piazza San Marco e ai palazzi sul Canal Grande, al Duomo di Milano e al Cenacolo e al Codice Atlantico di Leonardo da Vinci. Sono toscana quindi penso ancor di più alla Torre di Pisa e alla piazza dei Miracoli, al Duomo di Siena e alla piazza del Campo, alle necropoli etrusche e alle torri di San Gimignano. *Sono fiorentina quindi penso ancor di più a Santa Maria del Fiore, alla Torre di Giotto, al Battistero, al Palazzo della Signoria, alla Loggia dell'Orcagna, agli Uffizi, a Palazzo Pitti, al Corridoio Vasariano e al Ponte Vecchio che oltretutto è l'unico antico ponte rimasto perché il Ponte a Santa Trinita è ricostruito. Il nonno di Bin Laden ossia Hitler me lo fece saltare in aria nel 1944. Penso anche alle biblioteche coi libri miniati del Medioevo e il Codice Virgiliano. Penso anche alla Galleria dell'Accademia dove c'è il David di Michelangelo.* (Scandalosamente nudo, mioddio, cioè particolarmente inviso ai seguaci del Corano). *Col David, i quattro Prigioni nonché la Deposizione che Michelangelo scolpì da vecchio. E se i fottuti figli di Allah mi distruggessero uno solo di quei tesori, uno solo, assassina diventerei io. Dunque ascoltatemi bene, seguaci d'un dio che raccomanda l'occhio-per-occhio-e-il-dente-per-dente. Io non ho vent'anni ma nella guerra ci sono nata, nella guerra ci sono cresciuta, di guerra me ne intendo. E di coglioni ne ho più di voi che per trovare il coraggio di morire dovete ammazzare migliaia di creature incluse le bambine di quattro anni. Guerra avete voluto, guerra volete? Per quel che mi riguarda, che guerra sia. Fino all'ultimo fiato.*

* * *

Dulcis in fundo. Stavolta con un sorriso. E va da sé che, come il ridere, in certi casi il sorridere nasconde ben altro. (Da adulta scoprii che durante le torture inflittegli dai nazi-fascisti mio padre rideva. Così un mattino d'estate, eravamo a caccia nei boschi del Chianti, gli dissi: «Babbo, io devo domandarti una cosa che non mi va giù. È vero che durante le torture ridevi?». Il babbo si oscurò poi sibilò brusco: «E con questo? In certi casi ridere è lo stesso che piangere»). Giorni fa il profes-

40

sor Howard Gotlieb della Boston University, *l'università americana che da decenni raccoglie e custodisce il mio lavoro, mi chiamò e mi chiese:* «How should we define "The Rage and the Pride", *come dobbiamo definire* "La Rabbia e l'Orgoglio?"». «I don't know, *non lo so*» *risposi spiegandogli che non si trattava certo d'un romanzo e nemmeno d'un reportage e nemmeno d'un saggio o d'una memoir o d'un pamphlet. Poi ci ripensai. Lo richiamai e gli dissi:* «Call it a sermon, lo definisca una predica». *(Vocabolo giusto, credo, perché in realtà questo piccolo libro è una predica agli italiani. Doveva essere una lettera sulla guerra che i figli di Allah hanno dichiarato all'Occidente, e mentre scrivevo divenne a poco a poco una predica agli italiani). Stamani il professor Gotlieb mi ha chiamato di nuovo e mi ha chiesto:* «How did the Italians take it, *come l'hanno presa gli italiani?*». «I don't know, *non lo so*» *gli ho risposto.* «Una predica la si giudica dai risultati, non dagli applausi o dai fischi. E prima di vedere i risultati della mia ci vorrà qualche tempo. Non si può pretendere di svegliare all'improvviso, e solo con un piccolo libro scoppiato in due o tre settimane, un paese che dorme. I don't really know, professor Gotlieb, non lo so proprio...».*

In compenso so che quando l'articolo uscì sul giornale, il giornale andò esaurito ed avvennero episodi commoventi. Ad esempio quello del signore che a Roma comprò tutte le copie di un'edicola, trentasei copie, e si mise a distribuirle per strada ai passanti. Oppure quello della signora che a Milano fece dozzine di fotocopie e le distribuì nel medesimo modo. So anche che migliaia di italiani scrissero al direttore per ringraziarmi. (E io ringrazio loro più il signore di Roma e la signora di Milano). So che il centralino telefonico e la posta elettronica del giornale rimasero intasati per moltissime ore e che solo una minoranza di lettori dissentì. Cosa che non risulta dalla scelta dei pareri che il giornale pubblicò con titoli come «E *l'Italia si divise nel segno di Oriana».* Mah*! Se la conta dei voti non è un'opinione, e se il voto di chi è contro di me non vale dieci volte il voto di chi è con me, mi pare proprio ingiusto dire che ho diviso l'Italia in due. E poi l'Italia non ha certo bisogno di me per dividersi in due, caro responsabile di quel titolo. L'Italia è divisa in due almeno dal tempo dei Guelfi e dei Ghibellini. Pensi che nel 1861, quando proclamata l'Unità d'Italia ottocento garibaldini corsero in America per partecipare alla Guerra Civile Americana, perfino loro si divisero in due. Perché non tutti scelsero di combattere a fianco dei nordisti ossia nelle unità di cui ho parlato a proposito del mio esilio: no. Molti scelsero di combattere a fianco dei sudisti e anziché a New York si riunirono a New Orleans. Anziché nelle Garibaldi Guards cioè nel Trentanovesimo Reggimento Fanteria passato in rassegna da Lincoln, si arruolarono nelle Garibaldi Guards dell'Italian Battalion-Louisiana Militia che nel 1862 divenne il Sesto Reggimento Fanteria dell'European Brigade. Anch'essi, nota bene, con una bandiera tricolore appartenuta a Garibaldi e fregiata del motto «Vincere o Morire». Anch'essi, nota bene, per distinguersi con grande eroismo nelle battaglie di First Bull Run, Cross Keys, North Anna, Bristoe Station, Po River, Mine Run, Spotsylvania, Wilderness, Cold Harbor, Strawberry Plain, Petersburg eccetera, su su fino ad Appomattox. E sai che cosa successe nel 1863 cioè nella tremenda battaglia di Gettysburg dove tra nordisti e sudisti morirono in cinquantaquattromila? Successe che alle 3,30 pomeridiane del 2 luglio le trecentosessantacinque Garibaldi Guards del Trentanovesimo Reggimento Fanteria agli ordini del generale nordista Hancock si trovaron di fronte alle trecentosessanta Garibaldi Guards del Sesto Reggimento Fanteria agli ordini del generale sudista Early. I primi con l'uniforme blu, i secondi con l'uniforme grigia. Entrambi, col tricolore sventolato in Italia per fare l'Unità d'Ita-*

lia e fregiato del motto «Vincere o Morire». Gli uni urlando sporco-sudista, gli altri urlando sudicio-nordista, si buttarono in un furibondo corpo a corpo per il possesso della collina chiamata Cemetery Hill e s'ammazzarono fra di loro. Novantacinque morti tra i garibaldini del Trentanovesimo, sessanta tra i garibaldini del Sesto. E l'indomani, nella carica finale che si svolse in mezzo alla vallata, quasi il doppio. Senza aver letto l'articolo della Fallaci, caro mio. Cioè senza che io ne avessi colpa alcuna.

So anche che dalla parte di quelli il cui voto vale (a quanto pare) dieci volte di più, insomma dalla parte di chi si espresse contro di me, un menagramo scrisse o disse: «La Fallaci recita la parte della coraggiosa perché ha un piede nella tomba». (Eh, no, caro mio, no. Io non recito la parte della coraggiosa. Io sono coraggiosa. In pace e in guerra, a destra e a sinistra. Lo sono sempre stata. E sempre pagando un altissimo prezzo incluso il prezzo delle minacce fisiche o morali, delle altrui gelosie, delle altrui carognate. Mi rilegga e vedrà. Quanto al piede nella tomba, corna e accidenti a Lei. Non sguazzo nella salute, è vero, ma i malatucci del mio tipo finiscono spesso col sotterrare gli altri. Tenga conto, e vi alludo pure in questo piccolo libro, che un giorno uscii viva da un obitorio dentro il quale m'avevano scaraventato credendomi morta... Se qualche stinco di santo non mi ammazza prima che lo ammazzi io, vuol scommettere che vengo ai Suoi funerali?). E poi so che dopo la pubblicazione dell'articolo l'Italia brutta, l'Italia meschina, l'Italia che ha sempre venduto sé stessa allo straniero, l'Italia a causa della quale vivo in esilio, inscenò un gran putiferio a favore dei figli di Allah. Sicché il direttore infiammato diventò un direttore impaurito, corse ai ripari ospitando detrattori della fatica che egli stesso aveva incoraggiato, e quella che poteva essere una buona occasione per difendere la nostra cultura divenne una squallida fiera di squallide vanità. (Ci-so-

43

no-anch'io, ci-sono-anch'io). *Come ombre d'un passato che in Italia non muore mai coloro che definisco Cicale o Cicale di Lusso accesero un bel fuoco per tentar di bruciare l'eretica, e giù berci.* «Al rogo, al rogo! Allah akbar, Allah akbar!». *Giù offese, accuse, condanne, maratone scrittorie che almeno nella lunghezza cercavano di imitare la mia. O così mi è stato riferito da coloro che, poverini, si son presi il disturbo di leggerle. Io, devo confessarlo, non le ho lette. Né le leggerò. Numero uno, perché me le aspettavo. Aspettandomele sapevo su che cosa i ci-sono-anch'io avrebbero sproloquiato, e non avvertivo alcuna curiosità. Numero due, perché a chiusura dell'articolo avevo avvertito il direttore infiammato che non avrei partecipato a risse o polemiche vane. Numero tre, perché le Cicale sono invariabilmente persone senza idee e senza qualità, frivole sanguisughe che per esibirsi s'attaccano all'ombra di chi sta al sole, e quando finiscono sui giornali sono mortalmente noiose. (Il fratello maggiore di mio padre era Bruno Fallaci. Un grande giornalista. Detestava i giornalisti, al tempo in cui lavoravo per i giornali mi rimproverava sempre di fare il giornalista non lo scrittore, e mi perdonava solo quando facevo il corrispondente di guerra. Ma era un gran giornalista. Era pure un gran direttore, un vero maestro, e nell'elencare le regole del giornalismo tuonava:* «Anzitutto, non annoiare chi legge!». *Loro, invece, annoiano). Infine perché io conduco una vita molto severa e intellettualmente ricca. Nel mio tipo di vita non c'è posto per i messaggeri di pochezza o di frivolezza, e per tenermene lontana seguo il consiglio del mio celebre concittadino. Il superesiliato Dante Alighieri.* «Non ti curar di lor ma guarda e passa». *Anzi vado oltre: passando non li guardo nemmeno.*

Tuttavia ad uno voglio divertirmi a rispondere. Uno di cui ignoro sesso e identità ma che, mi hanno detto, per confutare il mio giudizio sulla cultura islamica m'accusa di non conosce-

re «Le Mille e una Notte» e di negare agli arabi il merito d'a-
ver definito il concetto di zero. Eh, no, caro Signore o Signora
o Mezzo e Mezzo che sia. Io sono appassionata di matematica
e il concetto dello zero lo conosco bene. Pensi che nel mio «Insciallah», peraltro un romanzo costruito sulla formula di
Boltzmann, (quella che dice Entropia-uguale-alla-Costante-di-
Boltzmann-moltiplicata-per-il-logaritmo-naturale-delle-proba-
bilità-di-distribuzione), proprio sul concetto dello zero fabbrico la scena in cui il sergente uccide Passepartout. O meglio la
fabbrico sul problema più diabolico che a proposito di quel
concetto la Normale di Pisa abbia mai appioppato ai propri
studenti: «Dite perché Uno è più di Zero». (Così diabolico che
bisogna risolverlo per assurdo). Bè, affermando che il concetto
dello zero si deve alla cultura araba, Lei può riferirsi solo al
matematico arabo Muhammad ibn Musa Al Khwārizmī che
verso l'810 d.C. introdusse nei paesi del Mediterraneo la numerazione decimale col ricorso dello zero. Ma sbaglia. Proprio
Muhammad ibn Musa Al Khwārizmī, infatti, rivela a chiare
note che la numerazione decimale col ricorso dello zero non è
farina del suo sacco. Che l'ha attinta dalla cultura indiana ed
in particolare dal matematico indiano Brahmagupta, l'autore
del trattato di astronomia «Brahma-Sphuta-Siddhanta», il
quale aveva definito il preziosissimo zero nel 628 d.C. Secondo alcuni, è vero, Brahmagupta c'era arrivato dopo i Maya.
Già due secoli prima, dicono, i Maya indicavano la data di na-
scita dell'Universo con l'Anno Zero, il primo giorno d'ogni
mese lo segnavano con lo zero, e nei calcoli cui mancava un
numero riempivano il vuoto con lo zero. D'accordo. Ma per
riempire quel vuoto i Maya non usavano neanche il punto che
avrebbero usato i greci. Scolpivano o disegnavano un omino
con la testa rovesciata all'indietro. Questo omino è fonte di
parecchi dubbi, caro Signore o Signora o Mezzo e Mezzo che
sia, e a costo di darLe un dispiacere La informo che nella Sto-

ria della Matematica novantanove studiosi su cento attribuiscono a Brahmagupta la paternità dello zero.

Quanto a «Le Mille e una Notte», mi chiedo quale calunniatore Le abbia raccontato che io non conosco tale delizia. Peraltro una delizia che non si deve del tutto agli arabi: si deve anche agli occidentali. Per l'esattezza, all'orientalista Antoine Galland che, d'accordo con l'editore, nel 1715 aggiunse al testo originale almeno cento racconti abusivamente scritti da lui. Fra questi, i tre più famosi e forse più belli: «Alì Babà e i quaranta ladroni», «I viaggi di Sindbad il marinaio», «Aladino e la lampada meravigliosa». (Il che indebolisce molto l'accusa lanciatami dalla cicala di cui ignoro il sesso e l'identità). Sa, quand'ero bambina dormivo nella Stanza dei Libri. Nome che i miei amati e squattrinati genitori davano a un salottino stracolmo di libri comprati faticosamente a rate. Sopra lo scaffale del minuscolo divano da me chiamato il-mio-letto c'era un librone con una dama velata che mi guardava dalla copertina. Una sera lo ghermii e... La mamma non voleva. Appena se ne accorse, me lo tolse di mano. «Vergogna! Questa non è roba da bambini!». Ma poi me lo restituì. «Leggi, leggi. Va bene lo stesso». Così «Le Mille e una Notte» divennero le fiabe della mia fanciullezza e da allora fanno parte del mio patrimonio libresco. Può trovarle nella mia casa di Firenze, nella mia casa di campagna in Toscana, e qui a New York ne ho due edizioni diverse. La seconda, in francese. L'ho comprata l'estate scorsa da Ken Gloss, il mio libraio-antiquario di Boston, insieme a «Les Oeuvres Complètes de Madame De La Fayette» stampate a Parigi nel 1812 e a «Les Oeuvres Complètes de Molière» anch'esse stampate a Parigi nel 1799. Si tratta dell'edizione che Hiard, le libraire-éditeur de la Bibliothèque des Amis des Lettres, fece nel 1832 proprio con la prefazione di Galland. È in sette volumi che tengo come l'oro. Ma, onestamente, non me la sento di paragonare quelle gra-

ziose fiabe all'«Iliade» e all'«Odissea» di Omero. Non me la sento di paragonarle ai «Dialoghi» di Platone, all'«Eneide» di Virgilio, alle «Confessioni» di Sant'Agostino, alla «Divina Commedia» di Dante Alighieri, alle tragedie e alle commedie di Shakespeare, e via di questo passo. Non mi sembra serio. Fine del sorriso, e ultima messa a punto.

* * *

Io campo sui miei libri. Sui miei scritti. Campo sui miei Diritti d'Autore e ne vado fiera. Ai miei Diritti d'Autore ci tengo anche se la percentuale che un autore riceve su ogni copia venduta è una percentuale davvero modesta anzi irrisoria. Una cifra che specialmente sui paperback (sulle traduzioni ancora peggio) non basta a comprare mezza matita, anzi un terzo di matita, da un figlio di Allah che vende le matite lungo i marciapiedi e che non ha mai sentito parlare di «Le Mille e una Notte». I miei Diritti d'Autore li voglio. Li ricevo, e del resto senza quelli le matite lungo i marciapiedi dovrei venderle io. Ma non scrivo per soldi. Non ho mai scritto per soldi. Mai! Neanche quando ero giovanissima e avevo acuto bisogno di denaro per aiutare la mia famiglia a tirare avanti nonché per mantenermi all'università, facoltà di Medicina, che a quel tempo costava parecchio. A diciassette anni fui assunta, come cronista, in un quotidiano di Firenze. E a diciannove o giù di lì fui licenziata in tronco per aver respinto il principio dell'orrenda parola «pennivendolo». Eh, sì. Mi avevano ingiunto di scrivere un pezzo bugiardo su un comizio d'un famoso leader nei riguardi del quale, bada bene, nutrivo profonda antipatia anzi avversione. (Togliatti). Pezzo che, bada bene, non dovevo firmare. Scandalizzata dissi che le bugie io non le scrivevo, e il direttore (un democristiano grasso e borioso) rispose che i giornalisti erano pennivendoli tenuti a scrivere le cose per cui

47

venivan pagati. «Non si sputa nel piatto in cui si mangia». Replicai che in quel piatto poteva mangiarci lui, che prima di diventare una pennivendola sarei morta di fame, e subito mi licenziò. La laurea in Medicina non la presi anche per questo. Ossia perché mi trovai senza lo stipendio necessario a pagare le tasse dell'università. No, nessuno è mai riuscito a farmi scrivere una riga per soldi. Tutto ciò che ho scritto nella mia vita non ha mai avuto niente a che fare con i soldi. Mi sono sempre resa conto che a scrivere si influenzano i pensieri e le azioni di chi legge più di quanto si influenzino con le bombe o con le baionette, e la responsabilità che deriva da tale consapevolezza non può essere esercitata pensando ai soldi o in cambio di soldi. Ergo, le quattro pagine e un quarto del giornale non le riempii certo pensando ai soldi. La straziante fatica che in quelle settimane distrusse il mio corpo malconcio non me la imposi certo in cambio di soldi. Tantomeno misi il mio bambino cioè il mio impegnativo romanzo a dormire per guadagnare più del poco che guadagno coi miei Diritti d'Autore. E qui viene il bello.

Viene perché, quando il direttore infiammato piombò a New York e mi chiese di rompere il silenzio già rotto, non parlò di soldi. Ed io gliene fui grata. Giudicai addirittura elegante che egli non toccasse un simile tasto a proposito d'un lavoro che oltre a prender l'avvio da migliaia di creature incenerite si proponeva (da parte mia) di sturare le orecchie dei sordi, aprire gli occhi dei ciechi eccetera. Qualche giorno dopo la pubblicazione, però, mi fu detto a bruciapelo che il compenso per la straziante fatica era pronto. Un compenso-molto-molto-molto-lauto. Così lauto (la cifra non la conosco e non la voglio conoscere) che sarebbe stato superfluo rimborsarmi le forti spese sostenute con le telefonate intercontinentali. Bè: sebbene comprendessi che secondo le leggi dell'economia pagarmi era giusto, (non a caso gli articoli scritti dai miei detrattori per

quel giornale sono stati regolarmente e profumatamente paga-
ti), il molto-molto-molto-lauto-compenso io lo rifiutai. Tout-
court. Meglio: prima di rifiutarlo provai lo stesso imbarazzo e
lo stesso stupore del giorno in cui, quattordicenne, appresi che
l'Esercito Italiano intendeva pagarmi il congedo di soldato
semplice perché avevo combattuto i nazi-fascisti nel Corpo Vo-
lontari della Libertà. (L'episodio di cui parlo nel piccolo libro
a proposito dei soldi finalmente accettati per comprare le scar-
pe che né io né le mie sorelline avevamo). Bè... So che il diret-
tore pentito c'è rimasto di sale come la moglie di Lot. Ma sia a
lui che a chi legge l'eretica dice: ora le scarpe ce l'ho. E, se non
le avessi, preferirei camminare scalza piuttosto che trovarmi
in tasca i soldi di quell'articolo. Anche ad accettar mezza lira,
mi sarei insudiciata l'anima.

Oriana Fallaci

New York, novembre 2001

49

Mi chiedi di parlare, stavolta. Mi chiedi di rompere almeno stavolta il silenzio che ho scelto, che da anni mi impongo per non mischiarmi alle cicale. E lo faccio. Perché ho saputo che in Italia alcuni gioiscono come l'altra sera alla Tv gioivano i palestinesi di Gaza. «Vittoria! Vittoria!». Uomini, donne, bambini. (Ammesso che chi fa una cosa simile possa essere definito uomo, donna, bambino). Ho saputo che alcune cicale di lusso, politici o cosiddetti politici, intellettuali o cosiddetti intellettuali, nonché altri individui che non meritano la qualifica di cittadini, si comportano sostanzialmente nello stesso modo. Dicono: «Bene. Agli americani gli sta bene». E sono molto, molto, molto arrabbiata. Arrabbiata d'una rabbia fredda, lucida, razionale. Una rabbia che elimina ogni distacco, ogni indulgenza, che mi ordina di rispondergli e anzitutto di sputargli addosso. Io gli sputo addosso. Arrabbiata come me, la poetessa afro-americana Maya Angelou ieri ha ruggito: «Be angry. It's good to be angry. It's healthy. Siate arrabbiati. Fa bene essere arrabbiati. È sano». E se a me faccia bene non lo so. Però so che non farà bene a loro. Intendo dire a chi ammira gli Osama Bin Laden, a chi gli esprime comprensione o simpatia o solidarietà. A rompere il silenzio accendo un detonatore che da troppo tempo ha voglia di scoppiare. Vedrai.

Mi chiedi anche di raccontare come l'ho vissuta io, quest'Apocalisse. Di fornire insomma la mia testimonianza. Incomincerò dunque da quella. Ero a casa, la mia casa è nel centro di Manhattan, e verso le 9 ho avuto la sensazione d'un pericolo che forse non mi avrebbe toccato ma che certo mi riguardava. La sensazione che si prova alla guerra, anzi in combattimento, quando con ogni poro della tua pelle senti la pallottola o il razzo che arriva, e tendi le orecchie e gridi a chi ti sta accanto: «Down! Get down! Giù! Buttati giù!». L'ho respinta. Non ero mica in Vietnam, non ero mica in una delle tante e fottutissime guerre che sin dalla Seconda Guerra Mondiale hanno seviziato la mia vita! Ero a New York, perbacco, in un meraviglioso mattino di settembre. L'11 settembre 2001. Ma la sensazione ha continuato a possedermi, inspiegabile, e allora ho fatto ciò che al mattino non faccio mai. Ho acceso la Tv. Bè, l'audio non funzionava. Lo schermo, sì. E su ogni canale, qui di canali ve ne sono circa cento, vedevi una torre del World Trade Center che dagli ottantesimi piani in su bruciava come un gigantesco fiammifero. Un corto circuito? Un piccolo aereo sbadato? Oppure un atto di terrorismo mirato? Quasi paralizzata son rimasta a fissarla e, mentre la fissavo, mentre mi ponevo quelle tre domande, sullo schermo è apparso un aereo. Bianco, grosso. Un aereo di linea. Volava bassissimo. Volando bassissimo si dirigeva verso la seconda Torre come un bombardiere che punta sull'obbiettivo, si getta sull'obbiettivo. Sicché ho capito. Voglio dire, ho capito che si trattava d'un aereo kamikaze e che per la prima Torre era successo lo stesso. E, mentre lo capivo, l'audio è tornato. Ha trasmesso un coro di urla selvagge. Ripetute, selvagge. «God! Oh, God! Oh, God, God, God! Gooooooooood! Dio! Oddio! Oddio! Dio, Dio, Diooooooooo!». E l'aereo bianco s'è infilato nella seconda Torre come un coltello che si infila dentro un panetto di burro.

Erano le 9 e zero tre minuti, ora. E non chiedermi che cosa ho provato in quel momento e dopo. Non lo so, non lo ricordo. Ero un pezzo di ghiaccio. Anche il mio cervello era ghiaccio. Non ricordo neppure se certe cose le ho viste sulla prima Torre o sulla seconda. La gente che per non morire bruciata viva si buttava dalle finestre degli ottantesimi o novantesimi o centesimi piani, ad esempio. Rompevano i vetri delle finestre, le scavalcavano, si buttavano giù come ci si butta da un aereo avendo addosso il paracadute. A dozzine. Sì, a dozzine. E venivano giù così lentamente. Così lentamente... Agitando le gambe e le braccia, nuotando nell'aria. Sì, sembravano nuotare nell'aria. E non arrivavano mai. Verso i trentesimi piani, però, acceleravano. Si mettevano a gesticolar disperati, suppongo pentiti, quasi gridassero help-aiuto-help. E magari lo gridavano davvero. Infine cadevano a sasso e paf! Santiddio, io credevo d'aver visto tutto alle guerre. Dalle guerre mi ritenevo vaccinata, e in sostanza lo sono. Niente mi sorprende più. Neanche quando mi arrabbio, neanche quando mi sdegno. Però alle guerre io ho sempre visto la gente che muore ammazzata. Non l'ho mai vista la gente che muore ammazzandosi, buttandosi senza paracadute dalle finestre d'un ottantesimo o novantesimo o centesimo piano. Hanno continuato a buttarsi finché, una verso le dieci, una verso le dieci e mezzo, le Torri sono crollate e... Sai, con la gente che muore ammazzata, alle guerre io ho sempre visto roba che scoppia. Che crolla perché scoppia, perché esplode a ventaglio. Le due Torri, invece, non sono crollate per questo. La prima è crollata perché è implosa, ha inghiottito sé stessa. La seconda perché s'è fusa, s'è sciolta proprio come se fosse stata un panetto di burro. E tutto è avvenuto, o m'è parso, in un silenzio di tomba. Possibile? C'era davvero, quel silenzio, o era dentro di me? Forse era dentro di me. Chiusa dentro quel silenzio ho infatti ascoltato la notizia del terzo aereo buttatosi sul Pentagono, e quella del quarto caduto sopra un bosco della Pennsylvania. Chiusa dentro quel silenzio mi son messa a calcolare il numero dei morti e mi son sentita mancare il respiro. Perché nella battaglia più sanguinosa alla quale abbia assistito in Vietnam, una delle battaglie avvenute a Dak To, di morti ce ne furono quattrocento. Nella strage di Mexico City, quella dove anch'io mi beccai un bel po' di pallottole, almeno ottocento. E quando credendomi morta con loro mi scaraventarono nell'obitorio, mi lasciarono lì tra i cadaveri, quelli che presto mi ritrovai addosso mi sembrarono ancora di più. Nelle Torri lavoravano ben cinquantamila persone, capisci, e molte non hanno fatto in tempo ad evacuare. Una prima stima parla di settemila *missing*. Però v'è una differenza tra la parola *missing* cioè disperso, e la parola *dead* cioè morto. In Vietnam si distingueva sempre tra i *missing-in-action* cioè i dispersi e i *killed-in-action* cioè i morti... Mah! Io sono convinta che il vero numero dei morti non lo sapremo mai. Le due voragini che hanno assorbito le migliaia e migliaia di creature sono troppo profonde, troppo tappate da detriti, e al massimo gli operai dissotterrano pezzettini di membra sparse. Un naso qui, un dito là. Oppure una specie di melma che sembra caffè macinato e che invece è materia organica. Il residuo dei corpi che in un lampo si disintegrarono, si incenerirono. Ieri il sindaco Giuliani ha mandato altri diecimila sacchi per metterci i cadaveri. Ma sono rimasti inutilizzati.

* * *

Che cosa penso dell'invulnerabilità che tanti attribuivano all'America, che cosa sento per i kamikaze che ora ci affliggono? Per i kamikaze, nessun rispetto. Nessuna pietà. No,

54

neanche pietà. Io che in ogni caso finisco sempre col cedere alla pietà. A me i kamikaze cioè i tipi che si suicidano per ammazzare gli altri sono sempre stati antipatici, incominciando da quelli giapponesi della Seconda Guerra Mondiale. Non li ho mai considerati Pietri Micca che per bloccar l'arrivo delle truppe nemiche danno fuoco alle polveri e saltano in aria con la cittadella di Torino. Non li ho mai considerati soldati. E tantomeno li considero martiri o eroi, come berciando e sputando saliva il signor Arafat me li definì nel 1972 ossia quando lo intervistai ad Amman. (Luogo dove i suoi marescialli addestravano anche i terroristi della Baader-Meinhof). Li considero vanesi e basta. Esibizionisti che invece di cercar la gloria attraverso il cinema o la politica o lo sport la cercano nella morte propria ed altrui. Una morte che invece del Premio Oscar o della poltrona ministeriale o dello scudetto gli procurerà (credono) ammirazione. E, nel caso di quelli che pregano Allah, un posto nel Djanna. (L'Aldilà che Maometto riserva agli eroi mussulmani. Il Paradiso dove ogni eroe ha a sua disposizione settantadue vergini Urì e dove ogni orgasmo, centuplicato rispetto a un orgasmo normale, dura mille anni. Insieme alle Urì, trecento schiavi che per sostenerlo durante quell'orgia di sesso gli servono su piatti d'oro quantità colossali di squisitissimo cibo nonché i vini e i liquori proibiti in vita dal Corano. Tutta roba che nel Djanna non si elimina defecando e urinando bensì emanando dai pori un incantevole profumo di muschio). Scommetto che sono vanesi anche fisicamente. Ho sotto gli occhi la fotografia dei due kamikaze di cui parlo nel mio *Insciallah*, il romanzo che incomincia con la distruzione della base americana e della base francese (circa quattrocento morti) a Beirut. Se l'erano fatta scattare la vigilia della strage. Prima di farsela scattare erano stati dal barbiere, e guarda che bel taglio di capelli. Che bei baffi impomatati, che bella barbetta leccata, che belle basette civettuole... Quanto a quelli che si sono buttati sulle due Torri e sul Pentagono, li trovo particolarmente odiosi. S'è scoperto infatti che il loro capo, Muhammed Attah, ha lasciato due testamenti. Uno che dice: «Ai miei funerali non voglio esseri impuri, ossia animali e donne». Un altro che dice: «Neanche intorno alla mia tomba voglio esseri impuri. In particolare i più impuri: le donne incinte». E mi consola tanto pensare che non avrà mai né funerali né tombe, che neanche di lui è rimasto un capello.

Eh! Chissà come friggerebbe il signor Arafat ad ascoltarmi. Sai, il signor Arafat non mi ha mai perdonato le roventi differenze di opinione che avemmo durante l'incontro di Amman, ed io non gli ho mai perdonato nulla incluso il fatto che un giornalista italiano imprudentemente presentatosi a lui come mio-amico sia stato accolto con una rivoltella puntata contro il cuore. Ergo tra noi due non corre buon sangue, e non ci parliamo più. Però se lo incontrassi di nuovo, o meglio se gli concedessi udienza, glielo direi sul muso chi sono i martiri e gli eroi. Gli direi: lo sa chi sono i martiri, signor Arafat? Sono i passeggeri dei quattro aerei dirottati e trasformati in bombe umane e fra di loro la bambina di quattro anni che si è disintegrata dentro la seconda Torre. Sono gli impiegati che lavoravano nelle due Torri e al Pentagono. Sono i quattrocentodiciannove tra pompieri e poliziotti, trecentoquarantatré pompieri e settantasei poliziotti, morti per tentar di salvarli. (La metà o quasi, col cognome italiano cioè oriundi italiani. Tra questi, un padre col figlio: Joseph Angelini senior e Joseph Angelini junior). E lo sa chi sono gli eroi? Sono i passeggeri del volo che doveva buttarsi sulla Casa Bianca e che invece si è schiantato in un bosco della Pennsylvania perché tutti a bordo si sono ribellati! Nel loro caso sì che ci vorrebbe il Paradiso, caro il mio Arafat. Il guaio è che ora Lei fa il Capo di Stato ad perpetuum, fa il monarca. Rende visita al Papa, frequenta la Casa Bianca, rinnega il terrorismo, razza di bugiardo, in più manda le condoglianze a Bush. E nella sua camaleontica abilità di smentirsi sarebbe capace di rispondere che ho ragione. Ma cambiamo discorso. Preferisco parlare dell'invulnerabilità che tanti, in Europa, attribuivano all'America. Invulnerabilità? Ma come invulnerabilità?!? Più una società è democratica e aperta, più è esposta al terrorismo. Più un paese è libero, non governato da un regime poliziesco, più subisce o rischia i dirottamenti e i massacri che attraverso i palestinesi il terrorismo islamico ci ha inflitto per tanti anni in Europa. E che attraverso i gregari di Osama Bin Laden ci ha appena inflitto in America. Non per nulla i paesi non democratici, governati da un regime poliziesco, hanno sempre ospitato e finanziato e aiutato in ogni senso i terroristi. L'Unione Sovietica e i paesi satelliti dell'Unione Sovietica e la Cina Popolare, ad esempio. La Libia, l'Iraq, l'Iran, la Siria, il Libano arafattiano. Lo stesso Egitto dove i Fratelli Mussulmani se la fanno ancora da padroni e dove Sadat venne ucciso proprio da loro. La stessa Arabia Saudita di cui Osama è suddito sia pure rinnegato. (Ma sull'Arabia Saudita c'è da dire molto di più, come vedremo). Lo stesso Pakistan, ovviamente l'Afghanistan, e tutte le regioni mussulmane dell'Africa... Negli aeroporti e sugli aerei di quei paesi io mi sono sempre sentita sicura, serena come un neonato che dorme. L'unica cosa che temevo, lì, era essere arrestata perché scrivevo la verità su quei gentiluomini. Negli aeroporti e sugli aerei europei, invece, mi sono sempre sentita nervosa. Negli aeroporti e sugli aerei americani, due volte nervosa. E a New York, tre volte. (A Washington, no. Devo ammettere che l'aereo sul Pentagono non me lo aspettavo davvero). Perché credi che martedì mattina il mio subconscio abbia avvertito quell'angoscia, quella sensazione di pericolo? Perché credi che contrariamente alle mie abitudini abbia acceso il televisore? Perché credi che fra le tre domande che mi ponevo mentre la prima Torre bruciava e l'audio non funzionava, ci fosse quella sull'attentato? E perché credi che appena apparso il secondo aereo abbia capito? Essendo l'America il paese più forte del mondo, il più ricco, il più potente, il più capitalista, ci sono cascati quasi tutti nel tranello dell'invulnerabilità. Gli americani stessi. Ma la vulnerabilità dell'America nasce proprio dalla sua forza, dalla sua ricchezza, dalla sua potenza, dalla sua modernità. La solita storia del cane che si mangia la coda.

Nasce anche dalla sua essenza multietnica, dalla sua liberalità, dal suo rispetto per i cittadini e per gli ospiti. Esempio: oltre cinque milioni di americani sono arabo-mussulmani. E quando un Mustafà o un Muhammed viene diciamo dall'Afghanistan per visitare lo zio, nessuno gli proibisce di frequentare (solo centosessanta dollari a lezione) una scuola di pilotaggio per imparare a guidare un 757. Nessuno gli proibisce d'iscriversi a un'università per studiare chimica e biologia: le due scienze necessarie a scatenare una guerra batteriologica. Nessuno. Neppure se il governo teme che quel figlio di Allah dirotti il 757 oppure scateni una strage coi batteri. E detto ciò torniamo al ragionamento iniziale.

Quali sono i simboli della forza, della ricchezza, della potenza, della supremazia economica e militare americana? Non certo il jazz e il rock-and-roll, il chewing-gum e l'hamburger, Broadway ed Hollywood, direi. Sono i suoi grattacieli, il suo Pentagono, la sua scienza, la sua tecnologia. Quei grattacieli impressionanti. Così alti, così belli, che ad alzar gli occhi quasi dimentichi le Piramidi e i divini palazzi del nostro passato. Quegli aerei giganteschi, esagerati, che ormai sostituiscono i camion e le ferrovie e le navi perché tutto o quasi tutto qui si muove con gli aerei. Le case prefabbricate, il pesce fresco, la frutta e la verdura appena colta. Gli elefanti per gli zoo, gli organi da trapiantare. I turisti senza soldi, i soldati che vanno al fronte, i carri armati, le bombe da due o tre tonnellate. (E non dimenticare che la guerra aerea l'hanno inventata loro. O almeno sviluppata fino all'isteria). Quel Pentagono terrificante. Quella fortezza che solo a guardarla spaventerebbe Napoleone e Gengis Khan messi insieme... Quella scienza onnipresente, onnipossente, ineguagliabile. Quella tecnologia raggelante che in pochissimi anni ha stravolto la nostra esistenza quotidiana, la nostra millenaria maniera di comunicare e mangiare e vivere. E dove li ha colpiti, Osama Bin Laden? Sui grattacieli, sul Pentagono. Come? Con gli aerei, con la scienza, con la tecnologia. E a proposito: sai cosa mi impressiona di più in questo sinistro ultramiliardario, questo ex-playboy che anziché corteggiare le principesse bionde e folleggiare nei night-club (come faceva a Beirut e negli Emirati quando aveva vent'anni) si diverte ad ammazzare la gente in nome di Allah? Il fatto che il suo sterminato patrimonio derivi anche dai guadagni d'una Corporation specializzata nel demolire, e che egli stesso sia un esperto demolitore. La demolizione è una specialità americana. Infatti, se potessi intervistarlo, una delle mie domande riguarderebbe proprio questa faccenda. Un'altra riguarderebbe il suo ultra-poligamo e defunto padre che tra maschi e femmine ha messo al mondo cinquantaquattro figlioli, e che di lui (il diciassettesimo) diceva: è-sempre-stato-tanto-buono. Il-più-dolce, il-più-buono. Un'altra ancora, le sue brutte sorelle che a Londra e sulla Costa Azzurra si fanno fotografare a volto e capo scoperto nonché coi cicciuti seni e le immense natiche ben in vista grazie alle magliette e i pantaloni eccessivamente aderenti. Un'altra ancora, le sue varie mogli e concubine. Infine, i rapporti che ancora oggi ha col suo paese cioè con l'Arabia Saudita. Con quella cassaforte del Medio Oriente che da oltre mezzo secolo ci ricatta col suo fottuto petrolio, la sua avidità, e che da decenni finanzia segretamente il terrorismo internazionale. Gli chiederei: «Sor Bin Laden, quanti soldi Le vengono non da Suo padre e dal Suo patrimonio personale bensì dai Suoi compaesani, inclusi quelli della famiglia reale?». Ma forse, più che porgli domande, dovrei informarlo che New York non l'ha messa in ginocchio. E per informarlo che non l'ha messa in ginocchio dovrei raccontargli quel che ha detto Bobby. Un bambino newyorkese (otto anni) che un telecronista ha intervistato oggi per caso. Ecco qua. Parola per parola.

«My mom always used to say: "Bobby, if you get lost on the way home, have no fear. Look at the Towers and remember that we live ten blocks away on the Hudson River". Well, now the Towers are gone. Evil people wiped them out with those who were inside. So, for a week I asked myself: Bobby, how do you get home if you get lost now? Yes, I thought a lot about this, but then I said to myself: Bobby, in this world there are good people too. If you get lost now, some good person will help you instead of the Towers. The important thing is to have no fear». Traduco: «La mia mamma diceva sempre: "Bobby, se ti perdi quando torni a casa non avere paura. Guarda le Torri e rammenta che noi viviamo a dieci blocchi lungo lo Hudson River". Bè, ora le Torri non ci sono più. Gente cattiva le ha spazzate via con chi ci stava dentro. Così per una settimana mi son chiesto: Bobby, se ti perdi ora, come fai a tornare a casa? Ci ho pensato parecchio, sì. Ma poi mi son detto: Bobby, a questo mondo c'è anche gente buona. Se ti perdi ora, qualche persona buona ti aiuterà al posto delle Torri. L'importante è non avere paura».

Ma su questa faccenda ho da aggiungere qualcosa.

* * *

Quando ci siamo incontrati t'ho visto quasi stupefatto dall'eroica efficienza e dall'ammirevole unità con cui gli americani hanno affrontato quest'Apocalisse. Eh, sì. Nonostante i difetti che le vengono continuamente rinfacciati, che io stessa le rinfaccio, (ma quelli dell'Europa e in particolare dell'Italia sono ancora più gravi), l'America è un paese che ha grosse cose da insegnarci. E a proposito dell'eroica efficienza lasciami cantare un peana per il sindaco di New York. Quel Rudolph Giuliani che noi italiani dovremmo ringraziare in ginocchio perché ha un cognome italiano, è un oriundo italiano, e ci fa fare bella figura all'estero cioè dinanzi al mondo intero. Sì, è un grande anzi grandissimo sindaco, Rudolph Giuliani. Te lo dice una che non è mai contenta di nulla e di nessuno incominciando da sé stessa. Un sindaco degno d'un altro grandissimo sindaco col cognome italiano, Fiorello La Guardia, e molti dei nostri sindaci dovrebbero andare a scuola da lui. Presentarsi a lui col capo chino, anzi con la cenere sul capo, e chiedergli: «Sor Giuliani, per cortesia ci dice come si fa?». Lui non delega i suoi doveri al prossimo, no. Non perde tempo nelle bischerate e nelle avidità. Non si divide tra l'incarico di sindaco e quello di ministro o deputato. (C'è nessuno che mi ascolta nelle tre città di Stendhal, insomma a Napoli e a Firenze e a Roma?). Essendo corso subito e subito entrato nel secondo grattacielo, ha rischiato di trasformarsi in cenere con gli altri. S'è salvato per un pelo e per caso. E nel giro di quattro giorni ha rimesso in piedi New York. Una città che ha nove milioni e mezzo di abitanti, bada bene, e quasi due nella sola Manhattan. Come abbia fatto, non lo so. È malato come me, pover'uomo. Il cancro che torna e ritorna ha beccato anche lui. E, come me, fa finta d'essere sano. Lavora lo stesso. Ma io

lavoro a tavolino, perbacco, stando seduta! Lui, invece...
Sembrava un generale che partecipa di persona alla battaglia, un soldato che si lancia all'attacco con la baionetta.
«Forza, gente, forzaaa! Tiriamoci su le maniche, sveltiii!». E
ieri ci ha detto: «The first of the Human Rights is Freedom
from Fear. Do not have fear. Il Primo dei Diritti Umani è la
Libertà dalla Paura. Non abbiate paura». Ma può comportarsi così perché quelli intorno a lui sono come lui. Tipi senza boria, senza pigrizia, e con le palle. Uno è l'unico pompiere sopravvissuto al crollo della seconda Torre anzi estratto vivo dalle macerie. Si chiama Jimmy Grillo, ha ventott'anni, i capelli biondi come grano maturo, le pupille azzurre
come il mare pulito. Stamani l'ho visto in Tv, e sembrava un
Ecce Homo. Ferite, bruciature, tagli, cerotti. Gli hanno
chiesto se cambierà lavoro. Ha risposto: «I am a fireman,
and all my life I shall be a fireman. Always here, always in
New York. To protect my city and my people and my
friends. Io sono un pompiere, e per tutta la mia vita sarò un
pompiere. Sempre qui, sempre a New York. Per proteggere
la mia città, la mia gente, i miei amici».

Quanto all'ammirevole capacità di unirsi, alla compattezza quasi marziale con cui gli americani rispondono alle disgrazie e al nemico, bè: devo ammettere che lì per lì ha stupito anche me. Sapevo, sì, che quella compattezza era esplosa al tempo di Pearl Harbor. Cioè quando il popolo s'era
stretto intorno a Roosevelt e Roosevelt era entrato in guerra
contro la Germania di Hitler, l'Italia di Mussolini, il Giappone di Hirohito. L'avevo annusata, sì, dopo l'assassinio di
Kennedy. Ma a questo era seguita la guerra in Vietnam, la
lacerante divisione causata dalla guerra in Vietnam, e in un
certo senso ciò mi aveva ricordato la loro Guerra Civile d'un
secolo e mezzo fa. Così, quando ho visto bianchi e neri piangere abbracciati, dico abbracciati, quando ho visto demo-

cratici e repubblicani cantare abbracciati dico abbracciati «God bless America, Dio benedica l'America», quando gli ho visto cancellare tutte le divergenze, sono rimasta di stucco. Lo stesso, quando ho udito Bill Clinton (persona verso la quale non ho mai nutrito tenerezze) dichiarare «Stringiamoci intorno a Bush, abbiate fiducia nel nostro presidente». Lo stesso, quando le medesime parole sono state ripetute con forza da sua moglie Hillary ora senatore per lo Stato di New York. Lo stesso, quando sono state reiterate da Lieberman, l'ex-candidato democratico alla vicepresidenza. (Soltanto lo sconfitto Al Gore è rimasto squallidamente zitto). Lo stesso, quando il Congresso ha votato all'unanimità d'accettare la guerra, punire i responsabili. Lo stesso, quando ho scoperto che il motto degli americani è un motto latino che dice: «Ex pluribus unum, da tutti uno». Insomma, Tutti per Uno. Anzi, quando ho saputo che i bambini lo imparano a scuola e lo recitano come da noi si recita il Pater Noster, mi sono addirittura commossa. Ah, se l'Italia imparasse questa lezione! È un Paese così diviso, l'Italia. Così fazioso, così avvelenato dalle sue meschinerie tribali! Si odiano anche all'interno dei partiti, in Italia. Non riescono a stare insieme nemmeno quando hanno lo stesso emblema, lo stesso distintivo. Gelosi, biliosi, vanitosi, piccini, non pensano che ai propri interessi personali. Non si preoccupano che per la propria carrieruccia, la propria gloriuccia, la propria popolarità di periferia e da periferia. Pei propri interessi personali si fanno i dispetti, si tradiscono. Si accusano, si sputtanano... Io sono assolutamente sicura che se Osama Bin Laden facesse saltare in aria la Torre di Giotto o la Torre di Pisa, l'opposizione darebbe la colpa al governo e il governo darebbe la colpa all'opposizione. I capoccia del governo e i capoccia dell'opposizione, ai propri compagni o ai propri camerati. E detto ciò lasciami spiegare da che cosa nasce la capacità di unirsi, rispondere uniti alle disgrazie e al nemico, che caratterizza gli americani. Nasce dal loro patriottismo. Io non so se in Italia avete visto e capito quel che è successo a New York quando Bush è andato a ringraziar gli operai (e le operaie) che scavando nelle macerie e in quella specie di caffè macinato cercano di salvare qualche superstite ma non tiran fuori che qualche naso o qualche dito. Senza cedere, tuttavia, senza rassegnarsi. Sicché se gli domandi come fanno ti rispondono: «I can allow myself to be exhausted, not to be defeated. Posso permettermi d'essere esausto, non d'essere sconfitto». Tutti lo dicono, tutti. Bianchi, neri, gialli, marroni, viola... L'avete visti o no? Mentre Bush li ringraziava non facevano che sventolare le bandierine americane, alzare il pugno chiuso, tuonare: «Iuessè! Iuessè! Iuessè! Usa! Usa! Usa!». In un paese totalitario avrei pensato: «Ma guarda come l'ha organizzata bene il Potere!». In America, no. In America queste cose non le organizzi. Non le gestisci, non le comandi. Specialmente in una metropoli disincantata come New York, e con operai come gli operai di New York. Sono tipacci, gli operai di New York. Scontrosi, anarcoidi, più liberi del vento. Quelli, ti assicuro, non obbediscono neanche ai loro sindacati. Ma se gli tocchi la bandiera, se gli tocchi la Patria... In inglese la parola Patria non c'è. Per dire Patria bisogna accoppiare due parole. Father Land, Terra dei Padri; Mother Land, Terra Madre; Native Land, Terra Nativa. O dire semplicemente My Country, il Mio Paese. Però il sostantivo *Patriotism* c'è. L'aggettivo *Patriotic* c'è. E a parte la Francia, forse, non so immaginare un Paese più patriottico dell'America. Ah! Io ho provato una specie di umiliazione a vedere quegli operai che stringendo il pugno e sventolando la bandierina ruggivano Iuessè-Iuessè-Iuessè, senza che nessuno glielo ordinasse. Perché gli operai italiani che sventolano il

64

tricolore e tuonano Italia-Italia non li so immaginare. Nei cortei e nei comizi gli ho visto sventolare tante bandiere rosse, agli operai italiani. Fiumi, laghi, di bandiere rosse. Ma di bandiere tricolori gliene ho sempre viste sventolar pochine. Anzi nessuna. Mal guidati o tiranneggiati da una sinistra devota all'Unione Sovietica, le bandiere tricolori le hanno sempre lasciate agli avversari. E non è che gli avversari ne abbiano fatto buon uso, direi. Non ne hanno fatto nemmeno spreco, graziaddio. E quelli che vanno alla Messa, idem. Quanto al becero con la camicia verde e la cravatta verde, non sa nemmeno quali siano i colori del tricolore. Mi-sun-lumbard, mi-sun-lumbard. Quello vorrebbe riportarci alle guerre tra Firenze e Siena. Risultato, oggi la bandiera italiana la vedi soltanto alle Olimpiadi se per caso vinci una medaglia, o meglio negli stadi quando c'è una partita internazionale di calcio. Unica occasione, peraltro, in cui riesci a udire il grido Italia-Italia.

Eh, sì: c'è una bella differenza tra un paese nel quale la bandiera della Patria viene sventolata soltanto dai teppisti degli stadi o dai vincitori di una medaglia, e un paese nel quale viene sventolata dal popolo intero. Ad esempio, dagli irreggimentabili operai che scavano nel caffè macinato per tirar fuori qualche orecchio o qualche naso delle creature massacrate dai figli di Allah, dal dio-misericordioso-e-iracondo.

* * *

Il fatto è che l'America è un paese speciale, caro mio. Un paese da invidiare, di cui esser gelosi, per cose che non hanno nulla a che fare con la ricchezza eccetera. E sai perché? Perché è nata da un bisogno dell'anima, il bisogno d'avere una patria, e dall'idea più sublime che l'Uomo abbia mai concepito: l'idea della Libertà anzi della libertà sposata all'idea di uguaglianza. Lo è anche perché, quando ciò accadde, l'idea di libertà non era di moda. L'idea di uguaglianza, nemmeno. Non ne parlavano che certi filosofi detti Illuministi, di queste cose. Non li trovavi che in un costoso librone di diciassette volumi più diciotto illustrati detto *Encyclopédie* ed edito da un certo Diderot e da un certo D'Alembert, questi concetti. E a parte gli scrittori e gli altri intellettuali, a parte i prìncipi e i signori che avevano i soldi per comprare il librone o i libri che avevano ispirato il librone, chi ne sapeva nulla dell'Illuminismo? Non era mica roba da mangiare, l'Illuminismo! Non ne parlavan neppure i rivoluzionari francesi, visto che la Rivoluzione Francese sarebbe incominciata nel 1789 ossia quindici anni dopo la Rivoluzione Americana che scoppiò nel 1776 però era sbocciata nel 1774. (Dettaglio che gli antiamericani del bene-agli-americani-gli-sta-bene ignorano o fingono di ignorare). Ma, soprattutto, l'America è un paese speciale, un paese da invidiare, perché quell'idea venne capita da contadini spesso analfabeti o comunque ineducati: i contadini delle tredici colonie americane. E perché venne materializzata da un piccolo gruppo di leader straordinari, da uomini di grande cultura e di grande qualità: the Founding Fathers, i Padri Fondatori. Ma hai idea di chi fossero i Padri Fondatori, i Benjamin Franklin e i Thomas Jefferson e i Thomas Paine e i John Adams e i George Washington eccetera?!? Altro che gli avvocaticchi (come giustamente li chiamava Vittorio Alfieri) della Rivoluzione Francese! Altro che i cupi e isterici boia del Terrore, i Marat e i Danton e i Desmoulins e i Saint-Just e i Robespierre! Erano tipi, i Padri Fondatori, che il greco e il latino lo conoscevano come gli insegnanti italiani di greco e di latino (ammesso che ne esistano ancora) non lo conosceranno mai. Tipi che in greco s'eran letti Archimede e Aristotele e

Platone, che in latino s'eran letti Seneca e Cicerone, Virgilio e Ovidio, e che i principii della democrazia greca se l'eran studiati come nemmeno i marxisti del mio tempo studiavano la teoria del plusvalore. (Ammesso che la studiassero davvero). Jefferson conosceva anche l'italiano. Lui diceva «toscano». In italiano parlava e leggeva con gran speditezza. Infatti con le duemila piantine di vite e le mille piantine di olivo e la carta da musica che in Virginia scarseggiava, nel 1774 il medico fiorentino Filippo Mazzei gli aveva portato varie copie d'un libro scritto da un certo Cesare Beccaria e intitolato *Dei Delitti e delle Pene*. Quanto all'autodidatta Franklin, era un genio. Scienziato, stampatore, editore, scrittore, giornalista, politico, inventore. Nel 1752 aveva scoperto la natura elettrica del fulmine e inventato il parafulmine, ad esempio. Aveva inventato anche la stufa con la canna fumaria di metallo per riscaldare le stanze senza caminetto. Infatti Pietro Leopoldo, il granduca di Toscana, se n'era comprate due da installare nel suo studio di Palazzo Pitti poi gli aveva scritto un'estasiata lettera di ringraziamento. E fu con questi leader straordinari, questi uomini di grande cultura e di grande qualità, che nel 1776 anzi nel 1774 i contadini spesso analfabeti e comunque ineducati si ribellarono all'Inghilterra. Fecero la guerra d'Indipendenza, la Rivoluzione Americana.

La fecero, nonostante i fucili e la polvere da sparo, nonostante i morti che ogni guerra costa, senza i fiumi di sangue e gli abomini della futura Rivoluzione Francese. Senza la ghigliottina, insomma, senza le migliaia e migliaia di decapitati, senza i massacri della Vandea e di Lione e di Tolone e di Bordeaux. La fecero con un foglio che insieme al bisogno dell'anima, il bisogno d'avere una patria, concretizzava la sublime idea della libertà anzi della libertà sposata all'uguaglianza: la Dichiarazione d'Indipendenza. «We hold these

Truths to be self-evident... Noi riteniamo evidenti queste verità. Che tutti gli Uomini sono creati uguali. Che sono dotati dal Creatore di certi inalienabili Diritti. Che tra questi Diritti v'è il Diritto alla Vita, alla Libertà, alla Ricerca della Felicità. Che per assicurare questi Diritti gli Uomini devono istituire i governi...». E quel foglio che dalla Rivoluzione Francese in poi tutti gli abbiamo bene o male copiato, o al quale ci siamo ispirati, costituisce ancora la spina dorsale dell'America. La linfa vitale di questa nazione. Sai perché? Perché trasforma i sudditi in cittadini. Perché trasforma la plebe in Popolo. Perché la invita anzi le ordina di ribellarsi alla tirannia, di governarsi, d'esprimere le proprie individualità, di cercare la propria felicità. (Cosa che per un povero, anzi per un plebeo, significa anzitutto arricchirsi). Tutto il contrario di ciò che il comunismo faceva proibendo alla gente di ribellarsi, governarsi, esprimersi, arricchirsi, e mettendo Sua Maestà lo Stato al posto dei soliti re. «Il comunismo è un regime monarchico, una monarchia di vecchio stampo. In quanto tale taglia le palle, agli uomini. E quando a un uomo gli tagli le palle, non è più un uomo» diceva mio padre. Diceva anche che invece di riscattare la plebe il comunismo trasformava tutti in plebe. Rendeva tutti morti di fame, quindi impediva alla plebe di riscattarsi.

Bè, secondo me l'America riscatta la plebe. Sono tutti plebei, in America. Bianchi, neri, gialli, marroni, viola. Stupidi, intelligenti, poveri, ricchi. Anzi i più plebei sono proprio i ricchi. Nella maggioranza dei casi, certi piercoli! Rozzi, maleducati. Lo vedi subito che non hanno mai letto Monsignor della Casa, che non hanno mai avuto nulla a che fare con la raffinatezza e il buon gusto e la sophistication. Nonostante i soldi che sprecano nel vestirsi son così ineleganti che, in paragone, la regina d'Inghilterra sembra chic. Però sono riscattati, perdio. E a questo mondo non c'è nulla di più forte, di più potente, di più inesorabile, della plebe riscattata. Ti rompi sempre le corna, con la Plebe Riscattata. E, in un modo o nell'altro, con l'America le corna se le sono sempre rotte tutti. Inglesi, tedeschi, messicani, russi, nazisti, fascisti, comunisti... Da ultimo se le son rotte perfino i vietnamiti di Ho Chi Minh. Dopo la vittoria son dovuti scendere a patti, con gli americani, e quando l'ex-presidente Clinton è andato a fargli una visitina hanno toccato il cielo con un dito. «Bienvenu, Monsieur le Président, bienvenu! Facciamo business con America, oui? Boku money, tanti soldi, oui?». Il guaio è che i figli di Allah non sono vietnamiti. E con loro la faccenda sarà dura. Molto lunga, molto difficile, molto dura. Ammenoché il resto dell'Occidente non smetta di farsela addosso. E ragioni un po' e dia una mano. Papa compreso.

(Mi consenta una domanda, Santità: è vero che tempo fa Lei chiese ai figli di Allah di perdonare le Crociate fatte dai Suoi predecessori per riprendersi il Santo Sepolcro? Boh! Ma loro Le hanno mai chiesto scusa per il fatto d'esserselo preso? Le hanno mai chiesto scusa per il fatto d'aver soggiogato per oltre sette secoli la cattolicissima penisola iberica, tutto il Portogallo e tre quarti della Spagna, sicché se nel 1490 Isabella di Castiglia e Ferdinando d'Aragona non si fossero dati una mossa oggi in Spagna e in Portogallo si parlerebbe ancora arabo? La cosa mi incuriosisce perché a me non hanno mai chiesto scusa per i crimini che fino all'alba del milleottocento hanno commesso lungo le coste della Toscana e nel Mare Tirreno dove mi rapivano i nonni, gli mettevano le catene ai piedi e ai polsi e al collo, li portavano ad Algeri o a Tunisi o in Turchia, li vendevano nei bazaar, li tenevano schiavi vita natural durante, gli tagliavan la gola ogni volta che tentavano di scappare. Perbacco, Santità! Lei s'è dato tanto da fare perché l'Unione Sovietica crollasse. La mia generazione, una generazione che ha vissuto l'intera vita nell'attesa cioè nel terrore della Terza Guerra Mondiale, deve ringraziare anche Lei del miracolo a cui nessuno di noi credeva di poter assistere: un'Europa libera dall'incubo del comunismo, una Russia che chiede d'entrare nella Nato, una Leningrado che si chiama di nuovo Pietroburgo, un Putin che è il miglior amico di Bush. Il suo miglior alleato. E dopo aver contribuito a tutto questo Lei fa l'occhiolino a chi è mille volte peggiore di Stalin, chiede scusa a chi Le rubò il Santo Sepolcro e magari vorrebbe rubarLe il Vaticano?!?).

* * *

Non sto parlando, ovvio, agli avvoltoi che oggi se la godono a veder le immagini delle macerie e ridacchiano bene-agli-americani-gli-sta-bene. Sto parlando alle persone che pur non essendo stupide o cattive, si cullano ancora nella prudenza e nel dubbio. Sto parlando a coloro che sbagliano in buona fede. E a loro dico: sveglia, gente, sveglia! Intimiditi come siete dalla paura d'andar contro corrente oppure d'apparire razzisti, (parola oltretutto impropria perché il discorso non è su una razza, è su una religione), non capite o non volete capire che qui è in atto una Crociata all'Inverso. Abituati come siete al doppio gioco, accecati come siete dalla miopia e dalla cretineria dei Politically Correct, non capite o non volete capire che qui è in atto una guerra di religione. Voluta e dichiarata da una frangia di quella religione forse, (forse?), comunque una guerra di religione. Una guerra che essi chiamano Jihad, Guerra Santa. Una guerra che forse non mira alla conquista del nostro territorio, (forse?), ma che certamente mira alla conquista delle nostre anime: alla scomparsa della nostra libertà e della nostra civiltà, all'annientamento del nostro modo di vivere e di morire, del nostro modo di pregare o non pregare, del nostro modo di mangiare e bere e vestirci e divertirci e informarci... Non capite o non volete capire che se non ci si oppone, se non ci si difende, se non si combatte, la Jihad vincerà. E distruggerà il mondo che bene o male siamo riusciti a costruire, a cambiare, a migliorare, a rendere un po' più intelligente cioè meno bigotto o addirittura non bigotto. Distruggerà la nostra cultura, la nostra arte, la nostra scienza, la nostra morale, i nostri valori, i nostri piaceri... Cristo! Non vi rendete conto che gli Osama Bin Laden si ritengono autorizzati a uccidere voi e i vostri bambini perché bevete il vino o la birra, perché non portate la barba lunga o il chador anzi il burkah, perché andate al teatro e al cinema, perché ascoltate la musica e cantate le canzonette, perché ballate nelle discoteche o a casa vostra, perché guardate la televisione, perché portate la minigonna o i calzoncini corti, perché al mare o in piscina state ignudi o quasi ignudi, perché scopate quando vi pare e dove vi pare e con chi vi pare? Non v'importa neanche di questo, scemi? Io sono atea, graziaddio. Irrimediabilmente atea. E non ho alcuna intenzione d'esser punita per questo da barbari che invece di lavorare e contribuire al miglioramento dell'umanità se ne stanno col sedere all'aria cioè a pregare cinque volte al giorno.

Da vent'anni lo dico, da vent'anni. Con una certa mitezza e non con questa collera, con questa passione, vent'anni fa su tutto ciò scrissi un articolo di fondo. Era l'articolo di una persona abituata a stare con tutte le razze e tutti i credi, d'una cittadina abituata a combattere tutti i fascismi e tutte le intolleranze, d'una laica senza tabù. Ma nel medesimo tempo era l'articolo d'una persona indignata con chi non sentiva il puzzo d'una Guerra Santa a venire, e ai figli di Allah gliene perdonava un po' troppe. Feci un ragionamento che anche allora suonava pressappoco così: «Che senso ha rispettare chi non rispetta noi? Che senso ha difendere la loro cultura o presunta cultura quando essi disprezzano la nostra? Io voglio difendere la nostra, e v'informo che Dante Alighieri e Shakespeare e Molière e Goethe e Walt Whitman mi piacciono più di Omar Khayyam». Apriti cielo. Mi mangiarono viva. Mi esposero alla pubblica gogna, mi crocifissero. «Razzista, razzista!». Furono le cicale di lusso anzi i cosiddetti progressisti (a quel tempo si chiamavano comunisti) a crocifiggermi. Del resto l'insulto razzista-razzista me lo presi anche quando i sovietici invasero l'Afghanistan. Li ricordi i barbuti con la sottana e il turbante che a ciascun colpo di mortaio gridavano le lodi del Signore cioè il bercio Allah-akbar, Dio-è-grande, Allah-akbar? Io li ricordo eccome. E a sentir accoppiare la parola Dio al colpo di mortaio, mi venivano i brividi. Mi pareva d'essere nel Medioevo e dicevo: «I sovietici sono quello che sono. Però bisogna ammettere che a far quella guerra proteggono anche noi. E li ringrazio». Riapriti cielo. «Razzista, razzista!». Nella loro cecàggine non volevan neanche sentirmi parlare delle mostruosità che i figli di Allah commettevano sui militari sovietici fatti prigionieri. Ai militari sovietici segavano le gambe e le braccia, rammenti? Un vizietto cui s'erano già abbandonati in Libano coi prigionieri cristiani ed ebrei. (Né è il caso di meravigliarsi, visto che nell'Ottocento lo facevano sempre ai diplomatici e agli ambasciatori. Soprattutto inglesi. Anzi a loro tagliavano anche la testa, e con questa giocavano a buskachi. Una specie di polo. Le gambe e le braccia, invece, le esponevano come trofei nelle piazze o al bazaar). Tanto che gliene importava, alle cicale di lusso, d'un povero soldatino ucraino che giaceva in un ospedale con le braccia e le gambe segate? Nel loro cinismo applaudivano addirittura gli americani che, rincretiniti dalla paura dell'Unione Sovietica, riempivan di armi l'eroico-popolo-afgano. Addestravano i barbuti e coi barbuti (Dio li perdoni, io no) un barbutissimo di nome Osama Bin Laden. «Via i russi dall'Afghanistaaan! I russi devono andarsene dall'Afghanistaaan!». Bè, i russi se ne sono andati. Contenti? E dall'Afghanistan i barbuti del barbutissimo Osama Bin Laden sono arrivati a New York con gli sbarbati siriani, egiziani, iracheni, libanesi, palestinesi, sauditi, tunisini, algerini, insomma coi diciannove che componevano la banda dei kamikaze identificati. Contenti? Alcuni non sono né contenti né scontenti. Se ne fregano e basta. Tanto l'America è lontana, dicono. Tra l'Europa e l'America c'è un oceano, dicono. Eh, no, cari miei: sbagliate. C'è un filo d'acqua. Perché l'America è Occidente, caro mio, l'altro volto dell'Occidente. E quando è in ballo il destino dell'Occidente, la sopravvivenza dell'Occidente, New York siamo noi. L'America siamo noi. Noi italiani, noi francesi, noi inglesi, noi tedeschi, noi svizzeri, noi austriaci, noi olandesi, noi ungheresi, noi slovacchi, noi polacchi, noi scandinavi, noi belgi, noi spagnoli, noi greci, noi portoghesi eccetera. Ed anche noi russi che, coi mussulmani della Cecenia, a Mosca ci siamo beccati e continuiamo a beccarci la nostra porzione di stragi. Se crolla l'America, crolla l'Europa. Crolla l'Occidente, crolliamo noi. E non solo in senso finanziario cioè nel senso che, mi pare, preoccupa di più gli italiani anzi gli europei. (Una volta, ero giovane e ingenua, dissi ad Arthur Miller: «Gli americani misurano tutto coi soldi, non si preoccupano che dei soldi». E Arthur Miller mi rispose irritato: «Voi no?»). In tutti i sensi crolliamo, cari miei. E al posto delle campane ci ritroviamo i muezzin, al posto delle minigonne ci ritroviamo il chador anzi il burkah, al posto del cognacchino ci ritroviamo il latte di cammella. Neanche questo capite, neanche questo volete capire, scemi?!? Blair lo ha capito. Subito dopo la tragedia è venuto qui e ha portato anzi rinnovato a Bush la solidarietà degli inglesi. Non una solidarietà espressa con le chiacchiere e i piagnistei: una solidarietà basata sulla caccia ai terroristi e sull'alleanza militare. Chirac, no. Come sai, dopo la catastrofe è venuto qui. Una visita prevista da tempo, non una visita ad hoc. Ha visto le macerie delle due Torri, ha saputo che i morti sono un numero incalcolabile anzi inconfessabile, ma non s'è sbilanciato. Durante l'intervista alla Cnn ben quattro volte gli è stato chiesto in qual modo e in qual misura intendesse schierarsi contro questa Jihad. E per ben quattro volte ha evitato la risposta, è sgusciato via come un'anguilla. Veniva voglia di gridargli: «Monsieur le Président! Ricorda lo sbarco in Normandia? Lo sa quanti americani creparono in Normandia per cacciare i nazisti dalla Francia?». Il guaio è che, escluso Blair, neanche fra gli altri europei vedo Riccardi Cuor di Leone. E tantomeno ne vedo in Italia dove a tutt'oggi, cioè a due settimane dalla catastrofe, il governo non ha ancora individuato quindi arrestato alcun complice o sospetto complice di Osama Bin Laden. Perdio, signor cavaliere, perdio! In ogni paese d'Europa è stato individuato e arrestato qualche complice o sospetto complice! In Francia, in Germania, in Inghilterra, in Spagna... Ma in Italia dove le moschee di Milano e di Torino e di Roma traboccano di mascalzoni che inneggiano a Osama Bin Laden, di terroristi o aspiranti terroristi cui piacerebbe tanto far saltare in aria la Cupola di San Pietro, nessuno. Sono così incapaci i Suoi poliziotti e carabinieri? Sono così coglioni i Suoi servizi segreti? Sono così addormentati i Suoi funzionari? E sono tutti stinchi di santo, tutti estranei a ciò che è successo e succede, i figli di Allah che ospitiamo? Oppure a fare le indagini giuste, a individuare e arrestare chi finoggi non avete individuato e arrestato, Lei teme di subire il solito ricatto «razzista-razzista»? Io, vede, no... Cristo! Io non nego a nessuno il diritto di avere paura. Mille volte ho scritto, ad esempio, che chi non ha paura della guerra è un cretino e chi vuol far credere di non avere paura alla guerra è insieme un cretino e un bugiardo. Ma nella Vita e nella Storia vi sono casi in cui non è lecito aver paura. Casi in cui aver paura è immorale e incivile. E quelli che per debolezza o mancanza di coraggio o abitudine a tenere il piede in due staffe si sottraggono a questa tragedia a me sembrano, oltre che codardi, sciocchi e masochisti.

* * *

Masochisti, sì, masochisti. E a tal proposito, vogliamo farlo questo discorso su ciò che tu chiami Contrasto (ed io chiamo Conflitto) tra le Due Culture? Bè, se vuoi proprio saperlo, a me dà fastidio perfino parlare di due culture: metterle sullo stesso piano come se fossero due realtà parallele, di uguale peso e di uguale misura. Perché dietro alla nostra civiltà c'è Omero, c'è Socrate, c'è Platone, c'è Aristotele, c'è Fidia, c'è Archimede, c'è Euclide. C'è l'antica Grecia col suo Partenone, la sua scultura, la sua architettura, la sua poesia, la sua matematica, la sua filosofia, la sua scoperta della Democrazia. C'è l'antica Roma con la sua grandezza, la sua esperienza giuridica, il suo concetto della Legge, il suo Diritto Romano. (Un concetto rimasto ineguagliato per secoli. Un Diritto al quale ancor oggi attingiamo). C'è la sua letteratura, la sua scultura, la sua architettura cioè i suoi palazzi, i suoi anfiteatri, i suoi acquedotti, i suoi ponti, le sue strade. C'è un rivoluzionario, quel Cristo morto in croce, che ci ha insegnato (e peggio per noi se non lo abbiamo imparato) il concetto dell'amore e della giustizia. C'è anche una Chiesa che ci ha dato l'Inquisizione, d'accordo. Che ci ha torturato e bruciato mille volte sul rogo, che ci ha quasi ammazzato Galileo Galilei, ce lo ha umiliato e zittito, che per secoli ci ha costretto a scolpire e dipingere solo Cristi e Madonne. Ma che ha dato anche un gran contributo alla Storia del Pensiero. Neppure un'atea come me può negarlo. E poi c'è il Rinascimento. Ci sono Leonardo da Vinci e Michelangelo e Raffaello e Donatello e Lorenzo il Magnifico. C'è Erasmo da Rotterdam, e Thomas More e Cartesio e Spinoza e Pascal e Giambattista Vico. C'è l'Illuminismo. C'è Rousseau. C'è Voltaire. C'è l'*Encyclopédie*. E c'è la musica. Quella musica che nella loro cultura o supposta cultura è proibita: guai se gorgheggi una canzonetta o intoni il coro del *Nabucco*. («Al massimo posso concederle qualche marcia pei soldati» mi disse Khomeini. Sicché inutile parlargli di Bach o di Mozart, di Beethoven o di Rossini o Donizetti o Verdi). E infine c'è la Scienza, perdio, e la tecnologia che ne deriva. Una scienza che in pochi secoli ha fatto scoperte da capogiro, compiuto meraviglie da Mago Merlino. Copernico, Galileo, Newton, Darwin, Pasteur, Einstein, non eran mica seguaci di Maometto. O mi sbaglio? Il motore, il telegrafo, l'elettricità, la radio, il telefono, la televisione, non si devono mica ai mullah e agli ayatollah. O mi sbaglio? Le navi a vapore, il treno, l'automobile, l'aereo, le astronavi con cui siamo andati sulla Luna e su Marte e presto andremo chissà dove, lo stesso. O mi sbaglio? Il trapianto del cuore, del fegato, dei polmoni, degli occhi, le cure del cancro, la scoperta del genoma, idem. O mi sbaglio? E non dimentichiamo lo standard di vita che la cultura occidentale ha raggiunto ad ogni livello della società. Il fatto che da noi non si muoia più di fame e di freddo, di stenti e di malattie prima considerate inguaribili. Il fatto che da noi le donne contino ormai quanto gli uomini. Nonché il fatto che da noi chiunque possa esprimere la propria opinione. Ed anche se tutto ciò fosse roba da buttar via, il che non mi sembra proprio, dimmi: dietro l'altra cultura, la cultura dei barbuti con la sottana e il turbante, che c'è?

Senza alcun rispetto verso la Storia che se non sbaglio include i risultati raggiunti dagli egizi, dai sumeri, dagli assiro-babilonesi, dai fenici, dagli ebrei, dai greci, dai romani, dalla rivoluzione cristiana, le cicale affermano che l'Islam è stato «un faro di civiltà insuperata». Una cultura ascesa alle più alte vette dell'arte, della letteratura, della filosofia, della matematica, della medicina, e perfino della tecnologia. Ma non mi pare che la faccenda stia esattamente così. E incominciamo dall'arte. Bè, nelle arti plastiche e figurative quel «faro» ha prodotto ben poco. Niente statue, niente dipinti, e ringraziare il Cielo se ci ha lasciato qualche mosaico eseguito dai bizantini vinti o dagli andalusi soggiogati. Ringraziare il Cielo se ci ha lasciato qualche motivo ornamentale e qualche miniatura dei suoi sultani. (Per farsi fare un vero ritratto, tuttavia, Solimano il Magnifico dovette chiamare a Istambul il Giambellino. Cioè Giovanni Bellini, veneziano e cattolico). Nel campo dell'arte, infatti, i mussulmani si sono sempre espressi attraverso l'architettura e basta. Limitata alle moschee e ai minareti, peraltro, agli alcazar ossia alle fortezze militari, ai caravanserragli ossia ai recinti per le carovane, e alle regge con gli harem. La moschea di Damasco è cosa egregia, d'accordo. La Moschea Blu e la Moschea Bianca di Istambul sono splendide. (Però quest'ultima si deve all'architetto italiano Montani). L'Alhambra di Granada e la reggia di Siviglia sono impressionanti, d'accordo. Però non mi risulta che quei maestri-di-civiltà abbiano mai costruito un ponte, un anfiteatro, un pubblico acquedotto, una strada. Una via Appia, ad esempio. Un Colosseo. (Gli acquedotti li costruivano soltanto per i bagni, le fontane, i giardini dei sultani o dei visir. Le strade non gli servivano perché si muovevano nel deserto. I ponti, perché di fiumi ne avevano pochi e li attraversavano in barca. Quanto agli anfiteatri, sono edifici eretti per il popolo. E del popolo ai sultani e ai califfi e ai visir non importava un bel nulla. Lo usavano come carne da macello per le loro conquiste e basta). Nel campo della musica, idem. La musica preislamica è sopravvissuta con nenie popolari che non mi sembrano paragonabili ai canti gregoriani, alle sinfonie di Mozart e di Bach, ai cori di Haendel o alle ouvertures di Verdi. Il flamenco sbocciò tra gli spagnoli dell'Andalusia e, se non fosse stato per l'Occidente che se ne invaghì, anche il liuto e il mandolino (strumenti inventati dagli arabi prima che il Profeta nascesse) sarebbero finiti nella spazzatura. Chissà perché, le armonie musicali suscitano nei figli di Allah una profonda avversione. La poesia, no. Ne convengo. Però, a parte le liriche persiane e gli Omar Khayyam, non vedo esempi eccelsi. Maometto odiava i poeti più dei pittori e dei musicisti, e nella sola Medina ne fece decapitare quattro fra cui la poetessa Asma bin Marwan che gli aveva dedicato versi scarsamente elogiativi. Questo non ha certo aiutato l'Islam a darci un Petrarca o un Dante Alighieri o un Goethe o un Baudelaire o un Leopardi. Quanto alla prosa, l'unico trionfo che ahimè li distingue è il Corano. Libro che concettualmente plagia in maniera sfacciata la Bibbia, la Torah, gli Evangeli. E che, nonostante gli innumerevoli rifacimenti, da un punto di vista stilistico lascia molto a desiderare. Quanto alla sostanza, bè: Maometto diceva che glielo aveva dettato l'Arcangelo Gabriele in persona, e su delega di Dio. Ma secondo me, in quei giorni, l'Arcangelo Gabriele non era in forma. E Dio nemmeno.

Nel campo della filosofia la situazione cambia per il meglio, ne convengo. Verso il Settimo Secolo nei monasteri delle cristiane Siria e Palestina i guerrieri del Profeta avevano saccheggiato i testi in greco di Platone, Aristotele, Epicuro, dei neoplatonici eccetera. Gli studiosi al loro seguito li avevano tradotti, le persone colte se n'erano abbeverate, sicché nel Nono Secolo abbiamo Al Kindi. Secondo le cicale, «il filosofo degli arabi». Nell'Undicesimo, Ibn Sina cioè Avicenna. Più noto però come clinico e terapeuta. Nel Dodicesimo, Ibn Rushd ossia Averroè. Giurista, medico, matematico, e soprattutto autore dei famosi *Commentari* su Aristotele poi del poderoso *Destructio Destructionis*: l'opera con cui rivendica la libertà di pensiero nei riguardi della fede, distingue tra ragione e religione, sostiene che l'interpretazione letterale del Corano va bene per gli ignoranti non per la gente istruita, e infine spiega la necessità di separare il potere politico dal potere religioso. (Tutte cose per cui l'infelice entrò in polemica col fideista Al Ghazali, nel 1195 dovette fuggire da Cordova poi nascondersi a Fez dove però i sicari del califfo lo rintracciarono e lo imprigionarono. Gli bruciarono i libri, lo trattarono come un delinquente. E soltanto qualche mese prima di morire, ormai settantaduenne, poté rientrare in Andalusia). Oh, sì. Trabocca di modernità, il pensiero di Averroè. Non a caso l'averroismo (presentato come aristotelismo integrale o naturalismo) si insegnò fino al Rinascimento in quasi tutte le università europee. Influenzò molti studiosi occidentali, nel 1270 e nel 1277 fu condannato dall'arcivescovo di Parigi, e nel 1513 fu proibito dal Concilio Lateranense. Ma Averroè è un caso a parte, Avicenna ed Al Kindi non gli assomigliano molto, e i filosofi che nel mondo islamico fiorirono dopo di lui lo stesso. Bravi ad assimilare le idee altrui e quindi intrisi di sapienza greca, di neoplatonismo, misticismo, di erudizione mista a bigotteria, non offrono mai un pensiero nuovo. Un'idea rivoluzionaria. Più che filosofi sembrano professori di filosofia e tra di loro non trovi mai un maestro di qualità. Un Telesio ad esempio. Un Giordano Bruno, un Campanella, un Montaigne. O un Bacone, un Leibniz, un Locke, un Kant. Gli manca il genio, insomma. Gli manca il dèmone che accende l'originalità. Con l'originalità, la creatività ossia la capacità di inventare e osare e cambiare. Gli manca perché sono obnubilati da un credo che insegna solo a ubbidire e che di conseguenza spenge l'immaginazione, condanna all'immobilità o nel migliore dei casi alla mediocrità. Discorso che vale anche per la virtù di cui si vantano maggiormente: la presunta supremazia in matematica.

Al solito berciandomi addosso, al solito coprendomi di nauseabonda saliva, nel 1972 Arafat mi disse che la sua cultura era superiore alla nostra (lui può usarlo, dunque, l'aggettivo *superiore?*) perché i suoi nonni avevano inventato la matematica. Ma Arafat ha la memoria corta, oltre che l'intelligenza debole. Ben per questo si smentisce ogni cinque minuti e insieme alla sua nauseabonda saliva non sputa che sciocchezze. D'accordo, nessuno può negare che alle scienze esatte i matematici dell'Islam abbiano dato un notevole contributo. Con Al Khwārizmī, con Al Hasib, con Al Battani, ad esempio. Con Al Biruni, con Al Sufi, con Al Wafa. Con lo stesso Avicenna, lo stesso Averroè, lo stesso Omar Khayyam. (Fino a pochi secoli fa, la sapienza non si divideva in categorie. Le persone erudite si interessavano a tutto, si occupavano di tutto. Filosofia, matematica, medicina, teologia, ingegneria, giurisprudenza, musica, pittura, letteratura). E poiché la matematica non li esponeva ad eresie, castighi, in quel campo del sapere scatenarono la loro indole di assimilatori. È nell'820, infatti, che Al Khwārizmī elabora le Tavole dei Seni e dei Coseni (già concepite da Tolomeo e sviluppate dall'indiano Aryabhata). È nell'860 che Al Hasib completa la Tavola delle Tangenti e Cotangenti (già formulata dall'indiano Brahmagupta). È nel 912 che Al Battani studia gli equinozi (già noti a Tolomeo) e Al Biruni conclude il suo lavoro sulla statica (già ben nota agli egiziani poi ad Archimede). Ed è nel 1100 che Omar Khayyam affronta il calcolo algebrico. Ma tra questo e l'inventare (nota quelle parentesi) c'è una bella differenza. E già nel 1200 non vedo più nomi paragonabili a quelli. Nel 1300 idem. Nel 1400 non vedo che qualche astrologo ovviamente dedito all'astronomia e qualche alchimista ossessionato dalla ricerca della pietra filosofale cioè dal sogno di trasformare i metalli vili in oro. Nel 1500 e nel 1600, quando noi abbiamo Copernico e Galileo e Newton, silenzio di tomba. Eppure quei secoli corrispondono all'apogeo dell'Impero Ottomano, e... Mi sbaglio o le grandi conquiste della cultura avvengono quando una società raggiunge alti gradi di potenza e di ricchezza? E, sempre a proposito del suddetto silenzio, mi chiedo chi sia l'imbecille che per esaltare la scienza islamica ai figli di Allah attribuisce l'invenzione degli occhiali e del telescopio. Gli occhiali si devono ad Alessandro da Spina, il fiorentino che nel 1268 materializzò lo studio compiuto da Ruggero Bacone sulla possibilità di correggere la miopia. (Indovina come: incastrando due lenti dentro un'armatura da fissare agli orecchi o, mediante una molla, sul naso). E il telescopio fu costruito nel 1609 da Galileo Galilei che per primo osservò le valli della Luna, le fasi di Venere, i satelliti di Giove.

Quanto alla medicina, anche qui il contributo della scienza islamica è caratterizzato dalla consueta mancanza di originalità e creatività. Anche qui consiste nell'avere assorbito e divulgato gli antichi testi dei greci. Anche qui si ferma al fiorire dell'Impero Ottomano. Per non commettere ingiustizie, mi sono procurata un elenco di quei super-celebrati ed ecco qua. Il capostipite è un certo Hunayn Ibn Ishaq, meglio noto col nome latino di Ioannitius, che nel Nono Secolo tradusse in arabo Ippocrate e Galeno: il medico dei gladiatori poi di Marc'Aurelio. Ma Ioannitius non era mussulmano. Era un cristiano-nestoriano venuto da Bagdad. Nel Nono Secolo abbiamo anche un certo Rhazes che su Galeno scrive vari commentari in latino, nonché il trattato *De variolis et morbillis*. (Pure questo in latino, vedi caso). Nel Decimo Secolo abbiamo l'andaluso Abu Al Qasim che, meglio noto come Albucasis, dirige un ospedale di Cordova e lascia rozze note sulla chirurgia. Nell'Undicesimo, il ben noto e persiano Avicenna che lascia il celebre *Libro delle Guarigioni* e il celeberrimo *Canone della Medicina*. Testo sulla meningite, la pleurite, le febbri eruttive, l'apoplessia, ma come sempre intriso di Galeno e del suo sgomentevole modo di curare la gente. Cioè con le teste di piccione, le zampe di scorpione, l'urina di donna o di vacca, gli impiastri di non ti dico cosa. Sempre nell'Undicesimo Secolo, l'andaluso Maimonides. Neanche lui mussulmano. Maimonides era ebreo, le sue opere sono in ebraico, e i figli di Allah se ne appropriarono perché bandito da Cordova si rifugiò al Cairo dove divenne il cerusico personale del Feroce Saladino. Nel Dodicesimo abbiamo Averroè. (Ma di Averroè, nel campo della medicina, sono rimaste ben poche tracce). Nei secoli successivi cioè i secoli che corrispondono al culmine dell'Impero Ottomano, nessuno. Intendiamoci: qualcuno dev'esserci stato. È inconcepibile che all'apogeo del potere e della ricchezza i sultani non si siano circondati di medici curanti. Eppure, a parte i taumaturghi e i negromanti cioè i maghi, a parte gli astrologi e gli alchimisti che cercavano la pietra filosofale, l'unico nome che trovo nel Quindicesimo e Sedicesimo e Diciassettesimo Secolo è quello dell'arcidefunto Avicenna ormai tradotto in latino quindi conosciuto in tutta l'Europa. E qui viene il bello. Perché le cicale asseriscono che dal Medioevo al 1600 la Medicina si tramandò in Europa grazie alla scuola islamica. Ma anche questa è una grossa bugia. Nel Medioevo si tramandò grazie ai frati Benedettini cioè alle loro erbe medicinali, i loro alambicchi, i loro distillati, la sapienza farmacologica che avevano sviluppato nei loro conventi. (Dal 1000 al 1300, anche grazie alla scuola di Salerno e alla scuola di Montpellier nonché alle università di Padova e Bologna e Parigi). E dal 1400 al 1600 fiorì grazie al Rinascimento. Quel Rinascimento che l'Islam non ha mai avuto.

Caro mio, v'è un unico campo nel quale i figli di Allah si sono sempre e inequivocabilmente distinti: il campo militare, la supremazia degli eserciti. Se non ci credi, guarda l'atlante geografico. Vedrai che al tempo degli Ottomani oltre la metà del pianeta languiva sotto il tallone dell'Islam. E per metà del pianeta intendo tutto il Medioriente, tutto il continente africano, due terzi dell'Asia dove s'erano spinti anche in India e in Cina, più due terzi dell'Europa da dove eran giunti anche in Ucraina e in Russia e in Islanda. Soltanto al Polo Nord, al Polo Sud, in Australia e nel continente americano non ancora scoperto, quei pacifisti non erano arrivati. E il particolare più odioso è che tale cupidigia non fu mai riscattata portando una stilla di progresso. Una goccia di luce, un'idea nuova. Cristo! Qualcosa di buono gli altri invasori l'avevano portato, l'avrebbero portato. L'uso del raziocinio, ad esempio. Il piacere della conoscenza, il gusto del bello. Loro, no. Invadendo, saccheggiando, massacrando, soggiogando, portaron soltanto la primitiva cultura d'un mondo che si basava sulla tirannia e la bigotteria e la crudeltà. Seppero imporre soltanto gli usi e gli abusi d'una religione che copiava, che copia, il peggio delle religioni sorte prima di lei. Insegnarono soltanto i versetti d'un libro mai discusso, mai messo in dubbio, mai revisionato. Un libro che malgrado ciò pretende di condensare la storia del genere umano e dominarla anche attraverso il passato remoto. Cioè il tempo di Abramo, il tempo in cui l'Islam non esiste-

va. Ed ora lasciami esaminare i pregi di questo libro infallibile, inviolabile, incensurabile. Lasciami contemplare i tesori di questo supposto patrimonio che le cicale di lusso rispettano più di quanto rispettassero *Das Kapital*.

* * *

Davvero pregi, davvero tesori? Da quando i nostri nemici
ci hanno regalato l'Undici Settembre, le cicale non si stanca-
no mai di ripetere che i mussulmani sono una cosa e i fondamentalisti o integralisti mussulmani un'altra. Che il Corano ha molte versioni, che viene letto con molte interpreta-
zioni, ma in ogni sua versione ed interpretazione predica la
pace e la fratellanza e la giustizia. (Lo dice anche Bush. Per
tenersi buoni i suoi cinque milioni di americani arabo-mussulmani, suppongo. Per indurli a spifferare quel che sanno
su eventuali parenti o amici devoti a Osama Bin Laden. Povero Bush). Ma in nome della logica: se il Corano è tanto
fraterno e tanto pacifico, come la mettiamo col fatto che il
Profeta fosse uno spietato guerriero e quindi un uomo
tutt'altro che fraterno e pacifico? Come la mettiamo col fatto che avesse personalmente guidato ventisette battaglie,
personalmente sgozzato settecento nemici, personalmente
incendiato tre città? Come la mettiamo col fatto che i suoi
avversari li liquidasse come un capo mafioso, che i suoi riva-
li li eliminasse con atrocità da rabbrividire? (Per scoprire
dove fosse nascosto l'oro della conquistata città di H̱aybar
un giorno fece torturare a morte il capo-tribù Kinānah ac-
cendendogli un fuoco sul cuore. Poi si portò a letto la vedova diciassettenne: Safiyyah). Come la mettiamo col fatto che
il Corano predichi senza sosta la Guerra Santa, che i paesi
dove non regna l'Islam li definisca «Dar al-Harb» cioè Ter-
ra-da-conquistare? Come la mettiamo col fatto che i non-

mussulmani li chiami cani-infedeli, che li tratti da inferiori anche se si convertono, che lungi dal raccomandare un qualsiasi perdono imponga la legge dell'Occhio-per-Occhio-e-Dente-per-Dente, che tale legge la consideri il Sale della Vita? Come la mettiamo con la faccenda del chador o meglio del burkah che copre le donne dalla testa ai piedi, volto compreso, sicché per vedere quel che c'è al di là di quel sudario una disgraziata deve guardare attraverso la fittissima rete posta all'altezza degli occhi? Come la mettiamo con la faccenda della poligamia ossia delle quattro mogli (però su speciale dispensa dell'Arcangelo Gabriele il Profeta ne aveva sedici), o con la faccenda degli harem dove le concubine e le schiave vivono a mo' di prostitute nei bordelli? Come la mettiamo con la storia delle adultere lapidate o decapitate, e della pena capitale per chi beve alcool? Come la mettiamo con la legge sui ladri a cui il Corano ingiunge di tagliar la mano, al primo furto la sinistra, al secondo furto la destra, al terzo non so cosa però mi pare che al terzo il castigo consista nel bucare le pupille con un ferro rovente? Cito a caso, affidandomi alla memoria. Certo il Sacro Libro offre esempi ancora più gravi. Nondimeno questi bastano, e non mi sembra che esprimano pace e fratellanza e misericordia e giustizia. Non mi sembra nemmeno che esprimano intelligenza. E a proposito d'intelligenza: è vero che gli odierni santoni della Sinistra o di ciò che chiamano Sinistra non vogliono udire ciò che dico? È vero che a udirlo danno in escandescenze, strillano inaccettabile-inaccettabile? Si son forse convertiti tutti all'Islam e anziché le Case del Popolo ora frequentano le moschee? Oppure strillano così per compiacere il Papa che su certe cose apre bocca solo per chiedere scusa a chi gli rubò il Santo Sepolcro? Boh! Lo zio Bruno aveva ragione a dire che l'Italia non ha avuto la Riforma ma è il paese che ha vissuto più intensamente la Controriforma.

Ecco dunque la mia risposta alla tua domanda sul Conflitto-tra-le-Due-Culture. Al mondo c'è posto per tutti. A casa propria tutti fanno ciò che gli pare. E se in alcuni paesi le donne son così cretine da accettare il chador anzi il lenzuolo da cui si guarda attraverso una fitta rete posta all'altezza degli occhi, peggio per loro. Se sono così scimunite da accettare di non andar a scuola, non andar dal dottore, non farsi fotografare eccetera, lo stesso. Se sono così minchione da sposare uno stronzo che vuole quattro mogli più un harem pieno di concubine, idem. Se i loro uomini sono così grulli da non bere la birra e il vino, pure. Non sarò io ad impedirglielo. Ci mancherebbe altro. Sono stata educata nel concetto di libertà, io, e la mia mamma diceva: «Il mondo è bello perché è vario». Ma se pretendono d'imporre le stesse cose a me, a casa mia... Lo pretendono. Osama Bin Laden afferma che l'intero pianeta Terra deve diventar mussulmano, che dobbiamo in massa convertirci all'Islam, che con le buone o con le cattive lui ci convertirà, che a tal scopo ci massacra e continuerà a massacrarci. E questo non può piacere né a me né a voi, ipocriti difensori dell'Islam. A me personalmente mette addosso una gran voglia di rovesciar le carte e ammazzare lui. Il guaio è che la cosa non si risolve, non si esaurisce, con la morte di Osama Bin Laden. Perché gli Osama Bin Laden sono decine di migliaia, ormai, clonati come le pecore dei nostri laboratori scientifici. E non sono più i pittoreschi Mori che milletrecento anni fa invadevano la Spagna e il Portogallo poi la Francia e la Sicilia e l'Italia del Sud. Non sono più i ben riconoscibili armigeri che cavalcando purosangue o cammelli, ammazzando con le scimitarre o le lance, si spingevano nel cuore dell'Europa mettendo sotto assedio Vienna. Sono gli individui che vestiti da professionisti, da intellettuali, da borghesi, quindi in apparenza innocui, costituiscono il tessuto odierno della Guerra

Santa. Sono gli ospiti ai quali insegniamo come si usa un sofisticato computer, come ci si inserisce in una rete telefonica o in un complesso elettronico, come si gestisce una compagnia finanziaria o un sito Internet. Ed anche come si sfrutta il mondo dell'informazione buonista, dei media che a suon di bugie manipolano il cervello delle persone in buona fede. Infatti i più intelligenti e i meglio addestrati non stanno nelle caverne dell'Afghanistan o nelle moschee del Pakistan, dell'Iran, dell'Iraq, dell'Arabia Saudita, dello Yemen e via dicendo. Non stanno nelle piazze di Giacarta e di Nairobi. Stanno a casa nostra, in Occidente. Portano la cravatta, dicono di rispettare il cristianesimo ed accettare la democrazia, hanno eccellenti rapporti coi nostri partiti politici. I nostri sindacati, i nostri municipî, le nostre televisioni, i nostri giornali. Hanno eccellenti rapporti anche col nostro mondo ecclesiastico: coi nostri parroci, i nostri vescovi, i nostri cardinali. In parole diverse, si annidano nei gangli della nostra cultura e della nostra esistenza quotidiana. Vivono nel cuore di una società che li ospita senza discutere le loro differenze, li accetta senza controllare le loro cattive intenzioni e senza penalizzare le loro cattive azioni. Una società che li protegge con la sua apertura mentale, il suo permissivismo, i suoi principii liberali, le sue leggi civili. Leggi che hanno abolito la tortura e la pena di morte. Che non permettono di arrestare se non esistono indizi. Che non permettono di processare se non si è difesi da un avvocato. Che non permettono di condannare se la colpa non è stata dimostrata. Leggi, infine, che autorizzano scappatoie d'ogni tipo. Ad esempio, quella di cancellare una condanna e rimettere in libertà un delinquente. Non è grazie a certe scappatoie che tanti figli di Allah entrano nel nostro paese e vi si stabiliscono e vi si comportano da padroni? Durante un Sinodo che il Vaticano tenne a Smirne nell'ottobre del 1999 per discutere i rapporti tra cristiani e mussulmani un eminente mussulmano si rivolse ai partecipanti cattolici dicendo: «Attraverso la vostra democrazia vi invaderemo. Attraverso la nostra religione vi domineremo». (L'informazione è fornita da Sua Eminenza Giuseppe Bernardini, arcivescovo della locale diocesi).

Oh, sì, mio caro. La Crociata all'Inverso, la Crociata dei nuovi Mori dura da tempo. È ormai irreversibile e per avanzare non ha bisogno di eserciti che a colpi di bombarda abbattono le mura di Costantinopoli. Cannoneggiate dalla nostra misericordia, dalla nostra debolezza, dalla nostra cecità, dal nostro masochismo, le mura delle nostre città sono già cadute: l'Europa sta già diventando una gigantesca Andalusia. Per questo i nuovi Mori con la cravatta trovano sempre più complici, fanno sempre più proseliti. Per questo diventano sempre di più, pretendono sempre di più, ottengono sempre di più, spadroneggiano sempre di più. E se non stiamo attenti, se restiamo inerti, troveranno sempre più complici. Diventeranno sempre di più, pretenderanno sempre di più, otterranno sempre di più, spadroneggeranno sempre di più. Fino a soggiogarci completamente. Fino a spengere la nostra civiltà. Ergo, trattare con loro è impossibile. Ragionarci, impensabile. Cullarci nell'indulgenza o nella tolleranza o nella speranza, un suicidio. E chi crede il contrario è un illuso.

* * *

Illuso, sì, illuso. Te lo dice una che il mondo islamico lo conosce e l'ha conosciuto parecchio bene. In Iran, in Iraq, in Pakistan, in Bangladesh, in Arabia Saudita, in Kuwait, in Libia, in Giordania, in Libano, e a casa sua. Cioè in Italia. Lo ha conosciuto, sì, ed anche attraverso episodi ridicoli anzi grotteschi ne ha avuto raggelanti conferme. Io non dimenticherò mai quello che mi accadde all'ambasciata iraniana di Roma quando chiesi il visto per recarmi a Teheran, (intervista a Khomeini), e mi presentai con le unghie smaltate di rosso. Per loro, segno di immoralità anzi delitto per cui nei paesi più fondamentalisti ti mozzano le dita. Con voce sferzante mi ingiunsero di levare immediatamente quel rosso e, se non gli avessi urlato che cosa gradivo levare a loro anzi tagliare a loro, m'avrebbero mozzato le dita nel mio paese. Non dimentico nemmeno quel che mi accadde a Qom, la città santa di Khomeini, dove in quanto donna venivo respinta da tutti gli alberghi. Per intervistare Khomeini dovevo mettere il chador, per mettere il chador dovevo togliere i blue-jeans, per togliere i blue-jeans dovevo appartarmi, e naturalmente avrei potuto effettuare l'operazione nell'automobile con la quale ero giunta da Teheran. Ma l'interprete, un iraniano con la moglie spagnola, me lo impedì. Lei-è-pazza, signora, lei-è-pazza: a-fare-una-cosa-simile-qui-a-Qom-si-finisce-fucilati. Così di rifiuto in rifiuto approdammo all'ex-Palazzo Reale dove un custode pietoso ci ospitò. Ci prestò l'ex-Sala del Trono. Uno stanzone dove mi pareva d'esser la Madonna che per partorire il Bambin Gesù si rifugia insieme a Giuseppe nella stalla scaldata dall'asino e dal bue. Bè, sai che cosa accadde? Poiché a un maschio e a una femmina non sposati fra loro il Corano vieta di appartarsi dietro una porta chiusa, accadde che d'un tratto la porta dello stanzone si aprì. Il mullah addetto al Controllo della Moralità irruppe strillando vergogna-vergogna, peccato-peccato, e v'era solo un modo per non finire fucilati: sposarsi. Firmare un atto di matrimonio a scadenza (quattro mesi) che il mullah ci sventolava sulla faccia. Sposarsi. Il guaio è che Consuelo, la moglie spagnola dell'interprete iraniano, non era affatto disposta ad accettare la poligamia. E io non volevo sposare nessuno. Tantomeno un iraniano con la moglie spagnola e nient'affatto disposta ad accettare la poligamia. Nel medesimo tempo non volevo finir fucilata ossia perdere l'intervista con Khomeini. In tal dilemma mi dibattevo e... Ridi, ne sono certa. Ti sembrano barzellette, queste. Aneddoti da raccontare a cena. Così il seguito di questo episodio non te lo racconto: ti lascio con la curiosità di sapere se lo sposai o no. Ma per farti piangere ti racconto la storia dei dodici giovanotti impuri (cosa avessero fatto di impuro non s'è mai saputo) che finita la guerra del Bangladesh vidi giustiziare a Dacca. Li giustiziarono sul campo dello stadio, a colpi di baionetta nel torace o nel ventre, e alla presenza di ventimila fedeli che dalle tribune applaudivano in nome di Allah. «Allah akbar, Dio è grande, Allah akbar». Lo so, lo so: nel Colosseo gli antichi romani, quegli antichi romani di cui la mia cultura va fiera, si divertivano a veder morire i cristiani dati in pasto ai leoni. Lo so, lo so: in tutti i paesi d'Europa i cristiani, quei cristiani ai quali sia pure a denti stretti riconosco il contributo che hanno dato alla Storia del Pensiero, si divertivano a veder bruciare gli eretici. Però è trascorso qualche secolo, da allora. Nel frattempo siamo diventati un pochino più civili, e anche i figli di Allah dovrebbero aver compreso che certe cose non si fanno. Loro invece le fanno. Dopo i dodici giovanotti impuri ammazzarono anche un bambino che per salvare il fratello condannato a morte s'era buttato sui giustizieri. Non-lo-toccate, non-lo-toccate. A lui schiacciarono la testa con gli scarponi da militare. E se non ci credi, rileggi la mia cronaca o la cronaca dei giornalisti francesi e tedeschi e inglesi che inorriditi quanto me erano lì con me. Meglio: guardati le fotografie che uno di essi, il tedesco, scattò. Comunque il punto che mi preme sottolineare non è questo. È che, concluso lo scempio, i ventimila fedeli (molte donne) lasciarono le tribune e scesero nel campo. Non in maniera scomposta, caotica, no. In maniera ordinata, solenne. Lentamente composero un corteo e, sempre salmodiando Allah akbar-Allah akbar passarono sopra i cadaveri. Li distrussero come le due Torri di New York. Li ridussero a un tappeto sanguinolento di ossa spiaccicate. Ah! Potrei continuare all'infinito con queste storie orrende. Potrei dirti cose mai dette, mai pubblicate. Perché sai qual è il problema della gente come me, ossia di coloro che ne hanno viste troppe? È che a un certo punto ci si abituano. A raccontarle gli sembra di masticare roba già digerita, tediosa, e non le raccontano più. Sulla crudeltà della poligamia raccomandata dal Corano e mai condannata dalle cicale di lusso, ad esempio, potrei raccontarti quel che a Karachi mi raccontò Alī Bhutto: il Capo di Stato pakistano morto impiccato dai suoi avversari estremisti e per l'esattezza dall'osceno generale Ziā. Conobbi bene Alī Bhutto. Per intervistarlo rimasi quasi quindici giorni al suo fianco. E una sera, senza che lo sollecitassi, mi confidò la storia del suo primo matrimonio. Un matrimonio celebrato contro la sua volontà anzi nonostante la sua disperazione, quando egli aveva meno di tredici anni. Per moglie, una cugina che era già una donna matura. Me la confessò tra le lacrime. Una lacrima gli scendeva lungo il naso e gli finiva in bocca dove la leccava, la beveva. Poi ci ripensò, se ne pentì. Mi chiese di togliere alcuni particolari e io lo feci perché ho sempre avuto un gran rispetto per la privacy della gente, mi ha sempre dato disagio ascoltare le loro faccende personali e riferirle. (Ricordo con quale slancio a Gerusalemme interruppi Golda Meir che, pure lei non sollecitata, mi confidava la storia del suo infelice rapporto col marito: «Golda, è proprio sicura di volermi dire certe cose?»). Dopo aver pubblicato l'intervista priva dei particolari che mi aveva chiesto di togliere, tuttavia, mi capitò di rivedere Bhutto che di nuovo pentito disse: «Sa, sbagliai a chiederle di purgare la storia del mio primo matrimonio. Un giorno dovrebbe scriverla per intero». E la storia per intero va al di là del ricatto che egli aveva subìto per sposare a meno di tredici anni la cugina che era già una donna matura. «Se fai il bravo, se consumi il matrimonio, ti regaliamo un paio di pattini». (O di mazze da cricket? Non ricordo). Infatti include la festa nuziale alla quale la sposa non partecipò in quanto femmina cioè essere inferiore. E con la festa nuziale, la notte in cui il matrimonio pagato coi pattini o le mazze da cricket avrebbe dovuto essere consumato. «Non lo consumammo... Ero proprio un bambino... Non sapevo da che parte incominciare... E invece d'aiutarmi lei piangeva. Piangeva, piangeva. Ergo, mi misi a piangere anch'io. Poi stanco di piangere mi addormentai, e l'indomani la lasciai per recarmi a studiare in Inghilterra. L'avrei rivista soltanto dopo il mio secondo matrimonio, quando ero ormai innamorato della mia seconda moglie e... Come dirlo? Io non sono un cultore della castità, e spesso vengo accusato d'essere un donnaiolo. Eppure dalla mia prima moglie non ho avuto figli. Voglio dire, non l'ho mai messa in condizione d'avere figli... Nonostante la sua grazia e la sua bellezza, l'incubo di quella notte me lo ha sempre impedito. Non ci sono mai riuscito. E quando vado da lei che vive sola come un cane abbandonato a Larkana, che morirà senza aver mai toccato un uomo perché se tocca un altro uomo commette adulterio e finisce lapidata, mi vergogno di me stesso e della mia religione. È una cosa spregevole, la poligamia. È una cosa spregevole il matrimonio combinato e imposto».

(Ecco, Bhutto. Ovunque Lei sia, e pazienza se non è in nessun posto fuorché sottoterra, l'ho mantenuta la mia promessa. L'ho scritta per intero la sua triste storia).

* * *

Ora dimentica quel pover'uomo. Dimentica la selvaggia esecuzione dei dodici giovanotti-impuri e del bambino che per salvare il fratello si butta sui giustizieri, viene ucciso a pedate. Dimentica il mullah addetto al Controllo della Moralità, dimentica il mio matrimonio o non-matrimonio di Qom, e vieni a camminare con me lungo la Strada del Disprezzo che i mussulmani nutrono per le donne. Un disprezzo che io ho esperimentato anche in circostanze durante le quali sarebbe stato lecito aspettarsi almeno un po' d'umanità. Nel 1973 lo esperimentai in una unità dei fidayin palestinesi a quel tempo ospitati in Giordania da re Hussein. L'unico leader civile e simpatico che, a parte Alī Bhutto, abbia incontrato nel mondo islamico d'oggi. (Così civile che, quando voleva una moglie nuova, divorziava. Niente poligamia. Così simpatico che, quando nel corso d'una intervista gli confessai il mio disagio a pronunciare la parola Maestà, scoppiò in una gran risata e disse: «In tal caso mi chiami Hussein e basta! Fare il re, mi creda, è un mestiere come tanti altri»). Ed ecco la storia della mia esperienza coi fidayin palestinesi. Una notte la base segreta di quell'unità venne colpita da una violenta incursione aerea degli israeliani. Al cader delle prime bombe tutti si misero a correre verso il solido rifugio offerto da una caverna a ridosso del campo, ed io feci lo stesso. Ma dinanzi all'entrata il comandante mi fermò. Grugnì che consentire a una donna di stare gomito a gomito con i suoi uomini sarebbe stata un'oscenità, un insulto ad Allah, poi ordinò a due vice-comandanti di sistemarmi altrove e indovina dove mi chiusero quei mascalzoni. Dentro una capanna isolata, un casotto di legno, che serviva da deposito di esplosivi. Me ne accorsi soltanto al momento in cui per capire dov'ero accesi un fiammifero, e la fiammella illuminò decine di scatole con la scritta «Explosives-Dynamite-Explosives». Ma il peggio non sta nemmeno in questo particolare. Sta nel fatto che non mi chiusero lì per scemenza o fretta o errore. Mi ci chiusero di proposito. Per divertirsi. Quasi che il rischio di vedermi saltare in aria per lo scoppio d'una bomba fosse la cosa più buffa del mondo. Infatti dopo l'incursione tutti ridevano a crepapelle e ghignavano divertiti: «We never had such a fun. Non ce la siamo mai spassata tanto».

Lungo la Strada del Disprezzo comunque c'è ben altro. E per dimostrarlo ora ti ci porto attraverso un documentario girato recentemente in Afghanistan da una bravissima giornalista anglo-afgana. Un documentario neanche perfetto, tecnicamente parlando, ma così agghiacciante che m'ha colto impreparata anche se i titoli di testa m'avevano messo sul chi-va-là. «We warn our spectators. Avvertiamo i nostri spettatori. This program contains very disturbing images. Questo programma contiene immagini molto moleste». L'hanno dato in Italia? Bè, che l'abbiano dato o no, te lo dico io quali sono le immagini molto moleste. Sono quelle che mostrano l'esecuzione di tre donne colpevoli di non si sa cosa. Esecuzione che si svolge nella piazza centrale di Kabul. Più che una piazza, un desolato parcheggio. E in questo desolato parcheggio d'un tratto arriva un camioncino da cui scendono tre donne coperte dal lenzuolo coi bucolini all'altezza degli occhi, insomma il burkah. Il maledetto burkah in confronto al quale il chador sembra un succinto costume da bagno. Quello della prima donna è marrone, quello della seconda è bianco, quello della terza è grigio. La donna col burkah marrone è chiaramente terrorizzata. Barcolla, non si regge in piedi. La donna col burkah bianco procede con passo smarrito, quasi temesse d'inciampare e farsi male. La donna col burkah grigio, molto bassa e molto minuta, cammina invece con piglio sicuro e a un certo punto si ferma. Fa il gesto di sorreggere le due compagne, rincuorarle, ma un barbuto con la sottana e il turbante interviene bruscamente

94

e le separa. A spintoni le costringe a inginocchiarsi sul selciato. Tutto avviene mentre i passanti attraversano la piazza, mangiano datteri o si infilano le dita nel naso come se la cosa non li riguardasse. Soltanto uno, in fondo, osserva un po' incuriosito. L'esecuzione si svolge in maniera sbrigativa. Senza letture di sentenza, senza tamburi, senza plotoni di militari, cioè senza cerimonie o pretese di solennità. Le tre donne si sono appena inginocchiate sull'asfalto che il boia, un altro barbuto con la sottana e il turbante, sbuca da non si sa dove con un mitra nella mano destra. Lo tiene come se fosse la borsa della spesa. Camminando lemme e annoiato, muovendosi come chi ripete gesti a lui consueti e forse quotidiani, va verso di loro che aspettano immobili e che essendo immobili non sembrano nemmeno esseri umani. Sembrano fagotti posati per terra. Le raggiunge alle spalle e senza indugio, cogliendoti di sorpresa, spara a bruciapelo nella nuca di quella col burkah marrone che subito cade in avanti. Stecchita. Poi, sempre lemme e annoiato, si sposta d'un metro e spara nella nuca di quella col burkah bianco che cade nel medesimo modo. Anzi proprio sulla faccia. Poi si sposta ancora d'un metro, sosta un attimo. Si gratta i genitali, quindi spara nella nuca di quella col burkah grigio che anziché cadere in avanti rimane un lungo minuto inginocchiata e col busto eretto. Fieramente eretto. Infine crolla sul fianco destro e in un ultimo gesto di rivolta solleva un lembo della stoffa per mostrare le gambe. Ma imperturbabile lui gliele copre e chiama i becchini che svelti aguantano i tre cadaveri per i piedi. Lasciando sull'asfalto tre larghi nastri di sangue li trascinan via come sacchi di spazzatura e sullo schermo appare il Ministro degli Esteri nonché della Giustizia signor Wakil Motawakil. (Sì, ho preso il nome. Non si sa mai quali opportunità offra la vita. Un giorno potrei incontrarlo lungo una strada deserta, e per ucciderlo potrei aver bisogno d'accertare la sua identità. «Are you, è lei, Mister Wakil Motawakil?»).

È un lardone sui trenta o quarant'anni, Mister Wakil Motawakil. Molto grasso, molto inturbantato, molto barbuto, molto baffuto, e con uno stridulo accento da castrato. Parlando delle tre donne gongola contento, ondeggia come una pentola di gelatina, e squittisce: «This is a very joyful day, questo è un giorno di grande gioia. Today we gave back peace and security to our city. Oggi abbiamo restituito pace e sicurezza alla nostra città». Però non dice in qual modo le tre donne abbiano tolto pace e sicurezza alla città, per quale colpa o delitto siano state condannate e giustiziate. S'erano forse tolte il burkah? Avevan forse scoperto la faccia per bere un bicchier d'acqua? Oppure avevano sfidato il divieto di cantare e intonato una ninna-nanna ai loro bambini? Ammenoché non si fossero rese colpevoli del delitto più delitto di tutti: ridere. (Sissignori: ridere. Ho detto ridere. Non lo sapevate che nell'Afghanistan dei Talebani le donne non possono ridere, che gli è proibito perfino ridere?). La serie di interrogativi mi strozza finché, svanito Wakil Motawakil, sullo schermo della Tv vedo una saletta piena di ragazze senza il burkah. Ragazze col volto scoperto, le braccia nude, l'abito scollato. E chi si fa i ricciolini, chi si trucca gli occhi, chi si dipinge le labbra, chi si smalta le unghie di rosso. Chi ride gioiosa, provocatoria. Sicché ne deduco che non siamo più in Afghanistan, che la bravissima giornalista è tornata a Londra dove vuol consolarci con un finale intriso di speranza. Errore. Siamo ancora a Kabul, e la poverina è in preda a un tale spavento che la sua morbida voce suona roca anzi strozzata. Con quella voce roca, strozzata, farfuglia: «Per girare ciò che vedete io e la mia troupe prendiamo un grosso rischio. Ci troviamo infatti in uno dei luoghi più proibiti della città: un negozio clandestino, un posto pericolosissimo, un simbolo della Resistenza al regime dei Talebani. Un negozio di parrucchiere». E con un brivido rammento il male che senza rendermi conto nel 1980 (intervista a Khomeini) feci a un parrucchiere di Teheran il cui negozio «Chez Bashir-Coiffeur pour Dames» era stato chiuso dalle squadracce governative quale Luogo di Perdizione e di Peccato. Perché, non prendendo la cosa sul serio ed approfittandomi del fatto che Bashir aveva tutti i miei libri in Farsi, insomma mi leggeva, lo convinsi a riaprirlo un'oretta per me. Sia-gentile, Bashir. Solo-un'oretta, ho-bisogno-di-lavarmi-la-testa-e-in-camera-mia-l'acqua-calda-non-c'è. Togliendo i sigilli posti dalle squadracce e lasciandomi entrare nel negozio vuoto tremava come un cane bagnato, povero Bashir. Diceva: «Lei non capisce a che cosa mi espone e si espone! Se qualcuno ci scopre o viene a saperlo, io finisco in galera e lei con me». Non ci scoprì nessuno, quel giorno. Ma otto mesi dopo cioè quando tornai a Teheran, (altra brutta storia di cui non ho mai parlato), lo cercai e mi dissero: «Non lo sa? Qualcuno se ne accorse sicché, partita lei, parlò. Lo arrestarono ed è ancora in prigione».

Rammento e capisco che le tre donne al mercato sono state uccise perché erano andate dal parrucchiere. Capisco insomma che si trattava di tre combattenti, di tre eroine, e dimmi: è questa la cultura cui alludi quando parli solo di contrasto fra le due culture?!? Eh, no, caro mio: no. Distratta dal mio amore per la Libertà ho incominciato il discorso affermando che al mondo c'è posto per tutti e mia madre diceva il-mondo-è-bello-perché-è-vario. Che se alcune donne sono così sceme da accettar certe infamie, peggio per loro: l'importante-è-che-certe-infamie-non-vengano-imposte-a-me. Ma ho detto una cosa ingiusta. Perché a far quel ragionamento ho dimenticato che la Libertà scissa dalla Giustizia è una mezza libertà, che difendere la propria libertà e basta è un'offesa alla Giustizia. E implorando il perdono delle tre eroine, di tutte le donne giustiziate seviziate umiliate o sviate dai figli di Allah, sviate al punto di unirsi al corteo che calpestava i morti dello stadio di Dacca, dichiaro che la faccenda mi riguarda eccome. Ci riguarda tutti, signori o signore Cicale, e...

Alle cicale di sesso maschile ossia agli ipocriti che contro il burkah non aprono mai bocca e non muovono mai un dito, non ho nulla da dire. Gli abusi che il Corano ordina o consente di commettere sulle donne non rientrano nella loro interpretazione del Progresso o della Giustizia, e il mio sospetto è che in segreto nutrano una forte invidia per Wakil Motawakil. (Beato-lui-che-le-può-giustiziare). Non di rado, infatti, picchiano le mogli. Sbeffeggiano le colleghe, denigrano i tipi come me. Le cicale omosessuali, idem. Divorate dalla stizza di non essere del tutto femmine, aborrono perfino le poverette che li misero al mondo. Nelle donne non vedono che un ovulo per clonare la loro incerta specie, ed anche a quelli non ho nulla da dire. Alle cicale di sesso femminile ossia alle femministe di cattiva memoria, invece, qualcosa da dire ce l'ho. Giù la maschera, false Amazzoni. Ricordate gli anni in cui anziché ringraziarmi d'avervi spianato la strada cioè d'aver dimostrato che una donna può fare qualsiasi lavoro come un uomo o meglio d'un uomo, mi coprivate di insulti? Ricordate gli anni in cui, anziché portarmi ad esempio, mi definivate sporca-maschilista, maiale-maschilista, e mi lapidavate perché avevo scritto un libro dal titolo *Lettera a un bambino mai nato*? («Brutto, brutto, più brutto di così non si può. Durerà una sola estate». Ed anche: «Quella ha l'utero nel cervello»). Ebbene, dov'è finito il vostro livoroso femminismo? Dov'è finita la vostra presunta bellicosità? Com'è che sulle sorelle afgane, sulle creature assassinate seviziate umiliate dai maiali-maschilisti con la sottana e il turbante, imitate il silenzio dei vostri ometti? Com'è che non organizzate mai una abbaiatina dinanzi all'ambasciata dell'Afghanistan o dell'Arabia Saudita o di qualche altro paese mussulmano? Vi siete tutte innamorate del fascinoso Osama Bin Laden, dei suoi occhiacci da Torquemada, vi attira quel che sta sotto la sua sottanaccia? Lo trovate romantico, sognate d'esser stuprate da lui? Oppure delle sorelle mussulmane non ve ne importa un accidente perché le considerate inferiori? In tal caso, chi è razzista qui: io o voi? La verità è che non siete nemmeno cicale. Siete e siete sempre state galline cui riesce soltanto starnazzar nel pollaio, coccodè-coccodè-coccodè. O parassite che per tentar d'emergere avete avuto bisogno d'un uomo che vi tenesse per mano. Col che chiudo il discorso e passo alla conclusione del ragionamento.

Conclusione che da Kabul ci porterà in Italia e non piacerà a molti, visto che in Italia difendere la propria cultura è diventato peccato mortale. «Al rogo l'eretica, al rogo. Allah akbar, Allah akbar».

* * *

Sai, quando mi dispero e tremo per la nostra civiltà minacciata dai Wakil Motawakil, per la nostra libertà umiliata da coloro che li difendono, non sempre ho dinanzi agli occhi le apocalittiche scene con cui questo discorso è incominciato. I corpi che a dozzine cadono dalle finestre degli ottantesimi e dei novantesimi e dei centesimi piani, la prima Torre che implode e inghiotte sé stessa, la seconda che si scioglie come se fosse un panetto di burro. Alle due Torri che non esistono più, infatti, si sovrappongono i due millenari Buddha che i Talebani distrussero lo scorso marzo in Afghanistan. Le due immagini si mischiano, si uniscono, diventano la medesima cosa, e penso: ma se ne è già dimenticata, la gente, di quello scempio? Io no. Infatti quando guardo la coppia dei piccoli Buddha che tengo nel mio livingroom e che un vecchio monaco perseguitato dagli Khmer Rouges mi regalò a Phnom Penh durante la guerra in Cambogia, mi si stringe il cuore. E anziché due piccoli Buddha d'ottone vedo i due immensi Buddha che incastonati dentro la roccia stavano nella vallata di Bamiyan. La vallata da cui mille e mille anni fa transitavano le carovane provenienti dall'Impero Romano e dirette in Estremo Oriente. L'incrocio da cui passava la leggendaria Via della Seta, amalgama d'ogni cultura. Li vedo perché di loro so tutto. Che il più antico (Terzo Secolo) era alto trentacinque metri. L'altro (Quarto Secolo), quasi cinquantaquattro metri. Che entrambi avevano il dorso saldato alla roccia ed erano coperti di stucco policromo. Rosso, giallo, verde, viola. Che avevano il volto e le mani d'oro sicché al sole brillavano in maniera accecante, sembravano mastodontici gioielli. Che all'interno delle nicchie ora vuote come orbite vuote le pareti lisce contenevano affreschi di squisita fattura, che fino all'arrivo dei Talebani anche gli affreschi erano rimasti intatti...

Mi si stringe il cuore perché verso le opere d'arte io ho il medesimo culto che i mussulmani hanno verso la tomba di Maometto. Per me un'opera d'arte è sacra quanto per loro è sacra la Mecca, e più antica è più sacra è. Del resto, per me, ogni oggetto del Passato è sacro. Un fossile, una terracottina, una monetina, una qualsiasi testimonianza di ciò che fummo e di ciò che facemmo. Il Passato mi incuriosisce più del Futuro e non mi stancherò mai di sostenere che il Futuro è un'ipotesi, una congettura, una supposizione, cioè una non-realtà. Tutt'al più, una speranza alla quale tentiamo di dar corpo coi sogni e le fantasie. Il Passato invece è una certezza, una concretezza, una realtà stabilita. Una scuola dalla quale non si prescinde perché, se non si conosce il Passato, non si capisce il Presente e non si può tentar di influenzare il Futuro coi sogni e le fantasie. E poi ogni oggetto sopravvissuto al Passato è prezioso perché porta in sé un'illusione di eternità. Perché rappresenta una vittoria sul Tempo che logora e appassisce e uccide, una sconfitta della Morte. E come le Piramidi, come il Partenone, come il Colosseo, come una bella chiesa o una bella sinagoga o una bella moschea o un albero millenario, ad esempio le sequoie della Sierra Nevada, i due Buddha di Bamiyan mi davano questo. Ma quei figli di puttana, quei Wakil Motawakil, me li hanno distrutti. Me li hanno ammazzati.

Soffro anche per il modo in cui me li hanno ammazzati. Ossia perché non hanno commesso lo scempio in un impeto di follia, in un improvviso e temporaneo attacco di demenza. Ciò che la legge chiama «incapacità d'intendere e di volere». Non hanno agito con l'irrazionalità e la bestialità dei maoisti cinesi che nel 1951 distrussero Lhasa, irruppero nei monasteri poi nella reggia del Dalai Lama e come bufali ubriachi bruciarono le pergamene millenarie, spaccarono i millenari altari, stracciarono i millenari arredi dei monaci, ne fecero costumi da teatro, fusero i Buddha d'oro o d'argento per ricavarne lingotti da spedire a Pechino. Lo scempio di Lhasa, infatti, non fu preceduto da un processo. Non avvenne in seguito a una sentenza, non ebbe i caratteri d'una esecuzione decisa in base a norme o presunte norme giuridiche. Inoltre si svolse all'insaputa del mondo cioè senza che nessuno potesse intervenire per impedirlo o fermarlo. Per i Buddha di Bamiyan, invece, ci fu un vero e proprio processo. Ci fu una vera e propria sentenza, si trattò d'una vera e propria esecuzione decisa in base a norme o presunte norme giuridiche. Nonché eseguita sotto gli occhi del mondo che s'era messo in ginocchio per impedirlo. «Vi scongiuriamo, vi supplichiamo, non fatelo. I monumenti archeologici sono patrimonio universale e quelle due statue incapsulate dentro la roccia non danno noia a nessuno». Si mise in ginocchio l'Onu, si mise in ginocchio l'Unesco, si mise in ginocchio l'Unione Europea. Si misero in ginocchio i paesi vicini o confinanti. La Russia, l'India, la Thailandia, e perfino la Cina che aveva sullo stomaco il delitto di Lhasa. Ma non servì a nulla, e ricordi il verdetto emesso dalla Corte Suprema del Tribunale Islamico di Kabul? «Tutte le statue preislamiche saranno abbattute. Tutti i simboli preislamici saranno spazzati via insieme agli idoli condannati dal Profeta...». I Talebani lo emisero il 26 febbraio 2001, (non 1001) cioè lo stesso giorno in cui autorizzarono le pubbliche impiccagioni negli stadi e tolsero alle donne gli ultimi diritti che erano loro rimasti. (Col diritto di ridere, quello di portare le scarpe col tacco alto e smaltarsi le unghie e stare in casa senza le tende nere alle finestre). Ricordi le sevizie che subito i due Buddha incominciarono a subire, le mitragliate nella faccia, il naso che saltava via, il mento che spariva, la guancia che partiva? Ricordi la conferenza stampa del Ministro Qadratullah Jamal? «Poiché temiamo che le granate e i proiettili da cannone e le quindici tonnellate di esplosivo da noi ammassate ai piedi dei due idoli non siano sufficienti, abbiamo chiesto l'aiuto di esperti demolitori nonché d'un paese amico. E poiché la testa e le gambe sono già state abbattute, riteniamo che in tre giorni la sentenza possa venir completamente eseguita». (Per esperti-demolitori intendi, credo, Osama Bin Laden. Per paese amico, il Pakistan). Infine, ricordi l'esecuzione vera e propria? Quei due scoppi secchi. Quelle due nubi grasse. Sembravano le nubi che sei mesi dopo si sarebbero sprigionate dalle due Torri di New York. E io pensai al mio amico Kon-dun.

* * *

Perché nel 1968 intervistai un uomo secondo me straordinario. (O tale mi parve allora). L'uomo più pacifico, più mansueto, più tollerante, più saggio, che abbia mai conosciuto grazie al mio mestiere di giramondo. Cioè l'attuale Dalai Lama, colui che i buddisti chiamano il Buddha vivente. Aveva trentatré anni, a quel tempo. Non molto meno di me. E da nove era un sovrano spodestato, un papa o meglio un dio in esilio. In quanto tale viveva a Dharamsala: una cittadina ai piedi dell'Himalaya, quasi sul confine che separa il Kashmir dal Pradesh, dove il governo indiano lo ospitava insieme a qualche dozzina di monaci e qualche migliaio di tibetani scappati da Lhasa. Fu un lungo, indimenticabile incontro. Ora bevendo tè nella villetta che guardava le bianche montagne e gli azzurri ghiacciai dai cristalli aguzzi come coltelli, ora camminando nel giardino colmo di rose, restammo insieme un'intera giornata. Lui a parlare, io ad ascoltare divertita e commossa la sua voce fresca e squillante. Oh! Lo aveva capito al primo sguardo, il mio giovane dio, che ero una donna poco portata alle reverenze. Una donna senza dèi. I suoi occhi a mandorla resi ancor più perspicaci dalle lenti cerchiate d'oro mi avevano scrutato bene, all'arrivo. Eppure mi tenne con sé un'intera giornata. Nella sua infinita liberalità mi trattò come se fossi un'amica di antica data o una ragazza da corteggiare, e dopo che gli ebbi scattato le fotografie che lo ritraevano nelle sue vesti di monaco fece una cosa che non ho mai raccontato. Con la scusa del caldo andò a cambiarsi, e al posto del prezioso scialle di lana rosso ruggine con cui copriva il torso ignudo indovina che cosa mise. Una T-shirt, una maglietta, con la figura di Popeye cioè Braccio di Ferro. Sì, il personaggio dei fumetti. Quello che tiene sempre la pipa in bocca e mangia gli spinaci in scatola. E quando tra le risate gli chiesi dove diavolo avesse trovato un simile indumento, perché diavolo lo avesse indossato, rispose serafico: «L'ho preso al mercato di New Delhi. E l'ho messo per farle piacere». Mi dette un'intervista interessantissima. Mi parlò ad esempio della sua infanzia priva di spensieratezza e di gioia. Un'infanzia trascorsa soltanto coi maestri e coi libri sicché a sei anni studiava già il sanscrito e l'astrologia e la letteratura, a dieci la dialettica e la metafisica e l'astronomia, a dodici l'arte di comandare e di governare... Mi parlò della sua adolescenza infelice. Un'adolescenza spesa nella fatica di diventare un monaco perfetto, dominare le tentazioni, spengere i desideri, sicché per spengerli andava nell'orto del suo cuciniere e coltivava cavoli giganti. «Un metro di diametro, eh?». Mi parlò del suo amore per la meccanica e l'elettricità, mi confidò che se avesse potuto scegliersi un mestiere avrebbe fatto il meccanico o l'elettricista. «A Lhasa mi piaceva tanto aggiustare il generatore elettrico e smontare poi rimontare i motori. Nel garage della reggia avevo scoperto tre vecchie automobili regalate non so da chi al mio predecessore, il tredicesimo Dalai Lama. Due Baby Austin del 1927, una celeste e una gialla, e una Dodge arancione del 1931. Erano tutte arrugginite. A forza di lavorarci riuscii a farle funzionare e perfino a guidarle. Peccato che per guidarle non ci fosse posto. A Lhasa esistevano solo mulattiere e sentieri». Mi parlò anche di Mao Tse-tung che per il diciottesimo compleanno lo aveva invitato a Pechino, e che sedotto dalla sua intelligenza lo aveva tenuto con sé undici mesi. («Ci rimasi nella speranza che servisse a salvare il Tibet, e invece... Ma forse voleva salvarlo davvero e glielo impedirono. Sa, v'era qualcosa di triste, in Mao Tse-tung. Qualcosa che inteneriva. Aveva sempre le scarpe sudice e il fiato grosso, fumava una sigaretta dopo l'altra anzi accendeva una sigaretta sull'altra, e non discuteva che di marxismo. Solo una volta alluse al buddismo, e riconobbe che era una buona religione. Non diceva mai una sciocchezza, povero Mao»). Mi parlò anche delle atrocità che i maoisti avevano commesso nel Tibet. I monasteri saccheggiati o dati alle fiamme, i monaci torturati o sgozzati, i contadini cacciati dai campi o massacrati. E la fuga alla quale era stato costretto. La fuga d'un ventiquattrenne che travestito da soldato esce dalla reggia, strisciando nel buio si mischia alla folla terrorizzata e raggiunge la periferia di Lhasa. Qui salta in groppa a un cavallo e per settimane, braccato da un aereo cinese che vola a bassa quota, galoppa. Si nasconde nelle caverne poi galoppa, si appiatta nei cespugli poi galoppa. E galoppando arriva in India dove il Pandit Nehru gli dà asilo, lo salva. Ma è ormai un re che non ha più regno, un papa che non ha più chiesa, un dio che ormai viene invitato soltanto ai congressi dei vegetariani perché mangia solo verdura. Peggio: poiché i suoi sudditi sono sparsi per l'India o il Nepal o il Sikkim e alla sua morte sarà praticamente impossibile cercarne il successore, quasi di sicuro egli è l'ultimo dei Dalai Lama. Così a quel punto lo interruppi, gli chiesi: «Santità, potrà mai perdonare i suoi nemici?». Ma anziché rispondere sì o no mi guardò sbalordito. Offeso, forse, e sbalordito. Infine con la sua voce fresca e squillante esclamò: «Nemici? Ma io non li ho mai considerati nemici! Io non ho nemici! Un buddista non ha nemici!».

Io a Dharamsala c'ero arrivata dal Vietnam, capisci. Quell'anno in Vietnam avevo vissuto sulla mia pelle l'Offensiva del Tet e l'Offensiva di Maggio, l'assedio di Khe Sanh e la battaglia di Hué. Venivo insomma da un mondo dove la parola nemico-enemy-ennemi-nemico si pronunciava ogni trenta secondi, faceva parte della nostra vita, era un suono come il suono del nostro respiro. Così a udire la frase io-non-ho-nemici, un-buddista-non-ha-nemici, mi sentii girare la testa. Quasi mi innamorai di quel giovanotto con gli occhi a mandorla e la maglietta di Popeye, Braccio di Ferro. Lasciandolo gli dissi che speravo di rivederlo, gli detti i miei numeri di telefono, e fui contenta di udirlo rispondere: «Naturalmente. Ma a condizione che non mi chiami più Santità. Io mi chiamo Kon-dun». Invece, fuorché alla televisione dove notai che invecchiava come me, non lo rividi più. E soltanto una volta qualcuno mi portò i suoi saluti, mi disse: «Il Dalai Lama mi ha chiesto come stai». Le nostre vite correvano lungo binari talmente diversi, talmente lontani, ormai. Lui dava conferenze quasi mondane, frequentava i divi del cinema, e anziché di pace parlava di pacifismo. Io invece continuavo a vivere la mia vita difficile. A fare il corrispondente di guerra, a frequentare un mondo da cui deducevo che il pacifismo è una presa di bavero. Però in tutti questi anni mi sono informata meglio sui buddisti. E ho appurato che, al contrario dei mussulmani cioè del loro occhio-per-occhio-e-dente-per-dente, al contrario dei cristiani che parlano di perdono ma hanno inventato la storia dell'Inferno, i buddisti non usano mai la parola «nemico». Ho appurato che non hanno mai fatto proseliti con la violenza, non hanno mai compiuto conquiste territoriali attraverso il pretesto della religione, e il concetto di Guerra Santa non lo concepiscon nemmeno. Qualche studioso mi smentisce. Nega che il buddismo sia una religione pacifica e per sostenere la tesi porta ad esempio i monaci guerrieri del Giappone. Cosa possibile in quanto ogni famiglia annovera gente di cattivo carattere. Però anche gli studiosi riconoscono che il cattivo carattere di quei monaci guerrieri non era impiegato per far proseliti, e ammettono che la storia del buddismo non registra Feroci Saladini o papi come Leone IX o Urbano II o Innocenzo II o Pio II o Giulio II. (Li scelgo a casaccio perché la lista è troppo lunga). Non annovera Dalai Lama che con l'armatura e la spada guidano le soldatesche, in nome di Dio vanno a massacrare il prossimo. Eppure, i figli di Allah rompono le scatole anche ai buddisti. Gli fanno saltare in aria le statue, gli impediscono di praticare la loro religione. E mi chiedo: a chi tocca, a chi toccherà, ora che i Buddha di Bamiyan son saltati in aria come i grattacieli di New York? Ce l'hanno davvero con l'Occidente e basta questi figli di Allah? La domanda vale anche se Osama Bin Laden si converte al buddismo e i Talebani diventano liberali. Perché Osama Bin Laden e i Talebani, lo ripeto e non mi stancherò mai di ripeterlo, sono soltanto la più recente manifestazione d'una realtà sulla quale l'Occidente chiude stupidamente gli occhi. Caro mio, io li ho visti i figli di Allah al lavoro senza gli Osama Bin Laden e senza i Talebani. Li ho visti distrugger le chiese, li ho visti bruciare i crocifissi, li ho visti insozzare le Madonne e urinare sugli altari e trasformare gli altari in cacatoi. Li ho visti a Beirut. Quella Beirut che era tanto bella e che oggi, per colpa loro, sembra una brutta copia di Damasco o di Islamabad. Quella Beirut dove erano stati accolti dai libanesi come i tibetani erano stati accolti dagli indiani a Dharamsala e dove, contrariamente ai tibetani del mio perduto amico Kon-dun, s'erano impossessati della città anzi del paese. Col patrocinio del signor Arafat che ora fa la verginella e rinnega il suo sinistro passato di terrorista, vi avevano costituito uno Stato dentro lo Stato. Risfoglia i giornali, se non te ne ricordi, o rileggi il mio *Insciallah*. È un romanzo, sì, ma costruito su una realtà storica che migliaia di persone hanno vissuto e che centinaia di giornalisti hanno testimoniato poi riferito in tutte le lingue. La storia non si può cancellare. La si può falsare come il Grande Fratello fa nel romanzo di Orwell, la si può ignorare, la si può dimenticare: ma cancellare no. E sempre a proposito di chi finge di ignorarla o dimenticarla: non lo rammenta nessuno l'ammonimento di Karl Marx, «La religione è l'oppio dei popoli»? Non ne tiene conto nessuno del fatto che tutti i paesi islamici, tutti, sono retti da un feroce regime teocratico? Perdio, non v'è un solo paese islamico che sia governato da un regime laico, da uno straccio di democrazia! E perfino quelli schiacciati da dittature militari come in Iraq e in Libia e in Pakistan, perfino quelli tiranneggiati da una monarchia assolutista come in Arabia Saudita e nello Yemen, perfino quelli retti da una monarchia più ragionevole come in Giordania e in Marocco, non escono mai dai cardini d'una religione che regola ogni momento della vita e della giornata! (Pensa al defunto re del Marocco che durante il lungo regno non rivelò mai il nome e l'immagine della prima moglie cioè della regina. Pensa a suo figlio, l'attuale sovrano, che passa per un uomo moderno perché il nome della moglie lo ha rivelato e di lei ha fornito un ritratto). Caro mio, quella è gente che il concetto di libertà non lo capisce anzi non lo conosce nemmeno. Le parole «laico» e «laicismo», lo stesso. Anzi peggio. «Che cosa significa laicismo» mi chiese durante la Guerra del Golfo, a Riad, la figlia d'un dignitario saudita con la quale tentavo di intavolare un discorso sul burkah e sul chador. «Significa applicare l'autonomia di pensiero nei riguardi delle autorità ecclesiastiche, dei credi religiosi. Il laicismo è una dottrina politico-morale che rifiuta l'ingerenza della Chiesa, di tutte le Chiese, negli affari di Stato. Un aspetto della libertà che opera la separazione tra Stato e Chiesa» risposi. E lei mi guardò stupefatta, incredula. Poi quasi con sdegno esclamò: «Separazione?!?». Quanto al dignitario, il giorno in cui scoprì ciò che avevo detto alla figlia m'accusò di turpiloquio. «Lei ha abusato della mia ospitalità».

Ora dimmi: può un simile mondo coabitare coi nostri principii, con la nostra idea della civiltà? Può tale cultura inserirsi nella nostra, innestare nella nostra le sue barbare leggi? E se può, ti chiedo: allora perché abbiamo combattuto Hitler e Mussolini, Stalin e i suoi compari? Perché ci siamo opposti ai cupi regimi di Fidel Castro e di Pinochet, perché abbiamo gettato bombe sulla Iugoslavia di Milosevic? Le tirannie islamiche sono forse più rispettabili, più ammissibili, più perdonabili, di quelle fasciste o naziste e comuniste? I Khomeini e i Bin Laden sono forse migliori dei Castro e dei Pinochet, dei Milosevic che processiamo in nome dei Diritti Umani? I principii della democrazia, del progresso, della libertà, sono forse validi soltanto quando ci opponiamo ai despoti dell'Occidente? E alle cicale aggiungo: basta con le duplicità, le ambiguità, le ipocrisie, la malafede, il doppio gioco, il giudicare il Male col trucco dei due pesi e delle due misure! Abbiate un po' di coerenza, un po' di logica, un po' di onestà, e ditemi: dov'è andato a finire il vostro laicismo, il vostro progressismo? Peggio: è mai esistito? Perché se è esistito, e se in qualche angolo della vostra cattiva coscienza ne esiste un residuo, concludo: con quale diritto ve la prendete col sionismo degli israeliani che la democrazia ce l'hanno, il progresso lo vogliono, la libertà la sostengono? Con quale diritto detestate gli ebrei ortodossi (una minoranza assoluta anche nel loro parlamento) che portano la barba lunga e il cappellone nero e i buccolotti come la Dame aux Camélias e sbattono il capo contro il Muro del Pianto? Quel diritto spetta a me che son laica e rabbrividisco al solo udir le parole Stato-Teocratico anche se a diriger quello Stato c'è il mio amico Kon-dun: non a voi che le tirannie islamiche le accettate, le ammettete, le perdonate, addirittura le difendete! E detto ciò passiamo ai pionieri dell'islamizzazione: alle teste di ponte che la Crociata all'Inverso ha stabilito in Europa. In particolare nel nostro paese, nella mia città.

* * *

Io non vado a rizzare tende alla Mecca. Non vado a cantar Paternostri e Avemarie dinanzi alla tomba di Maometto. Non vado a fare pipì sui marmi delle loro moschee. Tantomeno a farci la cacca. Io, quando mi trovo nei loro paesi (cosa dalla quale non traggo mai diletto), non dimentico mai d'essere un'ospite e una straniera. Sto attenta a non offenderli con abiti o gesti o comportamenti che per noi sono normali e per loro inammissibili. Li tratto con doveroso rispetto, doverosa cortesia, mi scuso se per sbadatezza o ignoranza infrango qualche loro regola o superstizione. E mentre l'immagine dei due grattacieli distrutti si mischia all'immagine dei due Buddha ammazzati ora vedo anche quella, non apocalittica ma per me simbolica, della gran tenda con cui due estati fa i mussulmani somali (paese in gran dimestichezza con Bin Laden, la Somalia, ricordi?) sfregiarono e smerdarono e oltraggiarono per tre mesi e mezzo piazza del Duomo a Firenze. La mia città.

Una tenda rizzata per biasimare condannare insultare il governo italiano, a quel tempo di sinistra, che una volta tanto esitava a rinnovargli i passaporti di cui avevan bisogno per scorrazzare in Europa e che (alleluja) non gli lasciava portare in Italia le orde dei loro parenti. Mamme, babbi, fratelli, sorelle, zii, zie, cugini, cognate incinte, e magari i parenti dei parenti. Una tenda situata accanto al palazzo dell'Arcivescovado sul cui marciapiede tenevano le scarpe o le ciabatte che nei loro paesi allineano fuori dalle moschee. E insieme alle scarpe o alle ciabatte, le bottiglie vuote dell'acqua minerale con cui si lavavano i piedi prima della preghiera. Una tenda posta di fronte alla cattedrale di Santa Maria del Fiore, e a lato del Battistero con le porte d'oro del Ghiberti. Una tenda, infine, arredata come un rozzo appartamento. Sedie, tavolini, chaise-longues, materassi per dormire e per scopare, fornelli per cuocere il cibo ossia appestare la piazza col fumo e col puzzo. E, grazie alla consueta incoscienza dell'Enel che alle nostre opere d'arte tiene quanto tiene al nostro paesaggio cioè nulla, fornita di luce elettrica. Grazie a un radio-registratore sempre acceso, arricchita dalla vociaccia sguaiata d'un muezzin che puntualmente esortava i fedeli, assordava gli infedeli, e soffocava il suono delle campane. Insieme a tutto ciò, le gialle strisciate di urina che profanavano i marmi del Battistero. (Perbacco! Hanno la gettata lunga, questi figli di Allah! Ma come facevano a colpire l'obbiettivo separato dalla ringhiera di protezione e quindi distante quasi due metri dal loro apparato urinario?).

Con le gialle strisciate di urina, il fetore dello sterco che bloccava il portone di San Salvatore al Vescovo: la squisita chiesa romanica (Nono Secolo) che sta alle spalle di piazza del Duomo e che i figli di Allah avevano trasformato in cacatoio. Lo sai bene.

Lo sai bene perché fui io a chiamarti, a pregarti di parlarne sul tuo giornale, ricordi? Chiamai anche il diessino sindaco di Firenze che, glielo concedo, venne gentilmente a casa mia. Mi ascoltò, mi dette ragione. «Ha ragione, ha proprio ragione...». Ma la tenda non la tolse. Se ne dimenticò o non ne ebbe il coraggio. Chiamai anche il Ministro degli Esteri che era un fiorentino, anzi uno di quei fiorentini che parlano con l'accento molto fiorentino, nonché un tipo assai coinvolto nella faccenda dei passaporti con cui i figli di Allah scorrazzano per l'Europa. E pure lui, glielo concedo, mi ascoltò. Mi dette ragione: «Eh, sì. Ha ragione, sì». Ma per toglier la tenda non mosse un dito. Allora cambiai sistema.

111

Chiamai uno sconosciuto poliziotto che dirige l'ufficio-sicurezza della città e gli dissi: «Caro poliziotto, io non sono un politico. Quando dico di fare una cosa, la faccio. Se entro domani non levate la fottuta tenda, la brucio. Giuro sul mio onore che la brucio. E per questo voglio essere arrestata. Portata in galera con le manette, arrestata. Così finisco su tutti i giornali e telegiornali, la-Fallaci-arrestata-nella-sua-città-per-aver-difeso-la-sua-città, e vi sputano tutti». Bè, essendo più intelligente degli altri, nel giro di poche ore il poliziotto la levò. Al posto della tenda rimase soltanto un'immensa e disgustosa macchia di sudiciume: l'avanzo del bivacco durato più di tre mesi. Ma la mia fu una vittoria di Pirro. Lo fu perché subito dopo i passaporti furono rinnovati. I permessi di soggiorno, concessi. Lo fu perché i loro babbi e le loro mamme e i loro fratelli e le loro sorelle e i cugini e le cugine e le cognate incinte che nel frattempo hanno partorito ora si trovano dove volevano cioè a Firenze e in altre città d'Europa. Lo fu, infine, perché il fatto di togliere la tenda non influì per niente sugli altri scempi che da anni feriscono e umiliano quella che era la capitale dell'arte e della cultura e della bellezza. Non scoraggiò per niente gli altri arrogantissimi ospiti della città: gli albanesi, i sudanesi, i bengalesi, i tunisini, gli algerini, i pakistani, i nigeriani che con tanto fervore contribuiscono al commercio della droga. (A quanto sembra un crimine non proibito dal Corano). E, con loro, i venditori ambulanti che infestano le piazze per venderti la matita. I venditori stabili che espongono la merce sui tappetini posati sui marciapiedi. Le prostitute ammalate di sifilide e di Aids che bivaccano anche lungo le strade di campagna. I ladri che ti assaltano mentre dormi nel tuo letto e guai se alle loro revolverate rispondi con la tua revolverata: oltreché razzista ti chiamano boia, lercio assassino.

Eh, sì. Col permesso anzi con l'appoggio del sindaco diessino e dell'altro diessino che presiede la Regione Toscana, (un tipo molto devoto ai no-global e ai pacifisti), stanno tutti dov'erano prima che il poliziotto togliesse la tenda. I venditori-stabili stanno anche nel piazzale degli Uffizi, ai piedi della Torre di Giotto, dinanzi alla Loggia dell'Orcagna, intorno alle Logge del Porcellino, di fronte alla Biblioteca Nazionale, all'entrata dei musei, sul Ponte Vecchio dove ogni tanto si pigliano a coltellate, sui Lungarni dove hanno preteso e ottenuto che il Municipio li finanziasse. (Sissignori, che li finanziasse!). Stanno anche sui sagrati delle chiese. Ad esempio su quello della Chiesa di San Lorenzo dove in barba ad Allah si ubriacano col vino e la birra e i liquori, e dove dicono oscenità alle donne. (La scorsa estate, su quel sagrato, le dissero perfino a me che ormai sono un'antica signora. E va da sé che mal gliene incolse. Oooh, se mal gliene incolse! Uno sta ancora lì a mugulare sui suoi genitali). Ci stanno col pretesto di vendere la fottuta merce. E per «merce» intendono borse e valige fabbricate sui modelli protetti da brevetto quindi illegali, gigantografie, cartoline, statuette africane che i turisti ignoranti credono sculture del Bernini. Nonché la solita droga. «Je connais mes droits, conosco i miei diritti» mi sibilò, sul Ponte Vecchio, un nigeriano che avevo guardato male perché la vendeva. Le stesse parole che due anni avanti, sul piazzale di Porta Romana, m'erano state dette in perfetto italiano da un giovanissimo figlio di Allah che mi aveva agguantato un seno e che io avevo sistemato con la solita pedata nei coglioni. «Conosco-i-miei-diritti». Non paghi di tutto ciò pretendono sempre più moschee, loro che nei propri paesi non fanno costruire neanche una chiesetta e che appena possibile ammazzano le monache e i missionari. E guai se il cittadino protesta. Guai se gli risponde quei-diritti-vai-ad-esercitarli-a-casa-tua. Guai se camminando tra la merce che blocca il passaggio un pedone gli

sfiora la presunta scultura del Bernini. «Razzista, razzista!».
Guai se un Vigile Urbano gli si avvicina e azzarda: «Signor
figlio di Allah, Eccellenza, le dispiacerebbe spostarsi un ca-
pellino per lasciar passare la gente?». Lo azzannano peggio
dei cani mordaci. Come minimo gli insultano la mamma e la
progenie. E la gente tace rassegnata, intimidita, ricattata dalle parole «xenofobo, reazionario, razzista». Non apre bocca
nemmeno se gli gridi ciò che mio padre urlava durante il fascismo: «Ma non ve ne importa nulla della dignità, pecoro-
ni? Non ce l'avete un po' d'amor proprio, conigli?».
Accade anche nelle altre città, lo so. Accade a Torino, per
esempio. Quella Torino che fece l'Italia e che ormai non
sembra nemmeno una città italiana. Sembra Dacca, Nairobi, Damasco, Beirut. Accade a Venezia. Quella Venezia dove i piccioni di piazza San Marco sono stati sostituiti dai tappetini con la «merce» e dove i millenari monumenti vengono imbrattati come all'Epoca della Tenda lo era il Battistero
di Firenze. Accade a Genova. Quella Genova dove i meravi-
gliosi palazzi che Rubens ammirava tanto sono stati sequestrati da loro e deperiscono come belle donne violentate.
Accade a Roma. Quella Roma dove il cinismo della politica
d'ogni menzogna e d'ogni colore li corteggia nella speranza
d'ottenerne il futuro voto. E dove a proteggerli c'è lo stesso
Papa. (Santità, perché in nome del Dio Unico non se li prende in Vaticano? A condizione che non smerdino pure la
Cappella Sistina e le statue di Michelangelo e i dipinti di
Raffaello, s'intende). Accade anche in Francia. In Belgio, in
Inghilterra, in Svizzera, in Austria. In Spagna, in Germania,
in Olanda, in Scandinavia eccetera. Accade in tutta l'Europa. Ma in Italia lo sconcio supera ogni limite. Perché l'Italia è
disperatamente vicina ai capolinea dell'emigrazione mussulmana cioè all'Egitto, alla Libia, alla Tunisia, al Marocco: i paesi che la tormentano col maggior numero di emigranti. Inol-

114

tre non è lontanissima dalla Nigeria, dal Ghana, dal Senegal, dal Sudan dove l'emigrazione s'è raddoppiata. E c'è bisogno di ricordare che il nostro paese è praticamente un'isola con ottomilacinquecento chilometri di coste spesso incontrollabili, cioè che è un gigantesco molo al centro del Mediterraneo? C'è bisogno di sottolineare che in quanto tale è più di qualsiasi altro paese europeo alla mercé dell'esodo mussulmano, c'è bisogno di ricordare che una volta sbarcati il 25% di quegli ospiti rinunciano a spingersi nel Nord Europa e si fermano da noi? Ricevuti a braccia spalancate, oltretutto. Mah! Ora son io che non capisco. Anziché figli-di-Allah da noi vengono chiamati «lavoratori stranieri». Oppure «mano-d'opera-di-cui-v'è-bisogno». E sul fatto che alcuni di loro lavorino, non v'è alcun dubbio. Gli italiani son diventati così snob, così signorini. Piangono miseria, si lamentano perfino dei loro esigentissimi anzi arrogantissimi sindacati, e poi vanno in vacanza alle Seychelles, trascorrono il Natale a Parigi, tengono la baby-sitter inglese e la domestica di colore, si vergognano a fare gli operai e i contadini. Non puoi più associarli col proletariato, insomma, e qualcuno che lavora per loro deve pur esserci. Ma quelli di cui parlo, che lavoratori sono? Che lavoro fanno? In che modo suppliscono al bisogno della mano d'opera che l'ex-proletariato italiano non fornisce più? Bivaccando nella città col pretesto della merce-da-vendere, droga e prostitute incluse? Bighellonando dietro gli improvvisati banchetti e i tappetini di vu'-comprà? Rizzando tende dinanzi alle nostre cattedrali, deturpando i nostri antichi monumenti? Ubriacandosi sui sagrati delle chiese, dicendo oscenità alle antiche signore che camminan per strada, nonché agguantandogli il seno e sibilando conosco-i-miei-diritti? Inoltre v'è un'altra cosa che non capisco. Se son tanto poveri, chi glieli dà i soldi per il viaggio sulla nave o sul gommone che li porta in Italia? Chi glieli dà i cinque o dieci milioni a testa (come minimo, cinque milioni) necessari a pagarsi il viaggio? Non glieli daranno mica gli Osama Bin Laden allo scopo di stabilir le teste di ponte e reclutar meglio i terroristi di Al Qaida? Oppure i prìncipi della Casa Reale Saudita, gli sceicchi degli Emirati Arabi, i presidenti africani, allo scopo d'avviare una conquista che non è tanto una conquista di anime quanto una conquista di territorio uguale a quella che per tanti secoli afflisse il pianeta? Figliano troppo, oltretutto. Gli italiani non fanno più bambini, razza di sciagurati. Loro, invece, non fanno che moltiplicarsi. Figliare.

No, questa storia non mi convince. E sbaglia chi la prende alla leggera o con ottimismo. Sbaglia, in particolare, chi paragona l'ondata migratoria che s'è abbattuta sull'Italia e sull'Europa con quella che s'abbatté sull'America nella seconda metà dell'Ottocento. Anzi verso la fine dell'Ottocento e all'inizio del Novecento. Ora ti dico perché.

*   *   *

Non molto tempo fa mi capitò di captare una frase pronunciata da uno degli innumerevoli presidenti del Consiglio di cui l'Italia s'è ahimè fregiata in pochi decenni. «Eh, anche mio zio era un emigrante! Io lo ricordo mio zio che con la valigetta di fibra partiva per l'America!». O qualcosa del genere. Eh, no, caro ex-presidente del Consiglio: no. A parte il fatto che gli zii con la valigetta di fibra andavano in America all'inizio del Novecento cioè quando Lei non era ancora nato, il Suo paragone non regge. E non regge per una serie di motivi che conosce benissimo ma che per convenienza finge di ignorare o dimenticare.

Motivo Numero Uno. L'America è un continente di 9.363.353 chilometri quadrati. Ha regioni che ancor oggi sono completamente disabitate o così scarsamente abitate che in molti casi ci si può vivere per mesi e mesi senza scorgere un essere umano. E specialmente nella seconda metà del milleottocento ossia quando la grossa ondata migratoria ebbe inizio, buona parte di quelle regioni erano del tutto deserte. Niente città, niente villaggi. Niente strade, niente case. Al massimo, qualche fortino o un corral cioè un recinto per cambiare i cavalli. La stragrande maggioranza della popolazione si concentrava infatti negli Stati dell'Est cioè nelle regioni della Costa Atlantica. Nel Midwest, ossia nella zona centrale, non trovavi che cacciatori o avventurieri e le tribù dei Nativi, cosiddetti Indiani o Pellerossa. Nel Far West, ossia dalla parte dell'Oceano Pacifico, ancor meno: la corsa all'oro era appena incominciata. L'Italia, eccoci al punto, non è un continente. È un paese piuttosto piccolo, trentadue volte più piccolo degli Stati Uniti, per niente caratterizzato da regioni deserte e in più sovrappopolato. Cinquantasei milioni e trecentomila cittadini censiti, (cifra che esclude gli immigrati e in particolare quelli clandestini), contro duecentottantasei milioni di americani. Ergo, se centomila o anche cinquantamila o anche ventimila figli d'Allah si stabiliscono ogni anno in Italia, per noi è come se milioni di messicani si stabilissero ogni anno nel solo Texas o nella sola California.

Motivo Numero Due. Per un secolo, vale a dire dalla Guerra d'Indipendenza fino al 1875, l'America fu una frontiera aperta. Le sue coste non erano sorvegliate, i suoi confini nemmeno, e gli stranieri potevano entrare a loro piacimento. Anzi erano desiderati. Per crescere e per fiorire la giovane nazione doveva sfruttare il suo immenso spazio, la sua potenziale ricchezza, e proprio a causa di questo nel 1862 Abramo Lincoln firmò lo Homestead Act. Decreto col quale il governo federale regalava 270 milioni di acri ossia

108 milioni di ettari a chiunque (uomo o donna, cittadino o straniero) avesse non meno di ventun anni e accettasse queste due condizioni. Primo: stabilirsi nel fondo scelto (un fondo di 160 acri ossia di 65 ettari) e nel giro di cinque anni disboscarlo, dissodarlo, trasformarlo in una fattoria o in un allevamento di bestiame. Secondo: costruirvi una casa, crearvi una famiglia e, se straniero, prendere la cittadinanza americana. Inaugurando lo slogan «American-Dream» e «America-Land-of-Opportunities», molti candidati vennero infatti dall'Europa. Dalla Germania, dall'Olanda, dall'Inghilterra, dalla Spagna, dall'Italia. Vennero in tal numero che gli incolti e disabitati territori del Montana, del Nebraska, del Colorado, del Kansas, dei due Dakota, dell'Oklahoma finirono con l'essere occupati quasi esclusivamente da loro. E molte tribù Pellerossa furono costrette ad andarsene o a lasciarsi chiudere nelle Riserve. I Cherokee, ad esempio, i Creek, i Seminole, i Chickasaw, gli Cheyenne... Bè, in Italia non c'è mai stato uno Homestead Act che invitasse gli stranieri a stabilirsi nelle nostre terre. «Venite, figli d'Allah, venite. Se venite, vi regaliamo un bel poderino in Chianti o in Valpadana o in Riviera. E per regalarvelo sloggiamo i toscani, i lombardi, i liguri. Li prendiamo a pedate nel culo, li chiudiamo nelle Riserve». Come nel resto dell'Europa, in Italia ci sono venuti senza alcun invito o sollecitazione. Sono piombati sulle nostre spiagge con le dannate barche della mafia albanese e a dispetto delle Guardie Costiere, che non riuscivano a respingerli. Perché noi non siamo un'Open Frontier, una frontiera aperta, caro il mio ex-primo ministro e supposto nipote dello zio con la valigetta di fibra. Non abbiamo fondi incoltivati da regalare, regioni disabitate da popolare. Eppure ci trattate come Cherokee o Creek o Chickasaw o Seminole o Cheyenne da chiudere in campi di concentramento, riserve, per far posto ai figli d'Allah.

Motivo Numero Tre. Neanche l'America-Land-of-Opportunities, Terra-di-Opportunità, continuò ad essere generosa quanto lo era stata fino alla presidenza di Lincoln. Allarmato dalle proporzioni che stava assumendo il fenomeno, nel 1875 il governo federale capì infatti che bisognava porre un limite all'invasione. E il Congresso emise una legge che proibiva l'ingresso a chi era stato in carcere per delinquenza o meretricio. Nel 1882, una che bandiva i pazzi e i vagabondi destinati a gravare sulla spesa pubblica. Nel 1903, una che escludeva i mendicanti di mestiere e le persone afflitte da sifilide o da altre malattie contagiose nonché gli anarchici. (Termine a quel tempo usato pei tipi dal coltello o dalla pistola facile, per gli attaccabrighe e i ribelli che organizzavano scioperi o sommosse). La politica migratoria si fece insomma restrittiva, e chi entrava clandestinamente veniva subito espulso. Da noi, invece, tutti entrano a loro piacimento. Ladri, rapinatori, terroristi di Al Qaida. Prostitute, lenoni, delinquenti ultra-condannati, commercianti di droga, mendicanti, ammalati di Aids. E, lungi dal venir respinti, una volta sbarcati vengono accolti con prodigalità. Alloggiati, nutriti, curati a spese dei Cherokee e dei Creek e dei Chickasaw e degli Cheyenne cioè dei Nativi che pagan le tasse. Sempre a spese dei Nativi ricevono addirittura una cifra mensile per le piccole spese. E quando si sono stabiliti nelle nostre città, nei nostri villaggi, magari un sussidio. Anche se hanno l'automobile e il telefonino e il computer, si beccano il sussidio. Anche se d'estate vanno in vacanza viaggiando su aerei costosi. Tanta generosità non include i clandestini, d'accordo. Ma i clandestini hanno altri vantaggi. Essendo tali possono infranger la legge più facilmente e, se per caso vengono espulsi, tornano. Se vengono espulsi di nuovo, tornano di nuovo. Per commetter nuovi crimini, ovvio. Mentre le autorità non fanno nulla per cacciarli. Cristo, io

119

non scorderò mai i comizi con cui qualche mese fa i clandestini riempivano le nostre piazze per esigere i permessi di soggiorno. I loro volti distorti, feroci. I loro pugni minacciosi, pronti a colpire noi Cherokee e Creek e Chickasaw e Cheyenne. I loro urli che ricordavano la Teheran di Khomeini e la Bagdad di Saddam Hussein. Non li scorderò mai perché oltre a sentirmi offesa da quella prepotenza in casa mia mi sentivo beffata dalle autorità che dicevano: «Vorremmo rimpatriarli ma non sappiamo dove si nascondono». Razza di farabutti, di imbroglioni! Non-lo-sapevate?!? Nelle piazze non si nascondevano mica! Per rimpatriarli sarebbe bastato caricarli su un pullman, prego-signor-clandestino-si-accomodi, accompagnarli a un porto o a un aeroporto, e rispedirli nei loro paesi.

Quanto al motivo Numero Quattro è così semplice che lo capirebbe perfino un bambino. L'America è un paese molto giovane. Se pensi che come nazione nacque alla fine del 1700, ne deduci che ha poco più di duecento anni. È anche un paese composto quasi esclusivamente di emigrati. Dal Mayflower in poi, cioè dalle Tredici Colonie in poi, chiunque in America è un emigrato. O il figlio, il nipote, il bisnipote, il discendente d'un emigrato. I Nativi cioè i Pellerossa ai quali rubammo la terra, la patria, in America sono ormai una trascurabile minoranza che non conta nulla. Essendo un paese composto quasi esclusivamente di emigrati è anche il più incredibile miscuglio di razze, religioni, lingue, che sia mai esistito sul nostro pianeta. Un miscuglio amalgamato dal fatto che qualunque sia il cognome, la religione, il colore della pelle, tutti vi si sentano americani. («I am American!»). Di conseguenza la sua identità culturale non è ben definita, e a parer mio è anche molto confusa. L'Italia, invece, è un paese vecchio anzi antico. La sua storia dura, in sostanza, da tremila anni. E nonostante gli invasori che per secoli l'hanno occupata, smembrata, straziata, non è mai stata un paese di emigrati quindi un miscuglio di razze e di religioni e di lingue. (I suoi dialetti, ora quasi scomparsi, non sono lingue bensì storpiature della medesima lingua). Inoltre l'Italia non si è mai fusa con gli invasori che la occupavano, la smembravano, la straziavano. Neanche coi goti, i visigoti, gli ostrogoti, i franchi, i normanni, gli svevi e poi i francesi, gli austriaci, gli spagnoli... A forza di viverci assieme ha assunto molte delle loro caratteristiche sociali, sì. Ad esempio i vari modi di mangiare, peccare, lavorare, comportarsi. A forza di andarci a letto per amore o stupro o matrimonio, ha assunto molte delle loro caratteristiche somatiche, sì. Ad esempio i capelli biondi e gli occhi azzurri dei normanni o degli austriaci, i capelli neri e gli occhi scuri degli spagnoli. Però culturalmente non si è mai lasciata inghiottire da loro. Al contrario, li ha sempre assorbiti come una spugna che succhia il liquido nel quale è immersa. Per averne un'idea basta pensare agli Asburgo-Lorena che nel 1735 assunsero il Granducato di Toscana, si stabilirono a Firenze e vi rimasero fino al 1859 cioè fino alla vigilia dell'Unità. Dimenticando d'essere austriaci gli Asburgo-Lorena si definivano toscani anzi fiorentini e come fiorentini parlavano, scrivevano, vivevano, si comportavano. Non a caso, quando si recavano a Vienna, non facevano che sospirare: «Mi manca Firenze, mi manca la Toscana, mi manca la mia patria». (Lo dicono le Memorie di Pietro Leopoldo e di Leopoldo II). I francesi e gli spagnoli, in particolare i Borboni che occupavano il Regno di Napoli, idem. Come napoletani parlavano, scrivevano, si comportavano, e guai a ricordargli che erano spagnoli. D'accordo, del dominio arabo nel meridione rimangono ancor oggi tracce amare. Pensa al machismo che lì trionfa come in Islam. Pensa ai lenzuoli insanguinati che, per dimostrare che la sposa era davvero vergine, in alcuni borghi vengono ancora appesi alle finestre della camera dove s'è consumata la prima notte di matrimonio. Però dal meridione in su non troverai mai una sia pur debole impronta dell'Islam. Di conseguenza la nostra identità culturale è molto precisa e bando alle chiacchiere: da duemila anni non prescinde da una religione che si chiama religione cristiana e da una chiesa che si chiama Chiesa Cattolica. La gente come me ha un bel dire: io-con-la-chiesa-cattolica-non-c'entro. C'entro, ahimè, c'entro. Che mi piaccia o no, c'entro. E come farei a non entrarci? Sono nata in un paesaggio di chiese, conventi, Cristi, Madonne, Santi. La prima musica che ho udito venendo al mondo è stata la musica delle campane. Le campane di Santa Maria del Fiore che all'Epoca della Tenda la vociaccia sguaiata del muezzin soffocava. È in quella musica, in quel paesaggio, che sono cresciuta. È attraverso quella musica e quel paesaggio che ho imparato cos'è l'architettura, cos'è la scultura, cos'è la pittura, cos'è l'arte, cos'è la conoscenza, cos'è la bellezza. È attraverso quella chiesa (presto rifiutata ma inevitabilmente rimasta dentro di me cioè dentro la mia cultura) che ho incominciato a chiedermi cos'è il Bene, cos'è il Male, se il Padreterno esiste o non esiste, e perdio...

Vedi? Ho scritto un'altra volta «perdio». Con tutto il mio laicismo, tutto il mio ateismo, son così intrisa di cultura cattolica che essa fa addirittura parte del mio modo d'esprimermi. «Perdio, mioddio, graziaddio, oddio, Gesù mio, Dio mio, Madonna mia, Cristo qui, Cristo là». Mi vengon così spontanee, queste parole, che non m'accorgo nemmeno di pronunciarle o di scriverle. E vogliamo dirla tutta? Sebbene al cattolicesimo non abbia mai perdonato le infamie che m'ha imposto per secoli (incominciando dall'Inquisizione che nel 1600 m'ha pure bruciato una nonna, povera nonna), sebbene coi preti io non vada d'accordo e delle loro preghiere non sappia che farne, la musica delle campane mi piace tanto. Mi accarezza il cuore. Mi piacciono pure quei bei Cristi e quelle belle Madonne e quei bei Santi dipinti. Infatti ho la mania delle icone. Mi piacciono pure i monasteri e i conventi. Infatti mi danno un gran senso di pace e spesso invidio chi ci sta. E poi, ammettiamolo, le nostre cattedrali son più belle delle moschee e delle sinagoghe: sì o no? Sono più belle anche delle chiese protestanti. Il cimitero della mia famiglia è un cimitero protestante. Accoglie i morti di tutte le religioni ma è protestante. E una mia bisnonna era valdese. Una mia prozia, evangelica. La bisnonna valdese non l'ho conosciuta, purtroppo. È morta piuttosto giovane. La prozia evangelica, sì. Quand'ero bambina mi portava sempre alle funzioni della sua chiesa in via de' Benci a Firenze, e... Dio, quanto m'annoiavo! Mi sentivo talmente sola con quei fedeli che cantavano i salmi e basta, quel prete che non era un prete e leggeva la Bibbia e basta, quella chiesa che non mi sembrava una chiesa e che a parte un piccolo pulpito aveva un gran crocifisso e basta. Niente angeli, niente Madonne, niente ceri, niente candele, niente incenso... Mi mancava perfino il puzzo dell'incenso, e avrei voluto trovarmi nella vicina basilica di Santa Croce dove certe cose le avevi in abbondanza. Le cose, i simbolici orpelli, a cui ero abituata. E aggiungo: nel giardino della mia casa di campagna, in Toscana, v'è una minuscola cappella. Sta sempre chiusa. Dacché la mamma è morta non ci va nessuno. Però a volte io ci vado a spolverare, a controllare che i topi non ci abbiano fatto il nido, e nonostante la mia educazione laica mi ci sento a mio agio. Nonostante il mio mangiapretismo, mi ci muovo con disinvoltura. E credo che la stragrande maggioranza degli italiani confesserebbe la medesima cosa. A me la confessò Berlinguer.

Santo Cielo, (rieccoci con la mia cultura cristiana anzi cattolica), sto dicendo che noi italiani non siamo nelle condizioni degli americani: recente mosaico di gruppi etnici e religiosi, disinvolto guazzabuglio di lingue e religioni e usanze, ma nel medesimo tempo aperti ad ogni invasione e in grado di respingerla. Sto dicendo che, proprio perché è definita da molti secoli e molto precisa, la nostra identità culturale non può sopportare un'ondata migratoria composta da persone che in un modo o nell'altro vogliono cambiare il nostro sistema di vita. I nostri principii, i nostri valori. Sto dicendo che da noi non c'è posto per i muezzin, pei minareti, pei falsi astemi, per il fottuto chador e l'ancor più fottuto burkah. E se ci fosse, non glielo darei. Perché equivarrebbe a buttar via Dante Alighieri, Leonardo da Vinci, Michelangelo, Raffaello, il Rinascimento, il Risorgimento, la libertà che abbiamo bene o male conquistato, la democrazia che abbiamo bene o male instaurato, il benessere che abbiamo indubbiamente raggiunto. Equivarrebbe a regalargli la nostra Patria, insomma. L'Italia. E l'Italia io non gliela regalo. Col che sono arrivata a un punto che mi preme chiarire una volta per sempre. E qui proprio tutti devono sturarsi bene le orecchie.

* * *

Io sono italiana. Sbagliano gli sciocchi che mi credono ormai americana. La cittadinanza americana io non l'ho mai chiesta. E quando molti anni fa l'ambasciatore Maxwell Rabb me la offrì sul Celebrity Status, gli risposi pressappoco così: «Mister Ambassador, io all'America sono profondamente legata. Lo sono sebbene ci litighi sempre, sebbene molte cose in lei mi disturbino e mi addolorino. Il suo troppo frequente dimenticare i nobili principii sui quali era nata e cresciuta, ad esempio. Il suo culto calvinista del denaro, il suo amore infantile per l'opulenza, il suo spreco sconsiderato della ricchezza, la sua arroganza in campo economico e militare. (L'arroganza che inevitabilmente emerge quando un paese giunge al suo livello di potere e supremazia). Ed anche lo straziante ricordo d'una piaga oggi completamente guarita nonché erroneamente sfruttata dai discendenti delle sue vittime però durata troppo a lungo: la piaga della schiavitù. Anche le lacune della sua cultura umanistica, anche i vuoti che impoveriscono la sua conoscenza, visto che da un punto di vista scientifico e tecnologico la sua conoscenza è superba, ma nel campo umanistico è un po' inadeguata. Detesto anche la sua costante glorificazione della violenza e della brutalità, la sua monotona esibizione del sesso, la sua noiosa deificazione dell'omosessualità, il suo smodato edonismo. Tutti peccati che contribuirono in maniera definitiva alla caduta dell'Impero Romano e che, se non mettete giudizio, contribuiranno in modo definitivo alla caduta del vostro. (Oh, sì: pure voi siete un impero, Mister Ambassador. Un impero senza imperialismo ma un impero. E negarlo sarebbe ipocrisia). Eppure, ripeto, all'America sono profondamente legata. L'America è per me un marito, o se preferisce un amante, del quale conosco ogni difetto e al quale rimango anzi rimarrò sempre fedele. (A condizione che non mi tradisca, che non m'inganni, ovvio). Perché mi piace la sua impudenza e il suo coraggio, il suo ingegno e il suo ottimismo, la sua fiducia nel futuro e in sé stesso. Mi piace l'infinita pazienza con cui sopporta le offese e le calunnie, con cui reagisce alle invidie e alle gelosie dei mediocri o dei falliti. Mi piace la straordinaria umiltà con cui sostiene il suo incomparabile successo cioè il fatto d'essere il primo della classe, l'archetipo a cui tutti si ispirano nel Bene e nel Male, la ciambella di salvataggio a cui tutti ricorrono. E non dimentico mai che se l'America non fosse entrata in guerra contro Hitler e Mussolini oggi parlerei tedesco. Se non avesse tenuto testa all'Unione Sovietica, oggi parlerei russo. Inoltre ammiro la sua indiscussa e indiscutibile generosità. Quella che dimostra ad esempio quando arrivo a New York e porgo il passaporto col Certificato di Residenza e il doganiere mi dice: "Welcome home. Benvenuta a casa". Mi sembra un gesto così disinteressato, affettuoso, liberale. Mi ricorda che quel paese è sempre stato l'ospizio dei reietti, dei disgraziati, l'orfanotrofio della gente senza patria. Ma io la patria ce l'ho già, Mister Ambassador. La mia Patria è l'Italia, e io amo l'Italia. L'Italia è la mia mamma, e a prendere la cittadinanza americana mi sembrerebbe di rinnegare la mamma».

Gli risposi anche che la mia lingua è l'italiano, che in italiano scrivo, che in inglese mi traduco e basta. Nello stesso spirito in cui mi traduco in francese, oltretutto, cioè sentendolo una lingua straniera. E poi gli risposi che quando ascolto l'Inno di Mameli io mi commuovo. Che a udire quel Fratelli-d'Italia, l'Italia-s'è-desta, parapà-parapà-parapà, mi viene il nodo alla gola. Non mi accorgo nemmeno che come inno è abbastanza bruttino e che lo suonano quasi sempre male. Penso solo: è l'inno della mia Patria. Del resto il nodo alla gola mi vien pure a guardare la bandiera bianca rossa e verde, la bandiera italiana, che sventola. Io ho una bandiera bianca rossa e verde dell'Ottocento. Tutta piena di macchie, macchie di sangue, credo, tutta rosa dai topi. E sebbene al centro vi sia lo stemma sabaudo cioè lo stemma d'una monarchia a me per niente cara, (ma senza Vittorio Emanuele II di Savoia e senza Cavour che a quella monarchia si inchinava e senza Garibaldi che quella monarchia la accettò l'Italia non l'avremmo mai fatta), la custodisco come un gioiello. Siamo morti per quel tricolore! Morti impiccati, fucilati, decapitati. Ammazzati dagli austriaci, dai Papi, dai duchi di

Modena, dai francesi, dagli spagnoli. Ci abbiamo fatto il Risorgimento, con quel tricolore. Ci abbiamo fatto le Guerre d'Indipendenza, ci abbiamo fatto l'Unità d'Italia e perdio! Non lo ricorda nessuno che cosa è stato il Risorgimento?!? È stato il risveglio della nostra dignità perduta con secoli di invasioni e di umiliazioni. È stato la rinascita delle nostre coscienze, del nostro amor proprio, del nostro orgoglio avvilito dagli stranieri. Dai francesi, dagli austriaci, dagli spagnoli, dai Papi eccetera! Non lo ricorda nessuno che cosa sono state le nostre Guerre d'Indipendenza?!? Sono state il riscatto delle nostre umiliazioni, della nostra vergogna! Sono state il recupero della nostra dignità, del nostro onore! Quindi assai più di ciò che per gli americani fu la loro Guerra d'Indipendenza. Infatti gli americani avevano un nemico solo, un padrone solo, da combattere: l'Inghilterra. Noi invece avevamo tutti quelli che il Congresso di Vienna s'era divertito a restaurare in casa nostra dopo averci squartato un'ennesima volta come un pollo arrosto. Non lo ricorda nessuno che cosa è stata l'Unità d'Italia, i fiumi di sangue che c'è costata?!? Quando festeggiano la loro vittoria sull'Inghilterra e alzano la loro bandiera e cantano «God bless America» gli americani si mettono la mano sul cuore, perdio! Sul cuore! E noi non si festeggia nulla, la mano non la mettiamo in nessun posto. Anzi qualcuno vorrebbe metterla non ti dico dove.

Per quel tricolore abbiamo versato lacrime e sangue anche il secolo dopo, ricordi? Io sì. Perché per quel tricolore nel 1848 il mio antenato materno Giobatta combatté a Curtatone e Montanara, rimase orrendamente sfregiato da un razzo austriaco, e nel 1856 i carcerieri croati al servizio degli austriaci lo seviziarono in maniera selvaggia. Lo azzopparono, lo sciancarono, lo ridussero a un rudere umano. Per quel tricolore dal 1914 al 1917 i miei zii paterni fecero la Prima

Guerra Mondiale nelle trincee del Carso, e durante la Seconda Guerra Mondiale mio padre fece la Resistenza. Finì in galera, subì torture d'ogni tipo, e l'intera famiglia si unì alla sua lotta. Me inclusa. Nelle file di Giustizia e Libertà, col nome di battaglia «Emilia». Avevo quattordici anni, e quando l'anno dopo mi congedarono dall'Esercito Italiano-Corpo Volontari della Libertà con la qualifica di soldato semplice, mi sentii così fiera. Così insuperbita. Perbacco, avevo combattuto per il mio paese, per la libertà del mio paese ero stata un soldato italiano! Infatti quando venni informata che col congedo mi spettavano 15.670 lire, non sapevo se accettarle o no. Mi pareva scorretto accettarle per aver fatto il mio dovere verso la Patria. Poi le accettai. In casa eravamo tutti senza scarpe decenti. E con quei soldi ci comprai le scarpe per me e per le mie sorelline. (Il babbo e la mamma, no. Non le vollero).

* * *

Naturalmente la mia patria, la mia Italia, non è l'Italia d'oggi. L'Italia godereccia, furbetta, volgare, degli italiani che (come gli altri europei, intendiamoci) pensano solo ad andare in pensione prima dei cinquant'anni e che si appassionano solo per le vacanze all'estero o le partite di calcio. L'Italia meschina, stupida, vigliacca, delle piccole iene che pur di stringer la mano a un divo o a una diva di Hollywood venderebbero la figlia a un bordello di Beirut ma se i kamikaze di Osama Bin Laden riducono migliaia di newyorkesi a una montagna di cenere che sembra caffè macinato sghignazzano bene-agli-americani-gli-sta-bene. (Anche qui come gli altri europei, intendiamoci, ma il discorso sull'Europa lo faremo dopo). L'Italia opportunista, doppiogiochista, imbelle, dei partiti corrotti e incapaci che non sanno né vincere né perdere però sanno come incollare i grassi posteriori dei loro rappresentanti alla poltroncina di deputato o di sindaco o di ministro. L'Italia ancora mussolinesca dei fascisti neri e rossi che ti inducono ad adottare la tremenda battuta di Ennio Flaiano: «In Italia i fascisti si dividono in due categorie: i fascisti e gli antifascisti». L'Italia, infine, degli italiani che con lo stesso entusiasmo gridano Viva-il-re e Viva-la-repubblica, Viva-Mussolini e Viva-Stalin, Viva-il-Papa e Viva-chi-càpita. Francia-o-Spagna-purché-se-magna. Quegli italiani che con la stessa disinvoltura passano da un partito all'altro, anzi si fanno eleggere da un partito e una volta onorevoli (onorevoli?) passano al partito avversario. Accettano la poltrona ministeriale del partito avversario. Insomma l'Italia dei voltagabbana. Dio, quanto mi fanno schifo i voltagabbana! Quanto li odio, quanto li disprezzo!

D'accordo, i voltagabbana non sono una specialità dell'Italia. Quel primato appartiene alla Francia dove li chiamano Girouettes, Giravolta, e dove dalla Rivoluzione in poi raggiungono vette insuperate anzi insuperabili. Pensa al loro Exemple-Suprême cioè a colui che Napoleone definiva «une merde dans un bas de soie», una merda dentro una calza di seta. Insomma Charles Maurice de Talleyrand-Périgord ora vescovo di Autun ed ora rivoluzionario scomunicato, ora repubblicano ed ora monarchico, ora bonapartista ed ora antibonapartista, ora sostenitore dei Borboni ed ora degli Orléans, quindi morto ultraottantenne nel suo letto e di nuovo devoto al Papa... Pensa allo stesso Napoleone che da giovane posava a sovversivo e di Marat e Robespierre diceva: «Voilà mes dieux, ecco i miei dèi». Ma dopo tale debutto si promosse imperatore, distribuì i troni d'Europa ai fratelli e alle sorelle e agli amici, ristabilì l'aristocrazia. Pensa a Barras e a Tallien e a Fouché, i Commissari del Terrore, gli artefici dei massacri a Lione e Tolone e Bordeaux, che durante il Direttorio si misero a fornicare con gli aristocratici scampati alla ghigliottina e il primo inventò Bonaparte. Il secondo lo seguì in Egitto, il terzo lo servì fino all'ultimo... Pensa a Jean-Baptiste Bernadotte che grazie a Napoleone divenne re di Svezia e da tale si alleò coi suoi nemici, gli dichiarò guerra, contribuì più di chiunque altro alla sua sconfitta di Lipsia. Pensa a Gioacchino Murat che da quell'augusto protettore e cognato aveva ricevuto in dono il regno di Napoli e che nel 1814 lo tradì passando agli austriaci... E non dimentichiamo che nel 1815 furono i francesi a compilare lo stupefacente *Dictionnaire des Girouettes*, testo che continuano a ristampare aggiornato cioè sempre più zeppo di nomi contemporanei. Ma ciò non mi consola. Ciascuno piange le sue lacrime, nel voltagabbanismo il nostro paese eccelle quasi quanto la Francia, e sai qual è il particolare più doloroso? È che, essendovi abituati, gli italiani non se ne scandalizzano affatto. Anzi si meravigliano se uno resta fedele alle sue idee. Anni fa mi capitò di parlarne con un celebre tuttologo e predicatore di democrazia, e parlandone gli raccontai che facendo una ricerca sulla mia famiglia avevo scoperto una cosa stupenda: sia nel ramo materno che in quello paterno nessuno era stato iscritto al Partito Nazionale Fascista. Meglio: quando una delle mie zie s'era innamorata d'un fascista (innocuo ma fascista) e se l'era sposato, fratelli e sorelle l'avevano messa alla gogna. «Sleale, maramalda, caina, d'ora innanzi guai a te se ci dici buongiorno». Gli spiegai pure che sebbene conoscessi le storie del babbo malmenato, dello zio purgato, del nonno minacciato dalle Camicie Nere, quella conferma m'aveva reso ebbra di fierezza. E sai che rispose quel predicatore di democrazia? Rispose: «Si vede che vivevano sulla Luna!». (Parole cui replicai: «No, signor mio. Vivevano al Pronto Soccorso o in galera. Cioè nella loro coscienza»). Ma se mi metto a elencare le

Italie che non sono le mie Italie, le Italie che non amo, che mi fanno soffrire, non la finisco più.

Bè, voglio provarci lo stesso. Nel modo più sbrigativo possibile, cioè scegliendone qualcuna e basta. L'Italia, ad esempio, degli ex-comunisti che per quarant'anni (ma dovrei dire cinquanta, visto che incominciarono quand'ero giovanissima) hanno riempito di lividi la mia anima. Mi hanno offeso con la loro prepotenza, la loro boria, la loro presunzione, il loro terrorismo intellettuale, la loro abitudine di schernire e denigrare chi la pensa in modo diverso da loro. Sicché chiunque non sia comunista lo trattano da cretino, da troglodita. Lo definiscono reazionario nonché servo-degli-americani. (Scritto amerikani). L'Italia dei preti rossi, insomma, dei trinariciuti che caduto il Muro di Berlino cambiarono tono. Smarriti come pulcini che non possono più rifugiarsi sotto le ali della madre-chioccia cioè dell'Unione Sovietica finsero di effettuare un esame di coscienza. Spaventati come parroci che temono di perdere la parrocchia e con la parrocchia i privilegi acquisiti, si misero a fare i liberali anzi a dar lezioni di liberalismo e tolleranza e magnanimità. Divennero buonisti ed oggi posano a virtuosi. Per battezzare i loro partiti e le loro alleanze usano nomi di carattere vegetale o floreale cioè querce e ulivi e margherite, nonché l'immagine d'un ciuco. Animale uso a ragliare, ch'io sappia, non certo a simboleggiare l'intelligenza. Assurgono anche a cariche fascinose. Intascano stipendi miliardari, frequentano salotti à la page. Infine vengono a New York per comprare le camicie da Brooks Brothers e i lenzuoli da Bloomingdale's, celebrano i loro congressi all'ombra d'uno slogan anglo-americano che sembra la reclame d'un detersivo. «*I care*». E pazienza se gli operai che affogavano nei fiumi delle bandiere rosse, nei laghi delle bandiere rosse, l'inglese non lo sanno. Pazienza se il mio falegname che è un vecchio e onesto comunista fiorentino non capisce cos'è quell'*I care*. Lo legge *Icare*, crede che si tratti di Icaro cioè del greco a cui garbava volare però a volare gli si scienvan le ali, e tutto confuso mi chiede: «Sora Fallaci, ma icché c'entra Icharo?!?». La sora Fallaci deve spiegargli che non c'entra, che *I care* non vuol dire Icaro, vuol dire *a-me-importa*, e allora lui s'arrabbia. «Vorrei sapere chi l'è qui' bischero che ha inventato questa coglionata!». Non mi danno neanche più di cretina, di troglodita, di reazionaria eccetera, ora che celebrano i congressi all'ombra degli slogan in inglese. E ch'io sappia il loro quotidiano non mi aggredisce più (ma presto lo farà) con i vituperi, le perfidie gratuite, le vergognose calunnie che per oltre quarant'anni mi vomitò addosso nella fascistica rubrica «Il fesso del giorno» poi divenuta «Il dito nell'occhio». I settimanali delle loro non estinte parrocchie, idem. Ma qui lasciami aprire una parentesi che devo a me stessa da almeno trent'anni. Ecco qua.

* * *

Sedotto dai reportages che nel 1967 e nel 1968 avevo scritto dal Sud Vietnam, reportages con cui la sinistra italiana era andata a nozze perché esprimevan senza mezzi termini ciò che pensavo su quella discutibile guerra, nel 1969 il governo di Ho Chi Minh m'invitò a visitare il Nord Vietnam. Naturalmente accettai e una volta lì non impiegai molto a capire che, se i sudvietnamiti avevano pochissime probabilità di andare in Paradiso, i nordvietnamiti ne avevano ancor meno di non finire all'Inferno. Ad aggravar la tragedia, lì v'era uno stalinismo che inorridiva perfino i sovietici. «Here old Joseph is far from being dead, qui il vecchio Giuseppe non è morto» mi dissero i tre piloti sovietici che la seconda sera incontrai al bar dell'hotel Metropole, l'albergo di Hanoi. Senza mezzi termini, dunque, denunciai questa verità. Cosa che nessuno aveva mai fatto. (Rileggi gli articoli dei giornalisti che prima di me erano stati laggiù, avevano registrato le medesime cose, parlato con le medesime persone, sofferto le medesime esperienze, e vedrai che tutti s'erano uniti al coro della propaganda orchestrata dal regime. Tutti). La denunciai, quella verità, anche rivelando l'ostilità o la mancanza di rispetto che al Nord circondava il Fronte di Liberazione Nazionale e in particolare i cattolici o i buddisti cioè i combattenti che non erano iscritti al partito comunista. Ostilità e mancanza di rispetto che nel Vietnam del Sud avevo già colto osservando i cadaveri seminudi e male armati dei guerriglieri e quelli ben vestiti e ben armati dei soldati regolari, ma che ad Hanoi m'era stata confermata da un vecchio vietminh in lacrime. «Madame, Madame, vous ne savez pas comme nous sommes traités ici! Signora, signora, lei non sa come siamo trattati quaggiù!». La denunciai anche raccontando i tormenti quotidiani cui il popolo veniva sottoposto dalle milizie di quartiere e dai gerarchi del partito. Ad esempio il tormento di venir costretti a urinare e a defecare separatamente in due contenitori diversi. (Cosa che permetteva al Ministero dell'Agricoltura di raccogliere tonnellate di sterco umano non diluito dall'urina e con questo produrre un concime a quanto pare molto efficace per la coltivazione delle rape e di altri vegetali). L'ultima corrispondenza si concludeva infatti con l'immagine d'un contadino che per sfuggire alle bombe degli americani si rifugiava in un cesso dove non aveva neppure il conforto anzi la libertà di scaricare la sua paura in un unico contenitore.

Ebbene, sai come vi reagì la sinistra italiana che, fino a quel giorno, coi miei reportages da Saigon c'era andata a nozze? Incaricando un noto periodico comunista, *Noi Donne*, di punirmi con una serie di articoli ingiuriosi. Cioè articoli che mi dipingevano come una mascalzona, una forcaiola che ad Hanoi c'era andata solo per diffamare l'eroico popolo nordvietnamita, e che ogni volta apparivano sotto il seguente titolo steso su due pagine a caratteri cubitali: «La signorina Snob va in Vietnam». E pazienza se uguali nefandezze mi vennero anche dalle cicale straniere. Parlo di Jane Fonda, la divetta hollywoodiana che il regime di Ho Chi Minh invitò poco dopo e che, sorretta da un'inguaribile mancanza di intelligenza nonché da una sgomentevole smania di pubblicità, al ritorno m'accusò d'essere andata laggiù a spiare per conto del Pentagono e della Cia. (Infatti le risposi che si augurasse di non incontrarmi mai perché, se ciò fosse avvenuto, l'avrei presa a calci nel culo). Parlo anche del prigioniero americano che intervistai ad Hanoi. Quel tenente R.F. Frishman, pilota, che con un triplice e umile inchino raccoglieva le caramelle gettategli per terra dagli ufficiali nordvietnamiti presenti. Camòn-grazie-camòn. Quel tenente Frishman, pilota, cui premeva soltanto dirmi che i carcerieri lo trattavano bene, gli davan perfino il polpettone di carne fresca, e nel quale tentai invano d'accendere un po' d'orgoglio raccontandogli che i suoi connazionali erano appena sbarcati sulla Luna. Quel tenente Frishman, pilota, per il quale litigai a morte con gli ufficiali delle caramelle. Che grazie a me venne rilasciato ma che tornato in patria m'accusò d'essermi inventata tutto. Niente caramelle, niente triplice e umile inchino, niente polpettone di carne fresca, niente rivelazioni sul viaggio alla Luna. Indottrinato dal Pentagono e dalla Cia che volevano farlo passare da eroe, negò addirittura d'avermi incontrato. Rifiutò addirittura d'ascoltare il nastro dell'intervista registrata e pubblicata dal settimanale newyorkese *Look magazine*. «Quella donna» disse «io non la conosco». (By the way, le stesse parole che trent'anni dopo il presidente Bill Clinton avrebbe pronunciato dinanzi alle camere da presa per negare la sua storiella con la cicciona). Il male non ha passaporto, si sa. E per ricordarcelo gli esseri umani non hanno bisogno di massacrare migliaia di loro simili in nome di Allah. Parentesi chiusa, e torniamo alle cicale nostrane.

No, almeno per ora non lo fanno più. E tutti si sono dimenticati che lo facevano. Però io non me ne sono dimenticata e carica di sdegno grido: «Chi me li restituisce quei quarant'anni e passa di offese, di lividi sull'anima, di oltraggi al mio onore?». Tempo fa lo chiesi a un ex-comunista dell'ex-Federazione Giovanile Comunista Italiana: l'azienda di collocamento dalla quale sono usciti tutti o quasi tutti i ministri o primi ministri o sindaci o presidenti della Regione che rappresentando la Sinistra affliggono il nostro paese. Gli ricordai che il fascismo non è un'ideologia, è un comportamento, gli chiesi: «Chi me li restituisce quei quarant'anni?». E poiché anche lui oggi posa da liberale, da buonista, da progressista, mi illudevo che si scusasse. Credevo che col cuore in mano mi rispondesse: «Perdona». Invece sghignazzò e rispose: «Facci causa!». Parole da cui deduco che veramente il lupo perde il pelo non il vizio, e grazie alle quali confermo che no: la loro Italia non è, non sarà mai, la mia Italia.

* * *

Non è nemmeno l'Italia dei loro avversari, sia chiaro. Infatti i loro avversari io non li voto, e va da sé che da moltissimi anni io non voto per nessuno. Confiteor al quale mi costringo con angoscia poiché il non-voto è, sì, un voto: un voto legale e legittimo, un voto per dire andate-tutti-all'Inferno. Ma è anche il voto più triste, più tragico, che esista. Il voto straziante del cittadino che non si riconosce in nessuno, che non si fida di nessuno, che di conseguenza non sa da chi farsi rappresentare e si sente abbandonato defraudato solo. Solo come me. Io soffro tanto quando in Italia ci sono le elezioni. Non faccio che fumare, bestemmiare, ripetermi: Cristo, siamo stati in galera, siamo morti, per riavere il voto! I nostri compagni sono stati fucilati o eliminati nei campi di concentramento. E io non voto... Soffro, sì. E maledico il mio rigore, la mia irremovibilità, la mia superbia. Quasi invidio chi sa adattarsi, all'occorrenza piegarsi, comunque scendere a un compromesso e votare qualcuno che gli sembri meno peggio degli altri. (Quando c'è un referendum, invece, a votare ci vado. Perché nei referendum non devo beneficiare uomini o donne in cui non mi riconosco, da cui rifiuto d'essere rappresentata. Il processo democratico, lì, si svolge senza intermediari. «La vuoi la monarchia?». «No». «La vuoi la repubblica?». «Sì». «Li vuoi i cacciatori sotto casa che ammazzano gli uccellini?». «Perdio, no». «La vuoi una legge che protegga la privacy?». «Perdio, sì»). E detto questo lascia che rivolga un discorsino al leader di quegli avversari.

Discorsino. Egregio signor cavaliere, io lo so che a udire quel che dico sugli ex-comunisti Lei ingrassa, gongola come una sposa felice. Ma non sia impaziente, La prego. Ce n'è anche per Lei. L'ho fatta aspettare tanto, L'ho tenuta sulle spine, solo perché Lei non appartiene a quei quarant'anni e passa di dispiaceri. Nei miei riguardi Lei è proprio innocente. Inoltre non La conosco da oltre mezzo secolo cioè bene come conosco loro. È un novellino, Lei, una novità. Proprio quando di politica (parola a me sacra, se non l'ha già capito) non volevo più sentirne parlare, Lei è apparso. Nella politica è sbucato allo stesso modo in cui certe piante sbucano nell'orto o nel giardino, sicché le guardi confuso e ti chiedi: «Che roba è? Un ravanello? Un'ortica?». Da allora La osservo con curiosità e perplessità, senza poter decidere se Lei è un ravanello o un'ortica, tuttavia pensando che se è un ravanello non è un gran ravanello e se è un'ortica non è una grande ortica. Del resto anche Lei ha l'aria di nutrir tale dubbio, non prendersi troppo sul serio. Almeno con la bocca, (con gli occhi assai meno), Lei ride sempre. Perfino quando non esiste alcun motivo per ridere, Lei ride come se sapesse che il Suo successo in politica è una stravagante e immeritata casualità, uno scherzo della Storia, una bizzarra avventura della Sua fortunatissima vita. E premesso ciò mi consenta (uso il Suo linguaggio, vede) d'esporre quel che in Lei non mi piace. Bè, non mi piace, ad esempio, la Sua mancanza di buon gusto e d'acume. Il fatto, ad esempio, che tenga tanto ad essere chiamato Cavaliere. Non si tratta davvero d'un titolo raro e importante, mi creda. L'Italia produce più cavalieri e commendatori che beceri e voltagabbana. Una volta, in quel mucchio, un Presidente della Repubblica voleva inserire anche me. Per impedirglielo dovetti fargli sapere che, se ci provava, lo querelavo per diffamazione. Eppure Lei lo porta con molta fierezza, quel titolo. Quasi fosse una medaglia d'oro o uno stemma feudale. E visto che anche Mussolini se ne fregiava, visto che Lei tiene alla Libertà, quel «cavaliere» mi sembra un errore politico. Mi sembra anche buffo. E un capo di governo non può permettersi d'essere buffo. Se lo è, ridicolizza il paese. Non mi piace nemmeno la Sua mancanza di tatto, anzi la leggerezza con cui ha scelto il nome del Suo partito. Un nome che evoca il bercio con cui i tifosi ci assordano durante le partite internazionali di calcio. E la cosa mi offende, mi addolora, quanto mi offendevano e mi addoloravano le malvagità dei comunisti. Anzi quasi di più, perché stavolta la ferita non è inferta a me personalmente: è inferta alla mia Patria. Lei non ha alcun diritto di usare per il Suo partito il nome della mia

Patria. La Patria è la patria di tutti, anche dei Suoi concorrenti e dei Suoi nemici. Non ha alcun diritto di identificare l'Italia con le dannate squadre di calcio, coi dannatissimi stadi. Per un simile abuso il mio trisnonno Giobatta L'avrebbe sfidata a duello con la spada di Curtatone e Montanara. I miei zii, con le baionette del Carso. Mio padre L'avrebbe presa a pugni, mia madre Le avrebbe cavato gli occhi. Quanto a me, ogni volta che vedo quel nome da partita di calcio internazionale, mi va il sangue al cervello. Ma chi gliel'ha suggerito?!? Il Suo cameriere, il Suo cuoco, il Suo autista?

E poi non mi piace la mancanza di serietà che dimostra col Suo vezzo di raccontar barzellette. Io odio le barzellette, oddio quanto odio le barzellette, e ritengo che un leader anzi un capo di governo non debba raccontare le barzellette cioè fare politica con le barzellette. Signor cavaliere, sa che cosa significa la parola Politica? Sa da dove viene? Viene dal greco ΠΟΛΙΤΙΚΗ e significa Scienza dello Stato. Significa Arte di Governare, di Amministrare il Destino d'una Nazione. E Le pare che ciò vada d'accordo con le barzellette?!? Quando odo le Sue, soffro quasi più di quanto soffra ad ascoltare la vocetta mielata e le tarantelle anguillesche del non simpatico Chirac. Mi dispero, penso: «Cristo! Ma non lo capisce, quest'uomo, che gli italiani lo hanno votato per disperazione cioè perché non ne potevan più dei suoi predecessori, perché erano stufi anzi arcistufi d'esser presi pei fondelli da loro? Non lo capisce che dovrebbe accendere un cero alla Madonna, comportarsi seriamente, far di tutto per mostrarsi degno del terno al lotto che gli è caduto tra capo e collo?!?». Infine non mi piacciono certi alleati che ha scelto. Le camicie verdi del mi-sun-lumbard che non sa neanche quali sono i colori del tricolore, e i nipotini di quelli che portavano la camicia nera. Loro dicono di non essere più fascisti e chissà: forse è vero. Ma io non mi fido di chi venendo dal partito comunista dice di non essere più comunista, quindi figuriamoci se mi fido di chi venendo da un partito neofascista dice di non essere più fascista. E detto ciò passiamo al sodo.

Avrà notato, signor cavaliere, che io non Le rinfaccio la Sua ricchezza. Non mi unisco al coro di chi vede in essa la Sua colpa maggiore. Per niente. Secondo me negare a un uomo ricco il diritto di entrare in politica è antidemocratico, demagogico, illegale. In Italia è anche profondamente imbecille. Su questa faccenda, infatti, io la penso come Alekos Panagulis che quando un leader o un capo di governo era ricco diceva: «Meglio! Così non ruba. Non ha bisogno di rubare». Del resto anche i tanto osannati Kennedy erano e sono scandalosamente ricchi. Io non Le rinfaccio neanche il particolare di possedere tre canali televisivi, anzi trovo burattinesche le preoccupazioni dei Suoi avversari. Anzitutto perché quello a Lei così impudicamente e pateticamente devoto tutto mi sembra fuorché un pericolo. Quello che cerca di imitarlo idem. Poi perché l'altro, cioè quello ben condotto e di successo, La maltratta in modo così inverecondo che sembra appartenere non a Lei bensì ai partiti coi nomi vegetali o floreali. Insomma ai Suoi avversari. In ogni caso i Suoi avversari hanno talmente in pugno il mondo dell'informazione televisiva e cartacea, influenzano così sfacciatamente il paese con la loro faziosa propaganda, che su tale argomento farebbero bene a tenere il becco chiuso. No, no: la colpa che Le rinfaccio è un'altra. Eccola. Ho letto che sia pure in modo grezzo e inadeguato Lei mi ha, ahimè, preceduto sulla difesa della cultura occidentale. Ma appena le cicale di lusso Le sono saltate alla gola, razzista-razzista, ha fatto marcia indietro. Ha parlato o lasciato parlare di «gaffe». Ha umilmente offerto ai figli di Allah le Sue scuse.

139

Ha inghiottito l'affronto del loro rifiuto. Ha subìto senza fiatare le ipocrite rampogne dei Suoi colleghi europei nonché la scapaccionata di Blair. Insomma s'è preso paura. E ciò non va bene. Se a capo del governo ci fossi stata io, glielo assicuro, me li sarei mangiati tutti con la mostarda e il signor Blair non avrebbe osato dire ciò che ha detto a Lei. (Do you hear me, Mister Blair? I did praise you and I praise you again for standing up to the Osamas Bin Ladens as no other European leader has done. But if you play the worn-out games of diplomacy and shrewdness, if you separate the Osamas Bin Ladens from the world they belong to, if you declare that our civilization is equal to the one which imposes the chador yet the burkah and forbids to drink a glass of wine, you are no better than the Italian de-luxe cicadas. If you don't defend our culture, my culture and your culture, my Leonardo da Vinci and your Shakespeare, if you don't stand up for it, you are a de-luxe cicada yourself and I ask: why do you choose my Tuscany, my Florence, my Siena, my Pisa, my Uffizi, my Tirrenean Sea for your Summer vacations? Why don't you rather choose the empty deserts of Saudi Arabia, the desolate rocks of Afghanistan? I had a bad feeling when my Prime Minister received your scolding. The feeling that you will not go very far with this war, that you will withdraw as soon as it will no longer serve your political interests).*

* **Nota dell'Autore**. Poiché Tony Blair non ha mai fatto quel che nel dicembre del 2001 mi aspettavo, nel marzo del 2003 gli ho chiesto pubblicamente scusa. Ciò è avvenuto attraverso l'articolo che scrissi per manifestare i miei dubbi e i miei timori sulla guerra all'Iraq, e al medesimo tempo per esprimere il mio sdegno verso i falsi pacifisti che accecati dall'antiamericanismo non dicevano mai una parola contro Saddam Hussein. L'articolo apparve in molte lingue e su molti giornali tra cui il *London Times*. E questo è il brano che contiene le scuse: «Al proposito devo chie-

Ammenoché, signor cavaliere, Lei non si sia rimangiato la giusta difesa della nostra cultura per riguardo verso quel Paperon de' Paperoni che risponde al nome di Sua Altezza Reale il principe Al Walid: membro della Casa Reale Saudita e, a quanto mi si dice, Suo socio in affari. Ma in tal caso Le ricordo anzi ripeto che almeno metà della Casa Reale Saudita è accusata da tutta la stampa anzi da tutti i Servizi Segreti di finanziare segretamente il terrorismo islamico. Le ricordo che vari membri di quella famiglia sono legati al Rabita Trust: l'ente-di-beneficenza che il Ministero del Tesoro americano ha messo sulla lista nera dei finanziatori di Bin Laden, e di cui lo stesso Bush ha parlato con sdegno. Le ricordo che molti di loro hanno un ditino nella Fondazione Muwafaq, altro ente-di-beneficenza che secondo il Ministero del Tesoro americano trasferisce i fondi a Bin Laden. Le ricordo che in Arabia Saudita gli immensi capitali di Bin Laden non sono stati a tutt'oggi bloccati e chi comanda in Arabia Saudita non è la Legge: è la Casa Reale Saudita. Le ricordo che vent'anni fa, quando i palestinesi ci ammazzavano sugli aerei e negli aeroporti europei, la Casa Reale Saudita finanziava con munificenza Arafat. (Me lo dichiarò l'allo-

derLe scusa, signor Blair. Devo in quanto nel mio libro *La Rabbia e l'Orgoglio* sono stata ingiusta con Lei. Sviata da un Suo eccesso di cortesia nei riguardi della cultura islamica, ho scritto che era una cicala tra le cicale. Che il Suo coraggio non sarebbe durato a lungo, che appena non fosse più servito alla Sua carriera politica lo avrebbe messo da parte. Invece quella carriera politica la sta sacrificando alle proprie convinzioni. Con coerenza impeccabile. Davvero mi dolgo d'averne dubitato, un anno e mezzo fa, e ritiro anche la brutta frase che aggravava l'ingiustizia: "Se la nostra cultura ha lo stesso valore d'una cultura che costringe a portare il burkah, perché passa le vacanze nella mia Toscana e non in Arabia Saudita o in Afghanistan?". Infatti ora Le dico: venga quando vuole, signor Blair. La mia Toscana è la Sua Toscana, la mia casa è la Sua casa. My Tuscany is your Tuscany and my home is your home».

ra Ministro del Petrolio, Ahmad Yamani, e del resto ciò non era un mistero per nessuno). Le ricordo che in Arabia Saudita il Ministero della Religione è per volere della Casa Reale affidato ai fondamentalisti più estremisti cioè a coloro da cui Bin Laden è stato allevato. Le ricordo che quel ministero provvede alla diffusione delle teorie fondamentaliste, che in tutto il mondo finanzia le università islamiche cioè le moschee dove i giovani mussulmani devono soltanto imparare a memoria i 6236 versetti del Corano. (Niente storia, niente geografia, niente filosofia, niente matematica o fisica o chimica, niente scienze politiche. Solo quei 6236 versetti). Le ricordo che in quelle moschee gli studenti vengono reclutati per diventare fidayin o mujahiddin, insomma soldati della Guerra Santa, e che questa operazione (incominciata vent'anni fa in Cecenia) avviene soprattutto nel continente africano. Paesi prediletti, la Somalia e il Kenya e il Sudan. Glielo ricordo, sì, e il sospetto che Lei si sia rimangiato ogni cosa per riguardo al Suo socio Paperon de' Paperoni mi irrita profondamente. Mi infuria. Signor cavaliere, ha ragione chi Le ricorda che governare un paese non è come dirigere un'azienda o possedere una squadra di calcio. Per governare un paese infatti ci vogliono doti che i Suoi numerosi predecessori non hanno mai dimostrato e che neanche i Suoi colleghi europei dimostrano, è vero, ma che Lei non ha certamente inaugurato. Le doti che avevano ad esempio Klemens Wenzel Lothar principe di Metternich, Camillo Benso conte di Cavour, Benjamin Disraeli, e ai nostri tempi Churchill e Roosevelt e in una certa misura De Gaulle. Coerenza, credibilità, conoscenza della Storia presente e passata. Stile e classe da vendere. Infine, coraggio. O, specialmente su quest'ultimo punto, chiedo un po' troppo?

Forse sì, chiedo troppo. Perché, vede, io sono nata e cresciuta in una ricchezza assai inconsueta: la ricchezza che vie-

142

ne dall'essere stati educati come Bobby e il sindaco Giuliani. E per spiegarmi meglio sposto il discorso su mia madre. Oh, signor cavaliere, Lei non ha idea di chi fosse mia madre. Non ha idea di ciò che abbia insegnato alle sue figlie. (Tutte sorelle, noi. Niente fratelli). Quando nella primavera del 1944 il babbo venne arrestato dai nazi-fascisti, nessuno sapeva dove fosse finito. Il quotidiano di Firenze diceva soltanto che lo avevano arrestato perché era un criminale venduto ai nemici. (Leggi Anglo-americani). Ma la mamma disse: «Io lo troverò». Andò a cercarlo di prigione in prigione poi a Villa Triste, la centrale delle torture, e riuscì addirittura a introdursi nell'ufficio del Capo. Un certo Mario Carità. Questi ammise che sì, il babbo ce lo aveva lui, e in tono beffardo aggiunse: «Signora, può vestirsi di nero. Domattina alle 6 suo marito sarà fucilato al Parterre. Noi non sprechiamo tempo in processi». Vede, io mi sono sempre chiesta in che modo avrei reagito al suo posto. E la risposta è sempre stata: non lo so. Però so come reagì la mamma. È cosa nota. Restò un attimo immobile. Fulminata. Poi, lentamente, alzò il braccio destro. Puntò l'indice contro Mario Carità e con voce ferma, dandogli del tu come se fosse un suo servo, scandì: «Mario Carità, domattina alle 6 io farò ciò che dici. Mi vestirò di nero. Ma se sei nato da ventre di donna, consiglia a tua madre di fare lo stesso. Perché il tuo giorno verrà molto presto».

Quanto a ciò che successe dopo, bè: glielo racconterò un'altra volta. Per ora Le basti sapere che il babbo non fu fucilato, che Mario Carità finì presto come la mamma gli aveva augurato, e che la Sua Italia non è la mia Italia. Non sarà mai la mia Italia.

* * *

143

Non è nemmeno l'Italia infingarda e smidollata, edonistica, che priva di ideali vive nel culto delle comodità e per Libertà intende Licenza. («Io-faccio-quel-che-cazzo-mi-pare»). L'Italia che ignora il concetto di disciplina anzi di autodisciplina, e ignorandolo non lo connette al concetto di libertà: non capisce che la libertà è anche disciplina anzi autodisciplina. L'Italia che sul letto di morte mio padre descriveva con queste parole: «In Italia si parla sempre di Diritti e mai di Doveri. In Italia si finge di ignorare o si ignora che ogni Diritto comporta un Dovere, che chi non compie il proprio dovere non merita alcun diritto». E poi: «Porca miseria: non avrò mica sbagliato a pigliarmela tanto e ad andare in galera per gli italiani?». Con quell'Italia, l'Italia povera che ne consegue. Povera nell'onore, nell'orgoglio, nella conoscenza, e perfino nella grammatica. L'Italia, ad esempio, dei celebri magistrati e dei celebri deputati che non avendo mai sentito parlare di consecutio-temporum pontificano dagli schermi televisivi con mostruosi errori di sintassi. (Non si dice «Se due anni fa avrei saputo»: animali! Si dice «Se due anni fa avessi saputo»: somari! Non si dice «Credo che è»: analfabeti! Si dice «Credo che sia»: beoti!). L'Italia dei maestri e delle maestre, dei professori e delle professoresse da cui ricevo lettere nelle quali gli errori di sintassi sono addirittura abbinati agli errori di ortografia. Quindi se ti capita un segretario che è stato loro allievo ti ritrovi con un messaggio uguale a quello che ho sotto gli occhi. «Signora, la sua amica dice che sta *ha* Chicago». L'Italia degli studenti universitari anzi dei laureati che scambiano Mussolini per Rossellini-il-marito-della-Ingrid-Bergman, Ciaikovski per Trotzkij, Napoleone per un famoso cognac. Che se gli domandi cosa avveniva a Dachau e a Mauthausen rispondono: «Ci facevano le saponette». E per carità non chiedergli chi fossero i Carbonari, sennò ti rispondono: «Quelli che vendevano il carbone». Non chiedergli chi fossero Silvio Pellico, Carlo Alberto, Massimo d'Azeglio, Federico Confalonieri, Ciro Menotti o Pio IX. E nemmeno chi fosse Cavour, chi fosse Vittorio Emanuele II, chi fosse Mazzini, che cosa fosse la Giovine Italia. Sennò ti guardano con la pupilla spenta e la lingua pendula. Al massimo qualcuno ha orecchiato il nome di Garibaldi, (quello-che-beveva-la-marsala), e grazie a un film con Marlon Brando qualcun altro ricorda che Napoleone non era un cognac bensì un generale poi un imperatore e marito d'una certa Giuseppina. In compenso sanno drogarsi, sprecare il sabato notte nelle discoteche, comprare blue-jeans che costano quanto il salario mensile d'un operaio. Sanno anche farsi mantenere fino a trent'anni dai genitori che ancor più inetti di loro gli hanno regalato il telefonino quando avevano nove anni, la motoretta quando ne avevan quattordici, l'automobile quando ne avevan diciotto. (Infatti se cerchi un segretario che sostituisca quello che scrive sta-*ha*-Chicago e al candidato ventisettenne chiedi quale lavoro abbia fatto finora, lui ti risponde: «Mi faccia pensare. Ah, sì: una volta ho fatto l'istruttore di tennis. Io gioco bene a tennis»). Sanno anche affollare i comizi d'un Papa che a mio avviso ha una gran nostalgia del potere temporale e sotto sotto lo esercita con grande abilità. Sanno anche nasconder la faccia dietro i passamontagna per divertirsi a recitar la parte dei guerriglieri in tempo di democrazia cioè quando non vi sono i Carità e i Pinochet e i plotoni di esecuzione. I rivoluzionari del cazzo. Gli eredi dei sessantottini che sbordellavano nelle università e che oggi gestiscono Wall Street o la Borsa di Milano. E queste cose mi disgustano in maniera feroce perché la disubbidienza civile è una cosa seria, non un pretesto per divertirsi e far carriera. Il benessere è una conquista della civiltà, non un pretesto per vivere a sbafo.

145

Io sono andata a lavorare il giorno dei miei sedici anni, a diciotto mi sono comprata la bicicletta e mi sono sentita una regina. Mio padre lavorava già a nove anni. Mia madre, a dodici. E pochi giorni prima di morire mi disse: «Me ne vado contenta d'aver visto cancellare tante ingiustizie». Eh! Credeva che a non far lavorare più i bambini si fosse risolto tutto, povera mamma. Credeva che con la scuola obbligatoria e l'università accessibile a tutti (meraviglia da lei mai conosciuta, nemmeno concepita) i giovani imparassero le cose che lei non aveva imparato e avrebbe tanto voluto imparare. Credeva d'aver vinto, credeva che avessimo vinto. Menomale che è morta prima d'accorgersi che si illudeva, che si sbagliava! Perché abbiamo perso, caro mio, perso. Anziché giovani colti ci ritroviamo i somari che ho detto. Anziché futuri leader, gli squallidi tipi che ho detto. E risparmiati la battuta non-sono-tutti-così, vi-sono-anche-studenti-bravi, laureati-seri, ragazze-e-ragazze-di-prima-qualità. Lo so bene che ci sono. Ci mancherebbe altro. Ma sono pochi, ahimè. Troppo pochi. Il che è un altro motivo per cui anche da noi i figli d'Allah hanno buon gioco e di questo passo ne avranno sempre di più.

Quanto alle cicale con cui ho incominciato il mio dolente discorso, includerle nell'elenco mi pare tanto ovvio quanto superfluo. Quelle cicale che vestite da ideologi, tuttologi, giornalisti, scrittori, commentatori, attori, cantanti, psichiatri, ecclesiastici, puttane à la page, dicono solo ciò che gli serve per entrare o restare nel jet-set politico-intellettuale e godere i privilegi che esso conferisce. Quelle malinconiche creature che attraverso gli schermi della Tv si illudono di gestire l'opinione pubblica. Quei falsi progressisti che giustificando le infamie del retrogrado Islam disonorano il significato stesso della parola Progresso. Quei presunti cristiani che fornicando coi seguaci di Maometto profanano il concetto stesso della parola Cristianità. Quegli insetti, quei parassiti, che per cinica convenienza hanno rimpiazzato gli Evangeli e il marxismo col conformismo del Politically Correct. Il conformismo o meglio la burla che in nome della Fratellanza (sic) predica la Pace e poi esalta le carneficine compiute dai figli d'Allah. Che in Saddam Hussein vede una vittima dell'America e in Bin Laden un libertador. Il conformismo o meglio la frode che in nome dell'Umanità (sic) riverisce gli invasori e bastona i difensori, assolve i delinquenti e condanna le vittime, perdona tutto ai palestinesi e niente agli israeliani. Il conformismo o meglio la demagogia che in nome dell'Uguaglianza (sic) nega il merito ed il successo, il valore e la competizione. Che negandoli pone sullo stesso piano una sinfonia di Mozart e una schifezza chiamata «rap», un palazzo rinascimentale e una tenda del deserto. Il conformismo o meglio l'ipocrisia che in nome della Giustizia (sic) abolisce i vocaboli del dizionario e chiama «operatori ecologici» gli spazzini, «collaboratrici familiari» le domestiche, «personale non insegnante» i bidelli delle scuole, «non vedenti» i ciechi, «non udenti» i sordi, «non camminanti» gli zoppi. E che gli omosessuali li chiama «gay». Parola inglese che in inglese significa gaio, brioso, gioioso, allegro, sicché in quel senso non si può usare più, perdio. Il conformismo o meglio la vigliaccheria che in nome della Diversità (sic) chiama «usanza locale» l'infibulazione ossia la bestiale pratica che molti mussulmani impongono alle giovinette per impedir loro d'avere rapporti sessuali e gioirne. Il conformismo o meglio il masochismo che in nome dell'Imparzialità (sic) attribuisce all'Islam il primato della conoscenza cioè le conquiste del sapere, del creare, dell'inventare. E la sai l'ultima? Jean de La Fontaine non scrisse le sue *Favole* perché ispirato da Esopo ma perché aveva letto certi racconti indiani tradotti in francese da un arabo che si chiamava Ibn al-Muqaffa, li aveva plagiati.* Il conformismo, infine, che in nome della Civiltà (sic) consente agli ignoranti in malafede di alterare, falsare, sfruttare a proprio uso e consumo il significato del vocabolo «razzismo». Non ne conoscono neanche l'etimologia, i cialtroni. Non capiscono neanche che la parola «razzismo» deriva dalla parola «razza». Non sanno neanche che questa si riferisce a caratteristiche somatiche, affinità etniche, non a credi religiosi. Eppure lo sfruttano con tale impudenza che diventa inutile riferirgli il lapidario giudizio di molti intellettuali afro-americani: «Speaking of racism in relation to a religion, not a race, is a big disservice to the language and to the intelligence. Parlar di razzismo a proposito d'una religione, non d'una razza, è un grosso disservizio alla lingua ed all'intelligenza». Ancor più inutile ch'io chieda: «E gli atei come me a quale razza appartengono?».

Inutile perché, nel migliore dei casi, reagiscono come il cretino del proverbio caro a Mao Tse-tung: «Quando indichi la Luna col dito, il cretino guarda e vede il dito non la Luna». E pazienza se a volte la Luna la vedono eccome. Pazienza se nel segreto della loro infinitesimale coscienza la pensano come me però, non avendo i coglioni necessari ad andar controcorrente, fingono di vedere il dito. Sicché dim-

---

* **Nota dell'Autore.** Lo dice il romanziere marocchino dal quale, grazie a un articoletto pubblicato in Italia, ho appreso che la mia mancanza di simpatia per l'Islam è dovuta agli smacchi subìti ad opera degli uomini mussulmani. (Dal punto di vista sessuale e sentimentale, intende). Sicché gli rispondo che, graziaddio, in senso sessuale e sentimentale io non ho mai avuto nulla a che fare con un mussulmano. Secondo me v'è qualcosa, negli uomini mussulmani, che disgusta le donne di buon gusto. Gli rispondo anche che la sua macabra fantasia e il suo gusto per la diffamazione dimostrano in pieno il disprezzo che l'Islam ha per le donne. Disprezzo che, soprattutto nel suo caso, contraccambio di tutto cuore.

mi, ti prego, dimmi: è con questa gente che mi chiedi di cicalare quando disapprovi il mio silenzio, la mia porta chiusa? Ora ci metto il catenaccio alla mia porta chiusa! Anzi compro un cane mordace, e ringraziare Iddio se sul cancellino che precede la porta chiusa ci attacco un cartello con la scritta «Cave canem». Sai perché? Perché ho saputo che alcune Super Cicale di Lusso verranno presto a New York. Ci verranno in vacanza, per visitare la nuova Ercolano e la nuova Pompei ossia le Torri che non esistono più. Prenderanno un aereo di lusso, scenderanno in un albergo di lusso, lo Waldorf Astoria o il Four Seasons o il Plaza dove per una notte non si spende mai meno di seicentocinquanta dollari cioè un milione e mezzo di lire, e posate le valige correranno a guardar le macerie. Con le loro costosissime macchine fotograferanno gli avanzi dell'acciaio fuso, scatteranno suggestive immagini da mostrare nei salotti della capitale. Con le loro costosissime scarpe da due milioni al paio calpesteranno il caffè macinato, e dopo sai che faranno? Andranno a comprarsi le maschere antigas che qui i negozi vendono a chi teme l'attacco chimico e batteriologico. È chic, capisci, rientrare a Roma con la maschera antigas comprata a New York per l'attacco chimico e batteriologico. Consente di vantarsi, dire: «Sai, ho rischiato la pelle a New York!». Consente anche di lanciare una nuova moda. La moda delle Vacanze Pericolose. Prima inventarono le Vacanze Intelligenti, loro che non hanno un goccio di intelligenza, ed ora inventeranno le Vacanze Pericolose. Loro che dinanzi al pericolo tremano come cani bagnati. Il guaio è che le cicale degli altri paesi europei fanno esattamente lo stesso. Ecco dunque quel che ho da dire a loro.

* * *

149

Care cicale inglesi, francesi, tedesche, spagnole, olandesi, ungheresi, scandinave, eccetera eccetera amen: non gongolate troppo per i miei vituperi contro un'Italia che non è la mia Italia. I vostri paesi non sono affatto migliori del mio. Dieci casi su dieci ne sono sgomentevoli copie e tutto ciò che ho detto sugli italiani vale anche per voi che siete più o meno fatti della medesima pasta. In quel senso apparteniamo davvero a una grande famiglia... Uguali le colpe, le codardie, le ipocrisie. Uguali le cecità, le meschinità, le miserie. Uguali la malafede, il voltagabbanismo, il terrorismo intellettuale. Uguale la demagogia spacciata per democrazia, la licenza contrabbandata come libertà, la menzogna come verità. Uguale la mancanza d'orgoglio per la propria cultura, quindi l'incapacità o il rifiuto di difenderla. Uguale l'incoscienza con cui favorite o addirittura sostenete la Crociata all'Inverso di Bin Laden. Per rendersene conto basta dare un'occhiata a quel fallito Club Finanziario che chiamano Unione Europea e che non si capisce a cosa serva fuorché a legittimare l'antiamericanismo quindi a spaccare in due l'Occidente, a imporci una stupidaggine detta Moneta Unica, a pagare eccessivi ed immeritati stipendi (esenti da tasse) ai membri del suo inetto e inutile Parlamento. Nonché ad irritar la gente con le sue populistiche imbecillità. L'imbecillità d'abolire settanta razze canine, ad esempio. («Tutti i cani sono uguali» ha argutamente commentato l'antropologa Ida Magli). O l'imbecillità di uniformare i sedili degli aerei. («Tutti i culi sono uguali» aggiungo io). Questa Unione Europea che parla sempre inglese e francese, mai che parli italiano o fiammingo o spagnolo o finlandese o svedese o che so io, e dove comanda solo il centenario tiro a due chiamato Francia-Germania così caro a Napoleone. Questa Unione Europea che ospita quindici ma c'è chi dice venti milioni di mussulmani quasi sempre ostili, ingrati, arroganti e non inseriti nel nostro sistema di vita. Nonché migliaia dei loro terroristi o candidati terroristi o aspiranti terroristi. Questa Unione Europea che senza pudore fornica con gli Stati Arabi cui il petrolio serve per finanziare Al Qaida e che per intascare i sudici petrodollari gli vende di nascosto le nostre banche, le nostre aziende commerciali, i nostri alberghi, i nostri antichi palazzi. Questa Unione Europea che osa parlare di «Similitudine Culturale tra Occidente e Medio Oriente». Similitudine-Culturale?!? Dov'è la similitudine culturale, razza di pagliacci, di mentecatti?!? Alla Mecca? A Betlemme, a Damasco, a Beirut? A Nairobi, a Giacarta, a Riad? A Bagdad, a Teheran, a Kabul?!?

Quand'ero molto giovane, diciassett'anni o giù di lì, sognavo tanto l'unità dell'Europa. Venivo da una guerra nella quale gli italiani e i francesi, gli italiani e gli inglesi, gli italiani e i finlandesi, gli italiani e i russi, gli italiani e i greci, gli italiani e i tedeschi, i tedeschi e i francesi e gli inglesi e i polacchi e gli olandesi e i danesi e i russi eccetera s'erano trucidati tra loro: ricordi? La maledetta, la fottuta, Seconda Guerra Mondiale. Affogato fino al collo nella nuova lotta mio padre predicava il federalismo europeo, il miraggio di Carlo e di Nello Rosselli, e teneva comizi. Parlava alle folle, tuonava: «Europa, Europa! Bisogna fare l'Europa!». E piena d'entusiasmo, di fiducia, io lo seguivo come quando aveva tuonato: «Libertà, libertà». Insieme a una pace mai immaginata, mai assaporata, incominciavo a conoscer coloro che erano stati i miei nemici. I tedeschi. E a vederli senza uniforme, senza fucile, senza mitragliatore, senza cannoni, pensavo mioddio: sono uguali a noi. Si vestono come noi, mangiano e bevono e dormono come noi, ridono e piangono come noi, amano la poesia e la musica come noi, pregano o non pregano come noi. Come me. Possibile, dunque, che ci abbiano fatto tanto male? Possibile che ci abbiano tanto perseguitato, terrorizzato, ammazzato?!? Poi mi dicevo: «Ma anche noi gli abbiamo fatto del male, anche noi li abbiamo ammazzati!». E con un brivido d'orrore mi chiedevo se durante la Resistenza io stessa avessi causato la morte di qualche tedesco. Portando le armi ai partigiani, ad esempio. Consegnando ai partigiani qualche messaggio che segnalava il passaggio d'un convoglio da attaccare. Seminando lungo le strade provinciali i chiodi che gli facevano scoppiare le gomme e finire nei burroni... Me lo chiedevo eccome. E rispondendomi forse-sì, sicuramente-sì, provavo una specie di vergogna. Mi sentivo come se avessi combattuto nel Medioevo, quando Firenze e Siena si facevan la guerra e le acque dell'Arno diventavano rosse di sangue. Il sangue dei fiorentini e il sangue dei senesi che appartenevano alla stessa terra. Che in ogni senso parlavano la stessa lingua. Che vivevano gomito a gomito, cioè a settanta chilometri di distanza. Poi con un altro brivido, stavolta un brivido d'incredulità, contestavo il mio orgoglio d'esser stata un soldato per la mia patria e concludevo: «Basta! Il babbo ha ragione, basta! Europa, Europa, bisogna fare l'Europa!».

Bè, gli italiani delle Italie che non sono la mia Italia sostengono che l'Europa s'è fatta. I tedeschi, i francesi, gli inglesi, gli spagnoli, gli olandesi, i polacchi, gli ungheresi, gli svedesi eccetera, insomma gli altri membri della Grande-Famiglia affermano la medesima cosa. E se pensi al nostro retaggio di guerre fratricide, di rivalità sanguinose, di egemonie feroci, sei portato a convenirne. Ma per me Europa significa Occidente. Significa la cultura alla quale appartengo, la civiltà di cui vado orgogliosa. E questo cinico Club Finanziario che quella cultura e quella civiltà non la difende anzi la vende per ficcarsi in tasca i lerci petrodollari, questo miserabile cicalaio che cianciando di similitudini-culturali-col-Medioriente lecca i piedi agli invasori, li chiama, questa inetta Unione Europea che coi suoi quindici e c'è chi dice venti milioni di mussulmani ci sta trasformando in una provincia dell'Islam, non è l'Europa. È il suicidio dell'Europa.

* * *

Qual è la mia Europa, dunque, qual è la mia Italia? Oddio, il primo quesito è difficile. Dacché stiamo diventando una provincia dell'Islam la parola Europa mi ricorda la battuta con cui nell'Ottocento l'austriaco Metternich avviliva i nostri patrioti del Risorgimento: «L'Italia non esiste. L'Italia è una mera espressione geografica». Bè... Nonostante l'ovvio e intrinseco interesse che aveva a dire una tale sciocchezza, mi son sempre chiesta se Metternich non fosse guidato da un maligno gusto del paradosso. L'Italia non è mai stata una mera espressione geografica. Anche quando languiva divisa in Stati e staterelli, tagliata a pezzi come un pollo arrosto, era un paese sentimentalmente e culturalmente unito. Dalle Alpi allo Ionio si parlava italiano, si scriveva in italiano, si pensava in italiano, e le nostre radici affondavano dentro un humus comune. L'Europa, no. D'accordo: quando dico che Europa significa Occidente, che per me l'Europa è la cultura alla quale appartengo, la civiltà di cui nonostante le innumerevoli pecche vado orgogliosa, le attribuisco una fisionomia ben precisa. Le riconosco un'identità che va ben oltre i connotati geografici del continente posto fra l'Atlantico e il Mediterraneo, il Mar Nero e il Mar di Norvegia. Però quell'identità, quella fisionomia, le deriva dal passato di cui non mi stanco mai di parlare. Il passato che parte dall'Antica Grecia e dall'Antica Roma poi prosegue con la Rivoluzione Cristiana, il diffamato Medioevo, il Rinascimento, l'Illuminismo, le lotte per la libertà e l'uguaglianza, le conquiste della modernità. Un passato da cui non si prescinde e che tuttavia l'Europa d'oggi rinnega, cerca di spengere, incominciando dal cristianesimo di cui siamo imbevuti. Ma neanche il cristianesimo basta ad amalgamare la babele di lingue e il mosaico di paesi che compongono l'Europa. Neanche lui basta a render l'Europa un'entità compatta come l'altra fisionomia dell'Occidente ossia gli Stati Uniti d'America. Sai perché? Perché l'humus nel quale affondiamo le nostre radici non è mai lo stesso. È formato da elementi diversi e spesso in contrasto fra loro. (Ammetterai che fra un normanno e un catalano o fra un parigino e un siciliano v'è più differenza di quanta ve ne sia fra un torinese e un napoletano, o un milanese e un pugliese). E, soprattutto, non è un humus che parla la medesima lingua. L'Europa parla francese, inglese, tedesco, spagnolo, italiano, greco, olandese, maltese, svedese, danese, norvegese, ungherese, portoghese, finlandese, cèco, polacco, slovacco, bulgaro, rumeno, lituano, estone, lèttone, eccetera. E ciascuna di queste lingue rappresenta una patria. Una natura, una storia, un retaggio di idee e di abitudini e di affetti, quindi un tesoro da salvaguardare. La Patria non è un'opinione. O una bandiera e basta. La Patria è un vincolo fatto di molti vincoli che stanno nella nostra carne e nella nostra anima, nella nostra memoria genetica. È un legame che non si può estirpare come un pelo inopportuno.

Gli americani dicono che si può. Per dimostrarlo rompono il vincolo, trasferiscono le vecchie bandiere nella bandiera a cinquanta stelle, e parlando un'unica lingua cioè la medesima lingua si innestano fra loro. Dimenticano la patria che hanno abbandonato, diventano americani. Io-sono-americano. Ma sebbene l'America sia un fenomeno irripetibile perché sorto in un continente quasi vuoto, senza passato e senza vette di civiltà, viene sempre il momento in cui lo io-sono-americano torna ad essere io-sono-cinese o sono-italiano o sono-africano eccetera. Viene sempre il momento in cui un americano capisce che il vincolo non era rotto. Che anche parlando l'unica lingua ossia la medesima lingua pensa e sente nella lingua della patria abbandonata. Del resto anche l'Unione Sovietica tentò di fare ciò che vuol fare l'Unione Europea. Abolì le patrie e, incollando l'uomo di Mosca con l'uomo di Odessa, la donna di Pietroburgo con la donna di Samarcanda, creò una super-Patria. Un super-Stato, una super-Nazione. Ma appena l'ideologia comunista crollò, tutti si scollarono e ripresero le vecchie bandiere. Così a coloro che pretendono di ripetere in Europa l'irripetibile fenomeno americano dico: non ci riuscirete mai. La vostra super-Patria, il vostro super-Stato, la vostra super-Nazione tenuta insieme dall'ideologia del denaro e basta, si sfascerà come l'Unione Sovietica. Noi possiamo fare soltanto ciò che diceva mio padre, cioè una Grande Famiglia che ci impedisca di guerreggiare fra noi, ammazzarci fra noi come ci si ammazzava tra Firenze e Siena o durante la Prima e la Seconda Guerra Mondiale. (E non è poco). Il guaio è che nelle famiglie c'è sempre qualcuno che vuole comandare sugli altri, imporre la sua egemonia come in Europa fanno la Francia e la Germania. Nonché qualcuno che tradisce. Che porta in casa il nemico, che vende sé stesso e i propri figli e i propri fratelli al nemico. L'Europa d'oggi è proprio questo, così alla prima domanda rispondo: l'Europa che vorrei è tutto il contrario di ciò che è. E che continuerà ad essere finché si sfascerà come un castello di carte, di bugie e di inganni.

Quanto alla seconda domanda, il discorso è breve. Perché è un discorso che riguarda la mamma, e la mamma resta la mamma anche se si comporta male. Anche se partecipa al tradimento. Anche se ti fa soffrire. Così, e a costo di sembrare retorica o ingenua, rispondo: semplice, caro mio, semplice. L'Italia che vorrei è un'Italia che si oppone alle Italie in cui non mi riconosco: un'Italia ideale. Un'Italia coraggiosa, dignitosa, seria, un'Italia che non si consegna al nemico. Che non si lascia intimidire da chi spalanca le porte al nemico, che non si lascia ricattare o rincretinire dalle bestialità dei Politically Correct. Che va fiera della sua identità, che saluta la bandiera bianca rossa e verde mettendo la mano sul cuore non sul sedere. L'Italia, insomma, che sognavo quand'ero ragazzina e non avevo un paio di scarpe decenti ma credevo in un futuro migliore. E sai che aggiungo? Aggiungo che a pensarci bene quest'Italia non è un'Italia ideale. È un'Italia che nonostante tutto esiste. Zittita, ridicolizzata, sbeffeggiata, diffamata, insultata, ma esiste. Quindi guai a chi me la tocca. Guai a chi me la invade, guai a chi me la ruba. Perché (se non l'hai ancora capito te lo ripeto con maggiore chiarezza) che a invaderla siano i francesi di Napoleone o gli austriaci di Francesco Giuseppe o i tedeschi di Hitler o i compari di Osama Bin Laden, per me è lo stesso. Che per invaderla usino i cannoni o i gommoni, idem.

Stop. Quello che avevo da dire l'ho detto. La rabbia e l'orgoglio me l'hanno ordinato. La coscienza pulita e l'età me l'hanno consentito. Ora basta. Punto e basta.

Oriana Fallaci

New York, settembre 2001

APPENDICE

Nota dell'Editore

La prima edizione de *La Rabbia e l'Orgoglio* arriva nelle librerie italiane il 12 dicembre 2001, tre mesi dopo l'Undici Settembre e dopo la pubblicazione sul «Corriere della Sera», il 29 settembre, dell'articolo che costituisce il cuore del libro. Nella lunga prefazione, che è la stessa Fallaci a volere in corsivo perché il lettore possa meglio comprendere i due diversi tempi di scrittura, l'autrice commenta e approfondisce le reazioni suscitate dall'articolo. Il testo è arricchito dai lunghi passaggi e dagli episodi che per ragioni di spazio non erano confluiti nelle pagine del «Corriere».

Oriana Fallaci lavora con l'abituale passione alla preparazione del volume, decidendo il formato, correggendo le bozze da New York, discutendo con i grafici l'impaginazione e l'inserimento dei fregi e delle incisioni, scegliendo il colore della copertina e il lettering di autore e titolo.

Alla prima tiratura di 200.000 copie seguono, nello stesso mese di dicembre, cinque ristampe da 100.000 copie l'una: 700.000 copie in sole due settimane, un ritmo di vendita eccezionale. Le ristampe proseguono negli anni, se ne contano trentasei alla fine del 2004, con vendite che superano il milione di copie. Nel dicembre 2004 il volume viene riproposto nel cofanetto della Trilogia che comprende anche i successivi *La Forza della Ragione* e *Oriana Fallaci intervista sé stessa-L'Apocalisse*, e che supera a oggi le 200.000 copie vendute.

Il successo italiano e il dibattito intorno alle idee della Fallaci, diffuse con clamore dai media e via internet, hanno un'eco internazionale che porta nei mesi successivi a sedici traduzioni all'estero. L'autrice cura personalmente le versioni francese, inglese e spagnola. Per suo desiderio, le edizioni straniere hanno la medesima copertina, con il colore rosso scuro di fondo e il lettering a caratteri dorati: *La Rage et l'Orgueil* (Plon in Francia), *Die Wut und der Stolz* (List Verlag in Germania), *La Rabia Y el Orgullo* (Esfera de los Libros in Spagna; Diana in Messico; El Ateneo in Argentina), *De Woede en de Trots* (Bert Bakker in Olanda), *A Raiva e o Orgulho* (Difel in Portogallo), *The Rage and the Pride* (Rizzoli International in Usa), Η ΟΡΓΗ ΚΑΙ Η ΠΕΡΗΦΑΝΙΑ (Govostis in Grecia), *Sinnet og Stoltheten* (Gyldendal in Norvegia), *Wscieklosc i Duma* (Wydawnictwo Cyklady in Polonia), *Bes in Ponos* (Ucila International in Slovenia), *A Harag es a Buszkeseg* (Sprinter in Ungheria), והגאווה הזעם (Kinneret in Israele), ЯРОСТЬ И ГОРДОСТЬ (Vagrius in Russia), 나의 분노 나의 자긍심 (Myoung Sang in Corea).

Il libro è un bestseller internazionale, ai primi posti delle classifiche in ogni paese, al centro di polemiche anche feroci. Oriana Fallaci risponde ai critici francesi e ne scrive sul «Corriere della Sera» l'8 giugno 2002; il suo testo è riprodotto nelle pagine seguenti. In occasione della pubblicazione dell'edizione americana per Rizzoli International, la Fallaci tiene eccezionalmente una conferenza all'American Enterprise Institute di Washington; di seguito, un estratto del suo intervento, pubblicato integralmente dal «Corriere della Sera» il 26 ottobre 2002.

Per questa nuova edizione nella collana Bur delle Opere di Oriana Fallaci si è riprodotto il testo pubblicato nel cofanetto della Trilogia (2004), riveduto e ampliato dall'autrice con numerosi brani e inserti.

«Corriere della Sera»
8 giugno 2002

La pubblicazione in Francia de La Rabbia e l'Orgoglio *(La Rage et l'Orgueil, edito da Plon) ha provocato tra gli intellettuali e i critici parigini un'ondata di reazioni pari all'eccezionale successo che il libro sta riscuotendo tra il pubblico. E ormai si parla apertamente di un «affaire Fallaci». Le cifre, innanzitutto. La classifica dei titoli più venduti la scorsa settimana vede uno spettacolare avanzamento di* La Rage et l'Orgueil: *ora al terzo posto nella categoria saggi e documenti e al decimo in quella assoluta. Per un'opera fuori dalla fiction, scritta da un autore italiano e pubblicata in terra transalpina, notoriamente ostica e diffidente, si tratta d'un risultato clamoroso. Mentre in Italia sta toccando l'eccezionale traguardo del milione di copie, il grido che la Fallaci ha lanciato contro i pericoli dell'islamismo e in difesa della civiltà occidentale è giunto in Francia alla settima edizione. E tutto lascia presagire che il «ciclone Oriana» proseguirà la sua avanzata. Malgrado l'atteggiamento imbarazzato di alcune librerie che hanno «nascosto» il libro o addirittura lo hanno rifiutato, le manifestazioni di adesione entusiastica dei lettori si moltiplicano. Allo stesso modo, però, sulla stampa francese si susseguono gli attacchi dei maîtres-à-penser che non accettano della Fallaci il suo aver unito musulmani e immigrati e terroristi in un'analisi spietata per dimostrare la vera natura minacciosa dell'Islam. A incominciare da Bernard-Henri Lévy che nel suo «Bloc-no-*

tes» su «Le Point» ha definito il libro «una provocazione inaccettabile» e, in un secondo intervento, «un'opera detestabile». Secondo Gilles Kepel, de «Le Monde», per le sue posizioni radicali La Rage et l'Orgueil *pone tutta una serie di problemi preoccupanti sul tipo di dibattito che le nostre società possono affrontare riguardo all'immigrazione e all'insicurezza: «Speriamo che libri come questo risveglino il ruolo civico degli intellettuali che devono uscire dai loro cenacoli per rischiare, senza tabù o compiacimenti, il dibattito pubblico». Françoise Giroud su «Le Nouvel Observateur» paragona le invettive di Oriana Fallaci contro gli arabi a quelle espresse da Céline nei confronti degli ebrei in* Bagatelle per un massacro: *«La Fallaci tocca nel lettore qualcosa di profondo, d'inconfessato, che egli negherà sempre di aver pensato ma che queste pagine cariche di odio e di disprezzo rischiano di illuminare brutalmente». A questi e ad altri interventi Oriana Fallaci risponde con l'articolo qui pubblicato, dove per esprimere il suo giudizio sugli intellettuali francesi costruisce un ricercato parallelo con la categoria dei Muscadins che imperversavano nella Francia del 1794-95, cioè dopo la caduta di Robespierre. Questa volta l'invettiva lascia il posto a una sottile (ma non per questo meno incisiva) ironia di natura storica. La passione a un'analisi fredda ma non per questo meno feroce. Una risposta che nel medesimo tempo rende omaggio alla natura democratica, alla libertà di pensiero del popolo ignorato dai Muscadins. Questa risposta della Fallaci è stata scritta appositamente per il «Corriere della Sera». [...] Il terremoto delle coscienze, dunque, continua. Il dibattito si mantiene rovente.*

Oriana Fallaci
«Eppure con la Francia non sono arrabbiata»
«Corriere della Sera», 8 giugno 2002

Il moscardino è una grave malattia del baco da seta. Se sei un baco da seta e ti viene il moscardino, muori nel giro d'una sola notte. È anche il nome di un avido roditore che appartiene alla famiglia dei gliridi e che si nutre di qualsiasi lerciume: il Muscardinus Avallanarius o Topuccio d'Oro. Inoltre è il nome d'un piccolo mollusco, per l'esattezza d'un piccolo polpo, buono a mangiarsi fritto come un nemico di terza qualità. (Basta marinarlo nell'uovo sbattuto, infarinarlo, gettarlo nell'olio che bolle a 280 gradi). Infine è il nome d'un antico chewing-gum, d'una pasticca a base di spezie, che nel Settecento si masticava per nascondere l'alito cattivo. Ma, storicamente, è la traduzione della parola Muscadin: termine affibbiato ai nouveaux-riches della Jeunesse Dorée che nella seconda metà del 1794 e nel 1795 cioè dopo la caduta di Robespierre spopolavano nei salotti di Parigi. In particolare, nel salotto di Madame Tallien. E che cantando la *Réveille du Peuple* cioè il *Risveglio del Popolo* (l'inno dei controrivoluzionari), bastonavano i giacobini. I Muscadins erano tipi eleganti, leziosi, soignés. Non a caso nel linguaggio corrente la parola ha lo stesso significato di zerbinotto, bellimbusto, dandy. Portavano i capelli lunghi e sciolti sulle spalle, le cravatte verdi e annodate con un fiocco grottesco, i pantaloni attillati e le scarpe a punta. Parlavano con l'erre moscia, usavano l'occhialetto, si profumavano fino alla nausea con l'essenza di muschio, e per bastonare i giacobini si servivano d'un manganello simile al manganello con cui negli anni Venti e Trenta del Millenovecento le squadracce di Mussolini avrebbero bastonato gli antifascisti. (Lo definivano Le Notre Pouvoir Executif, Il Nostro Potere Esecutivo). Finirono presto. Il popolo li disprezzava, il Direttorio li detestava, e la stessa Madame Tallien si stancò alla svelta di loro. Ma, finché durarono, di male ne fecero parecchio. E non a caso. A guidarli c'era, col suo giornale l'«Orateur du peuple», il famigerato Stanislaw Louis-Marie Fréron. Figlio del Fréron nemico di Voltaire e degli Enciclopedisti, opportunista e voltagabbana congenito, Stanislao aveva fondato l'«Orateur du peuple» quando collaborava con Danton e Marat. Quale membro della Convention aveva votato per mandare alla ghigliottina il povero Louis XVI. Quale servo del Terrore aveva partecipato di persona ai massacri dei girondini e dei monarchici a Tolone e a Marsiglia. E del 9 Termidoro ossia della caduta di Robespierre era stato artefice insieme all'infame Barras. Finì presto anche lui. E in maniera squallida. Scomparsi i Muscadins cercò di tenersi a galla seducendo Pauline Bonaparte, la sorella minore del sorgente astro Napoléon, e non essendo riuscito a sposarla dovette accontentarsi di diventare Sottoprefetto a San Domingo. Qui nel 1802 si spense all'improvviso, non so per quale malattia ma spero per la malattia del baco da seta. Ed eccoci al punto. Lo scorso marzo molti mi chiesero se fossi arrabbiata con la Francia dove, senza che la polizia intervenisse e senza che la Ministra della Cultura muovesse un dito per impedirlo, i fascisti rossi avevano aggredito con sconci insulti i rappresentanti del governo italiano alla Fiera Internazionale del Libro. Fiera alla quale l'Italia partecipava come Ospite d'Onore. E rimasero molto stupiti a sentirmi rispondere: «No. Con la Francia non sono arrabbiata. No». Rimasero ancor più stupiti quando mi videro esplodere d'indignazione per l'articolo che un quotidiano italiano aveva dedicato all'imperdonabile episodio col titolo «La merde de Paris». Ogni paragrafo di tale articolo, infatti, incominciava con la turpe frase «Dio stramaledica i francesi»: plagio del turpe motto «Dio stramaledica gli inglesi» coniato dal fascista nero Mario Appelius durante la Seconda guerra mondiale, e inciso sul distintivo che le Camicie Nere esibivano sul risvolto della giacca. Le loro mogli, sul risvolto del tailleur. Bè: ora molti mi chiedono se sia arrabbiata con la Francia dove, allargando sproporzionatamente il sentiero tracciato mesi fa dalle cicale italiane, il novantacinque per cento della stampa parigina attacca e denigra *La Rage et l'Orgueil*. Ossia *La Rabbia e l'Orgoglio* tradotto in francese e pubblicato da Plon. Lo definisce «abominevole», «detestabile», «abbietto». Spesso urlando che non avrebbe dovuto essere pubblicato mi paragona a Céline. Mi diffama, mi ingiuria, mi dà di «razzista». Per darmi di razzista finge addirittura d'ignorare ciò che in aprile ho scritto sull'antisemitismo. Testo che è andato letteralmente in tutto il mondo, per cui il «Wall Street Journal» mi ha definito «la Coscienza d'Europa» e il «New York Post» «l'unica voce che in Europa si sia levata a difender gli ebrei», doloroso sermone per cui gli ebrei d'ogni Paese mi hanno inondato di messaggi Thank-you-Oriana, e in seguito al quale le minacce alla mia vita si sono moltiplicate nonché intensificate. Il quotidiano «Le Monde» ha addirittura osato rivolgersi alla Lega contro il Razzismo e l'Antisemitismo per chiedere al suo presidente se fosse pronto a denunciarmi, condannarmi. Eppure alla fatale domanda ho risposto con un altro no. No. Con la Francia non mi arrabbiai lo scorso marzo e non mi arrabbio ora. Perché i fascisti rossi che in marzo si comportarono in modo tanto spregevole coi rappresentanti del governo italiano e che ora si comportano in modo tanto spregevole con me (alcuni hanno perfino oltraggiato la memoria di mio padre, brutti vigliacchi, razza di mascalzoni) non sono la Francia. Sono i Moscardini. I nuovi Moscardini che coi capelli lunghi e sciolti sulle spalle, la cravatta verde, i pantaloni attillati, le scarpe a punta e l'erre moscia spopolano nei salotti delle nuove Madame Tallien. I nuovi zerbinotti, i nuovi bellimbusti, i nuovi Topucci d'Oro che guidati dal nuovo Fréron (un petulante vanesio che non meriterebbe nemmeno di finir sottoprefetto a San Domingo) cantano di nuovo la *Réveille du peuple*. E cantandola bastonano i giacobini. Li bastonano col manganello della menzogna e della malafede, stavolta, col Pouvoir Executif del terrorismo pseudointellettuale, con la dittatura del Politically Correct cioè con la presunzione degli sfacciati che pretendono di insegnare la democrazia a chi per la democrazia si batte fin dall'infanzia. Ma i giacobini d'oggi non sono ex tagliateste che credono o credevano in Robespierre: sono gente come me. Gente che crede alla Libertà e che di conseguenza non si lascia intimidire dai manganelli, dai ricatti, dalle minacce. Gente che ragiona con la propria testa e che di conseguenza dice pane al pane e vino al vino. Gente che non lecca i piedi a nessuno e che di conseguenza strilla come il fanciullo della fiaba di Grimm: «Il re è nudo!». Gente che ha la coscienza pulita e che di conseguenza può permettersi il lusso di combatter sia i fascisti neri sia i fascisti rossi: affermare che oggi la Destra e la Sinistra sono i due volti della medesima faccia. La faccia del cinismo e dell'ipocrisia. Gente, infine, che ha il coraggio di difendere la propria terra. La propria patria, la propria cultura, la propria identità. E non vuole invasori che approfittandosi della nostra tolleranza, delle nostre leggi, della nostra ospitalità, mirano a imporci il burkah o il chador. A conquistarci, a dominarci, come conquistarono e per otto secoli dominarono il Portogallo e la Spagna. Invasori che in Italia (anche in Francia?) vanno alla televisione per ordinarci di togliere i crocifissi dalle scuole sennò «quel cadaverino in croce spaventa i nostri scolari musulmani». E che in Italia pubblicano sgrammaticate sconcezze per invitare i loro correligionari a uccidermi in nome del Corano. L'Islam-castiga-Oriana-Fallaci, la-vecchia-mai-cresciuta. Musulmani-andate-a-morire-con-la-Fallaci. I Moscardini stanno con loro. Ci stanno in barba al laicismo, al progresso, alla civiltà. E sappiamo bene perché. Perché gli forniscono l'elettorato perduto dacché le «masse proletarie» li hanno respinti, li hanno rifiutati. Ma guai a identificare i Moscardini con la Francia. Guai! A farlo si rischierebbe di chiederci se in Francia esiste ancora la libertà di pensiero e di opinione, se la Francia è ancora la République Française della Marianna o se è diventata la République Française dell'Islam. E ciò sarebbe ingiusto, anzi nefando. Occhi negli occhi, petulanti e vanesi Fréron: la Francia non è l'immaginario Popolo di cui vi riempite la bocca quando dai vostri «Orateur du peuple» cantate la *Réveille du Peuple*. È il popolo che non vi ascolta. Il popolo che tiranneggiato da voi e ricattato dalle lugubri lusinghe del rancido Le Pen non ha più una Bastiglia da abbattere, sicché per non votare Le Pen deve votare Chirac... È anche il popolo che non mi ingiuria. Non mi diffama, non mi denigra, non oltraggia la memoria del mio splendido padre. E mi legge. Leggendomi si riconosce in me, si sente meno solo, mi ringrazia. Come gli ebrei mi manda messaggi «Thank you Oriana», «Merci Oriana». In meno di tre giorni varie librerie di Parigi hanno esaurito *La Rage et l'Orgueil*. In meno di sette, *La Rage et l'Orgueil* è entrato nella classifica dei libri più venduti. L'editore Plon ha dovuto ristamparlo, continua a ristamparlo, in tipografia lavorano perfino il weekend. Ciò significa che in Francia la libertà di pensiero e di opinione esiste ancora, che la Francia è ancora la République Française della Marianna, e che per il popolo voi non contate un bel nulla.

Oriana Fallaci
«Wake up, Occidente, sveglia»
Un estratto dal «Corriere della Sera», 26 ottobre 2002

Nel living-room della casa newyorchese dove Oriana Fallaci ha creato in ferventi notti insonni La Rabbia e l'Orgoglio, *spicca una bella cornice d'argento col manifesto d'una delle molte conferenze che Gaetano Salvemini, il grande antifascista amico di Toscanini, tenne negli Stati Uniti per sensibilizzare l'opinione pubblica americana sul pericolo rappresentato da Hitler e Mussolini. Un manifesto che recita: «Domenica, 7 maggio 1933 alle 2.30 del pomeriggio, Meeting Antifascista all'Irving Plaza Hotel di New York. Il meeting è organizzato sotto gli auspici del movimento italiano Giustizia e Libertà». Lo racconta la stessa scrittrice nella prefazione del libro, e il legame Oriana Fallaci-Gaetano Salvemini non è certo casuale. Giustizia e Libertà è stata la fede antifascista della scrittrice e della sua famiglia quando lei era una giovanissima combattente della Resistenza. Lo scorso martedì l'American Enterprise Institute di Washington D.C. ha invitato Oriana a presentare l'edizione americana di* The Rage and the Pride. *Era la prima volta che la scrittrice appariva in pubblico dopo oltre dieci anni di silenzio, e l'evento ha avuto la stessa forza dirompente dei suoi articoli e dei suoi libri. Quando tutto si è concluso, il pubblico è balzato in piedi dedicandole un lungo e caldo applauso. L'intervento sulla guerra che il terrorismo islamico ha scagliato contro l'Occidente è incominciato con ciò che la Fallaci chiama ironicamente il Discorso della Monta-*

gna. Cioè il discorso sul mondo islamico, sulla religione isla-
mica. Ma, come nel libro, ha avuto anche un altro destinata-
rio: l'Occidente che ha perso la capacità di combattere per un
ideale, per una fede. Che ha perso la passione. Quella passio-
ne che invece sostiene la Montagna. Il finale del discorso è un
grido quasi disperato: «Wake up, Occidente, svegliati!». E
l'immagine della Fallaci si fonde con quella di Salvemini che
nel 1933 parla all'Irving Plaza...

WASHINGTON. Grazie d'essere venuti. Grazie a tutti. Bè, a tutti purché in questa sala non vi sia il tipo (un fondamentalista islamico, suppongo) che si inserisce nelle mie telefonate e in francese (un francese-libanese, direi) mi minaccia con queste parole: «Vous restez toujours cachée chez vous. Mais nous allons vous trouver tout le même». (Lei sta sempre nascosta in casa. Ma noi la troveremo lo stesso). Eh, no: monsieur Nous-Allons-Vous-Trouver-Tout-le-Même. Io non mi nascondo affatto. Non mi sono mai nascosta, non mi nasconderò mai. In casa ci sto molto perché lavoro sempre e il mio lavoro si fa in casa. Comunque ora sono qui. Maintenant je suis ici. Je suis ici et c'est moi, sono qui e sono io, che prima o poi ti beccherò: scemo. Grazie anche a Lei, Michael Ledeen, per avermi invitato a parlare in questo prestigioso deposito di cervelli che chiamano American Enterprise Institute. Grazie d'aver detto quelle belle cose su di me, (alcuni non gliene saranno grati), e soprattutto d'aver sottolineato quanto mi dia disagio e quindi mi sia difficile mostrarmi in pubblico. Da molti anni non mi mostro in pubblico. Molti. Cioè da quando venni a Washington per leggere alcune pagine del mio romanzo *Insciallah*. Neanche dopo la pubblicazione de *La Rabbia e l'Orgoglio* in Italia, in Francia, in Spagna, in Germania eccetera, ho aperto bocca o mi son fatta vedere in pubblico. Niente interviste, niente televisioni, niente pubblicità. Lo stesso accadrà quando il libro uscirà in Olanda, in Ungheria, in Polonia, in Russia, in Slovenia, in Norvegia, in Grecia, in Portogallo, in Israele, in Argentina, in Messico, in Australia, in Corea. E il motivo non è quello malignamente fornito da chi non mi vuol bene: la malattia che chiamo l'Alieno, le mie rughe, l'età. L'Alieno lo tengo a bada. Gli ho fatto capire che se mi uccide muore con me, che quindi è meglio vivere con me. E per quanto vivere con me sia arduo, per ora ci sta. Le rughe sono le mie medaglie. Onorificenze che mi son guadagnata. E invecchiare è bellissimo. Perché, come uso dire, a invecchiare si conquista una libertà che da giovani non avevamo. Una libertà assoluta. Data l'alternativa, inoltre, aver quest'età è la cosa migliore che potesse capitarmi. Che possa capitare a tutti. No: il motivo per cui mi tengo in disparte e anche dopo l'uscita de *La Rabbia e l'Orgoglio* non ho dato interviste, non sono apparsa in televisione, non sono andata a stringer mani come un candidato che chiede voti, è ben diverso. Sta nel fatto che mostrarmi in pubblico è per me un'auto-violenza, un disturbo. Sono una persona ossessionata dalla privacy. Conduco una vita molto severa, mi piace star sola. Star sola mi consente di fare ciò che voglio: scrivere, studiare. E poi il tempo passa così velocemente. Me ne rimane poco e in quel poco non c'è posto per esibizionismi che servono solo ad esaudire le altrui curiosità. Perché sono qui, all'American Enterprise, dunque? Perché qui faccio ciò che non ho fatto e non faccio in Europa? Semplice. Perché dall'11 settembre siamo in guerra. Perché la prima linea di questa guerra è in America. Non in Europa. Oggi come oggi l'Europa è in retrovia. Anche quand'ero corrispondente di guerra preferivo stare in prima linea, non in retrovia, e qui non mi sento nemmeno un corrispondente di guerra: mi sento un soldato. Il dovere d'un soldato è combattere. Sono qui per combattere e per combattere questa guerra ho un'arma speciale. Un'arma che non serve a sparare: serve a pensare, far pensare, svegliare chi dorme. Cioè un libro. Un piccolo libro che si chiama *The Rage and the Pride*. Questo *The Rage and the Pride* che in Europa ha fatto e fa tanto fracasso, ha provocato e provoca reazioni tanto opposte. Da una parte quelli che lo amano, lo riveriscono, gli cantano osanna. Dall'altra quelli che lo odiano, che lo condannano, che lo insultano, e che vorrebbero bruciarlo insieme a me come negli Anni Trenta i nazisti di Berlino bruciavano le librerie. «Brucia la strega, bruciala. Ammazza l'eretica, ammazzala». Questo *The Rage and the Pride* che scoppiò all'improvviso, rubandomi al romanzo che stavo scrivendo, e che da allora mi imprigiona con le sue traduzioni, mi ossessiona col suo successo, mi schiavizza al punto di mettermi addosso una sorta di risentimento. A volte, di nausea. Questo *The Rage and the Pride* che partorii in poche settimane, col raziocinio che viene dalla saggezza e tuttavia col candore d'un bambino. Il bambino che nella fiaba di Grimm strilla: «Il re è nudo!». (Sì: il re non porta neppure le mutande, nella fiaba di Grimm, ma i cortigiani non fanno che lodare i suoi abiti: «Che bel mantello indossa oggi, Maestà, che bei pantaloni». E il bambino strilla con candore: «Il re è nudo!»).

Il re è nudo e la mia arma di soldato è l'arma della verità.

[...] Al terrorismo fisico e intellettuale che seguì l'edizione italiana de *La Rabbia e l'Orgoglio*, ho replicato con l'edizione francese. Traducendo il libro in francese ho inserito varie pagine che rincarano la dose, rafforzano la mia tesi. Pagine che ho messo anche nell'edizione spagnola, tedesca, olandese. Agli attacchi della stampa francese, alle fascistiche cretinate dei vanesi che sul «Corriere della Sera» definii «Moscardini da friggere nell'olio bollente e mangiare ben caldi», ho replicato con l'edizione americana. E traducendo

172

il libro per l'America ho inserito altre pagine che rincarano ancor di più la dose. Rafforzano ancor di più la mia tesi. Quelle pagine vanno anche nelle edizioni per la Gran Bretagna, il Canada, l'Australia, la Nuova Zelanda, l'India. E naturalmente non posso continuare a fare questo in eterno. Oltre al francese e l'inglese non maneggio altre lingue. Ma l'italiano lo conosco bene. Appena possibile inserirò quelle aggiunte in una nuova edizione italiana. E a quel punto Dio sa cos'altro avrò da dire.

Messa a punto finale. Una messa a punto cui tengo parecchio, ed ecco qua. Nel mio piccolo (ma non più tanto piccolo) libro non sono tenera con l'Islam. Ne convengo. Spesso sono addirittura feroce. Lo riconosco. (Domanda che m'insegue da mesi come un'ombra: «Le dispiace? Ha qualche pentimento, qualche ripensamento?». Risposta: «Neanche per sogno. Al contrario»). Lo prova, insieme alle testimonianze che offro su quel mondo senza speranza, il mio orgoglio per la cultura occidentale. Questa nostra cultura che, nonostante le sue colpe, a volte i suoi orrori, (pensa all'Inquisizione e ai campi di concentramento e a Hiroshima), ci ha tolto dalle tende del deserto. Ci ha nutrito il giardino del Pensiero. Ci ha elaborato il concetto della bellezza, della morale, della libertà, dell'uguaglianza. Ci ha dato un sistema che è lungi dall'esser perfetto, che spesso è una menzogna ma che tutto sommato è migliore degli altri: il sistema che si chiama Democrazia. Ha compiuto straordinarie conquiste nel mondo della Scienza, ha eliminato malattie, ci ha procurato il benessere. Ha inventato strumenti che rendono la vita più facile e più intelligente, ci ha portato sulla Luna e su Marte. Meriti di cui la cultura islamica non può certo vantarsi. Eppure con noi occidentali sono ancor meno tenera. Ancor più feroce. Sapete, tutti definiscono *La Rabbia e l'Orgoglio* un pamphlet. Un saggio politico, un'invettiva, un pamphlet. Io lo definisco una predica, invece. Anzi, un «J'accuse». Una requisitoria simile al «J'accuse» che Émile Zola scrisse nel 1898 per l'Affare Dreyfus. E questa predica, questa requisitoria, non l'ho diretta ai figli di Allah. (Tanto non sarebbe servita a nulla). L'ho diretta a noi stessi. Alle nostre vigliaccherie, alle nostre ignoranze, alle nostre inadeguatezze, alle nostre pagliacciate, alle nostre miserie. La miseria del nostro sistema educativo, ad esempio. L'ignoranza dei nostri insegnanti e dei nostri studenti. Le vigliaccherie e le pagliacciate dei nostri politici. Lo squallore e l'inadeguatezza dei nostri leader. Il bieco fascismo che si nasconde dietro il falso pacifismo dei nostri presunti rivoluzionari. (Gente cui manca soltanto il randello e la camicia nera). E la licenza contrabbandata come libertà, ossia il rifiuto di capire che la libertà non può esistere senza disciplina anzi autodisciplina. Che i diritti non possono esistere senza doveri. Che, come diceva mio padre, ogni diritto porta in sé un dovere e chi non osserva i propri doveri non merita alcun diritto. Però c'è qualcosa che manca, nel mio piccolo libro. C'è un «J'accuse» che ho dimenticato. Ed oggi, in questo prestigioso deposito di cervelli, sento proprio il bisogno di riempire quel vuoto.

J'accuse, io accuso, gli occidentali di non aver passione. Di vivere senza passione, di non combattere, di non difendersi, di fare i collaborazionisti per mancanza di passione. Oh, io ce l'ho la passione: vedete. Scoppio, io, di passione. Ma sia in Europa che in America non vedo che gente senza passione. Perfino le cicale che vogliono mandarmi al rogo sono tipi senza passione. Pesci freddi, larve guidate soltanto dall'astio e dall'invidia o dal calcolo e dalla convenienza: mai dalla passione. E gran parte della colpa è vostra. Perché siete voi che avete lanciato questa moda. La moda del raziocinio a oltranza, del controllo, della freddezza. «Calm down, be quiet, be cool». Voi che siete nati dalla passione, voi che siete diventati un popolo grazie alla passione della vostra rivoluzione. Così non capite cos'è che muove i vostri nemici, i nostri nemici. Non capite cos'è che gli permette di combattere in modo tanto globale e spietato questa guerra contro l'Occidente. È la passione. La forza della passione, cari miei! È la fede che viene dalla passione. È l'odio che viene dalla passione. Allah-Akbar, Allah-Akbar! Jihad-Jihad! Quelli son pronti a morire, a saltare in aria, per ammazzarci. Per distruggerci. E i loro leader, (veri leader), lo stesso. Io l'ho conosciuto, Khomeini. Ci ho parlato, ci ho litigato, per oltre sei ore in due giorni diversi. E vi dico che quello era un uomo di passione. Che a muoverlo era la fede, la passione. Bin Laden non l'ho conosciuto. Peccato... Però l'ho guardato bene quando appariva in Tv. L'ho guardato negli occhi, ho ascoltato la sua voce, e vi dico che quello è un uomo di passione. Che a muoverlo è la fede, l'odio che viene dalla passione. Per combattere la loro passione, per difendere la nostra cultura cioè la nostra identità e la nostra civiltà, non bastano gli eserciti. Non servono i carri armati, le bombe atomiche, i bombardieri. Ci vuole la passione. La forza della passione. E se questa non la tirate fuori, non la tiriamo fuori, io vi dico che verrete sconfitti. Che verremo sconfitti. Vi dico che torneremo alle tende del deserto, che finiremo come pozzi senz'acqua. Wake up, then! Sveglia, wake up.

La Forza della Ragione

Prefazione
di Dario Fertilio

Mission impossible!, missione impossibile!, ridacchiò di gusto il primo collega che incontrai nel corridoio di via Solferino, apostrofandomi allegramente mentre uscivo dall'ufficio del direttore. Come facesse a sapere... in quel momento non ci pensai. Però aveva ragione: quel giorno Ferruccio de Bortoli mi aveva appena affidato l'incarico di volare in America e presentare ai lettori del «Corriere della Sera», nonché ai fallaciani di tutto il mondo, il Grande Rientro Pubblico di Oriana. Dopo anni di silenzio e isolamento, seguiti dal rombo di cannoni de *La Rabbia e l'Orgoglio* – ora se ne pubblicava la traduzione in inglese –, lei avrebbe preso la parola e chiamato in causa... qui, nel dubbio su chi sarebbero stati i suoi prossimi bersagli, si concentrava la suspence giornalistica della vicenda.

Mission impossible? Anch'io, a quella battuta, avevo sorriso. Senza credermi Tom Cruise, provavo la piacevole sensazione d'essere invulnerabile. Era stata Oriana – come mi aveva appena riferito Ferruccio de Bortoli – a chiedere che andassi io da lei, io e nessun altro. Tutti ripetevano che Oriana era incontentabile, isterica, volubile. Ebbene, pensavo, ci sarei andato, l'avrei incontrata e conquistata, infine avrei scritto un reportage perfetto sul suo giorno fatidico.

Era il 2002, poco oltre la metà di ottobre, e per la verità fino ad allora noi due avevamo avuto solo pochi e frettolosi

179

contatti. Quattro parole scambiate sulla porta di casa, tanti anni prima, a Milano, dove abitava la sorella Paola. Poi qualche telefonata, non di più. Eppure non bisogna credere che fossi completamente impreparato: una decina di giorni prima avevo scritto un articolo, e quello rappresentava la mia carta segreta. Precisamente avevo raccontato che l'edizione francese de *La Rabbia e l'Orgoglio* era stata messa sotto processo a Parigi con l'accusa di razzismo nei confronti degli islamici. Avevo intervistato l'avvocato difensore di Parigi, William Goldnadel, mentre additava in quel processo un caso di "terrorismo intellettuale". Avevo messo in evidenza che la Lega locale dei diritti dell'Uomo, pronta a difendere gli autori di due libri in odore di pedofilia, quella volta si era schierata invece tra gli accusatori della Fallaci (e anche contro un altro autore famoso per le sue posizioni non convenzionali sull'Islam, Michel Houellebecq). Avevo accennato alle perplessità che tutto ciò suscitava, oltre che nei sostenitori della giornalista scrittrice, in generale fra gli amanti della libertà d'espressione. Avevo osato accostare il colore verde, anziché ai prati e all'ecologia, al totalitarismo islamista. E avevo concluso buttando là una parola fatale che a tanti non era affatto piaciuta: si stava compiendo semplicemente – osservavo – un atto di *censura* contro le idee espresse ne *La Rabbia e l'Orgoglio*.

Non era un articolo convenzionale: e lei, dall'altra parte dell'Atlantico, doveva essersene accorta. Mi aveva telefonato complimentandosi, più per lo stile, mi sembrò, che per l'essermi schierato apertamente dalla sua parte. E quella frase impegnativa con cui chiuse la comunicazione: *allora da voi c'è ancora qualcuno capace di scrivere*, me l'ero appuntata silenziosamente al petto come una medaglia.

Ecco perché quel giorno di ottobre, partendo per Washington, mi confortavano fausti presagi. Tanto più che – avevo saputo – sarebbe stato della partita un vecchio amico come Michael Ledeen, lo scrittore innamorato dell'Italia che a suo tempo aveva intervistato Renzo De Felice sul fascismo, e adesso metteva a disposizione entusiasmo e influenze negli ambienti neocon per dare il massimo risalto alla Fallaci. Lui, in aggiunta, le aveva procurato la tribuna: l'American Enterprise Institute, a due passi dalla Casa Bianca, un pensatoio prestigioso in cui si riconoscevano i più brillanti cervelli liberal-conservatori vicini al Partito Repubblicano. Anche per me aveva prenotato una stanza d'albergo poco distante e, quanto a Oriana, sapendo delle sue esigenze personali politicamente molto scorrette, come bere e fumare a volontà quando sedeva in macchina, si era incaricato di andarla a prendere a New York, per accompagnarla personalmente nella capitale.

Partii di sabato da Milano e la sera stessa bussavo alla camera di Oriana. Era tesa, indaffaratissima ma cordiale e quasi affettuosa. Mi mostrò la sua stanza in stato di guerra, gli appunti che da chissà quanto tempo doveva aver cominciato a riscrivere e limare – tutto rigorosamente a mano – mi avvertì che avrebbe parlato il martedì seguente e fino ad allora tutti i miei suggerimenti, aiuti e servizi le sarebbero stati graditi. La sera stessa ci aspettavano per una cena in suo onore Michael Ledeen e sua moglie. Ci andammo, e fu per Oriana una specie di rimpatriata spirituale: un po' perché il padrone di casa, con il suo sviscerato amore per Napoli, aveva sparso a piene mani profumi e ricordi di Pulcinella e Vesuvio, ma soprattutto perché lei in quell'ambiente schiettamente conservatore si sentiva compresa, ammirata e, sì, anche protetta. Certe insicurezze del suo carattere, che in qualsiasi altra donna si sarebbero definiti di fragilità femminile – ma che nel suo caso nessuno si sarebbe arrischiato a chiamare così – mi colpirono quella sera, pur nel mal di testa che ne seguì, a causa dell'alcol, dell'ora tarda e del jet lag.

L'indomani ero già di nuovo da lei. Scriveva, cancellava, mi chiedeva consigli persino sulla scelta dei vocaboli americani, particolare che mi sorprese perché era ovvio che ne sapesse molto più di me. Il senso generale del suo «Wake up, Occidente, sveglia» cominciava a delinearsi anche ai miei occhi; tuttavia era chiaro che moltissimo, fino all'ultimo, lei avrebbe continuato a rimaneggiarlo, durante i due giorni e due notti che le restavano prima della conferenza. E lo avrebbe fatto senza tregua né pietà per se stessa. Mi sentii, pur nella differenza di ruolo che ci separava, quasi un suo fratello minore e compagno di strada. La dedizione totale, ricordo di aver pensato in quel momento, somigliava a quella – con rispetto parlando – di una Madre Teresa o di un Che Guevara. Più di quello che dicono, in certe personalità ti colpisce l'energia che emanano e la fedeltà alla causa. Decisi che l'avrei aiutata quanto meglio potevo.

Lei accettò, e così incominciai a consigliarla, a comperare per lei i giornali, a trattare con il personale dell'albergo per farle avere in camera le piccole cose nevrotiche di cui era convinta di non poter fare a meno: quelle particolari riviste, la marca delle sigarette, un brandy speciale per tenersi su, lo sciroppo per la tosse di fumatrice. Ogni tanto mi prendevo una pausa, mentre lei seguitava imperterrita a scrivere e cancellare, e me ne andavo a spasso per distrarmi fino alla Casa Bianca. Guardavo la cappella dove Bush e signora si presentavano regolarmente alle funzioni, osservavo gli scoiattoli giocare sulle cime degli alberi presidenziali, provavo a familiarizzarmi con il telefono satellitare e mi sforzavo di non pensare a come tutta la faccenda sarebbe andata a finire. Perché, lo confesso, un dubbio sottile aveva cominciato ad insinuarsi in me: non proprio che avrei commesso fatali errori, ma che insomma la mia missione alla resa dei conti avrebbe potuto effettivamente rivelarsi *impossibile*. Nel senso che – mi rendevo vagamente conto – nessuno che non si chiamasse Oriana Fallaci avrebbe potuto scrivere proprio *così*, nel modo che intendeva lei, dicendo le cose come le voleva lei. E devo aggiungere anche, con il senno di poi, che la sua stessa benevolenza di allora, quel senso di aspettativa eccessiva che sembrava riporre nelle mie doti, cominciavano a pesarmi.

La accompagnai il lunedì della vigilia alla conferenza stampa di presentazione, e su sua richiesta provai a improvvisarmi segretario e body-guard, regolando il traffico di giornalisti e ammiratori che si accalcavano per strapparle qualche dichiarazione. Fu un'altra giornata intensa, in un vorticare di saluti e strette di mano, con molti italo-americani curiosi soprattutto di vedere da vicino la star, e poi nomi importanti dell'universo neocon, come Anne Applebaum, l'autrice del famoso saggio sui gulag sovietici; o il mitico Michael Novak, che nei suoi scritti filosofici aveva osato insufflare un alito di spiritualità dentro alla giungla darwiniana del capitalismo americano; ma non mancò nemmeno un vecchio leone della sinistra democratica come Arthur Schlesinger. Eravamo tutti impazienti, un po' eccitati, e fu in quella vigilia di grandi aspettative che Oriana mi confidò una sua speranza segreta: fra gli spettatori all'American Enterprise, l'indomani, avrebbe potuto esserci *lei*, Laura Bush, la first lady colta e rassicurante. (Molto diversa dal marito, si diceva. Perché il Presidente, secondo la classica tradizione dei politici americani, pare leggesse in media un libro ogni dieci anni. E fu proprio parlandomi con ammirazione di Laura Bush che scoprii come Oriana, nel fondo del suo cuore, fosse a suo modo *maschilista*, considerasse cioè tutte le tipiche donne politiche americane – non parliamo poi di quelle europee – sostanzialmente *unimpressive*, insignificanti. Era la conseguenza, credo, di una spietata severità nel giudizio: pochi superavano l'esame, sempre provvisoriamente; e pazienza se fra loro, anche a cercarla con la lanterna, non si trovava nessuna donna politica).

Venne il giorno fatale, martedì 22 ottobre, e Oriana mi apparve subito troppo tesa. Forse non aveva ancora smesso di sperare nell'intervento di Laura Bush (ma se fosse stato confermato, mi aveva avvertito Michael Ledeen, gli uomini del servizio di sicurezza avrebbero bloccato l'edificio per ore, passando al setaccio centimetro per centimetro). Infine ci muovemmo per raggiungere la Settantasettesima – io in macchina dietro a lei – e quando fummo nella sala della conferenza ci accorgemmo che era già piena, e molti dei presenti avevano qualche legame con l'Italia o tifavano visceralmente per noi; e probabilmente, se la Fallaci avesse parlato direttamente in italiano, la maggior parte di loro l'avrebbe persino compresa. Ma se erano venuti, mi parve, era soprattutto per quello che lei rappresentava ai loro occhi: un'intellettuale europea rara come una mosca bianca, una che capiva l'America profonda e aveva il coraggio di schierarsi senza distinguo dialettici e tanti giri di parole dalla parte della democrazia *iu-es-ei*.

Sedevo già in prima fila, a pochi minuti dall'inizio, quando Oriana mi fece cenno d'avvicinarmi. E mi sbalordì dicendomi: ho bisogno di un liquore, l'unico che mi faccia bene, non ne esiste un'altra bottiglia in tutta Washington, la bottiglia è nell'armadio di camera mia, all'albergo, il colore è lampone, vai a prendermelo subito, non puoi sbagliare, se non me lo porti non posso parlare e annullo tutto.

Mi ritrovai per strada, correndo come una staffetta militare. Piombai all'albergo, mi infilai di nascosto in camera sua (da sotto il palco lei prima mi aveva passato la chiave, ma io mi domandavo che spiegazioni avrei dato se qualche addetto alla sicurezza mi avesse bloccato), trovai l'armadio e afferrai la bottiglia, poi in corridoio convinsi un cameriere compiacente a infilarlo in un sacchetto di carta, per non presentarmi così davanti alla folla assiepata dell'American Enterprise.

Appena in tempo: dopo che lei ebbe bevuto qualche sorso del liquido miracoloso, e io mi fui accomodato di nuovo tergendomi il sudore, incominciò a parlare. Lesse il discorso che aveva preparato, spesso interrompendosi ma anche improvvisando in inglese. Non fu brava: fu unica. Né più né meno come i suoi fan si aspettavano. Accusò gli occidentali di non avere passione, lei che ne possedeva da vendere. Mi fece riflettere forse per la prima volta sul fatto che la democrazia, la scienza, la cultura, la tecnica e tutto ciò che diamo per scontato in Occidente ci è stato tramandato come un dono, ed è sempre a rischio di perdita. E poi contribuì ad aprirmi gli occhi sulla verità che destra e sinistra, i feticci ideologici di cui in Europa ci riempiamo troppo spesso la bocca, in realtà sono scatole vuote, incapaci di contenere le verità scomode, quelle che richiedono una presa di posizione solitaria e morale. Infine, accostando Hitler a Lenin e bin Laden, mi indusse a riflettere forse per la prima volta sulla natura profonda del totalitarismo: è simile a un virus distruttivo e potente, si ripresenta nelle forme e circostanze storiche più diverse, ma grazie alla "forza della ragione" alla lunga è possibile isolarlo e distruggerlo.

Ci fu un lungo applauso liberatorio, alla fine, e mi piacque vedere le ansie di Oriana – almeno in quei brevi momenti – provvisoriamente placate.

Poi venne il pomeriggio del redde rationem: lei ed io, finalmente uno di fronte all'altra, per concordare l'articolo destinato l'indomani alla pubblicazione sul «Corriere della Sera».

Avevo buttato giù sul mio blocco degli appunti, prudenzialmente, due o tre avvii differenti dello stesso articolo: se almeno uno fosse riuscito a superare il suo primo scrutinio, poi avrei potuto procedere e sottoporle il risultato finale. Già mi vedevo scrivere e limare; far la spola tra la hall e la sua camera per ricevere il placet riguardo a questo o quel brano, frase, parola, virgola, fino a che non si fosse dichiarata soddisfatta del lavoro e anch'io mi ci fossi riconosciuto. Invece contemplò il mio notes, fortemente e preventivamente contrariata perché non mi ero armato di computer e registratore. Senza di quelli, mi confidò addolorata, non c'era speranza: come avrebbe potuto indirizzarmi, guidarmi, correggermi? Subito dopo scorse tristemente i miei tre o quattro incipit, scuotendo la testa: si sforzò di considerarne almeno uno accettabile e cominciò a persino a correggerlo – atto estremo di condiscendenza e stima nei miei confronti – prima di sospirare profondamente e metterlo da parte.

«Adesso ti spiego» mi disse guardandomi negli occhi «come dovrebbe essere.» Parlò, e io finalmente, in un lampo, compresi la verità: mai e poi mai sarei riuscito ad accontentarla, e nessun altro avrebbe potuto riuscirci, a meno d'essere *lei*. La ascoltai mentre mi confidava che, per raccontare adeguatamente il suo ritorno sulla scena pubblica, l'articolo avrebbe dovuto riunire insieme tre caratteristiche precise. Prima: essere una fedele cronaca della giornata e del suo discorso tenuto all'American Enterprise. Seconda: tracciare un ritratto umano della sua sfida estrema, quasi disperata; dipingendola come una donna fragile, sola contro tutti, ma dal carattere d'acciaio. Terza: evocare attraverso una sorta di ritratto parallelo le somiglianze tra lei e Gaetano Salvemini, il suo modello morale e politico, rievocare l'epoca in cui il grande esule antifascista girava l'America per avvertire l'opinione pubblica compiacente o ignara della minaccia mus soliniana. Erano tre cose che, naturalmente, nessuno avrebbe potuto legare e fondere *in quel particolare modo* desiderato da Oriana, se non lei stessa.

Quando me ne resi conto, e glielo confessai, lei mi scoccò uno sguardo quasi riconoscente e mi sembrò che provasse una specie di sollievo: ci eravamo capiti. Nel senso che io non mi sarei offeso d'essere messo da parte e lei non avrebbe sprecato energie in spiegazioni inutili. Da quel momento fu un'altra Oriana: gentile, distaccata, quasi materna. Mi spiegò che l'articolo l'avrebbe scritto lei stessa, io intanto avrei potuto andarmene a fare un po' il turista per Washington; ci avrebbe pensato lei, al momento giusto, a farmi leggere quel che era venuto fuori dalla sua penna, solitaria, nel chiuso della camera.

Ci andai davvero a passeggiare: passai in rassegna il Campidoglio, il museo dell'astronautica, i locali appartati dei funzionari di Stato, l'emporio del tabacco dove si poteva accendere un sigaro pregiato provando un senso di trasgressione, le rive del Potomac, e intanto tenevo d'occhio il telefono aspettando la chiamata. Per due giorni non successe nulla: trovavo soltanto i suoi biglietti laconici, interlocutori o preoccupati, affidati al concierge. Una volta mi supplicò di portarle il più in fretta possibile una copia del «New York Post» (il rivale conservatore del «New York Times») perché aveva saputo che le aveva dedicato un articolo importante. Poi volle che mi informassi su come il «Corriere della Sera» avrebbe impaginato il suo articolo. Infine venne giovedì, e potei accedere di nuovo alla sua stanza.

Il campo di battaglia si era trasformato in un panorama da post-terremoto: non c'era un centimetro di spazio libero da fogli, vocabolari, libri, appunti e schizzi. E, al centro del marasma invaso dal fumo, troneggiava la sua antiquata macchina per scrivere, come un monumento scampato allo tsunami. Mi lesse la versione semidefinitiva che adesso si trova in parte riprodotta in coda alla nuova edizione BUR Rizzoli de *La Rabbia e l'Orgoglio*; ma il modo in cui la recitò sotto i miei occhi, con vari commenti fuori testo, conteneva già in nuce il libro successivo, quello che il lettore tiene ora fra le mani, *La Forza della Ragione*. Mi confidò che, dopo l'appello alla passione che aveva appena lanciato contro il totalitarismo islamico (lei non faceva distinzioni fra la religione maomettana in sé e l'islamismo ideologico) sarebbe venuto il tempo del ragionamento e dell'analisi più fredda. Non aggiunse che avrebbe finito per scriverci un altro libro, ma la deduzione mi venne spontanea. Infine mi pose la domanda cruciale: pensavo che l'articolo destinato al «Corriere della Sera» avrebbe davvero *svegliato* qualcuno, dalle nostre parti? Naturalmente le risposi di sì, anche se in cuor mio ne dubitavo. Tutt'al più, pensai, il suo «Wake up, Occidente» scuoterà chi è già convinto... ma forse, ancora una volta, avevo la vista corta.

«Chiamo e trasmetto al "Corriere"» mi comunicò Oriana a quel punto, imperiosamente. «Tu fammi trovare per domattina alle undici una macchina con autista, dove si possa bere e fumare, voglio che mi riportino subito a New York.»

Le prenotai un'auto gigantesca, guidata da un'autista nera di stazza altrettanto fuori misura, che la aspettò fuori dalla hall per un paio d'ore. Ma improvvisamente Oriana mi fece sapere d'aver cambiato idea. «Non torno. Sta arrivando Sofia, la mia grande amica, la Loren. La aspetto qui.»

Ci salutammo con la vaga promessa di risentirci, ma durante il viaggio di ritorno a Milano mi sentii triste: forse per avere scoperto che la vera *mission impossible* era la sua. Oggi, tanti anni dopo, ho l'orgoglio di pensare che fra i "tu" che ricorrono in questo libro – i famosi "tu" che rivolgeva ai suoi ideali lettori – uno almeno sia dedicato a me.

settembre 2010

LA FORZA DELLA RAGIONE

Ai Lettori

Tre mesi fa dedicai questo libro ai morti di Madrid. Da allora l'elenco degli occidentali assassinati dai nemici della nostra civiltà s'è molto arricchito. Quella dedica va dunque estesa.

La estendo a Nick Berg, l'agnello decapitato col coltello della macellazione halal dalle Brigate Verdi di Maometto. Una delle barbare bande che i falsi pacifisti cioè i collaborazionisti, i traditori, rispettano e sostengono e definiscono "guerriglieri della Resistenza irachena". La estendo a Paul Johnson, l'ingegnere decapitato nel medesimo modo a Riad dalla squadra saudita di Al Qaida. La estendo a Kim Sun, l'interprete sudcoreano decapitato nel medesimo modo dalla medesima gente. La estendo al giornalista Daniel Pearl, una delle prime vittime della loro ferocia, anche lui decapitato. La estendo a tutti gli altri cittadini americani, inglesi, canadesi, danesi, francesi, polacchi, tedeschi, giapponesi, russi, coreani, turchi, ogni giorno rapiti in Iraq e spesso sgozzati come maiali poi abbandonati sul ciglio d'una strada come spazzatura. La estendo ai Marines i cui cadaveri vengono mutilati, straziati, poi esibiti a pezzi mentre la marmaglia devota a Bin Laden e a Saddam Hussein esulta di gioia e divertimento. E tutto questo senza che i falsi pacifisti esprimano lo sdegno espresso dalle persone civili per le nequizie avvenute nel carcere di Abu Graib.

La estendo a tutte le creature che i figli di Allah massacrano con i loro kamikaze, i loro attentati, la estendo a tutte le future vittime della loro ferocia. La estendo ovviamente ai nostri morti di Nassiriya, ai soldati italiani che i professionisti del cinismo e della menzogna chiamano "truppe di occupazione". La estendo al marò Matteo Vanzan, caduto difendendo la sua caserma attaccata. La estendo al cuoco Antonio Amato, dalle barbare bande ucciso perché esercitava il suo mite mestiere in Arabia Saudita. La estendo all'ex fornaio Fabrizio Quattrocchi che umiliando la codardia dei traditori nostrani affrontò i suoi carnefici dicendo: «Ora vi faccio vedere come muore un italiano». E il cui corpo venne abbandonato ai cani che lo divorarono fino a renderlo irriconoscibile. Quel Fabrizio Quattrocchi al quale, per le sue idee politiche, idee da me combattute tutta la vita ma con cui non pochi deputati siedono in Parlamento, le nostre pavide istituzioni negarono i funerali di Stato e perfino la camera ardente che in Campidoglio viene offerta ai defunti attori del cinema. Quell'eroico figlio del popolo alle cui esequie il presidente della Repubblica e il sindaco diessino della sua città non parteciparono. I familiari dei tre ostaggi catturati insieme a lui, nemmeno. Qualche rappresentante della Sinistra, lo stesso. Sicché ciò che doveva essere il ringraziamento della Patria finì gestito dai mammasantissima dell'altra sponda.

La estendo anche agli ottocentomila italiani che nonostante il tacito veto delle mortadelle al potere in questi tre mesi hanno comprato il libro e mi hanno letto alla luce del sole. Non nel buio delle catacombe, del vile silenzio che nasce dal terrorismo intellettuale, della paura con cui il nuovo fascismo dipinto di rosso o di nero o di verde o di bianco o di arcobaleno lava i cervelli e spenge le coscienze. La estendo a chiunque in buona fede vegeti nella cecità, nella sordizie, nell'ignoranza, nell'indifferenza ma è pronto a svegliarsi per ritrovare un po' di buon senso. Un po' di ragione. Con la ragione, un po' di coraggio. Col coraggio, un po' di dignità.

Cosa di cui avremo molto bisogno. Sempre più bisogno perché la guerra che ci è stata dichiarata monta di ora in ora. E ci aspettano giorni ancora più duri.

Oriana Fallaci

giugno 2004

«Dilagano i Danai per la città sepolta nel torpore e attraverso le porte spalancate accolgono altre truppe che si uniscono ai complici drappelli.»

(**Virgilio**, *Eneide*. L'incendio di Troia)

PROLOGO

Uomo piccante e mordace, esperto in difficili Scienze e dai giovani colti assai amato, dall'istesso Papa Giovanni ammirato e stimato ma dai nemici invidiosi assai odiato, nel 1327 Messer Francesco da Ascoli meglio noto come Mastro Cecco scrisse un polemico saggio che chiamò «Sfera Armillare». Saggio ove parlando de' tempi suoi sostenea cose tanto malgradite all'Inquisizione quanto care al popolo savio e ai savi allievi della Scuola Filosofica da lui aperta in Firenze. E giacché ciò non piacea al Duca di Calabria che oltre ad esser Signore della città era il primogenito di Roberto d'Angiò re di Napoli, e ancor meno piacea al suo primo ministro che oltre ad essere Monaco Conventuale era vescovo d'Aversa, il reo fue arrestato. Fue portato nelle carceri fiorentine del Sant'Uffizio e assegnato a tal Fra' Accursio dell'Ordine de' Predicatori, per apostolica incombenza Grande Inquisitore della Provincia Toscana. Da gente che non volea o non dovea o non potea intenderne le proposizioni la «Sfera Armillare» fue adunque esaminata e giudicata libro empio, profano, indecente, abbietto, contrario alla fede ortodossa, composto a suggerimento del Diavolo, infetto della più perniciosa eresia. E quale iniquo stregone Mastro Cecco venne sottoposto per vari mesi alle più rigorose torture nonché pungolato a riconoscere le sue colpe e abiurare i suoi errori. Ma invano. Ad ogni sevizia ei rispondea che non trattavasi di colpe o errori. Che quelle cose le avea dette, le avea scritte, le avea insegnate, perché eran vere e perché ci credea.

Fue così che il 20 settembre 1328 lo portarono alla Chiesa di Santa Croce per l'occasione apparata a lutto. Lo misero sopra un eminente palco a bella posta eretto e alla presenza d'un volgo innumerevole, di innumerevoli autorità, innumerevoli dottori e consultori del Sant'Uffizio, gli lessero il compendio del processo. Gli elencaron tutte le empietà del polemico saggio e di nuovo gli chiesero se volesse pentirsi, abiurare, salvare in extremis la vita. Ma di nuovo ei rifiutò. Di nuovo rispose che quelle cose le avea dette, le avea scritte, le avea insegnate perché erano vere, perché ci credea. E allora Fra' Accursio lo dichiarò eretico recidivo nonché irriducibile, una ruina per sé e per gli altri, una mala pianta da estirpare. Invocata la grazia di Dio e dello Spirito Santo lo condannò ad essere bruciato vivo assieme col malefico libretto più gli altri colpevoli scritti che avea dato alle stampe. Poi ordinò che le copie in possesso dei cittadini gli fossero tosto recapitate per venir distrutte entro quindici dì, aggiunse che chiunque le avesse tenute o financo occultate sarebbe stato colpito da scomunica nonché punito con castighi corporali spirituali pecuniari, e fece scendere il reo dal palco. Gli fece indossare il crudele sambenito ossia la veste coi diavoli dipinti. Gli fece mettere in capo una farsesca mitra a pan di zucchero e scalzo lo consegnò a Messer Jacopo da Brescia, esecutore di Giustizia e vicario del Braccio Secolare.

La sentenzia fue eseguita dopo la sfilata del corteo previsto per ogni supplizio, e si svolse fuori di Porta alla Croce ove era stato innalzato un lungo palo nonché gran *quantità di legname. Sul legname, tutte le copie della «Sfera Armillare» e degli altri volumi che s'eran potuti rintracciare. Con somma intrepidezza, sdegnosamente compiangendo l'ignoranza e la bigotteria e la tartuferia e il manco della Ragione dentro cui la sua epoca vivea, Mastro Cecco si lasciò legare al palo. E in breve tempo bruciò. Si incenerì come carta assieme ai suoi libri. Ma il suo pensiero rimase.*

(**Nota d'Autore**. Racconto ricostruito sulle cronache dell'*Inquisizione in Toscana* redatte dall'abate Modesto Rastrelli e nel 1782 pubblicate dall'editore Anton Giuseppe Pagani in Firenze. Il linguaggio riproduce lo stile dell'abate che a sua volta si esprimeva con termini in uso al tempo di Mastro Cecco ma validi ancor oggi. Anche i fatti, del resto, sono in sostanza gli stessi).

Sono trascorsi oltre due anni dal giorno in cui come una Cassandra che parla al vento pubblicai *La Rabbia e l'Orgoglio*. Quel grido di dolore che i Fra' Accursio definirono empio, profano, indecente, abbietto, contrario alla fede ortodossa, composto a suggerimento del Diavolo, infetto della più perniciosa eresia. Quel j'accuse che m'inghiottì come la *Sfera Armillare* aveva inghiottito Mastro Cecco. (Colpevole, anche lui, d'aver detto che la Terra è rotonda. Cioè d'aver stampato le verità che l'ignoranza e la bigotteria e la tartuferia e il manco di Ragione non vogliono mai udire). Oh, a me gli sgherri del Sant'Uffizio non hanno inflitto il tipo di sevizie con cui nel 1327 e nel 1328 straziarono lui. Sebbene in piazza Santa Croce sia stata esposta a pubblico oltraggio, Messer Jacopo da Brescia non mi ha dato alle fiamme (o non ancora) assieme al malefico-libretto e agli altri miei colpevoli scritti. L'Inquisizione s'è fatta furba, si sa. Oggi dichiara d'esser contro la pena di morte, alle torture del corpo preferisce quelle dell'anima, e invece delle tenaglie o delle corde o delle mannaie usa ordigni incruenti. I giornali, la radio, la Tv, l'editoria. Invece delle carceri gestite dal Sant'Uffizio, gli stadi e le piazze e i cortei che approfittandosi della libertà uccidono la Libertà. Invece delle tonache col cappuccio, i djellaba e i chador e le tute degli arcobalenisti che si definiscono pacifisti, nonché i completi grigi e le cravatte dei loro burattinai. (Deputati, senatori, scrittori, sindacalisti, giornalisti, banchieri, accademici, prelati. I membri del Sant'Uffizio, insomma. I Fra' Accursio al servizio del Potere alleato con un anti-Potere che è il vero Potere). In parole diverse, ha cambiato volto. Ma la sua essenza è rimasta inalterata. E se scrivi che la Terra è rotonda, sta' certo: diventi subito un fuorilegge. Un Barabba, un Mastro Cecco.

So che a dirlo posso apparire ingrata. E in un certo senso lo sono. L'inferno che quel Sant'Uffizio rovesciò sulla mia *Sfera Armillare* mi ha portato anche tanto amore. Rispetto, gratitudine, amore. In Francia, ad esempio, un sito aperto con la sigla «thankyouoriana» accumulò in un anno cinquantaseimila messaggi di ringraziamento provenienti anche da paesi nei quali non ero stata tradotta nella lingua locale. Dalla Bosnia, ad esempio. Dal Marocco, dalla Nigeria, dall'Iran. (Thankyouoriana firmati soprattutto da donne mussulmane che vivono sotto il giogo della Sharia, inutile sottolinearlo). A Mosca il direttore d'una fabbrica di prodotti chimici ne fece un'abusiva traduzione (in Russia non era stato ancora pubblicato) e con questa una serie di letture ad alta voce per i suoi impiegati, i suoi operai. In America alcuni giornali mi dedicarono elogi quasi imbarazzanti. Il «New York Post» mi definì, ad esempio, «l'eccezione di un'epoca in cui onestà e chiarezza morale non sono più considerate virtù preziose». E allo stesso giornale un lettore di Miami scrisse: «Il libro della Fallaci mi ricorda lo "Step by Step" (il Passo a Passo) di Winston Churchill. Cioè l'appello col quale Churchill rimproverò all'Europa l'inerzia che mostrava verso Hitler e Mussolini» (e a causa del quale i suoi avversari laburisti gli dettero di guerrafondaio, aggiungo io). Uno di New York aggiunse: «A quel che sembra, l'unico intelletto eloquente che l'Europa abbia prodotto dacché Winston Churchill tenne il famoso discorso sulla Cortina di Ferro è la Fallaci. Il suo giudizio sull'Islam radicale è ineccepibile». Quanto alle lettere affettuose dei francesi, dei tedeschi, degli spagnoli, degli olandesi, degli ungheresi, degli scandinavi, non le conto più. E quelle degli italiani riempiono cinque scatoloni. Una, non lo dimenticherò mai, dice: «Grazie d'avermi aiutato a capire le cose che pensavo senza rendermi conto che le pensavo». Un'altra dice: «Due anni fa mi lasciai influenzare dal linciaggio che le cicale avevano scatenato contro di Lei. Insomma Le detti torto. Ma fui ingiusto. I fatti Le hanno dato, Le danno, ragione. Ed ora anch'io brucio di rabbia e d'orgoglio». Ma ciò non mi consola. O non nella misura in cui dovrebbe. Perché se penso a chi la pensa come me, l'orizzonte s'allarga. E le vittime dell'ignoranza, della bigotteria, della tartuferia, del manco-di-Ragione diventano una moltitudine. Ben più di quante il Sant'Uffizio del passato ne sacrificò. L'Inquisizione non colpisce gli scrittori e basta. Il fraccursismo è un modo di vivere, ormai. Un modo di giudicare. E nelle cattive democrazie fiorisce con particolare facilità. In Italia, dove partorì il suo figlio prediletto e cioè il fascismo, con particolare virulenza. Guardati attorno: in ogni casa, ogni ufficio, ogni scuola, ogni fabbrica, ogni luogo di lavoro o di studio c'è un Mastro Cecco o una Mastra Cecca che in un modo o nell'altro e in una maniera o nell'altra subisce le sevizie che in questi due anni ho subìto io.

Quali sevizie? Bè, elencarle mi ripugna. Rinnova la nausea e rischia di trasformare il discorso in un caso personale. Ma, se le taccio, chi non sa non capisce. Quindi, e sia pure a volo d'uccello, ecco qua. Promesse di morte, per incominciare. Urlate o sussurrate, telefonate o scritte o stampate. Quest'ultime, su lerci libelli diffusi nelle comunità islamiche e che oltre a diffamare la memoria del mio amatissimo padre (le offese ai defunti sono oltretutto proibite per legge) spronano i fratelli-mussulmani a uccidermi in nome del Corano. (Per l'esattezza, in nome di quattro versetti dai quali risulta che, prima di venir giustiziata, una cagna-infedele del mio tipo deve essere spogliata ed esposta a indicibili offese). Ributtanti articoli nei quali le diffamazioni colpiscono un altro uomo da me molto amato ed anche lui morto, Alekos Panagulis. Cocenti ingiurie pubblicate con uguale compiacimento da giornali di Destra e di Sinistra. «Or-Jena Fallaci», «Talibana Fallaci», «Fuck-you-Fallaci». (Su un giornale di Estrema Sinistra, il «Fuck-you-Fallaci» a lettere cubitali ed estese sull'intera pagina). Oscenità scritte sui muri delle strade («Oriana puttana») e sui cartelli degli arcobalenisti che si definiscono pacifisti. Striscioni dove vengo invitata a disintegrarmi col prossimo shuttle che scoppia al rientro nell'atmosfera. Conduttori televisivi che durante la trasmissione dipingono grotteschi baffi sulla mia fotografia e poi, da veri gentiluomini, se ne vantano annunciando che domani ripeteranno l'audace gesto... Senatori e senatrici che nelle mie idee vedono un disturbo neurologico dovuto alla mia non verde età e che in puro stile bolscevico suggeriscono di chiudermi in una clinica psichiatrica. Imitatrici senza intelligenza e senza civiltà che calzando un elmetto uguale a quello da me portato in Vietnam mi danno di guerrafondaia o irridono la mia malattia con botta e risposta crudeli. «Ti venisse un cancro!» «Ce l'ho già.» Spregevolezza, questa, avvenuta nel novembre del 2002 ossia quando l'anti-Potere che è il vero Potere fece la Marcia su Firenze. (Voglio dire il mussolinesco spettacolo di forza durante il quale i cosiddetti pacifisti avevan promesso di imbrattare con vernice indelebile i monumenti, le opere d'arte, sicché dalle cosiddette autorità ero riuscita a ottenere che l'accesso al Centro Storico gli fosse proibito e poi avevo scritto un articolo per invitare i fiorentini a esprimere il loro sdegno abbassando le saracinesche o chiudendo le finestre). Del resto fu proprio in quell'occasione che, seicentosettantaquattro anni dopo il rogo di Mastro Cecco, risuonò in Firenze il grido: «Bruciamo i suoi libri, facciamo un falò coi suoi libri». Fu proprio dinanzi alla basilica di Santa Croce, ed esattamente sul sagrato dove Fra' Accursio aveva letto la condanna a morte di Mastro Cecco, che fui esposta al pubblico oltraggio. Istigato, questo, da un vecchio giullare della Repubblica di Salò. Cioè da un fascista rosso che prima d'essere fascista rosso era stato fascista nero quindi alleato dei nazisti che nel 1934, a Berlino, bruciavano i libri degli avversari. Ma qui devo fare una parentesi che riguarda la parola più tradita, più offesa, più violata del mondo. La parola "pace". Nonché la parola più riverita, più ossequiata, più glorificata. La parola "guerra".

Parentesi. Signori pacifisti, (ma data la vostra marziale bellicosità dovrei dire signori bellicisti), che cosa intendete quando parlate di pace? Un utopistico mondo nel quale tutti si vogliono bene come sarebbe piaciuto a Gesù che però tanto pacifista non era? («Non crediate ch'io sia venuto a portare la pace sulla Terra. Io non sono venuto a portare la pace. Io sono venuto a portare una spada. Sono venuto a separare il figlio dal padre, la figlia dalla madre, la nuora dalla suocera», *Vangelo di san Matteo*, capitolo 10, versi 34-35). E che cosa intendete quando parlate di guerra? Solo la guerra fatta coi carri armati, i cannoni, gli elicotteri, i bombardieri, o anche la guerra fatta con l'esplosivo dei kamikaze in grado d'uccidere tremilacinquecento persone per volta? Lo chiedo anzitutto ai preti e ai prelati della Chiesa cattolica, una chiesa che su questa faccenda è la prima a tenere due pesi e due misure. Che, roghi degli eretici a parte, ci ha insozzato per secoli con le sue guerre. Che di papi guerrieri cioè usi ad ammazzare come Maometto ne ha avuti a bizzeffe. E che con le sue lacrime di coccodrillo, le sue encicliche *Pacem in Terris*, ora pretende di rifarsi una verginità che neanche i chirurghi plastici di Hollywood riuscirebbero a procurarle. Ma soprattutto lo chiedo agli ipocriti che le bandiere arcobaleno non le sventolan mai per condannare chi la guerra la fa con gli esplosivi dei kamikaze o con le bombe telecomandate dei terroristi non disposti a morire. Lo chiedo ai parolai che in buona o cattiva fede la colpa della guerra la rovesciano sugli americani e basta, sugli israeliani e basta. E che senza saperlo (perché sono pure ignoranti) plagiano l'insensatezza di Kant.

Nel 1795 Emanuele Kant pubblicò un demagogico saggio dal titolo *Progetto per la Pace Perpetua*. Demagogico perché, senza alcun rispetto per la storia dell'Uomo e pei fatti che aveva sotto gli occhi, sosteneva che a scatenare le guerre sono le monarchie e basta. Ergo, soltanto le repubbliche posson portare la pace. E proprio nel 1795 la Francia repubblicana, la Francia della Rivoluzione Francese, la Francia che aveva ghigliottinato Louis XVI e Marie Antoinette quindi abolito la monarchia, stava combattendo contro le monarchie d'Austria e di Prussia una guerra che tre anni prima lei stessa aveva dichiarato. Stava combattendo anche la guerra in Vandea cioè la fratricida vendetta che la Rivoluzione aveva scatenato contro i cattolici e i monarchici (per lo più contadini o boscaioli, bada bene) della Vandea. E a Parigi l'uomo che in nome del Liberté-Égalité-Fraternité avrebbe portato la guerra in tutte le contrade d'Europa più in Egitto più in Russia, cioè l'allora super-repubblicano Napoleone Bonaparte, debuttava per conto del Direttorio nel mestiere di generale cioè reprimeva l'insurrezione filomonarchica. Perbacco, è da allora che gli opportunisti scopiazzano il pacifismo a senso unico di Kant e intanto ricorrono alla guerra con sfacciata disinvoltura. Magari sbandierando il Sol dell'Avvenir. Perché una rivoluzione è una guerra, cari miei. Una guerra civile cioè ancor più crudele d'una guerra normale, e nella storia dell'Uomo tutte le rivoluzioni sono state guerre civili. Tanto per andar sul recente, pensa a quella che chiamiamo Rivoluzione Russa o a quella che chiamiamo Rivoluzione Cinese. Pensa alla Guerra Civile in Spagna. Pensa alla guerra in Vietnam che in ogni senso fu una guerra civile, e chi non lo ammette è un disonesto o un cretino. Pensa alla guerra in Cambogia che fu esattamente lo stesso. Pensa alle carneficine con cui i paesi africani si autodistruggono da decenni. Pensa infine alla guerra civile (moralmente una guerra civile) che buona parte degli occidentali conducono contro l'Occidente...

Platone dice che la guerra esiste ed esisterà sempre perché nasce dalle passioni umane. Che ad essa non ci si sottrae perché è insita nella natura umana cioè nella nostra tendenza alla collera ed alla prepotenza, nella nostra ansia d'affermarci ed esercitare predominio anzi supremazia. E senza dubbio dice una cosa giusta. A pensarci bene, ogni nostro gesto è un atto di guerra. Ogni nostra azione quotidiana è una forma di guerra che esercitiamo contro qualcuno o qualcosa. La rivalità professionale e politica, ad esempio, è una forma di guerra. La contesa elettorale è una forma di guerra. La competizione in tutti i suoi aspetti è una forma di guerra. Le gare sportive sono una forma di guerra. E certi sport sono un'autentica guerra. Incluso il gioco del calcio che non ho mai amato perché guardare quei ventidue giovanotti che si ruban la palla e per rubarsela si prendono a gomitate pedate stincate, si fanno male, mi disturba profondamente. E non parlarmi del pugilato o peggio ancora del wrestling. Lo spettacolo di due uomini che si picchiano, si spaccano il naso e la bocca, si slogano le braccia e le gambe, si torcono il collo, m'inorridisce. Tuttavia Platone sbaglia a dire che la guerra nasce dalle passioni umane, che la guerra la fanno gli uomini e basta. Un leone che insegue una gazzella, la addenta alla gola, la sbrana, compie un atto di guerra. Un uccellino che piomba su un verme, lo afferra col becco, lo divora vivo, compie un atto di guerra. Un pesce che mangia un altro pesce, un insetto che mangia un altro insetto, un gamete che rincorre un altro gamete, compie un atto di guerra. E un'ortica che invade un campo di grano, lo stesso. Un'edera che avvolge un albero, lo soffoca, idem. La guerra non è una maledizione insita nella nostra natura: è una maledizione insita nella Vita. Non ci si sottrae alla guerra perché la guerra fa parte della Vita. Ciò è mostruoso, ne convengo. Così mostruoso che il mio ateismo deriva principalmente da questo. Cioè dal mio rifiuto d'accettare l'idea d'un Dio che ha inventato un mondo dove la Vita uccide la Vita, mangia la Vita. Un mondo dove per sopravvivere bisogna uccidere e mangiare altri esseri viventi, siano essi un pollo o un'arsella o un pomodoro. Se tale esigenza l'avesse concepita davvero Dio creatore, dico, si tratterebbe d'un Dio ben cattivo.

Però non credo nemmeno al masochismo del porgere l'altra guancia. E se un'ortica m'invade, se un'edera mi soffoca, se un insetto mi avvel na, se un leone mi morde, se un essere umano mi attacca, io combatto. Accetto la guerra, faccio la guerra. La faccio con l'arma che m'appartiene, che porto sempre con me, che uso senza riserve e senza timidezze, è vero. Ossia l'arma incruenta dei pensieri espressi attraverso la parola scritta, attraverso le idee e i principii che ci distinguono dagli animali e dai vegetali. Ma se questo non basta, sono pronta a farla con qualcosa di più. Cioè come facevo da ragazzina quando l'ortica invadeva il mio paese, quando l'edera lo soffocava. E nessun giullare che mi bercia addosso in piazza, nessun lanzichenecco che imbratta la mia fotografia in Tv, nessun'oca crudele che mi impersona con l'elmetto in testa e deride la mia malattia riuscirà mai ad impedirmelo. Nessun corteo di cialtroni che marciano levando cartelli su cui è scritto «Oriana-puttana» o «Fallaci-guerrafondaia» riuscirà mai a intimidirmi, a zittirmi. Nessun figlio di Allah che invita a punire-la-cagna-infedele riuscirà mai a spaventarmi, a stancarmi. Mai. Anche se sono alla sera della vita cioè non ho più l'energia fisica della gioventù. Perché è una sera che intendo vivere, bere, fino all'ultima goccia. *Parentesi chiusa.*

*   *   *

La lista delle sevizie (per carità anzi pietà di Patria sorvolo su quelle compiute dai numi dell'Olimpo Costituzionale che in pubblici discorsi si sono squallidamente abbassati a usare il mio cognome come aggettivo spregiativo, cioè fallaci-inganni, fallaci-illusioni) include anche il processo cui nel 2002 venni sottoposta a Parigi per razzismo, xenofobia, blasfemia, istigazione all'odio verso l'Islam. Processo, come vedremo, acceso col contributo d'una associazione ebraica a quanto pare dimentica della lotta che avevo appena scatenato contro il risorgere dell'antisemitismo... Include anche l'imperdonabile sconcezza di cui s'è macchiato il paese degli orologi e delle banche care ai tiranni, agli sceicchi, agli emiri, ai Bin Laden, agli Arafat and Company. Vale a dire la Svizzera. Quella Svizzera dove i figli di Allah sono ormai più numerosi, più potenti, più arroganti che alla Mecca, e dove a loro uso e consumo nel 1995 venne varato l'articolo 261 bis del Codice Penale. Articolo grazie a cui un immigrato mussulmano può vincere qualsiasi controversia ideologica o sindacale o privata appellandosi al razzismo religioso e alla discriminazione razziale. («Non-mi-ha-licenziato-perché-rubavo-ma-perché-sono-mussulmano.» «Non-mi-ha-preso-a-pugni-perché-ho-toccato-il-sedere-di-sua-moglie-ma-perché-sono-mussulmano»). Con un poderoso dossier inviato attraverso l'Ambasciata Svizzera di Roma, infatti, nel novembre del 2002 l'Ufficio Federale della Giustizia di Berna osò chiedere allo stato italiano d'estradarmi o d'aprire contro di me e i miei editori un procedimento penale per i contenuti de *La Rabbia e l'Orgoglio*. Procedimento da condurre in base agli articoli 261 e 261 bis del Codice Penale Elvetico, bada bene, e sollecitato da gruppi o cittadini mussulmani della Svizzera: il Centro Islamico e l'Associazione Somali di Ginevra, l'SOS Racisme di Losanna e il signor Nonsocchì di Neuchâtel. Gente secondo la quale il mio «comportamento razzista» e i miei giudizi sull'Islam anzi «le mie ingiurie» alle comunità islamiche «mettono in pericolo la pace pubblica». (Sissignori: pace pubblica).

La richiesta venne respinta tout-court dal ministro della Giustizia Roberto Castelli il quale ricordò al collega svizzero che l'articolo 2 e in particolare l'articolo 21 della Costituzione Italiana garantiscono al cittadino italiano l'inviolabile diritto di manifestare liberamente il proprio pensiero con la parola e lo scritto. Che chiedere allo stato italiano di processarmi per aver manifestato le mie idee ossia la legittima espressione di critica politica e ideologica avrebbe leso un principio fondamentale della nostra Costituzione e quindi la dignità dello stato. Però quando nel corso d'una intervista Castelli ne dette notizia, ho saputo, non pochi gentiluomini e gentildonne della cosiddetta Estrema Sinistra protestarono augurandosi che almeno in Svizzera fossi processata anzi condannata. E poiché la Svizzera ha il vizietto di processare in contumacia e all'insaputa dell'imputato, può darsi benissimo che la kafkiana faccenda sia avvenuta. Son tante, le vittime del 261 e del 261 bis. Uno per esempio è l'animalista svizzero Erwin Kessler che come Brigitte Bardot non sopporta la macellazione halal, e che per averla criticata s'è beccato due mesi di prigione senza condizionale. Un altro è l'ottantenne storico svizzero Gaston Armand Amaudruz che stampava un piccolo mensile revisionista (riveder la storia cioè raccontarla in modo diverso dalla versione ufficiale oggi è proibito, viva la libertà) e che a causa di ciò il 10 aprile 2000 venne condannato dal Tribunale di Losanna a un anno di carcere più una violenta pena pecuniaria. Un altro è lo storico francese Robert Faurisson, ugualmente revisionista, che il 15 giugno 2001 venne processato a sua insaputa dal Tribunale di Friburgo e condannato a un mese di prigione. Anche per lui, e nonostante la tarda età, senza condizionale. Motivo, un suo articolo che pubblicato in Francia era stato ripreso da una rivista elvetica. Se a mia insaputa sono stata processata e condannata nel paese degli orologi e delle banche care ai tiranni, dunque, per finire in galera a Berna o a Losanna o a Ginevra mi basta andar a bere un caffè a Lugano. Oppure trovarmi su un aereo che per maltempo o dirottamento atterra a Zurigo. Meglio ancora, mi basta aspettare che la Svizzera entri nell'Ue e che il Parlamento Italiano approvi il Mandato d'Arresto Europeo così accettando la scorrettezza commessa dopo l'Undici Settembre dall'ineffabile Commissione Europea.

Il Mandato d'Arresto Europeo, infatti, doveva riguardare soltanto reati come il terrorismo, l'omicidio, il sequestro, lo spaccio di droga, lo sfruttamento sessuale dei bambini, la pedofilia, il traffico illecito di armi e di materiale nucleare o radioattivo. Però, vedi caso, otto giorni dopo l'Undici Settembre cioè quando ferveva il discorso sulla lotta al terrorismo, l'ineffabile Commissione Europea ci infilò anche i reati di razzismo e xenofobia e blasfemia e discriminazione razziale. Vale a dire il reato di opinione che la filoislamica Unione Europea definisce con quelle parole. Così quando il Mandato d'Arresto Europeo verrà sottoscritto dai paesi che come l'Italia non l'hanno ancora sottoscritto (ma che il Cavaliere si è impegnato a sottoscrivere e che la Sinistra è ansiosa di sottoscrivere) chiunque la pensi nel modo in cui la penso io diverrà un Mastro Cecco internazionale. Un eretico che in qualsiasi momento, ovunque si trovi, può essere arrestato come un delinquente. Arrestato e in manette estradato nel paese che su denuncia d'un mussulmano o per iniziativa d'un magistrato Politically Correct ha emesso il mandato di cattura. Estradato e (dice la norma) tenuto «in detenzione preventiva per almeno quattro mesi». Estradato e processato secondo leggi che in Europa vengono applicate con due pesi e due misure come la parola Pace. Ed ogni pretesto, sii certo, sarà buono per condannarlo. Perché se dici la tua sul Vaticano, sulla Chiesa cattolica, sul papa, sulla Madonna, su Gesù, sui santi, non ti succede nulla. Ma se fai lo stesso con l'Islam, col Corano, con Maometto, coi figli di Allah, diventi razzista e xenofobo e blasfemo e compi una discriminazione razziale. Se tiri un calcio nei genitali d'un cinese o d'un esquimese o d'un finlandese che per strada t'ha sibilato oscenità, non ti succede nulla ed anzi esclamano: «Brava, ha fatto bene». Ma se nelle identiche circostanze reagisci nell'identico modo con un algerino o un marocchino o un nigeriano o un sudanese, finisci linciata. Se berci laidezze contro gli americani, se li chiami assassini-e-nemici-del-genere-umano, se bruci le loro bandiere, se metti la svastica sulle fotografie dei loro presidenti, e meglio ancora se inneggi all'Undici Settembre, non ti succede nulla. Anzi quelle laidezze sono considerate virtù. Ma se fai lo stesso contro l'Islam, finisci in galera. Se sei un occidentale e dici che la tua civiltà è una civiltà superiore, la più evoluta che questo pianeta abbia mai prodotto, vai al rogo. Ma se sei un figlio di Allah o un suo collaborazionista e dici che l'Islam è sempre stato una civiltà superiore, un faro di luce, se secondo gli insegnamenti del Corano aggiungi che i cristiani puzzano come le capre e i maiali e le scimmie, nessuno ti tocca. Nessuno ti processa. Nessuno ti condanna.

Del resto ciò accade anche dentro la filoislamica Onu. Quell'Onu di cui gli sciocchi e gli ipocriti parlano sempre con il cappello in mano cioè come se fosse una cosa da rispettare, una specie di mamma giusta e onesta e imparziale. («Rivolgiamoci-all'Onu.» «Facciamo-intervenire-l'Onu.» «Lasciamo-che-decida-l'Onu»). Questa Onu che in spregio alla Dichiarazione Universale dei Diritti dell'Uomo, testo che i paesi mussulmani non hanno mai voluto sottoscrivere, nel 1997 pubblicò la «Dichiarazione dei Diritti dell'Uomo nell'Islam». Documento che già nella premessa dice: «Tutti i diritti stipulati nella seguente Dichiarazione sono soggetti alla Legge Islamica, alla Sharia. Nei paesi islamici la Sharia è la sola e unica fonte di riferimento per ciò che riguarda i diritti umani». Questa Onu che attraverso la sua ambigua Commission on Human Rights nel novembre del 1997 ospitò a Ginevra un seminario finanziato dalla Conferenza Islamica e chiamato «Prospettive Islamiche sulla Dichiarazione Universale dei Diritti Umani». Seminario che si concluse con l'invito a «estendere ovunque le prospettive islamiche sui diritti umani» nonché a ricordare «il contributo dato dall'Islam nel gettare le basi di tali diritti». (Secondo la Conferenza Islamica, diritti con cui l'Islam ha sempre guidato i popoli «per strapparli all'oscurità, illuminarli, spiegargli che bisogna sottometterci a Dio nel modo in cui dicono il Corano e la Sunna»). Questa Onu che nel 1999 censurò il relatore speciale della UN Commission on Human Rights, Maurice Glèlè Ahanhanzo, perché nel suo rapporto aveva dedicato venticinque pagine all'antisemitismo diffuso nei paesi arabi e nell'Iran. Questa Onu dove l'ambasciatore del Pakistan osa affermare, mentre nessuno si oppone, che «la prima Carta sui Diritti Umani è il Corano e la prima Dichiarazione sui Diritti Umani è quella fatta da Maometto a Medina». Questa Onu che protegge sfacciatamente la sconcia dittatura esercitata dai fondamentalisti islamici in Sudan, e che al capo del Movimento di Liberazione Sudanese cioè al cristiano John Garang non ha mai permesso d'aprir bocca dinanzi a un comitato o all'Assemblea. Questa Onu che insieme all'ineffabile Unione Europea ha inventato i reati di "islamofobia" e "diffamazione dell'Islam". Non a caso anche lì ho un Fra' Accursio.

È il senegalese Doudou (leggi Dudù) Diène, già pezzo grosso della ex filosovietica Unesco, il mio Fra' Accursio dell'Onu. Nel 2002 divenne relatore speciale della UN Commission on Human Rights, carica che apparteneva al brasiliano Maurice Glèlè Ahanhanzo ma che gli era stata tolta perché non si comportava in modo Politically Correct. E indovina come copre quel ruolo Dudù: braccando e segnalando alla UN Commission on Human Rights i casi di islamofobia che «dall'Undici Settembre affliggono i mussulmani d'America e d'Europa». Continenti dove, a suo dire, «le donne i vecchi e i bambini mussulmani sono continuamente vittime di attacchi fisici o verbali quindi vivono nel terrore». Su tale calunnia ha redatto un rapporto che nel corso del 2004 presenterà alla Commission on Human Rights di Ginevra affinché celebri un Processo Morale, e sai chi sono secondo lui i cervelli di quella persecuzione? In America, i leader delle Chiese evangeliche che combattono lo schiavismo islamico in Sudan nonché i sessanta intellettuali che guidati da Samuel Huntington hanno firmato la lettera aperta «Per che cosa ci battiamo» più il reverendo battista Jerry Falwell che difende i Dieci Comandamenti e il signor Pat Robertson che ha fondato la Radio Cristiana Cbn. In Europa, «gli intellettuali che avversano l'immigrazione, rifiutano il pluralismo culturale, mettono sotto accusa l'Islam, sostengono che l'Islam è incompatibile con il laicismo, e che così facendo portano allo scardinamento dell'ordine internazionale». A guidar tale scardinamento, dice lui, Oriana Fallaci e due francesi: lo scrittore Pierre Manent e lo studioso Alain Finkielkraut. La Fallaci perché dice quello che dice. Manent perché si è dichiarato contro il dialogo con l'Islam e ha detto che i mussulmani dovrebbero stare a casa loro. Finkielkraut perché dopo l'uscita de *La Rabbia e l'Orgoglio* mi difese affermando che «lungi dall'esser razzista tale libro costringe a guardare la realtà in faccia, rompe i tabù, esercita la libertà senza timori». Ma quel rapporto è solo una piccola parte dell'autodafé scatenato dal già pezzo grosso dell'ex filosovietica Unesco. A Ginevra, infatti, Dudù chiederà al Sant'Uffizio dell'Onu di concepire «una-strategia-culturale-per-estirpare-le-ideologie-che-diffamano-l'Islam-e-di-promuovere-un-convegno-mondiale-per-controllare-il-modo-in-cui-la-storia-viene-scritta-anzi-insegnata-in-Occidente».

* * *

Ergo, la rabbia che oltre due anni fa mi squassava non s'è placata. Semmai si è raddoppiata. L'orgoglio che oltre due anni fa m'irrigidiva non s'è affievolito. Semmai s'è approfondito. E quando un Fra' Accursio mi chiede se in ciò che scrissi allora v'è qualcosa di cui mi pento, qualcosa cui vorrei abiurare, rispondo: «Al contrario. Io mi pento soltanto d'aver detto meno di quanto avrei dovuto, e d'aver chiamato semplicemente cicale coloro che oggi chiamo collaborazionisti. Cioè traditori». Poi aggiungo che la rabbia e l'orgoglio si sono sposati e hanno partorito un figlio robusto: lo sdegno. E lo sdegno ha aumentato la riflessione, ha rinvigorito la Ragione. La Ragione ha messo a fuoco le verità che i sentimenti non avevano messo a fuoco e che oggi posso esprimere senza mezze misure. Ad esempio chiedendomi: che razza di democrazia è una democrazia che vieta il dissenso, lo punisce, lo trasforma in reato? Che razza di democrazia è una democrazia che invece di ascoltare i cittadini li zittisce, li consegna al nemico, li abbandona agli abusi e alle prepotenze? Che razza di democrazia è una democrazia che favorisce la teocrazia, ristabilisce l'eresia, sevizia e manda al rogo i suoi figli? Che razza di democrazia è una democrazia dove la minoranza conta più della maggioranza e dove, contando più della maggioranza, spadroneggia e ricatta?!? Una non-democrazia, ti dico. Un imbroglio, una menzogna. E che razza di libertà è una libertà che impedisce di pensare, parlare, andare controcorrente, ribellarsi, opporsi a chi ci invade o ci imbavaglia? Che razza di libertà è una libertà che i cittadini li fa vivere nel timore d'esser trattati anzi processati e condannati come delinquenti? Che razza di libertà è una libertà che oltre ai ragionamenti vuole censurare i sentimenti e quindi stabilire chi devo amare, chi devo odiare, sicché se odio gli americani nonché gli israeliani vado in Paradiso e se non amo i mussulmani vado all'Inferno? Una non-libertà, ti dico. Una beffa, una farsa.

Con sdegno e in nome della Ragione riprendo dunque in mano il discorso che oltre due anni fa chiusi dicendo basta-stop-basta. Con sdegno e in nome della Ragione imito Mastro Cecco, mi rendo recidiva, pubblico questa seconda *Sfera Armillare*. Mentre Troia brucia. Mentre l'Europa diventa sempre di più una provincia dell'Islam, una colonia dell'Islam. E l'Italia un avamposto di quella provincia, un caposaldo di quella colonia.

CAPITOLO 1

Non mi piace dire che Troia brucia, che l'Europa è ormai una provincia anzi una colonia dell'Islam e l'Italia un avamposto di quella provincia, un caposaldo di quella colonia. Dirlo equivale ad ammettere che le Cassandre parlano davvero al vento, che nonostante le loro grida di dolore i ciechi rimangono ciechi, i sordi rimangono sordi, le coscienze svegliate si riaddormentano presto, e i Mastri Cecchi muoiono per nulla. Ma la verità è proprio questa. Dallo Stretto di Gibilterra ai fiordi di Sørøy, dalle scogliere di Dover alle spiagge di Lampedusa, dalle steppe di Volgograd alle vallate della Loira e alle colline della Toscana, l'incendio divampa. In ogni nostra città v'è una seconda città. Una città sovrapposta ed uguale a quella che negli anni Settanta i palestinesi crearono a Beirut installando uno Stato dentro lo Stato, un governo dentro il governo. Una città mussulmana, una città governata dal Corano. Una tappa dell'espansionismo islamico. Quell'espansionismo che nessuno è mai riuscito a superare. Nessuno. Neanche i persiani di Ciro il Grande. Neanche i macedoni di Alessandro Magno. Neanche i romani di Giulio Cesare. Neanche i francesi di Napoleone. Perché è l'unica arte nella quale i figli di Allah hanno sempre eccelso, l'arte di invadere conquistare soggiogare. La loro preda più ambita è sempre stata l'Europa, il mondo cristiano, e sia pure a volo d'uccello vogliamo darci un'occhiata alla storia che il signor Dudù vorrebbe controllare cioè cancellare? Fu nel 635 d.C. cioè tre anni dopo la morte di Maometto che gli eserciti della Mezzaluna invasero la cristiana Siria e la cristiana Palestina. Fu nel 638 che si presero Gerusalemme e il Santo Sepolcro. Fu nel 640 che conquistata la Persia e l'Armenia e la Mesopotamia ossia l'attuale Iraq invasero il cristiano Egitto e dilagarono nel cristiano Maghreb cioè in Tunisia e in Algeria e in Marocco. Fu nel 668 che per la prima volta attaccarono Costantinopoli, le imposero un assedio che sarebbe durato cinque anni. Fu nel 711 che attraversato lo Stretto di Gibilterra sbarcarono nella cattolicissima Penisola Iberica, s'impossessarono del Portogallo e della Spagna dove nonostante i Pelayo e i Cid Campeador e i vari sovrani impegnati nella Reconquista rimasero per ben otto secoli. E chi crede al mito della "pacifica convivenza" che secondo i collaborazionisti caratterizzava i rapporti tra conquistati e conquistatori farebbe bene a rileggersi le storie dei conventi e dei monasteri bruciati, delle chiese profanate, delle monache stuprate, delle donne cristiane o ebree rapite per essere chiuse negli harem. Farebbe bene a riflettere sulle crocifissioni di Cordova, sulle impiccagioni di Granada, sulle decapitazioni di Toledo e di Barcellona, di Siviglia e di Zamora. (Quelle di Siviglia, volute da Mutamid, il re che con le teste mozze degli ebrei e dei cristiani adornava i giardini del suo palazzo. Quelle di Zamora, da Almanzor: il visir definito il-mecenate-dei-filosofi, il più grande leader che la Spagna Islamica abbia mai prodotto, e che i cani-infedeli li eliminava a dozzine per volta). Cristo! A invocare il nome di Gesù o della Madonna, in Spagna, si finiva subito giustiziati. Crocifissi, appunto, o decapitati o impiccati o impalati. A suonare le campane, lo stesso. A indossare un indumento verde, colore esclusivo dell'Islam, idem. E al passaggio d'un mussulmano ogni ebreo o cristiano aveva l'obbligo di scostarsi, inchinarsi. Se un mussulmano li aggrediva o li insultava, non potevano ribellarsi. Quanto allo sbandierato particolare che i cani-infedeli non avessero l'obbligo di convertirsi all'Islam, anzi non fossero incoraggiati a farlo, sai a cosa era dovuto? Al fatto che i convertiti non pagassero le tasse. I cani-infedeli rimasti infedeli, invece, sì.

Dalla Spagna nel 721 passarono alla non meno cattolica Francia. Guidati da Abd al-Rahman, il governatore dell'Andalusia, varcarono i Pirenei, presero Narbonne. Vi massacrarono tutta la popolazione maschile, ridussero in schiavitù tutte le donne e tutti i bambini, quindi proseguirono per Carcassonne. Da Carcassonne passarono a Nîmes dove fecero strage di monache e frati. Da Nîmes passarono a Lione e a Digione dove razziarono ogni singola chiesa... E sai quanto durò il loro avanzare in Francia? Undici anni. A ondate. Nel 731 un'ondata di trecentottantamila fanti e sedicimila cavalieri arrivò a Bordeaux che si arrese immediatamente. Poi da Bordeaux si portò a Poitiers, da Poitiers si portò a Tours, e se nel 732 Carlo Martello non avesse vinto la battaglia di Poitiers-Tours oggi anche i francesi ballerebbero il flamenco. Nell'827 sbarcarono in Sicilia, altro bersaglio delle loro bramosie. Al solito massacrando decapitando impalando crocifiggendo conquistarono Siracusa e Taormina, Messina e Palermo, e in tre quarti di secolo (tanti ce ne vollero per piegare la fiera resistenza dei siciliani) la islamizzarono. Vi rimasero oltre due secoli e mezzo, in Sicilia. Cioè fin quando vennero sloggiati dai Normanni, ma nell'836 sbarcarono a Brindisi. Nell'840, a Bari. E islamizzarono anche la Puglia. Nell'841 sbarcarono ad Ancona. Poi dall'Adriatico si riportarono nel Tirreno e durante l'estate dell'846 sbarcarono ad Ostia. La saccheggiarono, la incendiarono, e risalendo le foci del Tevere giunsero a Roma. La misero sotto assedio e una notte vi irruppero. Depredarono le basiliche di San Pietro e di San Paolo, le saccheggiarono, e per liberarsene papa Sergio II dovette impegnarsi a versargli un tributo annuo di venticinque-mila monete d'argento. Per prevenire altri attacchi, il suo successore Leone IV dovette rizzare le mura Leonine. Abbandonata Roma, però, si piazzarono in Campania. Vi restarono settant'anni distruggendo Montecassino e tormentando Salerno: città nella quale, a un certo punto, si divertivano a sacrificare ogni notte la verginità di una monaca. Sai dove? Sull'altare della cattedrale. Nell'898, invece, sbarcarono in Provenza. Per l'esattezza, nell'odierna Saint-Tropez. Vi si stabilirono, e nel 911 varcarono le Alpi per entrare in Piemonte. Occuparono Torino e Casale, dettero fuoco alle chiese e alle biblioteche, ammazzarono migliaia di cristiani, poi passarono in Svizzera. Raggiunsero la valle dei Grigioni e il lago di Ginevra e poi, scoraggiati dalla neve, fecero dietrofront. Tornarono nella calda Provenza. Nel 940 occuparono Tolone dove sarebbero rimasti e... Oggi è di moda battersi il petto per le Crociate. Biasimare l'Occidente per le Crociate, vedere nelle Crociate un'ingiustizia commessa ai danni dei poveri mussulmani innocenti. Ma prima d'essere una serie di spedizioni per rientrare in possesso del Santo Sepolcro cioè di Gerusalemme (che era stata presa dai mussulmani non da mia zia) le Crociate furono la risposta a quattro secoli di invasioni occupazioni angherie carneficine. Furono una controffensiva per bloccare l'espansionismo islamico in Europa. Per deviarlo, (mors tua vita mea), verso l'Oriente. Verso l'India, l'Indonesia, la Cina. Poi verso l'intero continente africano nonché verso la Russia e la Siberia dove i Tartari convertiti all'Islam stavano già imponendosi sui seguaci di Cristo. Concluse le Crociate, infatti, i figli di Allah ripresero a seviziarci come prima e più di prima. Ad opera dei turchi, stavolta, che si accingevano a partorire l'Impero Ottomano. Un impero che fino al 1700 avrebbe condensato sull'Occidente tutta la sua ingordigia, la sua voracità, e trasformato l'Europa nel suo campo di battaglia preferito. Interpreti e portatori di quella voracità, i famosi giannizzeri che ancor oggi arricchiscono il nostro linguaggio col sinonimo di sicario o fanatico o assassino. E sai chi erano in realtà i giannizzeri? Le truppe scelte dell'Impero, i supersoldati capaci di immolarsi quanto di combattere massacrare saccheggiare. Sai dove venivano reclutati o meglio sequestrati? Nei paesi sottomessi all'Impero. In Grecia, per esempio, o in Bulgaria, in Romania, in Ungheria, in Albania, in Serbia. Spesso anche in Italia, lungo le coste battute dai pirati. (Quelle coste dove ancor oggi vedi i residui delle torrette che servivano ad avvistarli, lanciare l'allarme alle città e ai villaggi. E dove risuona ancora l'eco dell'urlo che oggi suona beffardo ma che al tempo dei saraceni era straziante: «Mamma, li turchi!»). Li sequestravano all'età di undici o dodici anni, insieme ai bambini molto piccoli cioè quelli da mettere nei serragli dei sultani o dei visir dediti alla pedofilia, e li sceglievano tra i primogeniti più belli e più forti delle famiglie importanti. Dopo averli convertiti li chiudevano nelle caserme e qui, proibendogli di sposarsi e d'avere qualsiasi tipo di rapporto amoroso o affettivo, li indottrinavano come neanche Hitler sarebbe riuscito a indottrinare le sue Waffen SS. Li trasformavano nella più formidabile macchina da guerra che il mondo avesse mai visto dal tempo degli antichi romani.

* * *

Non vorrei annoiarti con lezioncine di storia che nelle nostre scuole sarebbero peccato mortale, ma sia pure in modo sommario questa rinfrescata della memoria devo continuarla ed ecco. Nel 1356, cioè ottantaquattr'anni dopo l'Ottava Crociata, i turchi si beccarono Gallipoli cioè la penisola che per cento chilometri si estende lungo la riva settentrionale dei

221

Dardanelli. Da lì partirono alla conquista dell'Europa sudorientale e in un batter d'occhio invasero la Tracia, la Macedonia, l'Albania. Piegarono la Grande Serbia, e con un altro assedio di cinque anni paralizzarono Costantinopoli ormai del tutto isolata dal resto dell'Occidente. Nel 1396 si fermarono, è vero, per fronteggiare i Mongoli (a loro volta islamizzati). Però nel 1430 riesumarono la marcia occupando la veneziana Salonicco. Travolgendo i cristiani a Varna nel 1444 si assicurarono il possesso della Valacchia, della Moldavia, della Transilvania, insomma dell'intero territorio che oggi si chiama Bulgaria e Romania, e nel 1453 assediarono di nuovo Costantinopoli che il 29 maggio cadde in mano a Maometto II: una belva che in virtù dell'islamica Legge sul Fratricidio (legge che per ragioni dinastiche autorizzava un sultano ad assassinare i familiari più stretti) era salita al trono strozzando il fratellino di tre anni. E a proposito: conosci il racconto che sulla caduta di Costantinopoli ci ha lasciato lo scrivano Phrantzes? Forse no. Nell'Europa che piange soltanto per i mussulmani, mai per i cristiani o gli ebrei o i buddisti o gli induisti, non sarebbe Politically Correct conoscere i dettagli sulla caduta di Costantinopoli. Gli abitanti che al calar della sera cioè mentre Maometto II cannoneggia le mura di Teodosio si rifugiano nella cattedrale di Santa Sofia e qui si mettono a cantare i salmi, invocare la misericordia divina. Il patriarca che a lume delle candele celebra l'ultima Messa e per rincuorare i più terrorizzati grida: «Non abbiate paura! Domani sarete nel Regno dei Cieli e i vostri nomi sopravvivranno fino alla notte dei tempi!». I bambini che piangono terrorizzati, le mamme che li rincuorano: «Zitto, figlio, zitto! Moriamo per la nostra fede in Gesù Cristo! Moriamo per il nostro imperatore Costantino XI, per la nostra patria!». Le truppe ottomane che suonando i tamburi entrano dalle brecce delle mura crollate, travolgono i difensori genovesi e veneziani e spagnoli, a colpi di scimitarra li ammazzano tutti, poi irrompono nella cattedrale e decapitano perfino i neonati. Con le loro testine mozze si divertono a spengere i ceri... Durò dall'alba al pomeriggio, la strage. Si placò solo al momento in cui il Gran Visir salì sul pulpito di Santa Sofia e ai massacratori disse: «Riposatevi. Ora questo tempio appartiene ad Allah». Intanto la città bruciava, la soldataglia crocifiggeva e impalava, i giannizzeri violentavano e poi sgozzavano le monache (quattromila in poche ore). Oppure incatenavano i sopravvissuti per venderli al mercato di Ankara. I cortigiani, invece, allestivano il Pranzo della Vittoria. Quel pranzo durante il quale Maometto II si ubriacò (in barba al Profeta) con i vini di Cipro e, avendo un debole pei giovinetti, si fece portare il primogenito del granduca greco-ortodosso Notaras. Un quattordicenne noto per la sua bellezza. Dinanzi a tutti lo stuprò, e dopo averlo stuprato si fece portare i suoi familiari. I suoi genitori, i suoi nonni, i suoi zii, i suoi cugini. Dinanzi a lui li decapitò. Uno ad uno. Fece anche distruggere tutti gli altari, fondere tutte le campane, trasformare tutte le chiese in moschee o bazaar. Eh, sì. Fu a questo modo che Costantinopoli divenne Istambul. Ma i Dudù dell'Onu e gli insegnanti delle nostre scuole non vogliono sentirselo dire.

Tre anni dopo e cioè nel 1456 conquistarono Atene dove, di nuovo, Maometto II trasformò in moschee tutte le chiese e gli antichi edifici. Con la conquista di Atene completarono l'invasione della Grecia che avrebbero tenuto e rovinato per ben quattrocento anni. Quindi attaccarono la Repubblica di Venezia che nel 1476 se li ritrovò anche dentro il Friuli poi nella vallata dell'Isonzo. Nel 1480, invece, si buttarono di nuovo sulle Puglie. Sempre per ordine di Maometto II il 28 luglio l'armata di Akmet Pascià sbarcò ad Otranto che invano difesa dai cittadini con un manipolo di soldati cadde nel giro di due settimane. E come a Costantinopoli fecero piazza pulita. Irruppero nella cattedrale dove decapitarono subito l'arcivescovo intento a impartire l'Eucarestia, e con l'arcivescovo tutti i sacerdoti. Rapirono tutte le donne giovani e belle, le dettero in pasto alla truppa, e le altre le ammazzarono o le presero schiave. Infine rastrellarono ottocento superstiti dai quindici anni in su e li portarono all'accampamento di Akmet Pascià che pose il seguente aut-aut: «Volete convertirvi o morire?». «Preferisco morire» rispose il sedicenne Antonio Grimaldo Pezzulla, cimatore di panni cioè operaio tessile. Allora tutti si misero a gridare «anch'io, anch'io» ed Akmet Pascià li accontentò tagliandogli la testa. A cento teste al giorno, durò otto giorni il massacro. Si salvò soltanto un certo Bernabei, l'unico che aveva scelto di convertirsi. Ma presto risultò un pessimo mussulmano e per castigo venne impalato. (Ce lo racconta Pietro Colonna nel suo *Commenti sull'Apocalisse*). Durante il secolo successivo, più o meno lo stesso. Perché nel 1512 sul trono dell'Impero Ottomano salì Selim il Sanguinario. Sempre in virtù della Legge sul Fratricidio ci salì strozzando due fratelli più cinque nipoti più vari califfi nonché un numero imprecisato di visir, e da costui nacque il lungimirante sultano che voleva fare lo "Stato Islamico d'Europa". Solimano il Magnifico. Appena incoronato, infatti, il Magnifico allestì un'armata di quasi quattrocentomila uomini e trentamila cammelli più quarantamila cavalli e trecento cannoni. Dalla ormai islamizzata Romania nel 1526 si portò nella cattolica Ungheria e nonostante l'eroismo dei difensori ne disintegrò l'esercito in meno di quarantotto ore. Poi raggiunse Buda, oggi Budapest. La dette alle fiamme e indovina quanti ungheresi (uomini e donne e bambini) finirono subito al mercato degli schiavi che ora caratterizzava Istambul: centomila. Indovina quanti finirono, l'anno seguente, nei mercati che competevano con quello di Istambul cioè nei bazaar di Damasco e di Bagdad e del Cairo e di Algeri: tre milioni. Ma neanche questo gli bastò. Per realizzare lo "Stato Islamico d'Europa", infatti, allestì una seconda armata con altri quattrocento cannoni e nel 1529 dall'Ungheria si portò in Austria. L'ultracattolica Austria che ormai veniva considerata il baluardo della cristianità. Non riuscì a conquistarla, è vero. Dopo cinque settimane di inutili assalti preferì ritirarsi. Ma ritirandosi trucidò trentamila contadini che non gli meritava di vendere come schiavi perché il prezzo degli schiavi era troppo calato a causa dei tre milioni e centomila catturati in Ungheria, e appena rientrato affidò la riforma della flotta al famoso pirata Khayr al-Din detto il Barbarossa. La riforma gli consentì di rendere il Mediterraneo un feudo acqueo dell'Islam sicché, dopo aver spento una congiura di palazzo facendo strangolare il primogenito e il secondogenito più i loro sei bambini cioè i suoi nipotini, nel 1565 si buttò sulla roccaforte cristiana di Malta. E non servì a nulla che nel 1566 morisse (alleluja!) d'infarto cardiaco.

Non servì perché al trono ci salì il suo terzo figlio. Noto, lui, non con l'appellativo di Magnifico bensì di Ubriacone. E fu proprio sotto Selim l'Ubriacone che nel 1571 il generale Lala Mustafa conquistò la cristianissima Cipro, qui commise una delle infamie più vergognose di cui il cosiddetto Faro di Civiltà si sia macchiato. Intendo dire il martirio del patrizio e senatore veneziano Marcantonio Bragadino, governatore dell'isola. Come lo storico Paul Fregosi ci racconta nel suo straordinario libro *Jihad*, dopo aver firmato la resa Bragadino si recò infatti da Lala Mustafa per discutere i termini della futura pace. Ed essendo uomo ligio alla forma vi si recò in gran pompa: a cavallo d'un destriero squisitamente bardato, indossando la toga viola del Senato, scortato da quaranta archibugieri in alta uniforme e dal bellissimo paggio Antonio Quirini (il figlio dell'ammiraglio Quirini) che sopra la sua testa reggeva un prezioso parasole a frangia. Ma di pace non si parlò davvero. Perché in base al piano già stabilito i giannizzeri sequestraron subito il bellissimo Antonio. Lo chiusero nel serraglio di Lala Mustafa che i giovinetti li deflorava ancor più volentieri di Maometto II, poi circondarono i quaranta archibugieri e a colpi di scimitarra li fecero a pezzi. Letteralmente a pezzi. Infine disarcionarono Bragadino, seduta stante gli tagliarono il naso e le orecchie, e così mutilato lo costrinsero a inginocchiarsi dinanzi al vincitore che lo condannò ad essere spellato vivo. L'esecuzione avvenne tredici giorni dopo, alla presenza di tutti i ciprioti cui era stato ingiunto d'assistere. Mentre i giannizzeri lo schernivano per il volto senza naso e senza orecchie, Bragadino dovette far più volte il giro della città trascinando sacchi di spazzatura e leccando la terra ogni volta che passava dinanzi a Lala Mustafa. Poi il supplizio finale. Morì mentre lo spellavano. E con la sua cute imbottita di paglia Lala Mustafa ordinò di fabbricare un fantoccio che messo a cavalcioni d'una vacca girò un'altra volta intorno alla città quindi venne issato sul pennone principale della nave ammiraglia. A gloria dell'Islam.

Del resto non servì nemmeno che il 7 ottobre dello stesso anno i veneziani furibondi ed alleati con la Spagna, il papato, Genova, Firenze, Torino, Parma, Mantova, Lucca, Ferrara, Urbino e Malta sconfiggessero la flotta di Alì Pascià nella battaglia navale di Lepanto. Ormai l'Impero Ottomano era arrivato all'apice della potenza, e coi sultani successivi l'attacco al continente europeo proseguì indisturbato. Arrivò sino alla Polonia dove le orde con la mezzaluna entrarono due volte. Nel 1621 e nel 1672. Infatti il sogno di stabilire lo "Stato Islamico d'Europa" si bloccò soltanto nel 1683. Cioè quando il Gran Visir Kara Mustafa mise insieme mezzo milione di soldati più mille cannoni, quarantamila cavalli, ventimila cammelli, ventimila elefanti, ventimila bufali, ventimila muli, ventimila tra vacche e tori, diecimila tra pecore e capre, nonché centomila sacchi di granturco, cinquantamila sacchi di caffè, un centinaio tra mogli e concubine. Trascinandosi dietro tutto quel bendiddio entrò di nuovo in Austria. Rizzando un immenso accampamento (venticinquemila tende a parte la sua, munita di struzzi e pavoni e fontane) raggiunse Vienna che per la seconda volta finì sotto assedio. Il fatto è che a quel tempo gli europei erano più intelligenti di quanto lo siano oggi. Ed esclusi i francesi che anche allora se la facevano con l'Islam (Trattato di Alleanza firmato dal Re Sole) ma che agli austriaci avevan promesso di restar neutrali, tutti corsero a difendere la città ormai con·iderata il baluardo del cristianesimo. Tutti. Inglesi, spagnoli, tedeschi, ucraini, polacchi, genovesi, veneziani, toscani, piemontesi, pontifici. Il 12 settembre riportarono la straordinaria vittoria che costrinse Kara Mustafa a fuggire abbandonando anche i cammelli e gli elefanti, gli struzzi e i pavoni, le concubine e le mogli, sicché...

Bè... per evitare che cadessero in mano ai cani-infedeli, le mogli e le concubine Kara Mustafa le sgozzò. Una ad una. Comunque guarda: l'attuale invasione dell'Europa non è che un altro aspetto di quell'espansionismo. Di quell'imperialismo, di quel colonialismo. Più subdolo, però, più infido. Perché a caratterizzarlo stavolta non sono soltanto gli odierni Kara Mustafa e Lala Mustafa e Alì Pascià e Akmet Pascià e Solimano il Magnifico. Cioè i Bin Laden, i Saddam Hussein, gli Arafat, gli Al Zarqawi, gli Yassin e i macellai che saltano in aria coi grattacieli o gli autobus. Sono anche o soprattutto gli immigrati che s'installano a casa nostra. E che senza alcun rispetto per le nostre leggi ci impongono le loro leggi. Le loro usanze, il loro Dio. Sai quanti di loro vivono nel continente europeo cioè nel tratto che va dalla Costa Atlantica alla catena degli Urali? Circa cinquantatré milioni. Dentro l'Unione Europea, circa diciotto. (Ma c'è chi dice venti). Fuori dell'Unione Europea, trentacinque. Il che include la Svizzera dove sono oltre il 10 per cento della popolazione, la Russia dove sono il 10,5 per cento, la Georgia dove sono il 12 per cento, l'isola di Malta dove sono il 13 per cento, la Bulgaria dove sono il 15 per cento. E il 18 per cento a Cipro, il 19 in Serbia, il 30 in Macedonia, il 60 in Bosnia-Erzegovina, il 90 in Albania, il 93,5 in Azerbaigian... Scarseggiano soltanto in Portogallo dove sono lo 0,50 per cento, in Ucraina dove sono lo 0,45 per cento, in Lettonia dove sono lo 0,38 per cento, in Slovacchia dove sono lo 0,19 per cento, in Lituania dove sono lo 0,14 per cento, in Islanda dove sono lo 0,04 per cento. (Beati gli islandesi). Però ovunque, anche in Islanda, aumentano a vista d'occhio. E non solo perché l'invasione procede in maniera implacabile ma perché i mussulmani costituiscono il gruppo etnico e religioso più prolifico del mondo. Caratteristica favorita dalla poligamia e dal fatto che in una donna il Corano veda soltanto un ventre per partorire.

* * *

Ah, si rischia la morte civile a toccare quest'argomento. Nell'Europa soggiogata il tema della fertilità islamica è un tabù che nessuno osa sfidare. Se ci provi, finisci dritto in tribunale per razzismo-xenofobia-blasfemia. Non a caso tra i capi d'accusa del processo che subii a Parigi v'era una frase (brutale, ne convengo, ma esatta) con cui m'ero tradotta in francese. «Ils se multiplient comme les rats. Si riproducono come topi.» Ma nessun processo liberticida potrà mai negare ciò di cui essi stessi si vantano. Ossia il fatto che nell'ultimo mezzo secolo i mussulmani siano cresciuti del 235 per cento. (I cristiani solo del 47 per cento). Che nel 1996 fossero un miliardo e 483 milioni. Nel 2001, un miliardo e 624 milioni.

Nel 2002, un miliardo e 657 milioni. (Del 2003 mancano ancora i dati ma suppongo che al ritmo di trentatré milioni per anno siano diventati almeno un miliardo e 690 milioni). Nessun giudice liberticida potrà mai ignorare i dati, forniti dall'Onu, che ai mussulmani attribuiscono un tasso di crescita oscillante tra il 4,60 e il 6,40 per cento all'anno. (I cristiani, solo l'1 e 40 per cento). Per crederci basta ricordare che le regioni più densamente popolate dell'ex Unione Sovietica sono quelle mussulmane, incominciando dalla Cecenia. Che negli anni Sessanta i mussulmani del Kossovo erano il 60 per cento. Negli anni Novanta, il 90 per cento. Ed oggi, il 100 per cento. Nessuna legge liberticida potrà mai smentire che proprio grazie a quella travolgente fertilità negli anni Settanta e Ottanta gli sciiti abbiano potuto impossessarsi di Beirut, spodestare la maggioranza cristiano-maronita. Tantomeno potrà negare che nell'Unione Europea i neonati mussulmani siano ogni anno il 10 per cento, che a Bruxelles raggiungano il 30 per cento, a Marsiglia il 60 per cento, e che in varie città italiane la percentuale stia salendo drammaticamente sicché nel 2015 gli attuali cinquecentomila nipotini di Allah da noi saranno almeno un milione.

Dico "almeno" perché nel 1993 gli allievi extracomunitari del Veneto e della Lombardia erano trentamila. Quest'anno, duecentottantatremila. Quelli del Piemonte, della Liguria, della Toscana, all'incirca lo stesso. A Milano sono il 10 per cento della popolazione scolastica. A Mantova, idem o quasi. A Brescia in un istituto di settecento scolari ben trecentoquarantotto sono albanesi o algerini o marocchini. E per quel gruppo etnico a Ivrea, in Piemonte, un liceo privato ha dovuto assumere alcuni insegnanti maghrebini. Con tutte le difficoltà che ne derivano. I nuovi arrivati non parlano infatti italiano, e per insegnarglielo alla meglio ci vogliono quattro o cinque mesi. Se si iscrivono quando l'anno scolastico è già incominciato, durante le lezioni non capiscono nulla. Per dire «aprite il quaderno» la maestra deve mimare il gesto d'aprire un quaderno. Ciò danneggia profondamente i nostri scolari perché, nell'attesa che i compagni di classe imparino la lingua, ritardano lo svolgimento del programma. Li danneggia anche perché le vere incomprensioni sorgono al momento d'affrontare le materie umanistiche, in Europa così intrise di cultura cristiana. Quando sono mussulmani (e nella stragrande maggioranza lo sono) come fai a spiegargli la *Divina Commedia* e *I Promessi Sposi*? Come fai a spiegargli la nostra pittura piena di Cristi e Marie Vergini e santi o di donne nude come la Venere del Botticelli? Come fai a spiegargli la nostra storia, ad esempio le Crociate viste nell'ottica occidentale quindi cristiana? I più grandicelli a volte si ribellano. Dicono che non è vero, che il Santo Sepolcro apparteneva ai mussulmani, che Cristo era un profeta dell'Islam, che nessuno l'ha crocifisso. Questo senza considerare il problema delle classi miste, dei genitori che non vogliono vedere maschi e femmine nella medesima classe, delle bambine e delle ragazzine che non vogliono fare ginnastica e soprattutto spogliarsi per nuotare. Mentre ogni anno quel numero aumentato cresce. Cresce, cresce, e i genitori degli studenti italiani (o francesi o inglesi o tedeschi o spagnoli eccetera) si chiedono: «Ma devono integrarsi loro o dobbiamo integrarci noi?!?».

A quanto pare, dobbiamo integrarci noi. Nel 1974 Boumedienne, cioè l'uomo che tre anni dopo l'indipendenza dell'Algeria aveva spodestato Ben Bella, parlò dinanzi all'assemblea delle Nazioni Unite e senza tanti complimenti disse: «Un giorno milioni di uomini abbandoneranno l'emisfero sud per irrompere nell'emisfero nord. E non certo da amici. Perché vi irromperanno per conquistarlo, e lo conquisteranno popolandolo coi loro figli. Sarà il ventre delle nostre donne a darci la vittoria». Del resto non disse una cosa nuova.

Tantomeno, geniale. La Politica del Ventre cioè la strategia di esportare esseri umani e farli figliare in abbondanza è sempre stato il sistema più semplice e più sicuro per impossessarsi di un territorio, dominare un paese, sostituirsi a un popolo o soggiogarlo. E dall'Ottavo Secolo in poi l'espansionismo islamico s'è sempre svolto all'ombra di questa strategia. Non di rado, attraverso lo stupro o il concubinaggio. Pensa a quel che i suoi guerrieri e le sue truppe di occupazione facevano in Andalusia, in Albania, in Serbia, in Moldavia, in Bulgaria, in Romania, in Ungheria, in Russia. Ed anche in Sicilia, in Sardegna, in Puglia, in Provenza. Anche in Kashmir, in India, e in certe zone della Cina. Per non parlar dell'Africa, incominciando dall'Egitto e dall'intero Maghreb. Però con la decadenza dell'Impero Ottomano la Politica del Ventre aveva perso brio, e il discorso di Boumedienne fu uno squillo di tromba che avrebbe dovuto scuoter gli immemori. Lo stesso anno, infatti, l'Organizzazione della Conferenza Islamica chiuse il convegno di Lahore con una delibera che includeva il progetto di trasformare il flusso degli immigrati nel continente europeo (a quel tempo un flusso modesto) in "preponderanza demografica". Ed oggi quel progetto è un precetto. In tutte le moschee d'Europa la preghiera del venerdì è accompagnata dall'esortazione che pungola le donne mussulmane a «partorire almeno cinque figli ciascuna». Bè, cinque figli non sono pochi. Nel caso dell'immigrato con due mogli, diventano dieci. O almeno dieci. Nel caso dell'immigrato con tre mogli, diventano quindici. O almeno quindici. E non dirmi che da noi la poligamia è proibita, sennò il mio sdegno cresce e ti rammento che se sei un bigamo italiano o francese o inglese eccetera vai dritto in galera. Ma se sei un bigamo algerino o marocchino o pakistano o sudanese o senegalese eccetera, nessuno ti torce un capello.

Nel 1993 la Francia emanò una legge che bandiva l'immigrazione dei poligami e autorizzava l'espulsione di quelli che erano già entrati e quindi vivevano con più mogli. Ma i maccabei del Politically Correct e gli agit-prop del vittimismo si misero a strillare in nome dei Diritti-Umani e della Pluralità-Etnico-Religiosa. Accusarono i legislatori di intolleranza, razzismo, xenofobia, neocolonialismo, ed oggi in Francia gli immigrati poligami li trovi ovunque. Nel resto dell'Europa, idem. Compresa l'Italia dove l'articolo 556 del Codice Penale punisce i rei col carcere fino a cinque anni, e dove non s'è mai visto un processo o un'espulsione per poligamia. Io so di un maghrebino che non lontano dalla mia casa in Toscana vive con due o tre mogli e una dozzina di bambini. (Il numero dei bambini è incerto perché ogni poco ne nasce uno. Il numero delle mogli, perché non escono mai insieme ed oltre al chador portano il nikab cioè la mascherina che copre il volto fino alla radice del naso sicché con quella sembrano tutte uguali). Un giorno chiesi a un funzionario della Questura per quale motivo al maghrebino fosse consentito di infrangere l'articolo 556. E la risposta fu: «Per motivi di ordine pubblico». Circonlocuzione che tradotta in parole semplici significa: «Per non farcelo nemico, per non irritare i suoi connazionali e i loro favoreggiatori». E che, tradotta in parole oneste, vuol dire: «Per paura».

* * *

Proprio così. L'Europa che sepolta nel torpore brucia come l'antica Troia ha rigenerato la malattia che il secolo scorso rese fascisti anche gli italiani non fascisti, nazisti anche i tedeschi non nazisti, bolscevichi anche i russi non bolscevichi. E che ora rende traditori anche coloro che non vorrebbero esserlo: la paura. È una malattia mortale, la paura. Una malattia che nutrita di opportunismo, conformismo, voltagabbanismo, e naturalmente vigliaccheria, miete più vittime del cancro. Una malattia che al contrario del cancro è contagiosa e colpisce chiunque si trovi sulla sua strada. Ho visto cose terribili, in questi due anni, a causa della paura. Ho visto leader che posavano a rodomonti e che per paura hanno alzato bandiera bianca. Ho visto liberali che si definivano paladini del laicismo e che per paura hanno preso a cantar lodi del Corano. Ho visto amici o presunti amici che sia pure con cautela s'erano schierati con me e che per paura hanno fatto dietro-front, si sono autocensurati. Ma la cosa più terribile che ho visto è stata la paura di chi dovrebbe proteggere la libertà di pensiero e di parola.

La scorsa estate a Firenze don Roberto Tassi, parroco di Santa Margherita (la chiesetta dove nel 1274 Dante Alighieri vide per la prima volta Beatrice), affisse due commoventi cartelli. Uno dinanzi all'altar maggiore che diceva: «Salve, o Croce, unica nostra speranza! Qui voglion distruggerci tutti!». Uno sul sagrato che insieme all'immagine delle Due Torri in procinto di disintegrarsi offriva un sillogismo perfetto: «L'Islam è teocrazia. La teocrazia nega la democrazia. Ergo, l'Islam è contro la democrazia». Don Tassi è un prete molto simpatico. Per capire quanto è simpatico basta sapere che gli abiti talari li porta soltanto per dire la Messa o per benedire le case prima di Pasqua. Fuorché in quelle circostanze si veste come un contadino nei campi. Basta anche ascoltare quello che dice nelle prediche domenicali. «O figlioli! L'ateismo ha reso un grande favore alla Chiesa. Perché le ha tolto il potere temporale e l'ha costretta a occuparsi di Dio e basta.» Oppure: «Macché angeli e arcangeli che svolazzano in cielo e dettano libri a chiunque incluso il cammelliere! (*N.d.R.* Maometto). Gli angeli non ci sono. Non c'è che Gesù Cristo, figlio del Padre Nostro e maestro di libertà». Oppure: «Diciamolo chiaro e tondo. La democrazia ha aperto gli occhi agli uomini». Quel che ha in cuore ce l'ha sulla lingua, insomma. E tra le verità che ha in cuore, quindi sulla lingua, c'è quella sull'Islam. Argomento di cui è grande studioso. La sua povera casa senza perpetua e senza campanaro, senza un cane che lo aiuti a lavare i piatti o a spazzare la chiesetta, trabocca di volumi e documenti sulle Sure del cammelliere. «Islam mite e misericordioso? Figlioli, uno è mussulmano o non lo è. Se lo è, deve obbedire al Corano. E non mi sembra che il Corano sia un libro pacifista. Leggete, leggete!» Ebbene, i due commoventi cartelli don Tassi li mise per spiegare a modo suo che nelle mani di una teocrazia la religione serve solo a tenerci nell'ignoranza, privarci della conoscenza, assassinarci l'intelletto. E qualsiasi persona civile avrebbe dovuto ringraziarlo in ginocchio. Non capita tutti i giorni di trovare un prete al quale i principii laici stanno più a cuore del credo cattolico. Ma guidati da un no-global francese uso a spadroneggiare in casa altrui, gli arcobalenisti lo costrinsero a togliere i cartelli. E questo senza che una sola voce si levasse a sua difesa. Quanto alla stampa, bè. Un quotidiano romano riportò la notizia col titolo: «Crociata contro l'Islam». Uno fiorentino, col titolo: «Basta col parroco anti-Islam». Infatti nel sogno che i figli di Allah coltivano da tanti anni, il sogno di far saltare in aria la Torre di Giotto o la Torre di Pisa o la cupola di San Pietro o la Tour Eiffel o l'Abbazia di Westminster o la cattedrale di Colonia e via dicendo, io vedo anzitutto una stoltezza. Che senso avrebbe distruggere i tesori d'una provincia che ormai gli appartiene? Una provincia dove il Corano è il nuovo *Das Kapital*, Maometto il nuovo Karl Marx, Bin Laden il nuovo Lenin, e l'Undici Settembre la nuova presa della Bastiglia?

Capitolo 2

Che il sogno di distruggere la Tour Eiffel fosse anzitutto una stoltezza io lo compresi nella tarda primavera del 2002, cioè quando *La Rabbia e l'Orgoglio* uscì in Francia dove un romanziere era stato appena incriminato per aver detto che il Corano è il libro più stupido e pericoloso del mondo. E dove (quale razzista-xenofoba-blasfema-eccetera) nel 1997 poi nel 1998 poi nel 2000 poi nel 2001 Brigitte Bardot era stata condannata per aver scritto o detto quel che non si stanca mai di ripetere, povera Brigitte. Che i mussulmani le hanno rubato la patria, che perfino nei villaggi più remoti le chiese francesi sono state sostituite dalle moschee e i Pater Noster dai berci dei muezzin, che la tolleranza ha un limite anche in regime di democrazia, che la macellazione halal è una barbarie... (A proposito: lo è. Lo è, mi dispiace dirlo, nella misura in cui lo è la macellazione shechitah. Cioè quella ebraica che avviene nell'identico modo e consiste nello sgozzare gli animali senza stordirli, quindi nel farli morire a poco a poco. Lentissimamente, dissanguati. Se non ci credi, vai in un mattatoio shechitah o halal e osserva quell'agonia che non finisce mai. Che accompagnata da occhiate strazianti si conclude soltanto quando l'agnello o il vitello non hanno più una goccia di sangue. Così a quel punto la carne è "pura", bella bianca, pura...).

Lo compresi, insomma, ancor prima d'esser incriminata

come il romanziere e Brigitte Bardot. Perché sai chi fu il primo ad ammucchiare la legna per il mio rogo? Lo stesso settimanale parigino al quale l'editore aveva concesso gli estratti da pubblicare in anteprima. E sai come l'ammucchiò, quella legna? Pubblicando, a fianco del mio testo, le requisitorie dei Fra' Accursio francesi. Giornalisti, psicanalisti, islamisti, filosofi anzi pseudofilosofi, politologi, tuttologi. (Non di rado, con nomi arabi. Talvolta, con nomi ebrei). Sai chi dette fuoco al rogo? Il periodico di Estrema Sinistra che mi dedicò una copertina col titolo (naturalmente a caratteri cubitali) dell'articolo-condanna: «Anatomie d'un Livre Abject. Anatomia d'un Libro Abbietto». Sai cosa accadde subito dopo? Accadde che, sebbene il libro-abbietto andasse a ruba in ogni libreria, molti figli di Allah pretesero che fosse tolto sia dalle vetrine sia dagli scaffali, e molti librai impauriti furon costretti a venderlo di nascosto. Quanto al processo, non scattò soltanto per la denuncia presentata dai mussulmani del «Mrap» cioè del Mouvement contre le Racisme et pour l'Amitié entre les Peuples (sic), ma anche per quella presentata dagli ebrei della «Licra». Ligue Internationale contre le Racisme et l'Antisémitisme. I mussulmani del «Mrap», chiedendo che ogni copia venisse sequestrata e (suppongo) bruciata. Gli ebrei della «Licra», chiedendo che ciascuna portasse la scritta: «Attenzione! Questo libro può essere nocivo alla vostra salute mentale!». Ossia un monito simile a quello che deturpa i pacchetti delle sigarette: «Attenzione, il tabacco nuoce gravemente alla salute». Entrambi, chiedendo che venissi condannata a un anno di carcere e a un saporito risarcimento-danni da versare nelle loro tasche... Non venni condannata, si sa. Un difetto di procedura mi salvò dal carcere, dal risarcimento-danni, dal sequestro, dal monito uguale a quello che deturpa i pacchetti delle sigarette. Con notevole raziocinio, inoltre, il giudice ricordò che la prima edizione s'era esaurita in meno di quarantott'ore, che quelle seguenti si vendevano in modo irrefrenabile, quindi accogliere una delle due richieste sarebbe stato come chiuder la stalla dopo che sono scappati i buoi. Ma questo non cancellò il fatto che gli ebrei della «Licra» avessero voluto quel processo quanto i mussulmani del «Mrap». Infatti non facevo che tormentarmene, in quei giorni. Non facevo che scuotere la testa, ripetere: non-capisco, non-capisco. E in realtà capire era difficile. Il mio j'accuse contro l'antisemitismo lo conoscevano bene, i Fra' Accursio della «Licra». Anche in Francia esso aveva sollevato tumulto, e anche in seguito a quel tumulto s'era aperto il sito «thankyouoriana»... Altrettanto bene sapevano che proprio per questo le minacce alla mia vita s'erano moltiplicate. E ancor oggi non li perdono. Ma in certo senso, oggi, li capisco.

Li capisco perché, anche se i tuoi nonni sono morti a Dachau o a Mauthausen, non è facile aver coraggio in un paese dove esistono più di tremila moschee. Dove il razzismo islamico cioè l'odio per i cani-infedeli regna sovrano e non viene mai processato, mai punito. Dove i mussulmani dichiarano apertamente: «Dobbiamo approfittare dello spazio democratico che la Francia ci offre, dobbiamo sfruttare la democrazia cioè servircene per occupar territorio». Dove non pochi di loro aggiungono: «In Europa il discorso nazista non fu compreso. O non da tutti. Fu giudicato un veicolo di follia omicida, e invece Hitler era un grand'uomo». Dove non pochi vorrebbero abolire l'articolo della Costituzione Francese che dal 1905 separa rigorosamente la Chiesa dallo Stato e con quell'articolo tutte le leggi che proibiscono la poligamia, il ripudio della moglie, il proselitismo religioso nelle scuole. Dove dieci anni fa una ragazza franco-turca di Colmar venne lapidata dalla sua famiglia ossia dalla madre e dai fratelli e dagli zii perché s'era innamorata d'un cattolico e voleva sposarlo. («Meglio morta che disonorata» fu il commento di quella famiglia). Dove nel novembre del 2001, quindi appena due mesi dopo l'Undici Settembre, una studentessa franco-marocchina di Galeria, Corsica, venne giustiziata con ventiquattro coltellate dal padre perché stava per sposare un còrso, cattolico anche lui. («Meglio ergastolano che disonorato» fu il commento di tanto padre). Dove già nel 1994 lo stilista della Maison Chanel dovette chiedere ufficialmente scusa alle comunità mussulmane nonché distruggere decine di bellissimi abiti perché nella collezione estiva aveva usato stoffe ricamate o stampate coi decorativi versetti del Corano in arabo. Dove di recente è stato ingiunto a un contadino di togliere la croce che teneva in un campo di grano (un campo che gli appartiene) perché «la vista di quel simbolo religioso causa tensioni fra i mussulmani». Dove l'arroganza islamica vorrebbe abolir nelle scuole i testi "blasfemi" di Voltaire e Victor Hugo. Con quei testi blasfemi l'insegnamento della biologia, scienza «inverecunda perché si occupa del corpo umano e del sesso». Con l'insegnamento della biologia le lezioni di ginnastica e di nuoto, sport che non si può fare col burkah o il chador.

Tantomeno è facile essere eroi in un paese dove, spesso, i mussulmani non sono l'ufficiale dieci-per-cento bensì il trenta o addirittura il cinquanta per cento. Se non ci credi, vai a Lione o a Lille o a Roubaix o a Bordeaux o a Rouen o a Limoges o a Nizza o a Tolosa e meglio ancora a Marsiglia che in sostanza non è più una città francese. È una città araba, una città maghrebina. Vacci e guarda il centralissimo quartiere di Bellevue Pyat, ormai un bassofondo di sporcizia e di delinquenza, una casbah dove il venerdì non puoi neanche camminare lungo le strade perché la grande moschea non basta a contenere i fedeli e molti pregano all'aperto. E dove i poliziotti rifiutano d'avventurarsi dicendo: «C'est trop dangereux, è troppo pericoloso». Vacci e guarda la famosa rue du

Bon Pasteur dove tutte le donne sono velate, tutti gli uomini portano il djellaba e la barba lunga e il turbante, e in più oziano dalla mattina alla sera nei caffè con la televisione che trasmette programmi in arabo. Vacci e guarda il Collège Edgard Quinet dove il 95 per cento degli scolari sono mussulmani e dove l'anno scorso una quindicenne di nome Nyma venne bastonata dai suoi compagni di classe e poi buttata dentro un bidone di spazzatura perché indossava i blue-jeans. Nel bidone rischiò anche di venir bruciata. Dico "rischiò" perché venne salvata dal preside della scuola, Jean Pellegrini, che per questo si beccò due pugnalate. (Sai tirate da chi? Dal fratello di Nyma). Sì che li capisco, gli ingrati signori della «Licra», sì che li capisco. Il collaborazionismo nasce quasi sempre dalla paura. Però il loro caso mi ricorda quello dei banchieri ebrei tedeschi che negli anni Trenta, sperando di salvarsi, prestavano i soldi a Hitler. E che, nonostante questo, finirono nei forni crematori.

Detto ciò, passiamo all'Abbazia di Westminster.

* * *

Che il sogno di distruggere l'Abbazia di Westminster fosse un'altra stoltezza lo compresi invece nella primavera del 2003 cioè quando il «Times» di Londra pubblicò l'articolo nel quale mi scagliavo contro l'antiamericanismo degli europei e al tempo stesso esprimevo i miei dubbi sull'opportunità di muover guerra a Saddam Hussein. Facciamo questa guerra per liberare l'Iraq, dicevano Bush e Blair. La facciamo per portare la libertà e la democrazia in Iraq come al tempo di Hitler e di Mussolini la portammo in Europa poi in Giappone. E a un certo punto il mio articolo obbiettava: vi sbagliate. Io gli iracheni li lascerei bollire nel loro brodo. Perché la libertà e la democrazia non sono due pezzi di cioccolata da regalare a chi non la conosce e non vuole conoscerla, a chi non la mangia e non vuole mangiarla. In Europa l'operazione riuscì perché in Europa i due pezzi di cioccolata erano un cibo che conoscevamo bene, un patrimonio che ci eravamo costruito e avevamo perduto e che volevamo ritrovare. In Giappone riuscì perché, nonostante i ferrei legami con l'autoritarismo, la marcia verso il progresso il Giappone l'aveva già incominciata nella seconda metà del 1800. I due pezzi di cioccolata era pronto a mangiarli. A capirli e a mangiarli. La libertà e la democrazia, cari miei, bisogna volerle. E per volerle bisogna sapere che cosa sono, capirne i concetti. Al 95 per cento, i mussulmani rifiutano la libertà e la democrazia non solo perché non sanno di che cosa si tratta ma perché, se glielo spieghi, non capiscono. Sono concetti troppo opposti a quelli su cui si basa il totalitarismo teocratico. Troppo estranei al tessuto ideologico dell'Islam. In quel tessuto ideologico è Dio che comanda, non gli uomini. È Dio che decide il destino degli uomini, non gli uomini stessi. Un Dio che non lascia posto alla scelta, al raziocinio, al ragionamento. Un Dio per il quale gli uomini non sono nemmeno figli: sono sudditi, schiavi. Signor Bush, signor Blair, credete davvero che a Bagdad gli iracheni accoglieranno le vostre truppe come sessant'anni fa noi le accogliemmo nelle città europee cioè con baci e abbracci, fiori ed applausi?!? Ed anche se ciò accadesse, (a Bagdad può succeder di tutto), che accadrà dopo? Oltre due terzi degli iracheni che nelle ultime "elezioni" dettero a Saddam Hussein il "cento per cento" dei voti sono sciiti che sognano di instaurare una Repubblica Islamica dell'Iraq ossia un regime sul modello del regime iraniano. Così vi chiedo: e se invece di scoprire il concetto di libertà, invece di capire il concetto di democrazia, l'Iraq diventasse un secondo Afghanistan anzi un secondo Vietnam? Peggio. E se invece di lasciarvi installare la Pax Americana cioè una pace bene o male basata sul concetto di libertà e di democrazia, quell'ipotetico secondo Vietnam si allargasse e l'intero Medioriente saltasse in aria? Dalla Turchia all'India, con un'inarrestabile reazione a catena...

In quell'articolo esprimevo anche il timore che George Bush junior si assumesse un simile rischio per esaudire una filiale promessa fatta subito dopo la Guerra del Golfo, cioè quando Saddam Hussein aveva tentato d'assassinare George Bush senior. («Babbo, se divento presidente anch'io, ti vendico. Metto in ginocchio quel boia, gliela faccio pagare. Lo giuro sulla Bibbia»). E sebbene si trattasse d'un articolo molto lungo, il «Times» di Londra lo pubblicò con molto rilievo. Lo stesso con cui lo avevano pubblicato negli Stati Uniti e in Italia e in altri paesi d'Europa. Ma, contrariamente agli Stati Uniti e all'Italia e agli altri paesi d'Europa, lo fece riparandosi dietro l'usbergo della "par condicio". Cioè dietro l'ipocrisia anzi la tartuferia con cui oggi si neutralizza ogni presa di posizione, si contrabbanda ogni forma di sottomissione, e si trasforma l'informazione in disinformazione. Per illustrare l'articolo, infatti, scelse le fotografie scattate durante il corteo pacifista di Roma. Tra queste, una dove tre babbei innalzavano un poster col disegno dell'Amanita Phalloides. Fungo che per il suo alto contenuto di tossialbumine spedisce dritto al Creatore. Sotto il cappello della malefica pianta, cioè all'apice del gambo, l'immagine della mia testa decapitata. Sopra la testa, la scritta: «Amanita Fallaci». In basso, cioè alla radice del gambo, un teschio con le tibie incrociate. Accanto al teschio, le parole «Velenosa-Mortale». E sotto quella fotografia, a piè di pagina, un demenziale attacco firmato dal segretario del Consiglio Mussulmano d'Inghilterra (l'imam Iqbal Sacranie) e intitolato: «Miss Fallaci, i suoi punti di vista sono un insulto ai pacifici mussulmani».

Ma è il caso di meravigliarsene? Con l'Islam il «Times» di

Londra è sempre stato molto, molto generoso. Già negli anni Ottanta ospitava mòniti come quello che il Sovrintendente della Grande Moschea di Londra rivolgeva a Margaret Thatcher per informarla che «i mussulmani del Regno Unito *non avrebbero tollerato a lungo* la politica estera con cui il primo ministro offendeva i loro sentimenti panislamici». E per capire che cosa accade al di là della Manica basta fermarsi qualche minuto dinanzi allo Speaker's Corner di Hyde Park, l'angolo riservato ai cittadini in vena di esprimere pubblicamente le proprie idee. Ai bei tempi ci vedevi socialisti che parlavano di socialismo, femministe che parlavano di femminismo, atei che parlavano di ateismo. Ora ci vedi aspiranti kamikaze o mullah che in nome della libertà di pensiero (a me negata anche coi poster fungaioli) esaltano la Jihad e invitano ad ammazzare i cani-infedeli. Basta anche osservare le "bobbies" ossia le poliziotte di Londra. Oggi molte "bobbies" sono mussulmane, (un regolamento municipale intima di assumerne con dovizia), e di rado portano il tradizionale casco che completa l'uniforme. Quasi sempre lo sostituiscono con lo hijab ossia il fazzoletto che copre i capelli, la fronte, le orecchie, il collo... Infine basta ricordare che la base strategica dell'offensiva islamica in Europa non è la Francia con le sue Marsiglie e col suo ufficiale 10 per cento di mussulmani. È l'Inghilterra col suo mite 2,5 per cento. Perché è in Inghilterra, non in Francia, che vivono i cervelli di quell'offensiva. I teologi e gli ideologi che la teorizzano. Gli imam che la gestiscono. I politici che l'appoggiano. I giornalisti e gli intellettuali e gli editori che la propagandano. I petrobanchieri e i Paperon de' Paperoni che la finanziano. Cioè gli sceicchi, gli emiri, i sultani che posseggono i palazzi e gli alberghi più belli di Londra.

Ci vivono anche i terroristi più pericolosi del mondo. Membri di Al Qaida o di Al Ansar o di Hamas che perfino l'islamizzatissima Francia ha espulso. Individui che i paesi d'origine, (ad esempio l'Egitto o l'Algeria o la Tunisia o il Marocco), da anni chiedono di estradare per poter processare ma che Londra non consegna perché sono "rifugiati politici" o cittadini ormai naturalizzati. (Uno è l'imam della moschea di Finsbury che nel 1988 fece assassinare quattro ostaggi occidentali a Sanaa). E tutto ciò senza tener conto dei normali immigrati pakistani o afgani o giordani o palestinesi o sudanesi o senegalesi o maghrebini che in Inghilterra vivono col permesso di soggiorno. Due milioni, a tutt'oggi. E nella stragrande maggioranza gente che non ha alcuna voglia d'integrarsi. Perché anche lì non si fa che predicare la società-plurietnica-plurireligiosa-pluriculturale, ma anche lì i mussulmani vi rispondono difendendo con le unghie e coi denti la propria identità. L'identità che noi non difendiamo. Anche lì la società pluriculturale non la vogliono affatto. L'integrazione, ancor meno. Volete mettervelo in testa o no?!? Esiste un'organizzazione detta "Parlamento Mussulmano", in Inghilterra, il cui primo scopo consiste nel ricordare agli immigrati che non sono tenuti a rispettare le leggi inglesi. «Per un mussulmano il rispetto delle leggi in vigore nel paese che lo ospita è facoltativo. Un mussulmano deve obbedire alla Sharia e basta» dice la sua Carta Costitutiva. Infatti il 20 dicembre 1999 la Corte della Sharia emise una fatwa che proibisce a tutti i mussulmani di festeggiare il Natale. Non solo: vuole uno "Stato Islamico di Gran Bretagna", il "Parlamento Mussulmano" d'Inghilterra. Vuole uno Stato che consenta di legalizzare la poligamia, sostituire il divorzio col ripudio, abolire la promiscuità dei sessi non solo nelle scuole ma anche nei luoghi di lavoro e sui mezzi di trasporto. Treni, aerei, navi, battelli, corriere, autobus, tranvai, ascensori... (Anche gli ascensori, sì). Quel che in certi stati d'America avveniva ai tempi in cui i neri erano segregati dai bianchi, insomma. E naturalmente vuole convertire il maggior numero possibile di cristiani. Questo sia attraverso i matrimoni misti, matrimoni che gli imam incoraggiano perché la condizione di un matrimonio misto è che il coniuge non mussulmano si converta al credo di Allah e che la prole sia cresciuta nell'islamismo, sia attraverso il pubblico indottrinamento. Attività molto praticata, questa, da neoadepti come l'ex grillo canterino Cat Stevens ora Yussuf Islam. Rinnegato il rock, infatti, da anni Mister Cat Stevens-Yussuf Islam compone esclusivamente musica dedicata a Maometto. Inoltre dirige quattro scuole coraniche che in omaggio al pluriculturalismo il governo inglese sovvenziona.

* * *

Quanto alla Germania che con le sue duemila moschee e i suoi tre milioni di mussulmani turchi sembra una succursale del defunto Impero Ottomano, bè: l'aereo Pan American che nel 1988 esplose in volo e cadde sulla cittadina scozzese di Lockerbie uccidendo 270 persone era partito da Francoforte: sì o no? La bomba nel bagagliaio era stata messa a Francoforte da figli di Allah abitanti a Francoforte: sì o no? Mohammed Atta, il kamikaze numero uno dell'Undici Settembre, s'era laureato in architettura al Politecnico di Amburgo: sì o no? Prima di recarsi in America per frequentare i corsi di volo in Florida, aveva studiato pilotaggio all'aeroclub di Bonn: sì o no? I soldi per pagare i corsi in Florida erano stati ritirati da una banca di Düsseldorf e la centrale logistica di Al Qaida si trova in Germania: sì o no? Il grosso dei terroristi egiziani o maghrebini o palestinesi stanno in Germania: sì o no?

Che il sogno di distruggere la cattedrale di Colonia fosse una stoltezza come distruggere l'Abbazia di Westminster e/o la

Tour Eiffel incominciai a comprenderlo quando seppi che il più importante rifugiato politico di quella città era Rabah Kabir, l'ex maestro di ginnastica su cui ancor oggi grava l'accusa d'aver compiuto il massacro del 1992 all'aeroporto di Algeri. Nonostante le richieste di estradizione inoltrate dal governo algerino, l'asilo politico gli era stato concesso senza difficoltà e da allora vive lì. A Colonia ha addirittura ottenuto la cattedra di teologia, è addirittura diventato un alto funzionario dell'Unione Islamo-Europea... Che la Pinacoteca di Dresda rischiasse ancor meno della suddetta cattedrale lo pensai invece quando lessi che in otto scuole medie ed elementari della Bassa Sassonia era stato introdotto l'insegnamento del Corano, e vidi la fotografia che accompagnava la notizia. Era la fotografia di due bambine turche, suppongo nate e comunque cresciute a Dresda o a Meissen o dintorni. La più grandicella, otto o nove anni, indossava una T-shirt con la scritta "Air Force" e al polso esibiva un orologio da uomo. La più piccola, sei o sette anni, un occidentalissimo golfino. Ma entrambe erano imbacuccate fino alle spalle nello hijab. Voglio dire: sebbene i loro genitori venissero dal paese che nel 1924 Atatürk aveva secolarizzato, entrambe portavano il velo che il Corano impone fin dall'età di sette anni. E non dimenticare che in Turchia, quella Turchia tanto ansiosa di entrare nell'Unione Europea, lo hijab lo stanno rimettendo quasi tutte le donne delle nuove generazioni. Non dimenticare che in Turchia, quella Turchia che i leader tedeschi francesi italiani sono così ansiosi di portare nell'Unione Europea, avvengono ancora cose degne di Lala Mustafa lo spellatore di Marcantonio Bragadino. (L'anno scorso a Yaylim, villaggio turco ai confini con la Siria, la trentacinquenne Cemse Allak venne lapidata dai suoi familiari, perché in seguito a uno stupro era rimasta incinta. La gravidanza aveva raggiunto gli otto mesi, quando la lapidarono. E il commento della cognata fu: «Che dovevamo fare? Era zittella. Aveva perso l'onore». Il commento del fratello fu: «Stupro o no, ci aveva disonorato»). In Germania, del resto, la mafia fondamentalista costringe gli immigrati a detrarre dal salario la cosiddetta Tassa Rivoluzionaria. Tassa che serve a finanziare i partiti islamici della madrepatria ossia i partiti decisi a spazzar via il ricordo di Atatürk.

Il discorso vale anche per l'Olanda dove ogni anno irrompono dai trentamila ai quarantamila mussulmani che in lingua olandese non imparan nemmeno la parola "bedankt" cioè grazie. Dove dal 1981 quei mussulmani hanno i propri quartieri, i propri sindacati, le proprie scuole, i propri ospedali, i propri cimiteri, e le moschee se le fanno costruire a spese dello Stato. Dove, non paghi di quei privilegi, inondano le piazze dell'Aja per insultare il governo che ai poligami non consente di portare tutte le mogli. E dove, se un Fortuyn si presenta alle elezioni, finisce assassinato... Vale anche per la Danimarca dove ai ricercati-pardon-rifugiati algerini tunisini pakistani sudanesi l'asilo politico viene concesso con la stessa disinvoltura con cui viene concesso in Inghilterra e in Germania, e dove da un decennio i danesi si convertono in misura impressionante... Vale anche per la Svezia dove (caso significativo) il mio editore anzi nessun editore ha avuto il coraggio di pubblicare *La Rabbia e l'Orgoglio*. E dove, in compenso, i testi che inneggiano all'Islam riempiono le librerie. Dove la cittadinanza viene concessa a chiunque sussurri Allah-akbar. Dove il naturalizzato più illustre di Stoccolma è il marocchino Ahmed Rami, ideologo della Rivoluzione Mondiale Islamica, antiamericano spietato, antisraeliano efferato, e legato a doppio filo coi neonazisti svedesi... Ma, soprattutto, il discorso vale per la Spagna. Quella Spagna dove da Barcellona a Madrid, da San Sebastian a Valladolid, da Alicante a Jerez de la Frontera, trovi i terroristi meglio addestrati del continente. (Non a caso nel luglio del 2001, cioè prima di stabilirsi a Miami, il neodottore in architettura Mohammed Atta vi si fermò per visitare un compagno detenuto nel carcere di Tarragona ed esperto in esplosivi). E dove da Malaga a Gibilterra, da Cadice a Siviglia, da Cordova a Granada, i nababbi marocchini e i reali sauditi e gli emiri del Golfo hanno comprato le terre più belle della regione. Qui finanziano la propaganda e il proselitismo, premiano con seimila dollari a testa le convertite che partoriscono un maschio, regalano mille dollari alle ragazze e alle bambine che portano lo hijab. Quella Spagna dove quasi tutti gli spagnoli credono ancora al mito dell'Età d'Oro dell'Andalusia, e all'Andalusia moresca guardano come a un Paradiso Perduto. Quella Spagna dove esiste un movimento politico che si chiama «Associazione per il Ritorno dell'Andalusia all'Islam» e dove nello storico quartiere di Albaicin, a pochi metri dal convento nel quale vivono le monache di clausura devote a san Tommaso, l'anno scorso s'è inaugurata la Grande Moschea di Granada con annesso Centro Islamico. Evento reso possibile dall'Atto d'Intesa che nel 1992 il socialista Felipe González firmò per garantire ai mussulmani di Spagna il pieno riconoscimento giuridico. Nonché materializzato grazie ai miliardi versati dalla Libia, dalla Malesia, dall'Arabia Saudita, dal Brunei, e dallo scandalosamente ricco sultano di Sharjah il cui figlio aprì la cerimonia dicendo: «Sono qui con l'emozione di chi torna nella propria patria». Sicché i convertiti spagnoli (nella sola Granada sono duemila) risposero con le parole: «Stiamo ritrovando le nostre radici».

*   *   *

Forse perché otto secoli di giogo mussulmano si digeriscono male e troppi spagnoli il Corano ce l'hanno ancora nel sangue, la Spagna è il paese europeo nel quale il processo di isla-mizzazione avviene con maggiore spontaneità. È anche il pae-se nel quale quel processo dura da maggior tempo. Come spie-ga il geopolitico francese Alexandre Del Valle che sull'offen-siva islamica e sul totalitarismo islamico ha scritto libri fon-damentali (e naturalmente vituperati insultati denigrati dai Politically Correct) l'«Associazione per il Ritorno dell'Anda-lusia all'Islam» nacque a Cordova ben trent'anni fa. E a fon-darla non furono i figli di Allah. Furono spagnoli dell'Estre-ma Sinistra che delusi dall'imborghesimento del proletariato e quindi smaniosi di darsi ad altre mistiche ebbrezze avevan scoperto il Dio del Corano cioè erano passati da Karl Marx a Maometto. Subito i nababbi marocchini e i reali sauditi e gli emiri del Golfo si precipitarono a benedirli coi soldi, e l'asso-ciazione fiorì. Si arricchì di apostati che venivano da Barcel-lona, da Guadalajara, da Valladolid, da Ciudad Real, da León, ma anche dall'Inghilterra. Anche dalla Svezia, anche dalla Danimarca. Anche dall'Italia. Anche dalla Germania. Anche dall'America. Senza che il governo intervenisse. E sen-za che la Chiesa cattolica si allarmasse. Nel 1979, in nome dell'ecumenismo, il vescovo di Cordova gli permise addirit-tura di celebrare la Festa del Sacrificio (quella durante la qua-le gli agnelli si sgozzano a fiumi) nell'interno della cattedrale. «Siamo-tutti-fratelli.» La concessione causò qualche proble-ma. Crocifissi sloggiati, Madonne rovesciate, frattaglie d'a-gnello buttate nelle acquasantiere. Così l'anno dopo il vesco-vo li mandò a Siviglia. Ma qui capitarono proprio nel corso della Settimana Santa, e Gesù! Se esiste al mondo una cosa più sgomentevole della Festa del Sacrificio, questa è proprio la Settimana Santa di Siviglia. Le sue campane a morto, le sue lugubri processioni. Le sue macabre Vie Crucis, i suoi naza-renos che si flagellano. I suoi incappucciati che avanzano rul-lando il tamburo... Gridando «Viva l'Andalusia mussulmana, abbasso Torquemada, Allah vincerà» i neofratelli in Maometto si gettarono sugli ex fratelli in Cristo, e giù botte. Risultato, dovettero sloggiare anche da Siviglia. Si trasferirono a Granada dove si installarono nello storico quartiere di Albaicin, ed eccoci al punto. Perché, malgrado l'ingenuo anticlericalismo esploso durante il corteo della Settimana Santa, non si trattava di tipi ingenui. A Granada avrebbero creato una realtà simile a quella che in quegli anni fagocitava Beirut e che ora sta fagocitando tante città francesi, inglesi, tedesche, italiane, olandesi, svedesi, danesi. Ergo, oggi il quartiere di Albaicin è in ogni senso uno Stato dentro lo Stato. Un feudo islamico che vive con le sue leggi, le sue istituzioni. Il suo ospedale, il suo cimitero. Il suo mattatoio, il suo giornale «La Hora del Islam». Le sue case editrici, le sue biblioteche, le sue scuole. (Scuole che insegnano esclusivamente a memorizzare il Corano). I suoi negozi, i suoi mercati. Le sue botteghe artigiane, le sue banche. E perfino la sua valuta, visto che lì si compra e si vende con le monete d'oro e d'argento coniate sul modello dei dirham in uso al tempo di Boabdil signore dell'antica Granada. (Monete coniate in una zecca di calle San Gregorio che per le solite ragioni di "ordine pubblico" il Ministero delle Finanze spagnolo finge di ignorare). E da tutto ciò nasce l'interrogativo nel quale mi dilanio da oltre due anni: ma com'è che siamo arrivati a questo?!?

* * *

Prima di rispondervi, però, devo riportare il discorso sull'Italia. Dare una lunga occhiata all'Italia dove ricevo lettere del seguente tenore: «Nella mia città c'è uno scolaro mussulmano che rifiuta di parlare con la maestra perché è femmina. Così il municipio paga a nostre spese un giovanotto che durante le lezioni sta in aula, funge da interlocutore. Le sembra giusto?». Oppure: «Sono il proprietario di una piccola industria del Sud e ho quattro impiegati mussulmani che tratto col dovuto rispetto nonché nell'osservanza assoluta delle norme sindacali. Loro invece mi trattano come se fossi un nemico. Io mi chiedo sempre che cosa accadrebbe se scoprissero che la mia nonna era ebrea». E dove, grazie a una trasmissione televisiva che mi lasciò senza fiato, nell'autunno del 2002 ebbi l'amara conferma di quanto sia profondo il baratro dentro il quale stiamo precipitando.

CAPITOLO 3

Si trattava d'un senegalese sui quarant'anni autoproclamatosi imam di Carmagnola: la cittadina piemontese che nel millequattrocento dette i natali al condottiero Francesco Bussone detto Il Carmagnola, e che oggi si distingue per il tristo primato di contare un figlio di Allah ogni dieci abitanti. Si chiamava Abdul Qadir Fadl Allah Mamour, e qualche anno prima aveva avuto un istante di celebrità come marito poligamo di due cittadine italiane. Reato che s'era estinto col divorzio della prima moglie e per il quale, durante la duplice convivenza, nessuno aveva osato arrestarlo. Ora invece era noto per la sua amicizia con Bin Laden (non a caso i giornali lo definivano Ambasciatore-di-Bin-Laden-in-Italia) e per la sua abilità nel gestire i soldi degli immigrati. Possedeva infatti il gruppo finanziario Private Banking Fadl Allah Islamic Investment Company. Ma quella sera io lo ignoravo. Non a caso, quando apparve sullo schermo mi chiesi chi fosse, e rimasi ad ascoltarlo solo perché assomigliava in modo impressionante a Wakil Motawakil: il ministro talebano che a Kabul faceva fucilare le afgane colpevoli di frequentare il parrucchiere. Stesso faccione grasso e lucido e barbuto. Stessi occhietti maligni, stesso pancione gonfio da donna incinta. Stesso turbante nero, stesso djellaba lungo fino ai piedi. Diversa soltanto la voce, un po' meno stridula.

La trasmissione era già incominciata. La scena si svolgeva

in una casuccia da immigrato povero, non certo da sceicco. Un giornalista della Rai lo stava intervistando fuoricampo, e in cattivo italiano il sosia di Wakil Motawakil rispondeva: «Io investo soldi dalla Svizzera alla Malesia, da Singapore al Sud Africa. Soldi mussulmani scaturienti dal petrolio, quel gran dono di Dio che Allah ci ha lasciato a noi mussulmani e che si chiama petrolio. Se Osama mi daresse dei soldi, dipende da lui che io lo dicessi o no. Se lui vorrebbe, io lo dicessi. Se lui non vorrebbe, io non lo dicessi. Però i soldi lui li ha dati a tanti tanti persori dell'Occidente». Diceva anche di conoscerlo bene, Osama, e d'averlo incontrato per la prima volta nel 1994 in Costa d'Avorio poi rivisto in Sudan. Lo descriveva «uomo di grande intelligenza, grande religiosità, grande umiltà, un benefattore di cui nessuno poteva parlar male», e in tono estasiato ne lodava il bell'aspetto. Gli «occhi dolcissimi e severi, le mani sottili e morbide ma fredde, la camminata svelta e leggera. Da gatto». Diceva anche che in Italia avevamo duemila mujahiddin cioè combattenti della Jihad addestrati in Afghanistan o altrove e rientrati nel nostro territorio allo-scopo-di-mantenervi-una-base-logistica-e-preparare-la-rivoluzione. Per non sollevare sospetti ci stanno da persone normali, spiegava, «lavorando e vivendo con le loro famiglie come persori qualsiasi. E alcuni di essi sono specializzati nel sabotage». (Leggi sabotaggio cioè terrorismo). Alcuni e basta perché «quattro o cinque persori o anche tre soli bastano a distruggere città come Londra o a paralizzarla per trentaquattro ori». Inoltre ci minacciava. Diceva che le autorità italiane dovevano smetterla di perseguitare e opprimere i suoi fratelli mujahiddin nel modo in cui Sharon opprime i palestinesi e Putèn (leggi Putin) opprime i ceceni e Buss (leggi Bush) opprime i mussulmani d'America. Sennò, concludeva, quel che era successo in America sarebbe successo anche in Italia. «Ovunque-c'è-ingiustizia-e-oppressione-ci-sarà-prima-o-poivendetta.» Eppure non furono quelle parole a raggelarmi. Non fu nemmeno la tracotanza con cui le pronunciava o l'impudenza con cui le sceglieva. Fu ciò che accadde dopo. Perché, dopo, la scena si trasferì dalla casuccia in un decoroso ufficio dove seduto a un tavolo vedevi anche l'imam di Torino cioè il Pio Sgozzavitelli che in Piemonte possiede quattro macellerie halal. E accanto a lui un signore molto preoccupato che presto risultò essere il sindaco diessino di Carmagnola. Sul tavolo c'era il plastico d'un progetto urbanistico e, mentre il Pio Sgozzavitelli annuiva compiaciuto, Abdul Qadir Fadl Allah Mamour rivelò che nei pressi di Carmagnola intendeva costruire "la prima Città Islamica d'Italia". Cioè una città abitata esclusivamente da mussulmani, completamente autofinanziata e razionalmente sviluppata. Piazze, strade, ponti, giardini. Moschee, scuole coraniche, biblioteche coraniche, banche private, supermercati halal. E per incominciare, tre grossi edifici con quarantotto appartamenti ciascuno. Cosa di cui v'era urgentissima necessità dato che in Italia i mussulmani raggiungevano almeno la cifra d'un milione e duecentomila, diceva. Almeno trentamila stavano nella vicina Torino e dall'estero ne giungevano ogni giorno a migliaia.

Un'altra Albaicin, in breve. Un altro Stato dentro lo Stato. Una repubblica a parte cioè una specie di San Marino coi minareti al posto dei campanili, gli harem al posto dei nightclub, il Corano al posto della nostra Costituzione, e i senegalesi o i sudanesi o i maghrebini eccetera al posto dei carmagnolesi sloggiati dalle loro case. Sloggiati e rinchiusi nelle Riserve come i Cherokee dell'Oklahoma, gli Apaches del Dakota, i Navajo dell'Arizona. Non a caso il sindaco appariva così preoccupato e d'un tratto, sordo alle proteste del Pio Sgozzavitelli, farfugliò che bisognava pensarci bene. Che una cosa simile alterava l'intero piano regolatore e prima di quell'incontro lui non l'aveva mica capito che il progetto del signor Mamour era così mastodontico... Poi la scena cambiò di nuovo. Tornò la casuccia da immigrato povero e sullo schermo apparve un gran fagotto grigio. Un gran pacco di stoffa grigia da cui in alto ciondolava una sorta di mascherina nera. Un chador, dunque, completato dal nikab ossia dal fitto velo nero che proprio a mo' di maschera nasconde il volto dalla radice del naso in giù. E, dentro il fagotto, una donna. Tra il bordo superiore del nikab e il lembo di chador calato sulla fronte fino a coprire le sopracciglia intravedevi infatti due occhi. E da una fessura posta a metà fagotto uscivano due mani inguantate di nero. Un'afgana, forse? Una futura inquilina alla quale il sosia di Wakil Motawakil aveva promesso uno dei centoquaranta appartamenti d'urgentissima necessità? Lo pensai finché il giornalista fuoricampo ci informò che il fagotto conteneva anzi era la moglie ora monogama del personaggio nonché la madre dei suoi cinque figli, e dal nikab filtrò una voce squillante che in tono provocatorio scandiva: «Io mi chiamo Aisha Farina e mi sono convertita all'Islam otto anni e mezzo fa, dopo aver studiato arabo all'Ateneo di Milano. Io sono di Milano. La mia famiglia d'origine vive a Milano...». Così presi ad ascoltarla con molta attenzione, forse più di quella con cui avevo ascoltato i torvi progetti urbanistici del marito, e a udir le sue risposte restai talmente scioccata che fino all'alba avrei continuato a ripetermi: non è possibile. Ho capito male, non è possibile. Sbugiardando chi sostiene che il terrorismo islamico è una frangia impazzita e che quindi non bisogna confondere i Bin Laden col popolo mussulmano, quest'Aisha nata a Milano non a Kabul e cresciuta in Italia non in Afghanistan aggiunse infatti che Bin Laden agiva per conto e per volere della Umma ossia del popolo mussulmano. Che per questo il popolo mussulmano lo amava, lo ammirava, come lei lo giudicava un fratello. Un autentico eroe, l'erede di Maometto. Confermò insomma ciò che dico io, e per cui io vengo accusata di razzismo-xenofobia-blasfemia-istigazione-all'odio. Sempre confermando ciò che dico io, ammise inoltre che i figli di Allah vogliono sottometterci. Conquistarci. Che per conquistarci non hanno bisogno di polverizzare i nostri grattacieli o i nostri monumenti: gli basta la nostra debolezza e la loro prolificità... Lo fece in maniera semplicistica, rozza, intendiamoci. La dialettica non era il suo forte. Il linguaggio forbito, ancor meno. Però lo fece con molta chiarezza, senz'ombra di equivoci, e col piglio sicuro di chi ripete una lezione imparata a memoria o esprime una realtà inconfutabile. Poi in sciatto italiano concluse: «Un giorno Roma verrà aperta all'Islam, e in parte del resto s'è già aperta. Perché noi mussulmani siamo tanti. Migliaia di migliaia, tanti. Ma non dovete spaventarvi. Questo non significa che noi vogliamo conquistarvi con gli eserciti, con le armi. Può darsi che tutti gli italiani finiscano col convertirsi e comunque vi conquisteremo pacificamente. Perché ad ogni generazione noi ci raddoppiamo o di più. Voi invece vi dimezzate. Siete in crescita zero».*

* **Nota dell'Autore.** Nonostante ciò, per ora la prima Città Islamica d'Italia non sorgerà a Carmagnola. Il 19 ottobre 2003, infatti, Abdul Qadir Fadl Allah Mamour concesse un'intervista nel corso della quale annunciò che presto Bin Laden avrebbe colpito i militari italiani in Iraq. «Ne sono certo al cento per cento.» Poi lo ribadì alla Tv aggiungendo che il governo doveva ritirare subito le truppe dall'Iraq. Ventidue giorni dopo ci fu la strage di Nassiriya, e il suo commento fu: «Visto? Berlusconi deve ritirarle davvero. Se non lo farà mi troverò costretto a fargli di nuovo le condoglianze». Ergo, la Digos gli perquisì la casa. Sequestrò il materiale da cui risultava che la sua amicizia con Bin Laden era un po' troppo sospetta, e il 17 novembre il ministro degli Interni Pisanu lo espulse. Bè... partì sotto un bombardamento di uova lanciate dai leghisti. Insieme ai cinque figli e alla bellicosa Aisha rientrò a Dakar, e qui oggi vive predicando con grande successo nelle moschee senegalesi.

Ne rimasi molto turbata. E il turbamento crebbe a scoprire che costei era stata la prima italiana a esibirsi col nikab, la prima ad esigere la fotografia col velo sui documenti, la prima ad ammettere le nozze poligamiche col sosia di Wakil Motawakil. Che inoltre stampava un giornalino sovversivo detto «Al Mujahida, La Combattente» e che in questo giornalino implorava Allah di produrre milioni e milioni di "martiri" cioè di kamikaze. Eppure il trauma più violento non lo ebbi quella sera. Non lo ebbi neppure l'anno seguente quando il ministro degli Interni appurò che Abdul Qadir Fadl Allah Mamour non era un ospite sgradevole e basta, era un funzionario di Al Qaida, e come tale lo espulse insieme alla consorte. Lo ebbi a seguire la faccenda del voto e a leggere le Bozze d'Intesa ossia il progetto dell'accordo che le comunità islamiche reclamano per imporci le loro norme. Matrimonio islamico, abbigliamento islamico, cibo islamico, sepoltura islamica, festività islamiche, scuole islamiche, nonché l'ora del Corano nelle scuole statali.

Lo reclamano, quell'accordo, appellandosi all'articolo 19 della nostra Costituzione. L'articolo che afferma «Tutti hanno il diritto di professare il proprio credo religioso». Lo reclamano fingendo di rifarsi agli accordi che negli ultimi quindici anni l'Italia ha sottoscritto con le comunità ebraiche, buddiste, valdesi, evangeliche, protestanti. "Fingendo" perché dietro le altre comunità non v'è una religione che identifica sé stessa con la Legge, con lo Stato. Una religione che mettendo Allah al posto della Legge, al posto dello Stato, governa in ogni senso la vita dei suoi fedeli e quindi altera o molesta la vita degli altri. Che nella separazione tra Chiesa e Stato vede una bestemmia. Che nel suo vocabolario non contiene nemmeno il vocabolo Libertà e per dire Libertà dice Affrancatura, Hurriyya. Parola che deriva dall'aggettivo "hurr", schiavo-affrancato, schiavo-riscattato, e che per la prima volta fu usato nel 1774 per stendere un patto russo-turco di natura commerciale. Così a chi li ascolta dico: Cristo, abbiamo faticato tanto per rompere il giogo della Chiesa cattolica cioè d'un credo che era il nostro credo e che ancor oggi è il credo della stragrande maggioranza dei cittadini. Un credo che nonostante i suoi errori e i suoi orrori imbeve le nostre radici cioè appartiene alla nostra cultura. Che nonostante i suoi papi e i suoi roghi ci ha trasmesso l'insegnamento di un uomo innamorato dell'amore e della libertà, un uomo che diceva: «Date a Cesare quel che è di Cesare, a Dio quel che è di Dio». E dopo aver rotto quel giogo dovremmo consegnarci al giogo d'un credo che non è il nostro credo, che non appartiene alla nostra cultura, che al posto dell'amore semina l'odio e al posto della libertà la schiavitù, che in Dio e in Cesare vede la medesima cosa? Poi dico: Cristo, ma per chi è stata scritta la nostra Costituzione? Per gli italiani o per gli stranieri? Che cosa s'intende col "tutti" dell'articolo 19? Tutti-gli-italiani e basta oppure tutti-gli-italiani-e-tutti-gli-stranieri, anzi tutti-gli-stranieri? Perché se s'intende tutti-gli-italiani e basta, mi preoccupo fino a un certo punto. Stando alle cifre ufficiali, su 58 milioni di italiani appena diecimila sono mussulmani. Se invece con quel "tutti" s'intende tutti-gli-italiani-e-tutti-gli-stranieri, le Bozze d'Intesa riguardano il milione e mezzo o i due milioni di stranieri mussulmani che oggi affliggono l'Italia. Riguardano cioè quelli col permesso di soggiorno più gli irregolari che dovrebbero essere espulsi. E in tal caso mi preoccupo parecchio. Anzi m'indigno e indignata chiedo a che cosa serva essere cittadini, avere i diritti dei cittadini. Chiedo dove cessino i diritti dei cittadini e dove incomincino i diritti degli stranieri. Chiedo se gli stranieri abbiano il diritto di avanzare diritti che negano i diritti dei cittadini, che ridicolizzano le leggi dei cittadini, che offendono le conquiste civili dei cittadini. Chiedo, insomma, se gli stranieri contino più dei cittadini. Se siano una sorta di supercittadini, davvero i nostri feudatari. I nostri padroni. E quanto al voto...

Occhi negli occhi e bando agli imbrogli, signori: la Costituzione Italiana stabilisce in modo inequivocabile che il diritto di voto spetta ai cittadini e basta. «Sono elettori tutti i cittadini, uomini e donne, che hanno raggiunto la maggiore età. Il voto è personale ed eguale, libero e segreto. Il suo esercizio è dovere civico» dice l'articolo 48 del Titolo IV-Rapporti Politici. Di voto allo straniero, insomma, non parla proprio. Non ne parlano neanche gli articoli seguenti. Né si capisce perché dovrebbero. Non spetta mica agli stranieri scegliere i rappresentanti di chi li ospita! Io non voto in America. Neanche per eleggere il sindaco di New York, sebbene risieda a New York dove pago una barca di tasse. E lo ritengo giusto. Perché mai dovrei votare in un paese del quale non sono cittadina?!? Non voto nemmeno in Francia, in Inghilterra, in Irlanda, in Belgio, in Olanda, in Danimarca, in Svezia, in Germania, in Spagna, in Portogallo, in Grecia eccetera, sebbene sul mio passaporto sia scritto "Unione Europea". E per gli stessi motivi lo ritengo giusto. Ma in uno dei suoi articoli il Trattato di Maastricht "contempla" il presunto diritto degli immigrati a votare ed essere votati nelle elezioni comunali nonché europee. E la Risoluzione approvata il 15 gennaio 2003 dal Parlamento Europeo "caldeggia" l'idea, raccomanda agli Stati membri d'estendere il diritto di voto agli extracomunitari che soggiornano da almeno cinque anni in uno dei loro paesi. Diritto anzi presunto diritto che la demagogia unita al cinismo ha già concesso in Irlanda, in Inghilterra, in Olanda, in Spagna, in Danimarca, in Norvegia, e che in Italia una legge approvata nel 1998 dal governo di Centro-Sinistra ha concesso per i referendum consultivi. Diritto anzi presunto diritto che il diessino presidente della Regione Toscana e il filodiessino presidente della Regione Friuli-Venezia Giulia, ad esempio, vogliono estendere "almeno" alle elezioni amministrative. Diritto anzi presunto diritto che qualcuno vorrebbe dare anche agli irregolari ossia ai clandestini. (Ai turisti di passaggio no?). A battersi per il diritto di votare ed esser votati perfino nelle elezioni politiche ci pensa invece il Partito dei Comunisti Italiani che intanto vorrebbe ridurre a tre anni i dieci anni attualmente necessari per ottenere la cittadinanza. Mentre tutti tacciono, cauti. Unica eccezione, la Lega che a causa di ciò viene sempre zittita o irrisa. Ma il peggio non è neanche questo. È che la folle Crociata non viene condotta soltanto dalla Sinistra e dall'Estrema Sinistra: viene condotta pure da un ex missino della cosiddetta Destra e da un ex democristiano del cosiddetto Centro. Alla Conferenza che lo scorso ottobre l'Unione Europea indisse sull'immigrazione, infatti, il vicepresidente del Consiglio nonché presidente di Alleanza Nazionale dichiarò che dare il voto agli immigrati era «giusto e legittimo» in quanto gli immigrati «pagano le tasse» e «vogliono integrarsi». (Basandosi su tale concetto ha addirittura presentato una proposta di legge). E alcuni giorni dopo, mentre era in visita al Cairo, l'ahimè presidente della Commissione Europea (italiano) aggiunse che non solo il voto agli immigrati era «fondamentale» nelle elezioni amministrative ma che «prima o poi» bisognava darglielo anche nelle elezioni politiche. Cosa che mi costringe a scrivere un paio di letterine ai suddetti signori più una breve nota per il Cavaliere.

* * *

Prima letterina. «Signor Presidente della Commissione Europea, so che in Italia La chiamano Mortadella. E di ciò mi dolgo per la mortadella che è uno squisito e nobile insaccato di cui andar fieri, sì, non certo per Lei: individuo che in me suscita profonda disistima fin dal 1978. Cioè dall'anno in cui partecipò a quella seduta spiritica per chiedere alle anime del

Purgatorio dove i brigatisti nascondessero il rapito Aldo Moro e attraverso il gioco del piattino un'anima ben informata rispose che lo nascondevano in un posto chiamato Gradoli. Non mi parve serio, Monsieur. Meglio: non mi parve rispettoso, pietoso, umano, nei riguardi di Moro che stava per essere ucciso. Quando poi si scoprì che lo avevan nascosto nel covo d'una strada chiamata per l'appunto via Gradoli fui colta da uno strano disagio. E supplicai il Padreterno di tenerLa lontana dalla politica. Peccato che al solito il Padreterno non m'abbia ascoltato, che in politica Lei ci si sia buttato senza pudore. Perché, da quando Lei cementa lo scellerato connubio che perpetua il nefando Compromesso Storico, la mia disistima per Lei s'è approfondita nonché arricchita d'una antipatia quasi epidermica. Il solo udire la Sua voce manierosa e melliflua m'innervosisce. Il solo guardare la Sua facciona guanciuta e falsamente benigna m'intristisce, Monsieur. Perché mi rammenta la Comédie Italienne o Commedia dell'Arte. Pulcinella e Brighella, Arlecchino e Tartaglia, Pantalone e Balanzone, insomma i malinconici personaggi teatrali che il 1500 ci regalò. La Comédie Italienne non mi ha mai divertito, Monsieur. Infatti grazie a Lei ho riso due volte e basta. Quando al Suo agglomerato politico dette l'acconcio nome e l'acconcia immagine d'un Asinello, e quando Baffettino cioè D'Alema La rimpiazzò a Palazzo Chigi. (Non che lui mi piacesse o mi piaccia, per carità! La sua boria e la sua presunzione mi mandano il sangue al cervello. Ma pur di vederLa spodestare avrei venduto l'anima al Diavolo).

Il guaio è che, per spodestarLa, Baffettino dovette rifilarLa all'Unione Europea. Godetevelo-voi. E all'Unione Europea Lei ci ha fatto fare non poche figuracce, Monsieur. Pensi a quella che fece con l'Eurobarometro nell'ottobre del 2003 cioè quando promosse tra i cittadini dell'Ue il sondaggio sulla legittimità-della-guerra-in-Iraq. Sondaggio con cui si chiedeva, fra l'altro, quale fosse il paese che minacciava di più la pace nel mondo e a cui risposero soltanto 7515 persone. Però Lei lo rese noto come se si fosse trattato d'un referendum plebiscitario, e in anteprima dette la risposta da cui risultava che "secondo il 59 per cento degli europei il paese che più minacciava la pace nel mondo era Israele". Oppure pensi a quella che in completo dispregio per il Suo incarico commise inviando ai dirigenti dell'Ulivo le sessanta pagine attraverso cui si rioffriva come loro leader. Le Sue figuracce sono le nostre figuracce, Monsieur. Figuracce dell'Italia. E io soffrii tanto a leggere i tre aggettivi che Hans-Gert Poettering, il capo del Ppe, aveva scelto per condannare il Suo secondo exploit. "Scorretto. Inaccettabile. Irresponsabile." Soffrii in ugual misura a legger l'editoriale che sul "Times" di Londra si concludeva con le tremende parole: "Mister Prodi ha rinunciato al diritto morale di guidare la Commissione Europea e ai popoli d'Europa renderebbe un miglior servigio se tornasse nel calderone della politica italiana". Però la faccenda del Voto allo Straniero le supera tutte. Perché lo sgangherato Centro-Sinistra (talmente sgangherato che per procurarsi un leader deve andare a cercarselo tra le mortadelle democristiane) ha scelto Lei. Di nuovo Lei, mioddio. E visto che il vicepresidente del Consiglio i figli di Allah li ama in ugual misura, il Suo ritorno-nel-calderone costringe gli italiani a scegliere tra una Destra e una Sinistra o presunta Destra e presunta Sinistra che stanno entrambe dalla parte del nemico. Li pone tra l'incudine e il martello, li vende definitivamente all'Islam. La Sua ingordigia di potere è pari alla Sua desolante pochezza, Monsieur. Santo Cielo, non Le bastavano gli immeritati fasti e gli immeritati stipendi di Bruxelles?!? Quando per stendere la Costituzione Europea l'ex presidente francese Giscard d'Estaing sollecitò e ottenne uno stipendio uguale al Suo, andai a vedere ciò che Lei guadagna. E i documenti ufficiali mi dissero che quale presidente della Commissione guadagna 22.210,81 euro al mese pari a 43 milioni di vecchie lire esenti da tasse italiane. (Solo il 16 per cento va alla Comunità Europea). Questo senza contare il parziale rimborso del Suo alloggio e lo sgravio delle spese di rappresentanza, tutte pagate dalla Commissione. Decine di migliaia di euro che ogni mese se ne vanno in pranzi, cene, alberghi, viaggi, cuochi, camerieri, barbieri, segretarie, assistenti, interpreti, traduttori, autisti di limousine, nonché telefonate e giornali e fiori di classe. Perbacco: quanto ci costa, Monsieur! Ci costa tanto che mi chiedo come facciano gli italiani anzi gli europei a non rinfacciarglielo. Così tanto che Lei deve spiegarci gratuitamente quali sono i motivi per cui il Voto allo Straniero è un'esigenza "fondamentale", e per cui oltre al voto amministrativo bisogna dargli "anche quello politico". Attivo e passivo, cioè per eleggere ed essere eletti. Monsieur, vogliamo saperlo senza interrogare col gioco del piattino le anime del Purgatorio.»*

* **Nota dell'Autore.** Quest'anno Mortadella lascia la presidenza, graziaddio. La lascia senza lasciare rimpianti anzi tra mille respiri di sollievo e rimproveri e accuse. Alla Ue lo detestano tutti, ormai. Perfino Chirac e Schröder che favorendo l'Asse Parigi-Berlino egli ha servito così bene. Perfino Blair che chissà perché aveva sostenuto la sua candidatura. «Si è mostrato debole, incerto, contraddittorio, incapace» ha detto l'europarlamentare inglese Charles Tannock. E il «Financial Times» ha aggiunto: «La sua performance è stata orrenda. Speriamo di dimenticarlo presto». Eppure se ne va senza rimetterci. Il regolamento comunitario prevede che i commissari uscenti ricevano per tre anni una retribuzione pari al 55 per cento dello stipendio percepito. Considerando la cifra che ho fornito sul suo stipendio, se ne deduce che fino al 2007 gli spettano (per far nulla) 12.216 euro al mese pari a 25 milioni di vecchie lire. In barba al Popolo e a coloro che vogliono affidargli la leadership della Sinistra.

Seconda letterina. «Signor Vicepresidente del Consiglio, Lei mi ricorda Palmiro Togliatti. Il comunista più odioso che abbia mai conosciuto, l'uomo che alla Costituente fece votare l'articolo 7 ossia quello che ribadiva il Concordato con la Chiesa cattolica. E che pur di consegnare l'Italia all'Unione Sovietica era pronto a farci tenere i Savoia, insomma la monarchia. Non a caso quelli della Sinistra La trattano con tanto rispetto anzi con tanta deferenza, su di Lei non rovesciano mai il velenoso livore che rovesciano sul Cavaliere, contro di Lei non pronunciano mai una parola sgarbata, a Lei non rivolgono mai la benché minima accusa. Come Togliatti è capace di tutto. Come Togliatti è un gelido calcolatore e non fa mai nulla, non dice mai nulla, che non abbia ben soppesato ponderato vagliato per Sua convenienza. (E meno male se, nonostante tanto riflettere, non ne imbrocca mai una). Come Togliatti sembra un uomo tutto d'un pezzo, un tipo coerente, ligio alle sue idee, e invece è un furbone. Un maestro nel tenere il piede in due staffe. Dirige un partito che si definisce di Destra e gioca a tennis con la Sinistra. Fa il vice di Berlusconi e non sogna altro che detronizzarlo, mandarlo in pensione. Va a Gerusalemme, con la kippah in testa piange lacrime di coccodrillo allo Yad Vashem, e poi fornica nel modo più sgomentevole coi figli di Allah. Vuole dargli il voto, dichiara che "lo meritano perché pagano le tasse e vogliono integrarsi anzi si stanno integrando".

Quando ci sbalordì con quel colpo di scena ne cercai le ragioni. E la prima cosa che mi dissi fu: buon sangue non mente. Pensai cioè a Mussolini che nel 1937 (l'anno in cui Hitler incominciò a farsela col Gran Muftì zio di Arafat) si scopre "protettore dell'Islam" e va in Libia dove, dinanzi a una moltitudine di burnus, il kadì d'Apollonia lo riceve tuonando: "O Duce! La tua fama ha raggiunto tutto e tutti! Le tue virtù vengono cantate da vicini e lontani!". Poi gli consegna la famosa spa-

263

da dell'Islam. Una spada d'oro massiccio, con l'elsa tempesta-
ta di pietre preziose. Lui la sguaina, la punta verso il sole, e
con voce rebante declama: "L'Italia fascista intende assicurare alle popolazioni mussulmane la pace, la giustizia, il benessere, il rispetto alle leggi del Profeta, vuole dimostrare al mondo
la sua simpatia per l'Islam e pei mussulmani!". Quindi salta su
un bianco destriero e seguito da ben duemilaseicento cavalieri
arabi si lancia al galoppo nel deserto del futuro Gheddafi. Ma
erravo. Quel colpo di scena non era una reminiscenza sentimentale, un caso di mussolinismo. Era un caso di togliattismo
cioè di cinismo, di opportunismo, di gelido calcolo per procurarsi l'elettorato di cui ha bisogno per competere con la Sinistra e guidare in prima persona l'equivoco oggi chiamato Destra. Signor Vicepresidente del Consiglio, nonostante la Sua
aria quieta ed equilibrata Lei è un uomo molto pericoloso.
Perché ancor più degli ex democristiani (che poi sono i soliti
democristiani con un nome diverso) può usare a malo scopo il
risentimento che gli italiani come me esprimono nei riguardi
dell'equivoco oggi chiamato Sinistra. E perché, come quelli
della Sinistra, mente sapendo di mentire. Pagano-le-tasse, i
Suoi protetti islamici?!? Quanti di loro pagano le tasse?!?
Clandestini a parte, spacciatori di droga a parte, prostitute e
lenoni a parte, appena un terzo un po' di tasse! Non le capiscono nemmeno, le tasse. Se gli spiega che servono ad esempio per costruire le strade e gli ospedali e le scuole che anch'essi usano o per fornirgli i sussidi che ricevono dal momento in cui entrano nel nostro paese, ti rispondono che no: si tratta di roba per truffare loro, derubare loro. Quanto al Suo vo-
gliono-integrarsi, si-stanno-integrando, chi crede di prendere
in giro?!?
Uno dei difetti che caratterizzano voi politici è la presunzione di poter prendere in giro la gente, trattarla come se fosse cieca o imbecille, dargli a bere fandonie, negare o ignorare

le realtà più evidenti. Più visibili, più tangibili, più evidenti. Ma stavolta no, signor mio. Stavolta Lei non può negare ciò che vedono anche i bambini. Non può ignorare ciò che ogni giorno, ogni momento, avviene in ogni città e in ogni villaggio d'Europa. In Italia, in Francia, in Inghilterra, in Spagna, in Germania, in Olanda, in Danimarca, ovunque si siano stabiliti. Rilegga quel che ho scritto su Marsiglia, su Granada, su Londra, su Colonia. Guardi il modo in cui si comportano a Torino, a Milano, a Bologna, a Firenze, a Roma. Perbacco, su questo pianeta nessuno difende la propria identità e rifiuta d'integrarsi come i mussulmani. Nessuno. Perché Maometto la proibisce, l'integrazione. La punisce. Se non lo sa, dia uno sguardo al Corano. Si trascriva le Sure che la proibiscono, che la puniscono. Intanto gliene riporto un paio. Questa, ad esempio: "Allah non permette ai suoi fedeli di fare amicizia con gli infedeli. L'amicizia produce affetto, attrazione spirituale. Inclina verso la morale e il modo di vivere degli infedeli, e le idee degli infedeli sono contrarie alla Sharia. Conducono alla perdita dell'indipendenza, dell'egemonia, mirano a sormontarci. E l'Islam sormonta. Non si fa sormontare". Oppure questa: "Non siate deboli con il nemico. Non invitatelo alla pace. Specialmente mentre avete il sopravvento. Uccidete gli infedeli ovunque si trovino. Assediateli, combatteteli con qualsiasi sorta di tranelli". In parole diverse, secondo il Corano dovremmo essere noi ad integrarci. Noi ad accettare le loro leggi, le loro usanze, la loro dannata Sharia. Signor Fini, ma perché come capolista dell'Ulivo non si presenta Lei?»

Nota per il Presidente del Consiglio. «Signor cavaliere, quel che avevo da dirLe glielo dissi due anni fa. E non intendo ripetermi. Tantomeno intendo unirmi all'antidemocratico coro cioè al linciaggio con cui ad ogni pretesto Lei viene sansebastianizzato dai nemici, dai giornali che si definiscono indipendenti, dai vignettisti mea condicio eccetera. Signor cavaliere, noi due non ci amiamo. Ma il comportamento che quella gente tiene verso di Lei è così incivile, così insopportabile, così ributtante, quindi offensivo per la libertà e la democrazia, che a portarvi un benché minimo e involontario contributo mi vergognerei. Questi due interrogativi, però, non glieli leva nessuno. Perché sulla faccenda del Voto allo Straniero non ha mai aperto bocca? Perché non ha mai detto che il voto è un diritto dei cittadini e basta?»

Interrogativi che indirettamente riguardano anche le Bozze d'Intesa sulle quali m'accingo a dire la mia.

CAPITOLO 4

«A quello lì gli dai un'unghia e ti piglia la mano. Gli dai una mano e ti piglia un braccio poi ti butta giù dalla finestra» diceva mia madre quando non si fidava di qualcuno. E a volte queste Bozze d'Intesa hanno l'aria di chiedere, se non l'unghia e basta, una mano e basta. Alcune richieste sono espresse infatti con molta astuzia cioè giocando sull'equivoco, altre invece t'afferrano subito il braccio per scaraventarti giù dalla finestra. Prendi il caso della loro domenica che non è la domenica ma il venerdì. «I mussulmani che dipendono dallo Stato e dagli enti pubblici o privati, quelli che esercitano attività autonome o commerciali, quelli che sono militari o assegnati al servizio civile sostitutivo hanno il diritto di rispettare la festa religiosa del venerdì» sostiene la Bozza stesa dal Coreis (Comunità Religiosa Islamica). Sorvolando sul giorno di festa, però, quella stesa dall'Ucoii (Unione delle Comunità ed Organizzazioni Islamiche in Italia) sottolinea il diritto di partecipare alla preghiera del venerdì. Rito che si svolge nelle moschee, dura almeno un'ora, è preceduto dal lavaggio dei piedi, e di conseguenza richiede un'interruzione di lavoro abbastanza lunga. Sia la Bozza del Coreis sia quella dell'Ucoii, inoltre, aggiungono: «Nel fissare il diario degli esami le autorità scolastiche adotteranno opportuni accorgimenti onde consentire agli studenti mussulmani d'essere esaminati in un giorno diverso dal venerdì».

Domanda Numero Uno. Come la mettiamo col fatto che in Italia anzi in Occidente la domenica viene di domenica, peraltro dopo il sabato che è incluso nel weekend e praticamente è una giornata non lavorativa? Come la mettiamo, insomma, col fatto che da noi la settimana lavorativa va dal lunedì al venerdì? Nessun altro credo religioso ha mai chiesto di ridurre la settimana lavorativa dal lunedì al giovedì cioè di godersi un weekend lungo tre giorni. E in base a quale privilegio le nostre autorità scolastiche dovrebbero alterare il diario degli esami, adeguarsi ai riti di Maometto? Domanda Numero Due: come la mettiamo col particolare che tra i dipendenti dello Stato e degli enti pubblici o privati vi siano i pompieri, i ferrovieri, i piloti degli aerei, gli autisti delle ambulanze, i medici, e che tra i militari vi siano ad esempio i carabinieri cui spettano compiti di polizia? Come la mettiamo, insomma, col carabiniere che all'ora della preghiera sta arrestando un ladro o sostenendo un conflitto a fuoco? Come la mettiamo col medico che all'ora della preghiera sta eseguendo un'operazione chirurgica, o con l'autista dell'ambulanza che sta portando un ferito all'ospedale, o col pilota dell'aereo che sta decollando o atterrando, o col ferroviere che sta conducendo un treno, o col pompiere che sta spengendo un incendio? Nel 1979 le figlie di Bazargan (il primo ministro di Khomeini) mi raccontarono che una volta, all'ora della preghiera, papà s'era fermato di colpo su una freeway di Los Angeles. Sulle freeway di Los Angeles non si può neanche rallentare. Il traffico è così intenso che alla minima decelerazione provochi un'ecatombe. Eppure lui s'era fermato. Era sceso col suo tappetino, s'era inginocchiato sull'asfalto, s'era messo a pregare. Meglio: nel 1991 cioè durante la Guerra del Golfo vidi un artificiere saudita che insieme a tre Marines stava disinnescando una bomba inesplosa, e che d'un tratto interruppe la delicatissima operazione. Sordo alle urla disperate dei Marines lasciò la bomba e se ne andò borbottando: «Sorry, it is my prayer hour. Spiacente, per me è l'ora della preghiera».

Fra le pretese che sembrano innocue v'è anche quella d'interrompere il lavoro per recitare gli Allah-akbar del mattino, del mezzogiorno, del pomeriggio, del tramonto. V'è anche quella di celebrare l'inizio e la fine del Ramadan, la Festa del Sacrificio, il Capodanno Egiriano, il 10 Dhul Hijja dell'Anno Egiriano. E quella di prendersi una vacanza supplementare per fare il pellegrinaggio alla Mecca. (Feste e vacanze alle quali si aggiungono ovviamente i nostri Natali, i nostri Capodanni, le nostre Befane, le nostre Pasque, i nostri Morti, i nostri Santi Patroni, le nostre Immacolate Concezioni, i nostri Primi Maggi, eccetera). Infine, v'è la faccenda della fotografia sui documenti d'identità, ed ecco. L'articolo 3 del Testo Unico delle Leggi di Pubblica Sicurezza stabilisce che per i documenti d'identità ci vuole una fotografia a capo scoperto cioè senza cappello. Cosa giusta in quanto il cappello nasconde i capelli e spesso la fronte e gli orecchi. Tre connotati che servono a riconoscere una persona. (Quando l'Italia non era una colonia dell'Islam, quei connotati venivano segnalati sul passaporto come la statura e la corporatura e il colore degli occhi, ricordi? Fronte alta o bassa. Orecchi normali o a sventola. Capelli biondi o neri o grigi o bianchi. Eventuale calvizie). E nessuno può negare che il turbante nasconda i capelli e gli orecchi. Nessuno può negare che insieme ai capelli e agli orecchi il chador e lo hijab nascondano la fronte nonché le tempie, gli zigomi, le mascelle, il mento e il collo. Nessuno può negare che d'una fisionomia quei copricapi rivelino soltanto gli occhi e il naso e la bocca. Però la Bozza del Coreis dichiara che in base al diritto di vestirsi secondo la tradizione i mussulmani possono esigere documenti con la fotografia a capo coperto. Ossia col chador, con lo hijab, col turbante. Cedere a quella "esigenza" significa dunque violare l'articolo 3 del Testo Unico delle Leggi di Pubblica Sicurezza. Scrivo "significa", non "significherebbe", perché in pratica la violazione è già in atto. Sai per colpa di chi? D'un ex ministro degli Interni ed ex presidente della Corte Suprema di Cassazione che il 14 marzo 1995 emise una circolare con cui informava le Questure che il divieto d'apparire col capo coperto sulle fotografie dei documenti riguardava il cappello. «Oggetto che oltre ad alterare o poter alterare la fisionomia del volto ritratto è un semplice accessorio dell'abbigliamento.» Non riguardava, invece, il chador e lo hijab e il turbante. «Indumenti-che-fanno-parte-integrante-dell'abbigliamento-islamico.» E concludeva: «Onde non calpestare il principio costituzionale garantito dall'articolo 19 in materia di culto e libertà religiosa, è dunque permesso porre sui documenti di identità una foto con la testa coperta da siffatti indumenti».

(*Letterina*. «Eccellenza anzi ex Eccellenza Illustrissima. In primo luogo, il cappello non è un "semplice accessorio" ossia un oggetto frivolo e superfluo. È un indumento che d'inverno serve a proteggere la testa dal freddo. D'estate, a ripararla dal sole. E dacché mondo è mondo, la maggior parte degli esseri umani lo porta per questo. Lo portava anche il cacciatore che anni fa scoprimmo, mummificato, dentro un ghiacciaio delle Alpi al confine tra l'Austria e l'Italia. Un cacciatore dell'Età del Rame. In secondo luogo, il turbante non è affatto parte integrante dell'abbigliamento islamico o di quello islamico e basta. In molti paesi mussulmani non si usa o viene usato soltanto dai mullah e dagli imam. In Turchia e in Egitto e in Marocco portano il fez. In Arabia Saudita e in Giordania e in Palestina eccetera, il kaffiah. Ha mai visto Arafat o Mubarak o il re di Giordania o il re dell'Arabia Saudita col turbante? Non è neppure un simbolo dell'Islam, il turbante. Se si fosse informato meglio avrebbe scoperto che, lungi dal definirlo "indumento islamico", ogni dizionario ed ogni enciclopedia lo definiscono "copricapo orientale o copricapo femminile". E graziaddio l'Oriente non si compone di paesi mussulmani e basta. Include ad esempio l'India che malgrado le invasioni islamiche è sempre riuscita a restare induista. In India il turbante si portava assai prima che Maometto nascesse. Pensi a quelli neri dei guru, a quelli ingioiellati dei marajah, a quelli rossi dei Sikh che non lo tolgono nemmeno per dormire e che sono acerrimi nemici dell'Islam. Del resto anche gli Assiri portavano il turbante. In qualsiasi statua o dipinto re Sargon, Ottavo Secolo avanti Cristo, appare col turbante. E a pensarci bene, anche i copricapi degli antichi egizi erano turbanti. Incominciando dal copricapo dei faraoni e da quello che la regina Nefertiti esibisce nel famoso busto custodito al Museo Egizio di Berlino. Le donne, del resto, hanno sempre portato il turbante. Quand'ero bambina, lo portava anche la zia Bianca. Andava di moda e lei diceva: "Dona". Né è tutto. Gli estensori delle Bozze, i..fatti, non chiariscono mai il significato del termine "capo coperto". Non spiegano mai se per "capo coperto" intendono i capelli e basta o anche il volto. Con la Sua circolare, però, Lei gli risolse il problema. Non solo perché il chador e lo hijab coprono buona parte del volto ma perché, autorizzando la fotografia col chador o lo hijab, sia pure indirettamente Lei autorizzò anche quella col burkah o il nikab: indumenti ancor più islamici. Stando così le cose, Eccellenza anzi ex Eccellenza Illustrissima, io Le ricordo che la Legge è Uguale per Tutti. E poiché la Legge è Uguale per Tutti, reclamo il diritto di porre sul mio passaporto una fotografia col cappello. Un cappello a larga falda, badi bene. Con la falda che mi scende sulla fronte e mi getta un'ombra sugli occhi. Lo reclamo, tale diritto, e se non mi viene riconosciuto vi denuncio tutti per discriminazione razziale e religiosa. Vi porto alla

Corte dell'Aja.») E con ciò passiamo ad una delle richieste più impudenti che le suddette Bozze contengano. Quella con cui vorrebbero imporci la validità del matrimonio islamico.

* * *

Esistono due tipi di matrimonio islamico. Uno è il matrimonio classico ovvero il *nikah*: contratto che rientra nella "categoria delle vendite" e che, eventuale ripudio a parte, non ha scadenza. L'altro è il matrimonio temporaneo ossia il *mut'a*: contratto che rientra nella "categoria affitti e locazioni" e che, eventuale rinnovo a parte, può avere qualsiasi scadenza. Durare un'ora, una settimana, un mese. O quel che durò il mio quando nella città sacra di Qom, dov'ero andata per intervistar Khomeini, il mullah addetto al Controllo della Moralità mi costrinse a sposare l'interprete già sposato con la spagnola gelosa. (A proposito: ne *La Rabbia e l'Orgoglio* lasciai l'episodio inconcluso, e d'allora sono inseguita dalla domanda: «Ma lo sposò o no il marito della spagnola gelosa?». Sissignori, lo sposai. Seduta stante, lo sposai. O meglio: mi sposò lui firmando il foglio che il mullah sventolava al grido di vergogna-vergogna. Sennò ci avrebbero fucilato e addio intervista a Khomeini. Però le nozze non furono mai consumate. Lo giuro sul mio onore. Conclusa la lunga intervista col vecchio tiranno me la svignai, e quel coniuge a scadenza non lo rividi mai più).

Anziché un matrimonio vero e proprio, dunque, il *mut'a* è un espediente per legittimare i rapporti occasionali. Una farisaica scappatoia per commettere adulterio senza cadere in peccato, o un trucco per prostituire e prostituirsi. Non a caso gli stessi figli di Allah ne parlano con imbarazzo, i sunniti lo hanno abolito, e gli sciiti lo praticano di nascosto. Il *nikah* invece no. E la prima cosa da dire sul *nikah* è che si tratta di nozze combinate cioè imposte dai familiari in barba alla volontà degli sposi. (Se non sbaglio, cosa inammissibile sia per la legge italiana che per la Convenzione Europea. Entrambe esigono infatti la piena e libera volontà dei nubendi). E, no: niente decisioni dettate dai sentimenti o dai ragionamenti della coppia, nel *nikah*. Niente libera e piena volontà. «L'amore inganna. L'attrazione fisica, pure. Non si può combinare il contratto nuziale pensando a queste sciocchezze: la scelta dei partner deve basarsi sull'altrui giudizio» spiega l'islamista Yusuf al-Qaradawi nel suo libro *Il lecito e l'illecito*. Dopo che i familiari hanno firmato il contratto e versato il *mahr* cioè la cifra con cui lo sposo acquista la sposa, i due nubendi non hanno neppure il diritto di conoscersi e frequentarsi come fidanzati. Se per caso s'incontrano, devono abbassare lo sguardo e guai se aprono bocca. La sposa non può aprirla neanche durante la cerimonia. Infatti non è lei che pronuncia il "sì". È il suo *wali* cioè il suo tutore, l'uomo che ha condotto le trattative. Di solito, il padre o il fratello. Perché durante la cerimonia è il padre o il fratello che sta al lato dello sposo. Che al momento culminante lo guarda negli occhi, gli sorride con tenerezza, gli stringe le mani. Manco si coniugasse lui. (Una volta la vidi, questa scena. In un albergo di Islamabad. Subito ne dedussi che i due erano omosessuali. Convinta d'assistere alle nozze di due omosessuali chiesi a un invitato se il Corano le permettesse, ed essendo costui uno zio della sposa non ti dico che cosa mi rispose. Ne rabbrividisco ancora). «Ti do mia figlia (o mia sorella) come vuole la Legge di Allah e del Profeta» dichiara il padre (o il fratello). «Prendo tua figlia (o tua sorella) come vuole la Legge di Allah e del Profeta» risponde lo sposo. «L'accetti dunque?» insiste, non si sa perché, il padre o il fratello. «L'ho già accettata» risponde lo sposo. Poi i due si danno un bacino. Triplo. Si scambiano gli auguri, si dicono: «Speriamo che si riveli una buona moglie». E mentre ciò avviene la sposa se ne sta in un cantuccio, muta. Sola e muta. Per il Profeta, infatti, una sposa non può non essere d'accordo. E il suo silenzio significa "sì". Anche il suo ridere, se ride, significa "sì". Anche il suo piangere, se piange...

La seconda cosa da dire è che in Italia la poligamia è proibita. Che ad essere bigami in Italia si finisce in galera. «Non può contrarre matrimonio chi è vincolato da un matrimonio precedente» avverte l'articolo 86 del nostro Codice Civile. E l'articolo 556 del nostro Codice Penale (te l'ho già detto parlando del poligamo maghrebino che le autorità toscane non toccano per motivi-di-ordine-pubblico) aggiunge: «Chiunque essendo legato da matrimonio avente effetti civili ne contrae un altro avente effetti civili è punito con la reclusione da uno a cinque anni. Alla stessa pena soggiace chi non essendo coniugato contrae matrimonio con persona già legata da matrimonio avente effetti civili». Eppure le Bozze d'Intesa chiedono che «la Repubblica italiana riconosca gli effetti civili del matrimonio celebrato col rito islamico». Chiedono che la facoltà di celebrare o sciogliere matrimoni secondo la legge e la tradizione islamica rimanga «intatta anche nei casi in cui quei matrimoni non hanno effetti o rilevanza civile». Lo chiedono con la consueta ambiguità, la consueta furbizia. Cioè senza rilevare che il matrimonio islamico non prescinde dalla bigamia, che in qualsiasi momento un marito può prendersi un'altra moglie e poi un'altra e poi un'altra ancora fino a quattro. Lo chiedono, inoltre, senza precisare se con la parola "matrimoni" al plurale intendono il *nikah* e basta oppure il *nikah* e il *mut'a*. Lo chiedono senza chiarire se col verbo "sciogliere" si riferiscono al divorzio oppure al ripudio. E il ripudio autorizza un marito a buttar via la moglie quando gli pare. Per buttarla via gli basta ripeter tre volte: «Talak, talak,

talak». Lo chiedono, infine, senza ammettere che il termine "tradizione islamica" significa totale sudditanza della moglie. Totale schiavitù. E tale schiavitù include il diritto che il marito ha di picchiarla, frustrarla, bastonarla. «Le mogli virtuose obbediscono incondizionatamente al marito. Quelle disubbidienti devono essere da lui allontanate dal suo letto e bastonate» insegna il Corano. «L'uomo è il signore indiscutibile, il padrone assoluto della famiglia. La donna non può ribellarsi alla sua autorità e se osa farlo bisogna picchiarla» aggiunge al-Qaradawi nel suo libro. (Stampato, bada bene, nell'anno 2000 e non 1000). Poi precisa che una moglie non può uscire di casa se il marito non vuole, non può ricever visite di parenti e di amiche se il marito non vuole, non può partecipare all'educazione dei figli se il marito non vuole, e quando lui è in torto può soltanto supplicarlo di ricredersi. A tal proposito il consigliere della Federación Española de Entidades Religiosas Islámicas, imam Mohammed Kamal Mustafa, ha scritto addirittura un vademecum sul modo di picchiare le mogli. («Usare un bastone sottile e leggero, utile per colpirla anche da lontano. Colpirla soltanto nel corpo, nelle mani, nei piedi. Mai sul volto sennò si vedono le cicatrici e gli ematomi. Ricordarsi che le percosse devono far soffrire psicologicamente, non solo fisicamente»). E l'imam di Valencia, Abdul Majad Rejab, ha commentato: «L'imam Mustafa è islamicamente corretto. Picchiare la moglie è una risorsa». L'imam di Barcellona, Abdelaziz Hazan, ha aggiunto: «L'imam Mustafa si limita a riferire ciò che è scritto nel Corano. Se non lo facesse, sarebbe un eretico». Ma la Costituzione Italiana stabilisce l'uguaglianza dei sessi. Difende le libertà della donna. Vieta qualsiasi atto discriminatorio nei suoi riguardi. Sostiene che i coniugi godono di uguali diritti e di uguali doveri. Dichiara che sia durante il matrimonio sia dopo l'eventuale divorzio essi hanno uguali responsabilità verso i figli: sì o no? Ergo, il

275

riconoscimento giuridico del matrimonio islamico è impossibile. La richiesta avanzata dalle Bozze d'Intesa è inaccettabile. E altrettanto inaccettabile è quella che riguarda l'insegnamento del Corano nelle nostre scuole pubbliche. Ecco perché.

*   *   *

Il laicismo delle nostre scuole pubbliche non è perfetto. Non lo è a causa dei Patti Lateranensi cioè del Concordato che Mussolini firmò col Vaticano nel 1929, che la Costituente confermò nel 1947 coi voti dei comunisti guidati da Togliatti, e che nel 1984 fu modificato abrogando soltanto l'incostituzionale espressione "religione di Stato". Non lo è, in breve, per via d'un piccolo nèo chiamato Ora-Settimanale-di-Religione. Un'ora facoltativa, però. Era un'ora facoltativa, pensa, già ai tempi in cui studiavo al liceo «Galileo Galilei» di Firenze e facevo disperare un intelligente sacerdote che si chiamava don Bensi. Infatti quando don Bensi entrava in classe, io uscivo. Sorda ai suoi addolorati commenti, (di solito il brontolio «vai-vai, 'un-sia-mai-che-un-poero-prete-cerca-di-salvare-l'a-nimaccia-tua»), prendevo la merenda e andavo a mangiarla nel corridoio. Senza rischiare vendette o castighi, tuttavia. Tantomeno da lui che ogni volta mi perdonava ridacchiando: «Era bòno il panino?». Questo poter scegliere, questo poter accettare quell'ora o rifiutarla, minimizza il nèo. (In fondo legittimato dal fatto che la stragrande maggioranza degli italiani sia cattolica). Lo minimizza a tal punto che nessun'altra comunità religiosa se ne dispiace. Nessun'altra pretende che nelle scuole pubbliche si insegni il suo credo. Non lo pretende neanche quella ebraica che tra le minoranze religiose è la più ligia al proprio confessionalismo, la più esigente. Nel suo Accordo con la Repubblica italiana, infatti, la Comunità Ebraica parla di «eventuali richieste che potrebbero venire dagli alunni o dalle famiglie per avviare uno studio sull'ebraismo nell'ambito delle attività culturali». Ma una cosa è proporre lo-studio-sull'ebraismo-nell'ambito-delle-attività-culturali e una cosa è insegnarlo nelle scuole pubbliche come lo si insegna nelle scuole private o nelle sinagoghe. Definendosi la seconda religione dello Stato (termine illecito in quanto lo Stato italiano non rappresenta gli immigrati mussulmani e gli italiani convertiti all'Islam sono, ripeto, soltanto diecimila) le Bozze delle Comunità Islamiche chiedono invece che nelle nostre scuole il Corano s'insegni come s'insegna nelle loro scuole private o nelle moschee.

Lo chiedono senza ambiguità, stavolta. Cioè precisando che tale insegnamento deve svolgersi nelle aule di ogni ordine e grado, asili compresi. Sottolineando che a impartirlo devono essere maestri scelti da loro, con programmi redatti da loro e orari graditi a loro. Peggio: lo chiedono ficcando il naso nei nostri programmi scolastici, pretendendo che «attraverso le altre materie non si diffondano altri insegnamenti religiosi». E sai che cosa significa questo? Significa che nei programmi delle altre-materie dovremmo evitare riferimenti alla religione di cui la nostra cultura è imbevuta, cioè al cristianesimo. Significa che nei programmi di letteratura non dovremmo includere ad esempio la *Divina Commedia*. Poema scritto da un cane-infedele che della vita terrena ed extraterrena aveva una visione alquanto cattolica, che all'Inferno e per l'esattezza nel Canto Ventottesimo ci sistema Maometto, e che il Paradiso lo affolla di donne. Eroine del Vecchio Testamento, sante del calendario. Nonché la signora di cui era innamorato, Beatrice Portinari, e la "Figlia di suo Figlio" cioè Maria Vergine. A pensarci bene, nei programmi di letteratura non dovremmo includere nemmeno il *Cantico delle Creature* di san Francesco e gli *Inni Sacri* di

Alessandro Manzoni. Nei programma di storia non dovremmo parlare né di Gesù né dei suoi Apostoli, né di Barabba né di Ponzio Pilato, né dei cristiani né delle catacombe, o di Costantino e del Sacro Romano Impero. Dovremmo inoltre eliminare le lotte tra i Guelfi e i Ghibellini, le resistenze opposte dai siciliani e dai romani e dai campani e dai toscani e dai veneti e dai friulani e dai pugliesi e dai genovesi alle invasioni islamiche. Dovremmo passar sotto silenzio Carlo Martello e Giovanna d'Arco, la caduta di Costantinopoli e la battaglia di Lepanto. E dai programmi di filosofia dovremmo cancellare le opere di sant'Agostino e di Tommaso d'Aquino, di Lutero e di Calvino, di Cartesio e di Pascal. Dai programmi di storia dell'arte dovremmo spazzar via tutti i Cristi e le Madonne di Giotto e di Masaccio, del Beato Angelico e di Filippino Lippi, del Verrocchio e del Mantegna, di Raffaello e di Leonardo da Vinci e di Michelangelo. In musica dovremmo eliminare tutti i Canti Gregoriani, tutti i Requiem incominciando dal *Requiem* di Mozart o da quello di Verdi, e guai al maestro o alla maestra che fa cantare in classe l'*Ave Maria* di Schubert... Sembrano paradossi, vero? Sembrano battute di spirito, esagerazioni grottesche. Invece no: sono ragionamenti anzi vaticinii basati sulla realtà che stiamo vivendo. Qualche cane-infedele, infatti, quei mascalzoni ce lo hanno già messo alla gogna. Uno è proprio Dante Alighieri che col pretesto del Canto Ventottesimo vorrebbero bandire dalle medie superiori, nonché sloggiare dalla sua tomba di Ravenna per «frantumarne le ossa e disperderle al vento». Un altro è il pittore Giovanni da Modena che l'anno 1415, nella cattedrale di San Petronio a Bologna, dipinse un minuscolo affresco dove Maometto si trova appunto all'Inferno. Dopo aver inviato al papa e al cardinale di Bologna una lettera in cui il minuscolo affresco viene definito «un'offesa inaccettabile ai mussulmani del

278

mondo intero» hanno promesso di distruggerlo. E una volta ci hanno già provato. Più o meno ciò che fanno in Francia quando chiedono di mettere al bando Voltaire. Colpevole, lui, d'aver scritto *Le Fanatisme ou Mahomet le prophète* tragedia nella quale, istigato da Maometto, il giovane protagonista ammazza il padre e il fratello.

Quanto alle richieste di cui non ho ancora parlato, bè... La più bonaria riguarda le mense che in ogni azienda pubblica o privata, ogni carcere, ogni ospedale, ogni caserma, ogni scuola di ordine e grado, devono avere cibi islamici. Carne halal eccetera. (E va da sé che in pratica tali mense esistono già senza gli accordi pretesi dalle Bozze d'Intesa. Nelle carceri dove i detenuti sono in gran parte algerini o marocchini o tunisini o albanesi o sudanesi la carne halal ha sostituito quella dei nostri mattatoi. Il maiale è praticamente scomparso, e a proposito: chi ci guadagna in questo business della carne halal? Soltanto i pii sgozzavitelli di Torino oppure una mafia islamica simile a quella che esiste in Francia?). La richiesta più antipatica riguarda invece la sepoltura dei loro defunti. Cosa che nel rito islamico avviene a fior di terra e dopo aver avvolto il cadavere in un semplice lenzuolo, niente cassa da morto, e che è rigorosamente proibita dalle nostre Leggi sull'Igiene. La più odiosa, però, la più scandalosa, è quella che pretende di «collaborare alla tutela del patrimonio storico, artistico, ambientale, architettonico, archeologico, archivistico, librario dell'islamismo». Questo, allo scopo di «agevolare la raccolta e il riordinamento dei beni culturali islamici». (Quali beni-culturali-islamici, sfrontati?!? Quale patrimonio-storico-artistico-ambientale-architettonico-archeologico-archivistico-librario dell'islamismo, sfacciati?!? In Italia i vostri avi non hanno portato nulla fuorché il grido «Mamma li turchi». Non hanno lasciato nulla fuorché le lacrime delle creature che nelle città costiere e in Sicilia i vostri pirati hanno ucciso o stuprato o rapito per rimpinguare i mercati degli schiavi al Cairo, a Tunisi, ad Algeri, a Rabat, a Istambul. Le donne e i neonati da vendere agli harem dei sultani e dei visir e degli sceicchi ammalati di sesso e di pedofilia. Gli uomini da stroncare nelle vostre cave di pietra, i bambini e i giovinetti da trasformare in macchine da guerra. Da Mazzara a Siracusa, da Siracusa a Taranto, da Taranto a Bari, da Bari ad Ancona, da Ancona a Ravenna, da Ravenna a Udine, da Genova a Livorno, da Livorno a Pisa, da Pisa a Roma, da Roma a Salerno, da Salerno a Palermo, i vostri avi sono sempre venuti per prendere e basta. Razziare e basta. Quindi nei nostri musei, nei nostri archivi, nelle nostre biblioteche, tra i nostri tesori archeologici e architettonici, non c'è un bel nulla che vi appartenga). Ma v'è proprio bisogno delle spudorate Bozze d'Intesa per concludere che anche da noi comandano loro?

Per rispondere a questa domanda basta rifarci al caso che da quasi tre anni affligge la Toscana, da circa mezzo secolo un feudo dei comunisti (ora ex o quasi ex) e di conseguenza una roccaforte dei figli di Allah. Ossia il caso di Colle Val d'Elsa, il comune medioevale di cui Dante Alighieri parla nel Canto Tredicesimo del Purgatorio e che benedetto da uno dei più bei paesaggi del Chianti sorge a quindici chilometri da Siena. Ma dove, sulla cima d'un poggio che sembra dipinto da Duccio di Buoninsegna o Simone Martini o Ambrogio Lorenzetti, la Giunta di Centro-Sinistra vuole erigere una moschea paragonabile a quella di Roma. Eh, sì. Una grande moschea con tanto di cupola e cortile e palme, completata da un minareto alto ventiquattro metri, e impreziosita dagli edifici del nuovo Centro Islamico che i mussulmani della zona esigono come se fossero a casa propria. Ecco qua.

*   *   *

Tutto ebbe inizio un mese dopo l'Undici Settembre, ossia quando le macerie delle Due Torri erano ancora fumanti ma un comunicato dell'Ansa informò il mondo che il sindaco di Colle Val d'Elsa (diessino ed ex Pci) aveva stanziato un miliardo e mezzo di lire per ampliare il piccolo Centro Islamico posto nella piazzetta del giornalaio e trasferirlo in un'area capace di contenere anche la moschea di cui la Comunità Mussulmana di Siena e provincia reclamava l'urgente bisogno. Per l'esattezza, l'area di San Lazzaro cioè il poggio di Abbadia. Parco verde, questo, parco pubblico. Inoltre attiguo al quartiere nel quale sarebbero sorti trecentocinquanta alloggi destinati ai chiantigiani. Quasi contemporaneamente si seppe che il municipio aveva già pagato venti milioni al progettista, e che ai mussulmani stabilitisi a Colle Val d'Elsa aveva già concesso un pezzo di terreno comunale per installarvi un cimitero islamico. Ad perpetuum, oltretutto. Il loro diritto sulla superficie durava infatti novantanove anni, e alla scadenza dei novantanove anni poteva essere rinnovato per altri novantanove poi altri novantanove ancora eccetera. Tutte cose di cui il grosso della cittadinanza non sapeva un bel nulla e su cui, di conseguenza, non aveva mai espresso opinioni o approvazioni.

Bè, esplose il finimondo. Berci, bestemmie, litigi, ricorsi al Tar. Nonché un fiero dibattito aperto dalla Lega che subito promosse una raccolta di firme per bloccare la duplice iniziativa. Il signor sindaco non aveva alcun diritto di regalare il terreno pubblico e spendere denaro pubblico in imprese che favorivano gli stranieri e danneggiavano i cittadini, disse la Lega. Tra l'Italia e l'Islam, religione che si identifica con lo Stato e le cui leggi sono in pieno contrasto con le nostre, non esisteva alcun accordo che prevedesse doni di moschee e cimiteri. E poi perché quella moschea col minareto e le palme doveva sorgere proprio nello storico comune cantato da

Dante Alighieri cioè in un posto dove i minareti e le palme sono estranei alla natura del paesaggio e alla cultura degli abitanti? Perché la Comunità Mussulmana di Siena e provincia la voleva proprio a Colle Val d'Elsa dove oltre a ventimila chiantigiani vivevano milletrecento immigrati, sì, ma solo trecento mussulmani? Quanto al cimitero, quello comunale era aperto ai defunti di qualsiasi credo e poteva essere allargato. Perché ai defunti mussulmani ne spettava uno personale, speciale? Perché le loro tombe dovevano esser ad perpetuum mentre quelle dei cristiani o degli ebrei o dei buddisti o degli atei restavano qualche decennio e basta? Nacque anche un Comitato di Difesa. «No alla moschea, no al cimitero, giù le mani dalla nostra terra.» Comitato composto da operai, contadini, pensionati, casalinghe, ossia gente che nella quasi totalità aveva votato per la Sinistra. Peggio ancora: per quel sindaco e quella Giunta. Eppure non servì a nulla. Per festeggiare la fine del Ramadan, infatti, quell'anno il sindaco concesse ai mussulmani di Colle Val d'Elsa e dintorni anche l'uso della piscina municipale dove è lecito supporre che si siano messi subito a sgozzare agnelli così rendendo le acque rosse come l'Arno durante la battaglia di Campaldino. Per l'intero 2002 e 2003 la faccenda si sviluppò indisturbata e il 30 dicembre 2003 una improvvisa delibera trasformò il parco verde in area edificabile. Ma a quel punto si scoprì che oltre all'area per erigere la moschea ci voleva anche lo spazio necessario a costruire una strada d'accesso più il parcheggio. Sicché sui terreni privati e confinanti col terreno pubblico si abbatté l'esproprio.

Ho sotto gli occhi tre comunicati-stampa che rendono bene l'idea dell'impotenza in cui un cittadino di Colle Val d'Elsa affoga quando viene costretto ad accogliere i figli di Allah. Il primo è del 16 gennaio 2003. Porta la firma del sindaco e incomincia dicendo che «sono in atto fenomeni migratori di planetarie dimensioni. Fenomeni che affondano le radici nel divario tra il Nord e il Sud del pianeta». (No, Vossignoria. Il divario tra Nord e Sud del pianeta, consunto slogan che sicuramente Lei cita solo per farci credere che è un Intellettuale, non c'entra per nulla. Come presto Le spiegherò, c'entra invece il lercio patto che nei primi anni Settanta i Suoi compari della Cee e dell'Unione Europea firmarono con gli sceicchi del petrolio. Legga, studi, invece di pontificare con le vecchie tesi del defunto Pci). «Però l'immigrazione è uno scambio» prosegue. «È un arricchimento culturale, un bene che combatte l'ignoranza e il pregiudizio. Bisogna fare i conti con una società sempre più multietnica e multiconfessionale, bisogna integrarsi.» (Per chi è quel *bisogna*? Per loro o per Lei? Non per me. E nemmeno pei cittadini di Colle Val d'Elsa che hanno commesso il tragico errore di regalarLe una poltroncina di sindaco). Poi si scaglia contro chi non è d'accordo. Definisce le proteste "schiamazzi-della-Lega" e conclude affermando che gli extracomunitari devono essere considerati *cittadini*. «Dobbiamo considerare i nuovi venuti come *cittadini* di questo territorio. Dobbiamo garantire loro i diritti e i doveri dei *cittadini*.» (Proprio così. Nonostante la Costituzione). Il secondo è del 26 febbraio ed è firmato dal presidente del Consiglio Comunale. (Dio, quanti presidenti ci sono in Italia! Chi non è "dottore" è almeno "presidente"). Con incredibile protervia costui definisce "ignorante" chiunque non voglia la moschea. *Ignorante* in diritto costituzionale, *ignorante* in federalismo, *ignorante* in politica migratoria. *Ignorante* tre volte nonché *irrispettoso* dei colligiani che hanno eletto la Giunta. Senza chiedere scusa alla democrazia dichiara che in Consiglio Comunale non-c'è-posto-per-le-polemiche: il Consiglio Comunale agisce per-il-bene-della-città. Infine conclude che certe proteste sono «sciocchezze. Chiacchiere da bar». (Signor mio, Lei avrebbe dovuto fare il podestà ai tempi di Mussolini). Il terzo è del 10 marzo. Non è firmato da nessuno e ci informa che la Giunta ha indetto un ciclo di conferenze per far conoscere ai colligiani la Letteratura Arabo-Islamica. Conferenze che a cura d'un certo signor Mahmoud Salem al Sheik si svolgeranno nei mesi di maggio e di giugno presso la Casa del Popolo di via Oberdan 42, piano 1°. Una sull'arte islamica. Una sul romanzo arabo. Una sui poeti arabi in Sicilia. Una sulla poesia araba in generale.

Per raccontare ai poveri colligiani quali vette di grandezza aveva toccato e tocca l'arte e la letteratura dei loro invasori, suppongo. Per fargli credere che, messi a paragone coi letterati e gli artisti dell'Islam, Giotto e Michelangelo e Leonardo e Dante e Petrarca e Manzoni sono un branco di dilettanti e basta, suppongo. Per spiegargli quanto sono *ignoranti* e *irrispettosi* a brontolare perché la Giunta diessina regala ai mussulmani il terreno pubblico e magari anche quello espropriato, suppongo. Ah, quanto avrei voluto trovarmi al primo piano di via Oberdan 42 i giorni in cui gli operai e i contadini e i pensionati e le casalinghe di Colle Val d'Elsa erano costretti ad ascoltare le sottigliezze stilistiche dell'arte islamica o le raffinatezze sintattiche dei poeti arabi in Sicilia! Sai quanti vaffanculo si prese durante quel ciclo di conferenze il povero Mahmoud Salem al Sheik?!? E, mentre lo dico, la domanda ma-come-siamo-arrivati-a-questo mi punge. Mentre mi punge mi chiedo per quale negligenza o destino la gente come me non si sia accorta in tempo che ci stavamo arrivando. E mentre me lo chiedo la memoria torna agli anni Sessanta. Mi porta al lontano maggio del 1966 quando a Miami, in Florida, intervistai un pugile nato col nome di Cassius Clay ma con la conversione all'Islam diventato Muhammad Alì.

CAPITOLO 5

Mi ci porta perché quell'intervista avrebbe dovuto aprirmi gli occhi. O almeno indurmi al sospetto che negli Stati Uniti stesse accadendo qualcosa di molto, molto pericoloso. In prospettiva, più pericoloso della Guerra Fredda cioè dell'incubo nel quale vivevamo allora. Negli anni Sessanta, infatti, un'insolita ondata di studenti islamici venuti dall'Africa mussulmana e finanziati dai paesi arabi aveva invaso le università americane con lo slogan «Revival of Islam». Rinascita dell'Islam. E la setta nota come «The Nation of Islam» o «Black Muslims Movement» aveva scatenato una bellicosa campagna di proselitismo. A New York, a Boston, a Filadelfia, Chicago, Detroit, Atlanta, Denver, Los Angeles, San Francisco eran sorte molte moschee e sebbene la maggioranza della popolazione nera si identificasse col reverendo battista Martin Luther King non pochi afro-americani stavano diventando seguaci di Maometto. Per l'esattezza, i Black Muslims. Oh, li ricordo bene i Black Muslims. E non erano simpatici, te lo assicuro. Senza che nessuno li denunciasse per razzismo sostenevano l'assoluta superiorità della razza nera e la conseguente inferiorità della razza bianca. Verso i bianchi nutrivano un odio feroce, Martin Luther King lo disprezzavano al punto di chiamarlo "zio Tom" o "pesce lesso", e a guidarli tenevano un tipo che non faceva certo mistero delle sue intenzioni. Elijah Muhammad nato Eliah

Poole. «Convertire, convertire, convertire. Fratelli, presto dovremo convertir pure i diavoli bianchi. Convertire sarà una necessità inderogabile. Perché soltanto liberando gli Stati Uniti potremo liberare l'Europa ossia l'intero Occidente» diceva Elijah Muhammad nato Eliah Poole. Fino al 1965 c'era stato anche il discutibile personaggio convertitosi all'Islam nel penitenziario dove scontava una lunga condanna per furti con scasso: Malcolm X nato Malcolm Little. Quel Malcolm X che i giovani d'oggi conoscono soltanto attraverso la santificazione tributatagli da Hollywood con un famoso film da cassetta. Che nel 1963 aveva commentato l'assassinio di John Kennedy dicendo «hanno-arrostito-il-pollo» ma che colto da un'imprevista crisi di misticismo nel 1964 s'era messo a parlare di fratellanza. Sicché il 21 febbraio del 1965 i suoi discepoli lo avevan freddato a colpi di rivoltella e al suo posto ora c'era Louis Abdul Farrakhan nato Louis Eugene Walcott. Un cantante di calypso che gestiva la moschea Numero Sette di Harlem e il cui delirio razzista si riassumeva nelle seguenti parole: «L'inferiorità della razza bianca e della religione cristiana è dimostrata dal fatto che, incominciando dalle scoperte scientifiche, tutte le conquiste dell'umanità sono merito dell'Islam. L'unico bianco degno di rispetto è il mio idolo Adolf Hitler che ha eliminato tanti ebrei». Comunque la star del momento era Muhammad Alì nato Cassius Clay, nel 1966 celeberrimo in quanto deteneva il titolo di campione del mondo dei pesi massimi.

Lo giudicai uno scherzo della natura, Muhammad Alì nato Cassius Clay, e non lo presi sul serio. Del resto come si fa a prender sul serio uno che dice: «Io sono il più grande, il più bello. Io sono così bello che meriterei tre donne per notte. Sono così grande che soltanto Allah può mettermi K.O.». Oppure: «Ho scelto il nome Muhammad perché Muhammad significa Degno di Ogni Lusinga. E io son degno d'ogni lusinga».

Oppure: «Se ho mai scritto una lettera, mai letto un libro? Noddavvero. Io non scrivo lettere, non leggo libri. Non ne ho bisogno perché ne so più di voi. So ad esempio che Allah è un Dio più antico del vostro Geova e del vostro Gesù, e che l'arabo è una lingua più vecchia dell'inglese. L'inglese ha solo quattrocento anni». Oppure: «Che farò dopo il pugilato? Bè, forse diventerò capo d'uno Stato africano che avendo bisogno d'un leader supremo si chiede: perché non prendiamo Muhammad Alì che è tanto forte e bello e coraggioso e religioso?». Oppure: «Se anziché in Florida vivessi in Alabama, voterei per chi non mischia i bianchi coi neri. Io non voto pei tipi come Sammy Davis che sposano la bionda svedese. I cani devono stare coi cani, le piattole devono stare con le piattole, i bianchi devono stare coi bianchi». Voglio dire: anche da un punto di vista umano non trovai nulla di rispettabile in quel ventiquattrenne stupido e cattivo, sbruffone e ignorante, bravo a tirar pugni e basta. Però vi furono un paio di momenti in cui mi colse il dubbio che non prenderlo sul serio fosse un errore. Che il suo caso, insomma, avesse più significato di quanto sembrasse. La prima volta, (gli incontri furono due), quando esplose in una frase degna del personaggio volterriano che per amor di Maometto ammazza il babbo. «Io Elijah Muhammad lo amo più della mia mamma. Perché Elijah Muhammad è mussulmano e la mia mamma è cristiana. Io per Elijah Muhammad posso anche morire. Per la mia mamma, no.» La seconda volta, quando i Black Muslims che gli affollavano la casa si scagliarono fisicamente contro di me. Era molto ostile, infatti. Molto astioso. Anziché rispondere alle mie domande sbuffava, si grattava, mangiava immense fette di cocomero e mi ruttava in faccia. (Di proposito, bada bene. Per offendermi. Per ricordarmi che le piattole devono stare con le piattole, i bianchi coi bianchi. Non per digerir meglio ossia per semplice inciviltà). Rutti così ciclopici, così altisonanti, così puzzolenti, che alla fine persi la pazienza. Gli gettai in faccia il microfono del registratore, mi alzai, e scandendo un sacrosanto «Go to Hell, va' all'inferno, razza d'animale» me ne andai. Mi diressi verso il taxi che m'aspettava. Bè, lì per lì lui non reagì. Annichilito dallo stupore rimase con l'ennesima fetta di cocomero a mezz'aria e non ebbe neppure la forza d'abbattermi con uno dei suoi implacabili knock-out. (Gli sarebbe bastato un colpo di pollice). I Black Muslims, invece, mi inseguirono. Guidati dal suo Consigliere Spirituale (un certo Sam Saxon) raggiunsero il taxi sul quale ero nel frattempo salita, e urlando «sporca cristiana» lo circondarono. Presero a sbatacchiarlo, sollevarlo, tentar di capovolgerlo, e... La strada era deserta. L'autista terrorizzato (un nero con la croce copta al collo) non riusciva ad accendere il motore, allontanarsi. Se per caso non fosse passata una macchina della polizia (miracolo che mise a dura prova la mia miscredenza) non sarei qui a raccontarla.

Il dubbio che non prenderli sul serio fosse un errore mi sfiorò anche dopo, intendiamoci. Ad esempio quando seppi che grazie al mangiatore di cocomeri il proselitismo islamico s'era rafforzato. (E non dimenticare che in America, oggi, l'85 per cento dei mussulmani sono neri. Che i neri si convertono al ritmo di centomila ogni anno, che molti convertiti appartengono al mondo dello sport. Uno è l'ex campione dei pesi massimi Malik Abdul Aziz nato Mike Tyson. Quello che durante il combattimento morde anzi mangia gli orecchi dell'avversario. Un altro è il campione di basket Kareem Abdul-Jabbar nato Lew Alcindor. Un altro ancora, Mahmoud Abdul-Rauf nato Chris Jackson. Pure lui campione di basket. E di recente hanno pescato pesci grossi anche nel mondo dello spettacolo. Denzel Washington, il premio Oscar che interpretò Malcolm X, per incominciare. Poi l'ultramiliardario sgambettatore cui piace dormire con i bambini e che a forza di cure dermatologiche nonché strazianti plastiche facciali è riuscito a non esser più nero, a non aver più i lineamenti d'un maschio nero, sicché ora sembra una ragazza bianca senza naso. Insomma Michael Jackson). Però lo respinsi, quel dubbio, dicendomi che i Black Muslims erano il frutto d'una società nella quale l'eccessivo rispetto per le religioni partoriva sempre qualche profeta o qualche credo insensato. Non erano sorti in America i Mormoni della Church of Jesus Christ of the Latter-Day Saints ossia i seguaci di quel Joseph Smith che predicava la poligamia illimitata e aveva ben cinquantaquattro mogli? Non erano sorti in America i Testimoni di Geova ossia i seguaci di quel Charles Taze Russell che insegnava a sputare sulla bandiera e che pur definendosi cristiano rifiutava il crocifisso e il concetto di redenzione? Non erano sorti in America i Christian Scientists ossia i seguaci di quella Mary Baker Eddy che nella Bibbia vedeva la cura d'ogni malattia e guai a chiamare il dottore, guai a ricoverarsi in ospedale, guai a prendere un sulfamidico o un'aspirina? (Esistono ancora, i Christian Scientists, e ogni tanto qualcuno di loro finisce in carcere per aver lasciato morire un bambino di polmonite o d'appendicite). Non erano sorti in America i perversi della Church of Satan ossia i seguaci di quell'Anton LaVey che in Satana vedeva la fonte d'ogni goduria? Pensai anche che gli studenti africani entrati nelle università per propagandare la Rinascita dell'Islam fossero un fenomeno passeggero oppure il prodotto d'un flusso migratorio simile a quello che in America stava portando tanti cubani e tanti messicani. E ingannata dal ragionamento non m'accorsi che, favorito dalla fine del nostro colonialismo, il medesimo flusso si verificava in Europa. In Inghilterra ad esempio dove lo slogan Rinascita dell'Islam veniva dal Pakistan, dall'Uganda, dalla Nigeria, dal Sudan, dal Kenya, dalla Tanzania. In Francia dove veniva dall'Algeria, dalla Tunisia, dal Marocco, dalla Mauritania, dal Ciad, dal Camerun. In Belgio dove veniva dal

Congo e dal Burundi. In Olanda dove veniva dall'Indonesia e dal Surinam e dalle Molucche. In Italia dove veniva dalla Libia, dalla Somalia, dall'Eritrea. (L'Università per Stranieri di Perugia, quell'anno, traboccava di libici che insieme ad altri figli di Allah avevano costituito l'Unione Studenti Mussulmani d'Italia e che in Italia si accingevano ad erigere la prima moschea). Non compresi insomma che lungi dall'essere un normale flusso migratorio il fenomeno faceva parte d'una strategia ben precisa, d'un disegno basato sulla penetrazione graduale non sull'aggressione brutale e diretta contro tutti i cani-infedeli del pianeta. Non a caso negli anni Sessanta lo slogan Rinascita dell'Islam stava diffondendosi anche nell'Unione Sovietica. In particolare nel Kazakistan, nel Kirghizistan, nel Turkmenistan, nell'Uzbekistan, nel Tagikistan ossia le regioni conquistate a suo tempo dall'Orda d'Oro, e nel cuore della stessa Russia cioè nel Territorio Autonomo dei Ceceni. Quei ceceni coi quali alla fine del millesettecento la stessa Caterina la Grande aveva avuto a che fare, contro i quali nel milleottocento gli zar avevano lottato per quarantasette anni, che soltanto nel 1859 lo zar Alessandro II aveva domato...

* * *

Non lo comprese nessuno, del resto. La Guerra Fredda distraeva da tutto, fagocitava tutto. Non si parlava che di comunismo, a quel tempo. Di marxismo, di leninismo, di bolscevismo, di socialismo, di comunismo. Mai che si udisse la parola islamismo. Dentro la Guerra Fredda s'era inserita inoltre la guerra in Vietnam, e nel 1966 questa era montata disperatamente. In aprile i B52 avevano bombardato per la prima volta il Nord, e a Saigon i vietcong avevano risposto con un massacro all'aeroporto di Than Son Nhut. In maggio i buddisti avevan preso ad arrostirsi col ritmo di due monaci o di due monache al giorno, e i nordvietnamiti infiltrati al Sud avevan toccato le 90.000 unità. Le truppe americane, le 300.000 unità. Presto avrebbero raggiunto il mezzo milione, e... L'altra notte ho fatto un viaggio a ritroso in quel passato. Quasi volessi rimproverarmi di non aver capito, vi ho cercato indizi simili a quelli del Mangiatore di Cocomeri. Ma non li ho trovati. Nel 1967 ero in Vietnam. Nel 1968, nel 1969, nel 1970, pure. E anziché immagini di minareti e di moschee la memoria mi ha restituito le strade di Saigon, le risaie del Delta del Mekong, le foreste degli Altipiani, i morti in uniforme e senza uniforme. Anziché i berci dei muezzin mi ha riportato il tun-tun-tun degli elicotteri e delle mitragliatrici, i tonfi sordi delle cannonate, il fischiare dei razzi, i lamenti dei feriti che in inglese e in vietnamita invocavano la mamma. «Mammy, mammy, mammy...» «Mama, mama, mama...» Mi son rivista a Dak To, a My Tho, a Danang, a Natrang, a Tri Quang, a Kontum, a Quang Ngai, a Phu Bai, a Hué, ad Hanoi, a Saigon dove un giorno del 1968 arrivano tre giornalisti francesi che vengono da Parigi. In quel momento, la roccaforte dei parolai esperti nell'arte di imbrattare i muri cioè dei cosiddetti sessantottini. E dove, rivolto al vietnamita che trasmette i telex della France Presse, uno dei tre esclama con tronfio sussiego: «Vous ne savez pas ce qu'il se passe à Paris, mon vieux. Lei non sa quel che succede a Parigi, vecchio mio». Sicché il vietnamita del telex lo squadra con sprezzante malinconia, poi risponde: «Vous ne savez pas ce qu'il se passe ici, Lei non sa che succede qui, Monsieur». (Succedeva l'Offensiva di Maggio, la sanguinosa battaglia di Hué, il tragico assedio di Khe San. E s'era appena spenta la terrorizzante Offensiva del Tet). Frugando dentro il 1968 mi son rivista anche a Memphis, Tennessee, dove Martin Luther King era stato appena assassinato. Mi son rivista anche a Los Angeles dove era stato appena assassinato Bob Kennedy. Mi son rivista anche a Città del Messico cioè nella strage di Plaza Tlatelolco e nella morgue dov'ero finita tra i cadaveri. E neanche lì ho visto minareti e moschee, neanche lì ho udito i berci dei muezzin, neanche lì ho colto riferimenti all'Islam. Nel 1969, è vero, ci fu il primo episodio di terrorismo islamico. L'aereo dirottato a Fiumicino dalla signora Leila Khaled e fatto esplodere a Damasco. Ma nel 1969 io stavo ad Hanoi, a Son Tay, a Hoa Binh, a Ninh Binh, a Thanh Hoa, insomma nel Nord Vietnam dove si pensava a ben altro: te lo assicuro. Nel 1970, è vero, quel terrorismo si scatenò in pieno. L'aereo della Swissair esploso in volo con quarantotto passeggeri. I cinque aerei dirottati poi fatti saltare in aria... Riemerse anche l'antisemitismo, quell'anno. Un antisemitismo di cui la Sinistra schierata con gli arabi si fece subito portavoce e portabandiera. E col riemergere dell'antisemitismo, la moda del vittimismo diffuso attraverso il lavaggio cerebrale della gente in buona fede. «Poveri palestinesi, ad ammazzarci ci sono costretti, no? La colpa è di Israele che gli ha rubato la patria.» Ma nel 1970 io stavo a Svay Rieng, a Prey Veng, a Kompong Cham, a Tang Krasang, a Roca Kong, a Phnom Penh, insomma in Cambogia. La guerra in Vietnam s'era estesa alla Cambogia e laggiù i lamenti mammy-mammy e mama-mama assordavano più delle cannonate. La Rinascita dell'Islam non si vedeva proprio...

Guarda, il mondo che avevo intravisto coi Black Muslims di Miami lo ritrovai soltanto nel 1971. Cioè quando andai nel Bangladesh per la guerra indopakistana e a Dacca vidi l'eccidio dei giovanotti-impuri. (Vidi anche la cava di cemento dove un paio di giorni prima i mussulmani di Mujib Rahman avevano massacrato ottocento indù, e dove i corpi degli ottocento indù giacevano abbandonati all'appetito degli avvoltoi. Migliaia di avvoltoi che srotolavano in cielo lunghissime stelle filanti. Ma non erano stelle filanti. Erano le viscere che fra strida agghiaccianti loro ghermivan col becco e si portavan via in volo...). Lo ritrovai a Dacca, quel mondo: sì. Però incominciai a frequentarlo soltanto nel 1972, quando per un anno accantonai il Vietnam e decisa a capire chi fossero i poveri-palestinesi-costretti-ad-ammazzarci mi recai nel paese che essi avevano invaso come avrebbero invaso il Libano. Cioè la Giordania. Qui visitai le basi segrete da cui partivano per attaccare i kibbutz e testimoniai la protervia con cui spadroneggiavano ad Amman, la brutalità con cui irrompevano negli alberghi degli stranieri e puntando il kalashnikov si facevan consegnare i soldi. Qui intervistai il nipote dell'ex Gran Muftì di Gerusalemme cioè del famoso Mohamed Amin al-Husseini che tra il nazionalsocialismo e l'islamismo trovava «profonde similitudini». Che a Norimberga era stato processato in contumacia perché per anni aveva spinto i paesi arabi ad allinearsi con la Germania nazista. Che nel 1944 s'era recato a Berlino per rendere omaggio a Hitler. Che in Bosnia, gridando Morte-a-Tito-amico-degli-ebrei-e-nemico-di-Maometto, aveva tenuto a battesimo la «Handzar Trennung» ossia la divisione composta da ventunmila bosniaci delle SS Islamiche. E che, protetto dai palestinesi, ora si nascondeva a Beirut.

Si chiamava Yassir Arafat, il nipote di tanto zio, e l'intervista con Arafat servì solo a dimostrare che l'ereditarietà genetica non è un'opinione. Ma dopo Amman andai a Beirut. Qui intervistai il suo rivale George Habash cioè il capo del Fronte Popolare per la Liberazione della Palestina, l'uomo al quale nei primi anni Settanta dovevamo la maggior parte degli attentati in Europa. E l'intervista con George Habash (già medico e già cristiano, bada bene, già una specie di dottor Schweitzer) mi schiuse gli occhi. Perché, mentre una coscienziosa guardia del corpo lo proteggeva puntandomi il mitra alla testa, con gran chiarezza Habash mi spiegò che il nemico degli arabi non era Israele e basta: era anche l'Occidente. L'America, l'Europa, l'Occidente. Tra i bersagli da colpire citò infatti l'Italia, la Francia, la Germania, la Svizzera, e qui ascoltami bene. Non perdere una parola, una virgola, di ciò che riferisco. Ecco qua: «La nostra rivoluzione è un momento della rivoluzione mondiale. Non si limita alla riconquista della Palestina. Bisogna essere onesti ed ammettere che noi vogliamo arrivare a una guerra come la guerra in Vietnam. Che vogliamo un altro Vietnam. E non solo per la Palestina ma per tutti i paesi arabi. I palestinesi fanno parte della Nazione Araba. È dunque necessario che l'intera Nazione Araba entri in guerra contro l'America e contro l'Europa. Che contro l'Occidente scateni una guerra totale. E la scatenerà. America ed Europa sappiano che siamo appena all'inizio dell'inizio. Che il bello deve ancora venire. Che d'ora innanzi non vi sarà pace per loro». E poi: «Avanzare passo per passo, millimetro per millimetro. Anno dopo anno. Decennio dopo decennio. Determinati, ostinati, pazienti. È questa la nostra strategia. Una strategia, peraltro, che allargheremo».

*   *   *

Oh, sì: me li schiuse, gli occhi. Sì. Il guaio è che non me li aprì del tutto. Sai perché? Perché (mea culpa, mea culpa) credetti che Habash si riferisse soltanto agli attentati, alle stragi. Non compresi che parlando di guerra all'Occidente, di strategia-da-allargare, non intendeva soltanto la guerra che si fa con le armi. Intendeva anche la guerra che si fa rubando un paese ai suoi cittadini. Passo per passo, appunto, millimetro per millimetro. Anno dopo anno, decennio dopo decennio. Determinati, ostinati, pazienti. La guerra insomma che si fa col vittimismo e l'asilo politico, con le donne incinte e i gommoni e le Bozze d'Intesa, con le pretese che di volta in volta diventano più arroganti. Oggi le festività islamiche, il venerdì, le cinque preghiere, la carne halal, il volto velato sui documenti. Domani il matrimonio islamico, la poligamia e magari la lapidazione dell'adultera o della stuprata. Dopodomani, i Beni Culturali da sottrarre ai musei o agli archivi o alle biblioteche...

Forse non lo compresi a causa delle tragedie che nel 1972 ci insanguinarono. L'intervista con Habash era avvenuta a metà marzo, e il 30 maggio ci fu l'assalto suicida all'aeroporto di Lod. Il 4 agosto, il sabotaggio all'oleodotto di Trieste. Il 16 agosto, l'episodio delle due turiste inglesi che a Roma s'erano imbarcate per Tel Aviv e che in valigia avevan messo il mangianastri regalatogli da due corteggiatori arabi. (Un mangianastri imbottito di tritolo). Il 5 settembre, l'attacco alle Olimpiadi di Monaco e la morte degli undici atleti israeliani... Che il terrorismo non fosse l'unico aspetto della strategia lo compresi, invece, quando nell'ottobre del 1973 la Siria e l'Egitto attaccarono Israele. Cioè quando esplose la guerra dello Yom Kippur o guerra del Ramadan e, contemporaneamente, i paesi dell'Opec ci imposero l'embargo del petrolio. Ma che l'Islam ci riservasse sorprese ancor più inquietanti, lo sospettai soltanto nel 1974. Cioè quando, nel corso d'una intervista, Giulio Andreotti mi parlò di quelli-che-bevono-le-aranciate. «Eh! Certo i problemi non mancano... Ora c'è anche quello di quelli che bevono le aranciate...» «E chi sono quelli-che-bevono-le-aranciate, Andreotti?». «I mussulmani, no?» «E che vogliono quelli-che-bevono-le-aranciate?!?» «Una grande moschea a Roma.» Poi col suo tono distaccato e beffardo mi raccontò che quattro mesi prima dell'embargo impostoci dai paesi dell'Opec il pio Faysal re dell'Arabia Saudita era venuto a Roma. Affogando in fiumi di aranciate e guai ad offrirgli un goccio di spumante o di moscatello s'era incontrato col presidente della Repubblica Giovanni Leone e aveva chiesto il permesso di erigere una grande moschea. Me ne indignai. «Andreotti! Non lo sa che in Arabia Saudita non ci lasciano costruire neanche una cappellina o un tabernacolo?!?» «Eeh...!» «E poi che se ne fanno, quelli-che-bevono-le-aranciate, d'una grande moschea a Roma? I mussulmani sono così pochi in Italia!» «Eeh...!» «Non gli avrete mica detto di sì?!?» «Eeh...!» «E il Papa che ne pensa?!?» «Eeh...!» Il papa era Montini, insomma Paolo VI. Un tipo al quale non poteva piacere che una grande moschea sorgesse a Roma. E glielo dissi. Gli ricordai anche che era stato Maometto a vedere nella capitale del cristianesimo, in Roma, la futura capitale dell'Islam. Ma Andreotti non rispose. Non chiarì nemmeno se all'idea fosse sfavorevole o no. Esauriti quei sospiri che sembravano svuotargli i polmoni cambiò discorso, e purtroppo lo cambiai anch'io. Poi tornai in Vietnam. Cadde Saigon, finì la guerra, Alekos Panagulis morì. Abbandonai il giornalismo, e Andreotti non lo rividi mai più. Però il disagio avvertito coi suoi sibillini «eeh...» mi rimase addosso. Col disagio, il sospetto che in Italia anzi in Europa l'Islam stesse combinando qualcosa di grosso. Infatti nel mio esilio dal giornalismo continuai ad occuparmi della faccenda, e un giorno venni a sapere che Andreotti aveva convinto il riluttante Montini. In barba al principio di reciprocità il sindaco di Roma aveva regalato al Centro Culturale Islamico tre ettari di terreno per eriger la grande moschea. Venni anche a sapere che per volontà del Centro Culturale Islamico cui premeva esprimere architettonicamente la superiorità-dell'Islam l'architetto italiano aveva disegnato un minareto di ottanta metri. Cioè due volte più alto di tutte le cupole e di tutti i campanili di Roma. Che da ciò era nato un aspro dissenso e che molto a malincuore i bevitori di aranciate s'erano accontentati di farlo alto trentanove metri e venti centimetri...

La costruzione, è noto, durò molti anni. Le spese furono sostenute al 70 per cento dall'Arabia Saudita. Il resto dall'Egitto, dalla Libia, dal Marocco, dalla Giordania, dal Kuwait, dagli Emirati Arabi, dal Bahrein, dal Sultanato dell'Oman, dallo Yemen, dalla Malesia, dall'Indonesia, dal Bangladesh, dalla Mauritania, dal Senegal, dal Sudan, e dalla Turchia. (Rieccoci con la Turchia). La posa della prima pietra avvenne l'11 dicembre 1984 e il 7 ottobre 1985 i palestinesi di Abu Abbas espressero la loro gratitudine sequestrando la nave da crociera *Achille Lauro* nonché ammazzando un vecchio paralitico (il passeggero ebreo-americano Leon Klinghoffer) e buttandolo in mare con la sedia a rotelle. Né è tutto, visto che due mesi e mezzo dopo i palestinesi di Abu Nidal (palestinesi di stanza a Roma) irruppero all'aeroporto di Fiumicino e a raffiche di mitra uccisero sedici persone, ne ferirono ottanta. Mentre la moschea cresceva, infatti, il numero di quelli-che-bevono-le-aranciate cresceva con lei. Quando nel 1995 venne inaugurata con solenne cerimonia, la sala ipostila e il cortile non bastavano a contenerli. Le scarpe e i sandali allineati lungo la strada occupavano tutto il perimetro dei tre ettari regalati. Però a quel punto erano sorte anche la grande moschea di Parigi, la grande moschea di Bruxelles, la grande moschea di Marsiglia. Erano sorte le grandi e piccole moschee di Londra, di Birmingham, di Bradford, di Colonia, di Amburgo, Strasburgo, Vienna, Copenaghen, Oslo, Stoccolma, Madrid, Barcellona. E in Andalusia stava nascendo la grande moschea di Granada. Come nel Kazakistan. Come nel Kirghizistan. Come nel Turkmenistan, nell'Uzbekistan, nel Tagikistan, dove coi soldi dell'Arabia Saudita e del Kuwait e della Libia la Rinascita dell'Islam era scoppiata appena caduto il Muro di Berlino. È dunque giunto il momento di rispondere con chiarezza alla domanda che per ben due volte ho lasciato in sospeso: come siamo arrivati a questo, che cosa c'è dietro a tutto questo.

* * *

C'è, ecco la verità che i responsabili hanno sempre taciuto anzi nascosto come un segreto di Stato, la più grossa congiura della storia moderna. Il più squallido complotto che attraverso le truffe ideologiche, le sudicerie culturali, le prostituzioni morali, gli inganni, il nostro mondo abbia mai prodotto. C'è l'Europa dei banchieri che hanno inventato la farsa dell'Unione Europea, dei papi che hanno inventato la fiaba dell'Ecumenismo, dei facinorosi che hanno inventato la bugia del Pacifismo, degli ipocriti che hanno inventato la frode dell'Umanitarismo. C'è l'Europa dei capi di Stato senza onore e senza cervello, dei politici senza coscienza e senza intelligenza, degli intellettuali senza dignità e senza coraggio. L'Europa ammalata, insomma. L'Europa vendutasi come una sgualdrina ai sultani, ai califfi, ai visir, ai lanzichenecchi del nuovo Impero Ottomano. Insomma l'Eurabia. Ed ora te lo dimostro.

CAPITOLO 6

No, non l'ho inventato io questo termine terrificante. Questo atroce neologismo che deriva dalla simbiosi delle parole Europa ed Arabia. «Eurabia» è il nome della rivistina che nel 1975 venne fondata dagli esecutori ufficiali della congiura: l'Association France-Pays Arabes di Parigi, il Middle East International Group di Londra, il Groupe d'Études sur le Moyen Orient di Ginevra, e il Comitato Europeo di Coordinamento delle Associazioni di Amicizia col Mondo Arabo. Organismo, quest'ultimo, costituito ad hoc da ciò che a quel tempo si chiamava Cee ossia Comunità Economica Europea e che oggi si chiama Unione Europea. Del resto non sono mie neanche le prove che sto per fornire. Quasi tutte si devono alla straordinaria ricerca che Bat Ye'or, la grande esperta dell'Islam e autrice di *Islam and Dhimmitude* (Dhimmitude significa Sottomissione ad Allah, Servitudine, e Bat Ye'or significa Figlia del Nilo), pubblicò nel dicembre del 2002 sull'«Observatoire du Monde Juif». «Ah, se riuscissi a dimostrare che Troia brucia per colpa dei collaborazionisti!» esclamai un giorno spiegandole che le cicale ormai le chiamavo collaborazionisti. «Semplice» rispose Bat Ye'or. Poi mi spedì la straordinaria ricerca, (lei abita in Svizzera), e leggerla fu come scoperchiare una pentola di cui non conoscevi il contenuto ma di cui avevi ben annusato i pessimi odori. Conteneva, infatti, tutte le sconsideratezze degli anni Settanta, tutte le aberrazioni dei nove paesi Cee. La Francia del gollista Pompidou, una Francia intossicata dalla consueta bramosia di napoleonizzare l'Europa, per incominciare, e la Germania del socialdemocratico Willy Brandt. Una Germania dimezzata dal Muro, sì, ma resuscitata e di nuovo pronta ad imporre i suoi diktat. E dietro quelle due, a reggerne lo strascico, i vassalli e le comparse. Tra le comparse, un'Inghilterra decaduta e infiacchita quindi non più in grado di sostenere la sua leadership nonché un'Irlanda rissosa e socialistoide che non conta un fico ma che si comporta come se contasse. Tra i vassalli, un'Olanda sinistrorsa e sbarazzina. Una Danimarca chiusa in sé stessa e confusa. Un Lussemburgo disperatamente docile e in fondo al cuore più piccolo della sua minuscola superficie. Un Belgio eternamente accodato a maman-la-France. E un'Italia fanatizzata dai socialcomunisti ma nel medesimo tempo asservita ai democristiani. Burattinaio dell'orrendo connubio che presto sarebbe sfociato nello squallore del Compromesso Storico, il filoarabo Andreotti che a quelli-delle-aranciate non aveva ancora promesso la moschea di Roma ma che di aranciate ne beveva almeno quante i comunisti innamorati di Arafat. Non a caso teneva a battesimo la banca italo-libica chiamata Ubae o Unione Banche Arabe Europee cioè se la faceva col turpe Gheddafi. Ed ora vediamo quel che dice la ricerca di Bat Ye'or.

Dice che a fecondare l'ovulo ormai maturo, l'ovulo della congiura, fu lo spermatozoo (lei lo chiama grilletto, detonatore) del 16 e 17 ottobre 1973. Ossia la Conferenza che durante la guerra dello Yom Kippur o guerra del Ramadan i rappresentanti dell'Opec (Arabia Saudita, Kuwait, Iran, Iraq, Qatar, Abu Dhabi, Bahrein, Algeria, Libia, eccetera) tennero a Kuwait City dove ipso facto quadruplicarono il prezzo del petrolio. Da due dollari e 46 centesimi al barile quello greggio lo portarono a nove dollari e 60 centesimi. Quello raffinato, a dieci dollari e 46 centesimi. Poi annunciarono che avrebbero ridotto l'estrazione con un crescendo mensile del 5 per cento, misero l'embargo agli Stati Uniti nonché alla Danimarca e all'Olanda, e dichiararono che questa misura l'avrebbero estesa a chiunque avesse respinto o non sostenuto le loro richieste politiche. Quali richieste? Ritiro di Israele dai territori occupati, riconoscimento dei palestinesi, presenza dell'Olp in tutte le trattative di pace, applicazione del principio contenuto nella Risoluzione 242 dell'Onu. (Quello che basato su un pacifismo a senso unico cioè a favore dei paesi arabi e basta vieta d'acquisir territori attraverso la guerra). Eppure i Nove Paesi della Cee cedettero al ricatto. Diciannove giorni dopo si riunirono a Bruxelles e in un batter d'occhio firmarono un documento con cui proclamavano che Israele doveva abbandonare i territori occupati, che l'Olp ed Arafat dovevano partecipare alle trattative di pace, che il principio contenuto nella Risoluzione 242 era sacrosanto. Il 26 novembre Pompidou e Brandt ebbero il tête-à-tête più intimo che la Francia e la Germania si fossero concesse dal tempo di Vichy, in preda al panico conclusero che bisognava fare un incontro al vertice per aprire un dialogo col mondo arabo anzi gettar le basi d'una solida amicizia con la Lega Araba, poi ne informarono i colleghi e... E incominciando dagli italiani tutti si dissero d'accordo. Presenti gli sceicchi dell'Opec, infatti, pochi giorni dopo il Dialogo Euro-Arabo si aprì con l'Incontro al Vertice di Copenaghen e l'estate seguente i convegni o colloqui si susseguirono a un ritmo quasi scandaloso. Nel giugno 1974, la Conferenza di Bonn che delineò il programma. In luglio quella di Parigi dove il segretario generale della Lega Araba e il presidente della Cee costituirono l'«Associazione Parlamentare per la Cooperazione Euro-Araba», organismo composto da deputati e senatori scelti dai vari governi della Cee. In settembre, quella di Damasco. In ottobre, quella di Rabat...

*　*　*

Scrivo queste date e, sebbene mi siano ormai familiari, provo una specie di stupore misto a incredulità. Perché mioddio: non si trattò d'una congiura tramata nel buio da sconosciuti o da avanzi di galera noti soltanto alle Questure e all'Interpol. Si trattò d'una congiura eseguita alla luce del sole, sotto gli occhi di tutti, davanti alle camere da presa della Tv, e condotta da leader famosi. Politici noti, persone alle quali i cittadini avevano dato il voto ossia la loro fiducia. Avrebbe potuto esser bloccata, dunque. Neutralizzata. Il fatto è che agiron proprio sfruttando la luce del sole, le camere da presa, i riflettori, il loro prestigio o presunto prestigio. Con tale sfacciataggine, inoltre, che nessuno se ne accorse. Nessuno sospettò, e noi finimmo beffati come il Prefetto di Parigi nel racconto di Edgar Allan Poe. Hai presente il racconto di Poe, *La lettera rubata*? Uomo di genio e privo di qualsiasi principio morale, monstrum-horrendum capace di qualsiasi bassezza, il celebre ministro D. ha rubato dal boudoir regale una lettera importantissima. Un documento che può attribuirgli vantaggi incalcolabili e rovinare il mondo. Il Prefetto di Parigi deve dunque recuperarla, e non potendo accusar di furto un personaggio così importante organizza una finta rapina. Si introduce nel suo palazzo e sovverte ogni sala, ogni stanza, ogni corridoio, ogni ripostiglio, ogni angolo. Fruga in ogni cassetto, sfoglia ogni libro, perquisisce ogni panno del guardaroba. Ma invano. Perché, invece di nasconderla, il monstrum-horrendum l'ha messa in evidenza. L'ha infilata in una custodia che appesa a un bel cordoncino di seta blu ciondola dal caminetto del suo studio. Lo studio dove riceve tutti, bada bene. Il caminetto sul quale entrando tutti posano lo sguardo. E una custodia dalla quale la lettera fuoriesce di due o tre centimetri col suo sigillo. Riconoscibile, dunque, visibile anche ad un cieco. Eppure il Prefetto non la vede. O meglio: la vede ma il dubbio che sia quella e stia sotto gli occhi di tutti, alla portata di tutti, non lo sfiora nemmeno... Voglio dire: li vedevamo eccome i ministri che bevevano le aranciate con gli sceicchi e gli emiri e i colonnelli e i sultani. Li vedevamo sui giornali, ai telegiornali. Distinguibili come una custodia che appesa a un bel cordoncino di seta blu ciondola da un gancio del caminetto. Ma ignorando il vero motivo per cui bevevano tante aranciate non sospettavamo che la lettera rubata fosse dentro i loro bicchieri, e questo ci rendeva ciechi. Alla Conferenza di Damasco i governi europei parteciparono, pensa, con tutti i rappresentanti dei partiti politici. Alla Conferenza di Rabat accettarono in pieno le condizioni che la Lega Araba aveva posto a proposito di Israele e dei palestinesi. A Strasburgo, l'anno successivo, l'Associazione Parlamentare per la Cooperazione Euro-Araba istituì addirittura un Comitato Permanente di ben trecentosessanta funzionari da tenere a Parigi. (Trovata a cui seguì il Convegno del Cairo poi quello di Roma). Quasi nel medesimo tempo la rivistina col terrificante nome di «Eurabia» venne alla luce, e con ciò eccoci alla prova che nel 1975 l'Europa era già stata venduta all'Islam.

È una prova inconfutabile, e così inquietante che per accertarmene mi sono procurata i vecchi numeri di «Eurabia». (Stampata a Parigi, in francese, e diretta dal signor Lucien Bitterlin. Formato 21 per 28, prezzo cinque franchi). Nella speranza che Bat Ye'or avesse capito male ho controllato i suoi riferimenti, e ahimè: aveva capito benissimo. Di notevole, infatti, il primo numero contiene soltanto la cura con cui ciascun articolo evita d'usare le parole Islam-islamico-mussulmano-Corano-Maometto-Allah. (Al loro posto, sempre le parole arabi e Arabia). Di significativo, soltanto lo stizzoso editoriale con cui il signor Bitterlin afferma che l'avvenire dell'Europa è «direttamente legato» a quello del Medioriente sicché gli accordi economici della Cee devono dipendere dagli accordi politici e questi devono riflettere la sua completa identità di vedute col mondo arabo. Il secondo numero, invece, dà i brividi. Perché a parte un altro stizzoso editoriale con cui il signor Bitterlin impone alla Cee di cancellare un certo patto con Israele e rivendica il «contributo millenario dato dagli arabi alla civilizzazione universale», sai che contiene? Le proposte presentate nel Convegno del Cairo dal belga Tilj Declerq (membro della Associazione Parlamentare per la Cooperazione Euro-Araba) e dal Convegno approvate nonché integrate nella delibera detta Risoluzione di Strasburgo. E lo sai di che parla la Risoluzione di Strasburgo? Dei futuri immigrati. Per l'esattezza, degli immigrati che i paesi arabi spediranno insieme al petrolio in Europa.

Senti che roba. «Una politica a medio e lungo termine deve d'ora innanzi essere formulata attraverso lo scambio della tecnologia europea con il greggio e con le riserve di mano d'opera araba. Scambio che portando al riciclaggio dei petrodollari favorirà in Europa e in Arabia una completa integrazione economica. O la più completa possibile.» Ed oltre: «L'Associazione Parlamentare per la Cooperazione Euro-Araba chiede ai governi europei di predisporre provvedimenti speciali per salvaguardare il libero movimento dei lavoratori arabi che immigreranno in Europa nonché il rispetto dei loro diritti fondamentali. Tali diritti dovranno essere equivalenti a quelli dei cittadini nazionali. Dovranno inoltre stabilire uguale trattamento nell'impiego, nell'alloggio, nell'assistenza sanitaria, nella scuola gratuita eccetera». Sempre evitando accuratamente di usare le parole Islam, islamico, mussulmano, Corano, Maometto e Allah, la Risoluzione di Strasburgo parla anche delle «esigenze» che sorgeranno quando l'umana merce di scambio giungerà in Europa. Anzitutto, «l'esigenza di mettere gli immigrati e le loro famiglie in grado di praticare la vita religiosa e culturale degli arabi». Poi «la necessità di creare attraverso la stampa e i vari organi di informazione un clima favorevole agli immigrati e alle loro famiglie». Infine, quella di «esaltare attraverso la stampa e il mondo accademico il contributo dato dalla cultura araba allo sviluppo europeo». Temi, questi, che dal Comitato Misto di Esperti vennero ripresi con le seguenti parole: «Insieme all'inalienabile diritto di praticare la loro religione e di mantenere stretti legami coi loro paesi d'origine, gli immigrati avranno quello di esportare in Europa la loro cultura. Ossia di propagarla e diffonderla». (Hai letto bene?).

Al Cairo il Comitato Misto degli Esperti fece anche qualcos'altro. Chiarì che dal campo puramente tecnologico la cooperazione europea avrebbe dovuto estendersi al campo bancario, finanziario, scientifico, nucleare, industriale, e commerciale. Peggio. Affermò che oltre ad inviare la mano-d'opera (leggi merce-di-scambio) i paesi arabi si impegnavano ad acquistare in Europa «massicce quantità di armi». Non fu negli anni Settanta, infatti, che scoppiarono gli scandali per il traffico illecito di armi? Non fu negli anni Settanta che la Francia incominciò a costruire il complesso nucleare in Iraq? Non fu negli anni Settanta che le nostre città presero a riempirsi di "mano-d'opera" ossia dei lavavetri fermi ai semafori e degli ambulanti specializzati in matite e chewing-gum? (Nel 1978, lo ricordo bene, a Firenze occupavano già il Centro Storico. «Ma quando sono arrivati?!?» chiesi un giorno al tabaccaio di piazza Repubblica. E lui allargò le braccia, sospirò: «Boh! Una mattina ho aperto i' negozio e l'eran tutti qui. Secondo me ce l'hanno paracadutati di notte que' farabutti di' nostro governo d'accordo con que' ladroni degli sceicchi che chiedono un miliardo pe' una goccia di benzina»). E non fu allora che gli arabi incominciarono a fare shopping in Europa? Non fu allora che Gheddafi comprò il 10 per cento della Fiat? Non fu allora che l'egiziano Al Fayed mise gli occhi sui magazzini Harrods di Londra? Tutto compravano, tutto. Calzolerie, grandi alberghi, acciaierie, antichi castelli. Linee aeree, case editrici e cinematografiche, antichi negozi di via Tornabuoni e Faubourg-Saint-Honoré, yacht da capogiro. A un certo punto volevano comprare anche l'acqua. Me lo disse Yamani.

* * *

Nell'agosto del 1975, quindi due mesi dopo la Risoluzione di Strasburgo e il Convegno del Cairo, intervistai il ministro del petrolio saudita Zaki Yamani: lo sceicco che aveva guidato l'embargo del 1973 e che più di chiunque altro finanziava Arafat. Oh, sono molte le cose che di Yamani non dimenticherò mai. L'astutissimo esame al quale in ben cinque incontri preliminari (Londra, Gedda, Riad, Damasco, Beirut) mi sottopose prima di darmi l'intervista che finalmente avvenne nella sua residenza di Taif, anzitutto. L'abilità con cui all'aeroporto di Gedda evitò un mio nuovo scontro col suo amico Arafat che per l'appunto si trovava lì. Il turbamento con cui mi raccontava la decapitazione (fatta con una spada d'oro) del giovane principe che aveva assassinato re Faysal. L'ambiguità con la quale cercava la mia amicizia ficcandomi in bocca i pessimi fichi del suo giardino. L'occhio dell'agnello (a quanto pare il boccone prelibato) che un giorno tentò di rifilarmi come i fichi, Dio che orrore. L'eleganza con la quale, a dispetto del Corano, mi offriva lo champagne di cui la sua cantina di Taif abbondava. Il fatto che per correggere il mio ateismo volesse portarmi alla Mecca. (Ben coperta da un burkah, s'intende). E la mesta canzone che sua figlia Maha cantava ogni sera suonando la chitarra: «Take me away! Please, take me away!». (Portatemi via! Per favore, portatemi via!). Ma la cosa più indimenticabile rimane ciò che mi disse quando dal petrolio il discorso scivolò sull'acqua. Su re Mida che muore di sete e vuol comprarsi l'acqua.

«Mille e mille anni fa» mi disse «in Arabia avevamo fiumi e laghi. Poi evaporarono ed oggi non abbiamo un solo fiume, un solo lago. Faccia un giro con l'elicottero e vedrà soltanto qualche torrentello sulle montagne. Dai tempi di Maometto dipendiamo dalle piogge e basta, da cento anni cade pochissima pioggia, e da venticinque quasi nulla. Le nuvole sono attratte dalla vegetazione e la vegetazione qui non esiste. Sia chiaro: sottoterra l'acqua c'è. Però molto, molto, in profondità. Più in profondità del petrolio. E quando trivelliamo per cercarla, schizza fuori il petrolio. Così abbiamo deciso di non toccarla, di serbarla per il momento in cui saremo meno ricchi, e ci accontentiamo dell'acqua desalinizzata. L'acqua del mare. Però l'acqua desalinizzata non basta, ed io vorrei comprare acqua dolce dai paesi cui vendiamo il petrolio. Comprarla, metterla in grossi contenitori di plastica, e poi trasferirla in bacini di riserva cioè in laghi artificiali. Tanto, dopo aver scaricato il petrolio, le navi cisterna devono rientrare: no? E non posson mica rientrare vuote. A navigar vuote rischiano di rovesciarsi. Per non farle navigare vuote ora le riempiamo con l'acqua di mare, acqua sporca, e questo è uno spreco. È anche un errore perché, quando all'arrivo le vuotiamo, quell'acqua sporca inquina le nostre coste. Uccide i pesci. L'acqua dolce costa, lo so, e i laghi artificiali costano un'enormità. Ma di soldi ne abbiamo fin troppi. In questi due anni, cioè dall'embargo in poi, ne abbiamo accumulati tanti che è sorto l'impellente problema di spenderli. E dove li spendiamo se non in Occidente, in Europa? Chi deve aiutarci a smaltire tutti quei soldi se non l'Occidente, l'Europa? Io ho un progetto per spendere 140 miliardi di dollari in cinque anni.

E se non si materializza, siamo rovinati. Ci merita dunque comprare la vostra acqua...»

Bè, quell'acqua non gliela abbiamo venduta. L'acqua da mettere nei bacini di riserva, intendo dire. L'acqua che il dizionario definisce «liquido trasparente, incolore, inodore, insapore, costituito di ossigeno e idrogeno, indispensabile alla vita vegetale e animale, e in chimica espresso con la formula H_2O». Però gli abbiamo venduto un'acqua ugualmente preziosa. Un'acqua che ci è indispensabile quanto l'acqua dei fiumi e delle sorgenti. Un'acqua senza la quale un popolo soccombe come un albero su cui non cade mai pioggia sicché a un certo punto appassisce, non produce più né fiori né frutti, perde le radici, diventa legna da ardere. L'acqua dei nostri principii, dei nostri valori, delle nostre conquiste. L'acqua della nostra cultura, della nostra storia. L'acqua della nostra essenza, della nostra civiltà. L'acqua della nostra identità.

CAPITOLO 7

Gliela abbiamo venduta, sì. E da trent'anni gliela rivendiamo ogni giorno. Di più, sempre di più, con la voluttà dei suicidi e dei servi. Gliela rivendiamo attraverso i governi pavidi e incapaci, doppiogiochisti e voltagabbana. Gliela rivendiamo attraverso le opposizioni che tradiscono il loro passato laico e bene o male rivoluzionario. Gliela rivendiamo attraverso le cosiddette autorità giudiziarie cioè i magistrati vanesi e smaniosi di pubblicità. Gliela rivendiamo attraverso i giornali e le televisioni che per convenienza o viltà diffondono le nequizie del Politically Correct. Gliela rivendiamo attraverso una Chiesa cattolica che sul pietismo, il buonismo, il vittimismo ha costruito un'industria. Perché sono le associazioni cattoliche che amministrano il sussidio statale agli immigrati. Perché sono le associazioni cattoliche che si oppongono alle espulsioni anche se chi deve essere espulso è stato colto con l'esplosivo o con la droga in mano. Sono le associazioni cattoliche che procurano gli asili politici, nuova formula dell'invasione. (Domanda: ma l'asilo politico non si dava ai perseguitati politici?!?). Gliela rivendiamo anche attraverso i professorini del mondo accademico, gli storici o presunti storici, i filosofi o presunti filosofi, gli studiosi o presunti studiosi che da trent'anni denigrano la nostra cultura per dimostrare la superiorità dell'Islam. Ma, soprattutto, gliela rivendiamo attraverso i mercanti del Club Finanziario che oggi si chiama

309

Unione Europea e che ieri si chiamava Cee. Perché insieme allo scambio di merce umana e petrolio, tu-mi-dai-il-petro-lio-e-io-mi-piglio-la-merce-umana, la Risoluzione di Strasburgo avanzava un'altra pretesa: ricordi? L'esigenza di «esaltare il contributo che la cultura araba ha dato allo sviluppo europeo». Insieme ai diritti «equivalenti ai diritti dei cittadini», il Convegno del Cairo ne stabiliva un altro: ricordi? Il diritto che gli immigrati mussulmani avrebbero avuto di «propagandare e diffondere la propria cultura». I due punti, cioè, che dovevano avviare l'islamizzazione dell'Europa. La trasformazione dell'Europa in Eurabia. E per realizzarli i mercanti della Cee non si rivolsero soltanto ai giornalisti, ai cineasti, agli editori, ai magistrati vanesi eccetera: si rivolsero ai professorini che ho detto. Li tirarono fuori dall'ombra della loro pochezza, un'ombra che ne garantiva la disponibilità, e con essi incominciarono a realizzare la seconda parte della Congiura.

Sotto il patrocinio del presidente della Cee e del segretario generale della Lega Araba il 28 marzo del 1977 si aprì infatti, alla Ca' Foscari di Venezia, il primo «Seminario sui Mezzi e sulle Forme di Cooperazione per la Diffusione della Lingua Araba e della sua Civiltà Letteraria». E ad organizzarlo non fu soltanto l'Istituto per l'Oriente di Roma con la Facoltà di Lingue Straniere dell'Università di Venezia. Fu il Pontificio Istituto di Studi Arabi e Islamistica. Presenti i delegati di dieci paesi arabi (Egitto, Algeria, Tunisia, Libia, Arabia Saudita, Giordania, Siria, Iraq, Yemen, Sudan) e di otto paesi europei (Italia, Francia, Belgio, Olanda, Inghilterra, Germania, Danimarca, più la Grecia non ancora appartenente alla Cee) durò tre giorni, il colpaccio. Il 30 marzo si concluse con una Risoluzione che all'unanimità chiedeva «la diffusione della lingua araba nonché della cultura araba in Europa», e da quel momento i professorini non si fermarono più. Per dimostrare la superiorità dell'Islam non fecero che riscriver la storia come nei romanzi *Noi* di Zamjatin e *1984* di Orwell. Riscriverla, falsarla, cancellarla. Pensa a quel che accadde nell'aprile del 1983 cioè quando il ministro degli Esteri tedesco Hans-Dietrich Genscher inaugurò per il Dialogo Euro-Arabo il Simposio di Amburgo e per almeno un'ora cantò la grandezza, la misericordia, la benignità, la ineguagliabile ricchezza scientifico-umanistica della civiltà islamica. La chiamò Faro di Luce. «Una luce che per secoli aveva illuminato l'Europa, aiutato l'Europa a uscire dalla barbarie...» Quel simposio durante il quale quasi tutti chiesero rispettosamente scusa per il colonialismo che gli ingrati europei avevano inflitto al Faro di Luce. Quasi tutti espressero disprezzo per coloro che verso l'Islam nutrivano ancora pregiudizi o riserve. Quel simposio durante il quale la nostra cultura venne umiliata a tal punto che i delegati arabi ne approfittarono per rivendicare le origini islamiche del giudaismo e del cristianesimo. Ossia per presentare Abramo come "profeta di Allah" non capostipite di Israele, e Gesù Cristo come un pre-Maometto fallito. Senza che nessuno osasse opporsi. Protestare, almeno balbettare: «Siete tutti usciti di senno?!?».

Oh, in quel simposio si parlò anche di immigrati: intendiamoci. Non a caso il vocabolo "equivalenza" lì divenne "uguaglianza", e proprio lì s'incominciò a dire che i diritti degli immigrati mussulmani (non buddisti o induisti o confuciani o greco-ortodossi) dovevano essere uguali ai diritti dei cittadini che li ospitavano. Proprio lì s'incominciò a chiedere che per gli immigrati mussulmani fossero stampati giornali in arabo, create emittenti radiofoniche in arabo, stazioni televisive in arabo. Proprio lì s'incominciò a sollecitare misure per «incrementare la loro presenza nei sindacati, nei municipii, nelle università, nonché per esplorare la loro partecipazione alla vita politica del paese ospitante». (Leggi voto). E da quel giorno i congressi, i convegni, i colloqui, i seminari, i simposi divennero sempre di più un'orgiastica apoteosi della civiltà-islamica. Uno svilimento o addirittura una condanna della civiltà occidentale.

Orgiastica, sì. Di quei congressi e convegni e colloqui e seminari e simposi sono riuscita a procurarmi i testi completi, me li sono studiati, e credimi: in ciascuno di essi l'apoteosi è così unanime che par di leggere *Allahs Sonne über dem Abendland* ossia «Il Sole di Allah brilla sull'Occidente». Il famoso saggio in cui l'orientalista Sigrid Hunke sostiene l'assoluta superiorità dell'Islam e afferma che l'influenza esercitata dagli arabi sull'Occidente è stata il primo passo per liberar l'Europa dal cristianesimo. (A suo parere una religione del tutto estranea anzi opposta alla nostra mentalità). Il guaio è che la signora Hunke era una fottuta nazista. Erudita quanto vuoi, intelligente quanto vuoi, ma fottuta nazista. Lo era già nel 1935, quando appena ventiduenne dette una tesi di laurea in cui diceva che la pulizia razziale era un compito urgente. Che insomma gli ebrei andavano eliminati in fretta. Lo era ancor di più nel 1937, quando, erede spirituale di Ludwig Ferdinand Clauss, l'eminente storico della Germania nazionalsocialista, scrisse una dissertazione nella quale definiva Hitler «il più gran modello che la storia avesse mai offerto al popolo tedesco». Lo era più che mai agli inizi degli anni Quaranta, quando insieme a sua sorella venne affiliata al Germanistischer Wissenschafteinsatz ossia al Servizio Germanistica Scientifica delle SS. L'organismo concepito e gestito da Himmler per germanizzare l'Europa del Nord. Lo era in ugual misura quando, nei medesimi anni, i palestinesi e gli altri arabi firmavano patti di alleanza con Hitler e lo zio di Arafat cioè il Gran Muftì di Gerusalemme passava in rassegna i reparti delle SS Islamiche. Lo era anche nell'immediato dopoguerra, quando tanti nazisti furono processati a

Norimberga e impiccati o condannati all'ergastolo ma lei se la cavò senza un graffio. E più che mai lo era quando nel 1960 scrisse «Il Sole di Allah brilla sull'Occidente». Libro che con la scusa di strappare l'Europa alle radici giudaico-cristiane rispolvera tutti gli argomenti del Terzo Reich. Incluso quello relativo all'utilità di allearsi con gli arabi per combattere l'imperialismo britannico. (A quel tempo l'anti-americanismo si chiamava antibritannismo). Infine lo era nel 1967 quando il governo tedesco allora presieduto dal demo-cristiano Kurt Georg Kiesinger la mandò a fare un tour culturale nei paesi arabi cioè tener conferenze ad Aleppo, ad Algeri, a Tunisi, a Tripoli, al Cairo dove la Corte Suprema degli Affari Islamici la dichiarò membro-onorario. E natural-mente lo era nel 1990, cioè nove anni prima di morire, quan-do per un editore islamico scrisse il suo ultimo libro: *Allah ist ganz anders*, «Allah è tutt'altra cosa». (Ossia incomparabi-le). E detto ciò lasciami parlare del convegno che insieme al Consiglio d'Europa ma su proposta della Fundación Occi-dental de la Cultura Islámica, longa manus del Dialogo Eu-ro-Arabo a Madrid, nel maggio del 1991 l'Assemblea Parla-mentare dell'Unione Europea celebrò a Parigi col titolo «Il contributo della civiltà islamica alla cultura europea». Con-vegno al quale gli arabi non intervennero. Salvo due ameri-cani col cognome coranesco e il passato barricadero, stavolta tutti i delegati erano europei. Spagnoli, francesi, belgi, tede-schi, italiani, svizzeri, scandinavi.

Lo scelgo per questo. E mentre riguardo il volume che rac-coglie gli interventi, centottantacinque pagine fitte, lo sdegno si trasforma in sgomento. Perché tutti (spero senza rendersene conto) partecipano all'apoteosi ricalcando fedelmente le tesi hitleriane di Sigrid Hunke. Tutti si rifanno ad *Allahs Sonne über dem Abendland* o ad *Allah ist ganz anders*. E l'unanimità anzi la sincronia con cui quegli spero ignari discepoli di Sigrid

Hunke esprimono il loro ossequio all'Islam è tale che invece d'ascoltare un gruppo di studiosi sembra di veder sfilare la Wehrmacht in Alexanderplatz. A passo d'oca. Sempre bravi, secondo loro, i mussulmani. Sempre primi della classe, sempre geniali. In filosofia, in matematica, in gastronomia. In letteratura, in architettura, in medicina. In musica, in giurisprudenza, in idraulica. E sempre cretini, noi occidentali. Sempre inadeguati, sempre inferiori. O sempre in ritardo. Quindi nelle condizioni di dover ringraziare un figlio di Allah che ci ha preceduto, illuminato, istruito come un maestro che guida un alunno zuccone.

* * *

Ai tempi dell'Unione Sovietica, ricordi, c'era Popov. Non lo sapeva nessuno chi fosse stato questo Popov. In quale epoca e in quale regione fosse vissuto, quale volto avesse avuto, e quali prove della sua esistenza avesse lasciato. Non si sapeva nemmeno se Popov fosse un nome o un cognome o un soprannome. Peggio, un'invenzione. Però i sovietici e i trinariciuti italiani dicevano che aveva inventato tutto lui. Il treno, il telegrafo, il telefono, la cerniera lampo, la bicicletta. La macchina da cucire, la falciatrice, il violino, i maccheroni, la pizza. Insomma tutte le cose che credevamo d'avere inventato noi. Bè, con gli spero ignari discepoli di Sigrid Hunke succede lo stesso. Unica differenza, il fatto che i loro Popov si chiamino Muhammad o Ahmad o Mustafa o Rashid. E che invece d'appartenere all'Unione Sovietica, esprimere la Superiorità del Comunismo, appartengano al passato remoto dell'Islam ed esprimano la Superiorità dell'Islam. Per esempio: io credevo che il sorbetto si mangiasse già al tempo degli antichi romani i quali lo fabbricavano con la neve portata dalle montagne e conservata nelle cantine a bassa temperatura. Invece la signora Margarita López Gómez della Fundación Occidental de la Cultura Islámica a Madrid mi racconta che l'hanno inventato i Popov di Allah. Che in Mesopotamia la neve si conservava meglio di quanto noi si conservi il cibo in frigorifero, che la parola "sorbetto" viene dall'arabo "sharab". Credevo anche che la carta l'avessero inventata e diffusa i cinesi. Per l'esattezza, un certo Tsai-lun che nel 105 dopo Cristo (quindi 500 anni prima di Maometto) riuscì a fabbricarla con le fibre di gelso e di bambù. Invece, sempre stando alla signora López Gómez, l'hanno inventata i mussulmani di Damasco e di Bagdad e l'hanno diffusa i loro discendenti di Cordova e di Granada. (Naturalmente, le città più splendide e civili che il mondo avesse mai avuto. Roba in confronto a cui l'antica Atene di Pericle e l'antica Roma di Augusto diventavano squallidi villaggi). E poi credevo che lo studio della circolazione sanguigna l'avesse iniziato Ippocrate. Invece no. Secondo quella signora lo iniziò Ibn Sina cioè Avicenna. Né è tutto, visto che per il professor Sherif Mardin della Washington University (uno dei due americani col cognome coranesco e il passato barricadero) ai Popov dell'Islam dobbiamo pure i carciofi. Inclusi i carciofi alla giudea, cioè i carciofi che la gente cattiva come me usa attribuire ai giudei. E coi carciofi gli dobbiamo gli spinaci, le arance, i limoni, il sorgo, il cotone. Cosa strana, questa del cotone, in quanto a scuola avevo imparato che il cotone gli antichi romani lo importavano dagli egiziani al tempo dei faraoni. Ci facevano i pepli, le toghe, i lenzuoli, e se non sbaglio la medesima cosa accadeva con gli antichi greci.

Il professor Mardin, però, non si ferma alle verdure. Sostiene che alla civiltà islamica dobbiamo anche il Dolce Stil Novo, scuola poetica che come tutti sanno venne fondata nel 1200 dal bolognese Guinizelli ma fiorì in Toscana e in particolare a Firenze con Dante Alighieri, Guido Cavalcanti e Lapo Gianni. («Guido, i' vorrei che tu e Lapo ed io...»). Perché furono i mussulmani delle Crociate, dice, che per primi cantarono l'amore e la cortesia e la cavalleria. Furono loro che per primi videro nella donna una fonte di ispirazione, un mistico strumento di elevazione. Il professor Louis Baeck dell'Università Cattolica di Lovanio in Belgio, idem o quasi. Lui infatti afferma che il contributo dell'Islam non si limita alla letteratura. Si estende all'economia. Perché il padre della dottrina economica, dice, non è Adam Smith: è Maometto. Sebbene all'argomento il Corano non dedichi che qualche Sura, le norme religiose del Profeta riassumono tutte le idee di Adam Smith. Il professor Reinhard Schulze del Seminario Orientalistico di Bonn, invece, assegna all'Islam la paternità dell'Illuminismo. Basta, ruggisce, con l'attribuire all'Occidente ogni merito dell'Illuminismo. Basta col presentare l'Europa settecentesca come un vulcano di vitalità intellettuale e l'Islam come un baratro di inerzia e decadenza. Basta col dare ogni merito ai Voltaire, ai Rousseau, ai Diderot, agli Enciclopedisti. Poi tutto contento ci svela il nome del suo Popov. È Abdalghani Al-Nabulusi, storico di Damasco, il quale già nel 1730 scriveva quel che Voltaire avrebbe scritto quarantatré anni dopo nel suo *Précis sur le Procès du Monsieur le Comte de Morangies contre la Famille Verron*. Ossia l'esigenza di ridefinire il ruolo della religione nella società.

Letterina. «Herr Schulze, chiuda il becco. E certe teorie le lasci alla sua defunta connazionale Frau Hunke. Lo sappiamo bene che nel passato remoto dell'Islam ci sono stati anche uomini intelligenti anzi eccezionali. L'intelligenza non ha confini, riesce sempre a penetrare il muro dell'idiozia costituzionalizzata, e può darsi benissimo che tutto solo a Damasco il suo Popov abbia compreso o addirittura anticipato qualche idea degli Enciclopedisti. Magari leggendo Isaac

Newton che su quell'argomento aveva già pubblicato due trattati di storia e di teologia. Ma a parte il fatto che una rondine non fa primavera, l'Islam ha sempre perseguitato e zittito i suoi uomini intelligenti. Pensi ad Averroè che per il suo distinguere tra fede e ragione venne accusato dai califfi di eterodossia, costretto a fuggire, poi imprigionato come un delinquente poi relegato in casa e umiliato a tal punto che quando lo riabilitarono non gli importava più di vivere e nel giro di pochi mesi morì. (Non per nulla, nella famosa conferenza che nel 1883 Ernest Renan tenne alla Sorbona, disse che attribuire all'Islam i meriti di Averroè sarebbe come attribuire all'Inquisizione i meriti di Galileo). Herr Schulze, se esiste un secolo durante il quale l'Islam non irradiò che inerzia e decadenza questo è proprio il 1700. E se esiste una corrente del pensiero con cui l'Islam non ha mai avuto un cavolo a che fare, questa è proprio l'Illuminismo. Sa perché? Perché, come duecentoquarantacinque anni fa Diderot scrisse a madame Volland: "L'Islam è nemico della Ragione". E se i suoi amici mussulmani non aprono un poco il cervello, se al Corano e alla teocrazia non danno una bella risciacquata, nessuna Eurabia potrà mai dimostrare il contrario.»

Quanto agli italiani che in quel convegno si distinsero per l'ossequio all'Islam, Gesù! Uno era l'allora vicesegretario generale del Consiglio d'Europa. Uno, il diessino che a quel tempo dirigeva la Commissione Gioventù e Cultura e Sport e Media del Parlamento Europeo. Uno, il titolare della cattedra di Studi Islamici presso l'Istituto Universitario di Napoli. E leggere i loro interventi mi infonde, più che sgomento, imbarazzo e dolore. Accecato dal Faro-di-Luce, infatti, il primo trova Popov anche nelle canzonette napoletane. In 'O sole mio, dunque, e in Funiculì-Funiculà. «Le canzonette napoletane che io canto potrebbero esser state scritte da musicisti del Nord Africa. E lo stesso può dirsi di tante canzoni siciliane o spagnole» dice il testo che ho sotto gli occhi. Poi dall'omaggio musicale passa, anche lui, a quello gastronomico. Ci informa che molti piatti siciliani, spagnoli, bulgari, greci, iugoslavi (per l'appunto i paesi che furono maggiormente straziati dal colonialismo islamico) appartengono all'arte culinaria dell'Impero Ottomano. Dall'omaggio gastronomico passa a quello teologico, e dimenticando o ignorando una celebre opera che si chiama *De unitate intellectus contra Averroistas* ci informa che san Tommaso d'Aquino fu profondamente influenzato dalla scuola di Averroè. Il secondo, invece, svaluta Giambattista Vico. Afferma che la sua Teoria dei Corsi e Ricorsi era già stata formulata trecent'anni prima da un Popov che si chiamava Ibn Khaldun. Non pago di ciò deprezza Marco Polo. Ci fa capire che le *Cronache* del viaggiatore Ibn Battuta sono più interessanti del *Milione*. Ridimensiona anche Giordano Bruno. Ci rimprovera di piangere sul suo rogo e non sull'uguale martirio dell'arabo Al-Hallaj. Infine definisce l'Islam «una delle più straordinarie forze politiche e morali del mondo d'oggi». (Non di ieri, di oggi). Ci rivela che lungi dall'avere una sua identità la cultura europea è un miscuglio di culture nelle quali bisogna inserire quella islamica. Si congratula per «l'integrazione che sta nobilitando il nostro continente» e si augura che il pluriculturalismo ci rinsangui sempre di più... Il terzo, ahimè, sistema la Sicilia. Voglio dire, le glorie dell'Andalusia le estende alla Sicilia soggiogata per tre secoli dai veri autori di *'O sole mio* e *Funiculì-Funiculà*. Tacendo il fatto che per quasi un secolo i siciliani si opposero come leoni alla loro avanzata, anche in quella Sicilia lui vede un'Età dell'Oro. Un'epoca così felice che, ne deduci, esser di nuovo invasi dai figli di Allah è la cosa più fortunata del mondo e anziché lamentarcene dovremmo ringraziarli. «Shukran, fratelli, shukran! Grazie di venire a portarci un'altra volta la civiltà!»

Per convincere meglio gli ingrati come me rivela addirittura che in Sicilia i cristiani chiedevano di convertirsi all'Islam non per acquisire i diritti che ai cani-infedeli erano negati ma perché verso quei Popov nutrivano un'ammirazione profonda. La stessa che avrebbero nutrito i Normanni dopo averli cacciati. E va da sé che i delegati belgi o francesi lo superan spesso di molte lunghezze. Nel suo appassionato encomio, ad esempio, il professor Edgar Pisani direttore dell'Institut du Monde Arabe di Parigi se la piglia coi giacobini che a un certo punto della Rivoluzione Francese negoziarono con la Chiesa cattolica, non con l'Islam...

* * *

Guarda, in queste centottantacinque pagine vedo un unico eroe: il parlamentare norvegese Hallgrim Berg che il 9 settembre successivo, all'Assemblea di Strasburgo in procinto d'approvare il rapporto del convegno, chiese la parola e sculacciò gli spero ignari discepoli di Sigrid Hunke. «Signori,» disse «qui stiamo prendendoci in giro. Questo rapporto non ha niente a che fare con la Cultura Islamica vista in retrospettiva, e non è innocente quanto sembra. Non lo è, anzitutto, perché non spende una parola sull'abominevole trattamento che le donne subiscono nella cultura islamica. Tale realtà è da voi del tutto ignorata, del tutto eclissata col pretesto che sull'Islam l'Occidente ha sempre raccontato un mucchio di bugie. Ed io non accetterò mai un rapporto che anziché prendere posizione sul dramma delle donne mussulmane lo nasconde. Non voterò mai per un rapporto che anziché toccare il tema dei Diritti Umani nell'Islam lo evita, che pur parlando di Diritti Umani non chiede all'Islam il rispetto dei Diritti Umani. Un rapporto che tace la verità sul problema palestinese, inoltre. Sul dilagare del fondamentalismo, sugli aspetti negativi dell'Islam. Dialogo Euro-Arabo, signori?! Il vostro non è un dialogo: è un monologo dove in nome del pensiero liberale, della generosità intellettuale, le cose vengono viste da una parte e basta. Ma il pensiero liberale e la generosità intellettuale non funzionano quando esistono da una parte e basta. Voi chiedete, ad esempio, che siano ritirati i testi scolastici nei quali non si parla del contributo-dato-dall'Islam-allo-sviluppo-culturale-dell'Europa. E loro? Abbiamo qualche ragione per credere che loro intendano fare lo stesso, ossia spiegare nei paesi islamici l'immenso contributo che il cristianesimo e i valori occidentali hanno dato ovunque e a chiunque? Chiedete anche di introdurre nel nostro sistema scolastico cioè nelle nostre università, in particolare nelle nostre facoltà di giurisprudenza, lo studio della Legge Coranica. E loro? Abbiamo qualche motivo per ritenere che lo studio delle nostre leggi e del nostro pensiero venga introdotto nelle loro facoltà di giurisprudenza, nelle loro università, nelle loro scuole? Signori, il vostro rapporto non è un documento culturale. È un documento politico che serve soltanto a puntellare gli interessi dell'Islam in Europa. In nome della democrazia io domando che sia rivisto, discusso, corretto, e...» Ma non servì a nulla. «Signor Berg, ammetterà che siamo stati molto flessibili con lei. Le avevamo concesso cinque minuti, e i cinque minuti sono passati da molto tempo» lo interruppe a quel punto il presidente dell'Assemblea. Poi mise ai voti la sua richiesta che subito venne respinta all'unanimità e, sempre all'unanimità, il rapporto passò. Diventò la «Recommandation 1162 sur la Contribution de la Civilisation Islamique à la Culture Européenne». Pagliacciata che, suggerendo norme ancor più tolleranti in materia di immigrazione, invitava a rivedere o a ritirare dalle scuole i testi non sufficientemente rispettosi verso l'Islam.

Invitava anche a introdurre lo studio del Corano nelle facoltà di giurisprudenza, teologia, filosofia, e storia. Non a caso il signor Berg abbandonò la politica. Lasciò Strasburgo, tornò nella sua Norvegia e, minacciando di buttar giù dalle scogliere chiunque gli rammentasse Maometto o il Parlamento Europeo, si ritirò in un bosco a picco sui fiordi di Nordkinnhalvaya. Ma nemmeno lì trovò la pace che cercava, povero signor Berg. Perché proprio nella sua Norvegia, un paio di anni dopo, venne ambientato un film dal titolo *The Thirteenth Knight* (Il Tredicesimo Cavaliere). Sorta di fiaba medievale, finanziata dai Politically Correct e interpretata da un attore andaluso già distintosi nel ruolo di Mussolini giovane socialista: Antonio Banderas. E sai chi era, chi è, il Tredicesimo Cavaliere? Un mussulmano bellissimo, mitissimo, misericordiosissimo, e naturalmente religiosissimo, che scortato da un precettore non meno perfetto (Omar Sharif) nel Decimo Secolo càpita proprio tra i fiordi di Nordkinnhalvaya. Qui incontra dodici biondacci ottusi e ignoranti quindi cani-infedeli, cavalieri sì ma ottusi e ignoranti quindi cani-infedeli, che per liberarsi d'un nemico ancor più barbaro di loro hanno bisogno delle sue islamiche virtù. E per pura nobiltà d'animo, una nobiltà che gli viene appunto dalle islamiche virtù, lui s'aggrega. Insieme ai dodici biondacci libera il villaggio, v'instaura la pace e la civiltà, poi risale a cavallo. Ritrova Omar Sharif che essendo mussulmano quindi pacifista era rimasto a pregare in una taverna e, portandosi via una norvegese chiaramente destinata a diventare la prima di quattro mogli, riparte nel sole. Il sole di Allah che brilla sull'Occidente. Il Faro-di-Luce.

* * *

Non so se il signor Berg si sia mai ripreso dal trauma del Tredicesimo Cavaliere approdato a Nordkinnhalvaya. Tutta-

via so che nei convegni successivi l'invito della Recommandation 1162 si estese al campo della filologia, della linguistica,
dell'economia, dell'agronomia, delle scienze politiche, nonché agli istituti tecnici. Si rafforzò con l'esortazione a creare
università euro-arabe in ogni paese d'Europa, a pubblicare
un maggior numero di libri islamici, a mobilitare la stampa e
la radio e la televisione e l'editoria «per aprire gli occhi ai
male informati». E il risultato lo vedi ogni giorno, ormai. L'e-
state scorsa il solito quotidiano di Roma pubblicò un articolo
sull'inaugurazione della moschea di Granada. Più che un articolo, una sigrid-hunkiana laude a gloria degli andalusi che
dopo cinquecento anni potevan riudire la voce dei muezzin.
Ricordando che nel 1492 Isabella di Castiglia aveva non solo
completato la Reconquista cioè la Cacciata dei Mori dalla
Spagna ma finanziato il viaggio con cui Cristoforo Colombo
contava di raggiunger le Indie, la laude si concludeva infatti
con le seguenti parole. «Ci riuscì. Però scoprì anche l'America. Ed ora viviamo in un mondo che ancora patisce per il
successo di quelle due imprese.»

CAPITOLO 8

Non devo dimenticarle quelle parole che sembrano uscite dal cervello di Sigrid Hunke. Non devo anche perché il 12 novembre 2003, a Nassiriya, i cavalieri del «Sole-di-Allah-che-brilla-sull'Occidente» massacrarono diciannove italiani che in Iraq stavano a fare gli angeli custodi. A fornire acqua e cibo e medicinali, a sorvegliare i siti archeologici, a recuperare i tesori razziati dai musei, a requisire le armi, insomma a riportare un po' d'ordine pubblico. Li massacrarono come tre giorni prima avevano massacrato diciassette sauditi a Riad e il 19 agosto ventiquattro funzionari dell'Onu a Bagdad. Come il 16 maggio avevano massacrato quarantacinque civili a Casablanca e il 12 maggio trentaquattro, di nuovo, a Riad. Come il 12 ottobre del 2002 avevano massacrato i duecentodue turisti di Bali e l'11 aprile dello stesso anno i ventuno di Djerba. Come l'11 settembre del 2001 avevano massacrato i tremilacinquecento di New York e di Washington e dell'aereo caduto in Pennsylvania. Come il 7 agosto 1998 avevano massacrato i duecentocinquantanove di Nairobi e di Dar es-Salaam. E il 18 luglio del 1994 i novantacinque (quasi tutti ebrei) di Buenos Aires. E il 3 ottobre del 1993 i diciotto Marines in missione di pace a Mogadiscio. (I diciotto di cui s'eran divertiti, poi, a mutilare i corpi). E il 17 marzo del 1992 gli altri ventinove di Buenos Aires. E il 19 settembre del 1989 i centosettantuno passeggeri dell'aereo francese caduto sul deserto del Niger. E il 21 dicembre del 1988 i duecentosettanta passeggeri dell'aereo Pan American esploso sopra la cittadina scozzese di Lockerbie. E il 23 ottobre del 1983 i duecentoquarantun militari americani nonché i cinquantotto militari francesi (sempre in missione di pace) di Beirut. E questo senza contar gli israeliani che da mezzo secolo massacrano con monotona e coscienziosa quotidianità. Soltanto dalla Seconda Intifada cioè dalla fine settembre del 2000 a oggi, mille israeliani. Sicché, facendo le somme ed escludendo le vittime degli anni Settanta, si arriva ad oltre seimila morti in poco più di vent'anni. Seimila! Morti a gloria del Corano. In obbedienza ai suoi versetti. Per esempio il versetto che dice: «La ricompensa di coloro che corrompendo la Terra si oppongono ad Allah e al suo Profeta sarà di venir massacrati o crocifissi o amputati delle mani e dei piedi, ossia di venir banditi con infamia da questo mondo».

Eppure i sigrid-hunkiani per cui il 1492 fu una disgrazia, la scoperta dell'America e la cacciata dei Mori due sciagure dalle quali l'umanità non s'è ancora ripresa, si guardano bene dall'ammetterlo. Il telegiornale che la Rai trasmise la sera del 12 novembre incominciò sì col presidente della Repubblica che esercitava il suo ovvio dovere di condannare il terrorismo. Continuò sì all'insegna di tale ovvia condanna. Ci regalò perfino l'immagine d'un Parlamento che per esprimer dolore non si abbandonava alle consuete gazzarre. Però si concluse con l'onorevole segretario dei Comunisti Italiani (durante il governo di Centro-Sinistra ministro della Giustizia) che in piazza Montecitorio, tra uno sventolare di bandiere arcobaleno, pronunciava la frase «Chi-li-ha-mandati-a-morire». Che invece di condannare gli assassini, insomma, condannava il governo. Così quella notte gli italiani si addormentarono col «Chi-li-ha-mandati-a-morire» che gli ronzava dentro le orecchie e che scagionava i veri colpevoli. L'indomani, idem. Perché l'indomani quell'ex ministro della Giustizia ripeté a chiare note che la responsabilità dei diciannove morti andava attribuita al governo, che il governo doveva dimettersi. Peggio. Lasciando intendere che la caduta di Saddam Hussein era un'altra sciagura per l'umanità e che gli assassini di Nassiriya erano valorosi combattenti della Resistenza, il presidente del medesimo partito disse che «l'Italia s'era unita a una guerra imperiale e coloniale». Peggio ancora. Usando il linguaggio dei medici al capezzale di Pinocchio, se-non-è-morto-è-vivo-e-se-non-è-vivo-è-morto, anche la Sinistra (che astenendosi dal voto non s'era opposta all'invio dei militari in Iraq) ne chiese il ritiro. E tra i suoi deputati il termine "Resistenza" incominciò a serpeggiare. Quanto ai cosiddetti Esponenti delle Comunità Islamiche ossia i gentiluomini che hanno redatto le Bozze d'Intesa, non uno espresse una parola di biasimo o almeno di rammarico. Non uno pronunciò il vocabolo "terrorismo". Non uno. Tutti presentarono la strage come il frutto d'una legittima "Resistenza Popolare". E il presidente dell'Ucoii (Unione delle Comunità ed Organizzazioni Islamiche in Italia) disse che a Nassiriya i diciannove italiani ci stavano in «dispregio ai valori fondamentali della Repubblica». L'imam della moschea di Piazza Mercato a Napoli disse che l'Occidente stava provocando più vittime di quante ne avessero fatte le due guerre mondiali e di conseguenza la Nazione Mussulmana doveva difendersi. «Se l'Occidente non cambia rotta, verrà colpito dai fratelli che ormai stanno sotto il vessillo degli autorevoli personaggi di cui tanto si parla» (per autorevoli-personaggi, leggi Bin Laden). L'imam della moschea di Fermo, in provincia di Ascoli Piceno, disse che «gli attacchi contro gli invasori anglo-americani-italiani in Iraq e in Afghanistan sono da ricondurre alla Jihad difensiva, e rispettano i dettami coranici». L'imam della moschea annessa al Centro Culturale Islamico di Bologna disse che «i kamikaze saltati in aria a Nassiriya erano morti per una causa giusta, quindi il Profeta li avrebbe ricompensati e Allah li avrebbe riempiti di gloria».

Quanto ai padri comboniani (quelli che sulla bianca tonaca portano vistosissime sciarpe arcobaleno e così conciati vanno a distribuire Permessi di Soggiorno in nome di Dio) a Bari dissero che impartire la comunione ai militari in Iraq era sbagliato. «Se neghiamo l'ostia consacrata a chi divorzia e a chi pratica l'aborto, come possiamo impartire questo sacramento a coloro che imbracciando un'arma sono pronti ad uccidere?» E il 16 novembre, nella cattedrale di Caserta, durante la messa domenicale del pomeriggio, il non-esimio vescovo Raffaele Nogaro pronunciò un'omelia durante la quale disse che era sbagliato anche benedire le bare dei militari massacrati a Nassiriya. Che benedicendo quelle bare si legittimava l'uso delle armi. Che era penoso assistere alle celebrazioni cui l'Italia si stava abbandonando in loro onore. Celebrazioni su chi-aveva-portato-la-guerra-in-Iraq.

Letterina. «Signor Vescovo, io lo so che a svergognarLa coram populo Le faccio un regalo di cui non è degno. Una pubblicità che non merita e di cui si servirà sconciamente. In qualsiasi altra circostanza, infatti, mi sarei guardata bene dall'elargirLe una simile soddisfazione. Ma il reato di cui si macchiò domenica 16 novembre 2003, reato che poi ha tentato invano di rabberciare con smentite grottesche e inconsistenti, non offende solo i diciannove italiani massacrati a Nassiriya. Offende le loro famiglie, i loro compagni d'arme, i nostri principii, i nostri valori, e la già vacillante dignità del nostro stesso paese. In più corrompe i giovani, li tradisce, gli impedisce di ragionare. Inganna i bambini, li confonde, prepara una generazione di imbecilli. Così mi tappo il naso. Le elargisco la soddisfazione e sperando di non lasciarmi cogliere dalla rabbia di due anni fa incomincio col dirLe che l'aggettivo con cui l'ex presidente della Repubblica Francesco Cossiga definì la Sua omelia, l'aggettivo "ignobile", è perfetto. Ineccepibile, perfetto. Ergo, a quei diciannove morti Lei deve chiedere scusa. Deve recarsi nei loro cimiteri e di tomba in tomba flagellarsi a sangue con una frusta a nove code. Cioè come si flagellavano i penitenti al tempo in cui il peccato non si lavava con due Pater Noster e tre Ave Marie. E poi, nel medesimo modo, deve chiedere scusa ai loro familiari nonché ai loro commilitoni nonché alla Patria. Anche se questa parola, ne sono certa, per Lei non significa nulla. Signor Vescovo, essendo Lei un individuo di cui per mia fortuna ignoravo l'esistenza, ho fatto una piccola indagine e ho scoperto che Le piace sfruttare la Sua presunta autorità spirituale, che nonostante la Sua veneranda età ama pavoneggiarsi nel ruolo di scugnizzo no-global. Ruolo nel quale debuttò quando inferocito con l'Ulivo, a Suo dire incapace di combattere il neoliberismo, si schierò con Rifondazione Comunista. Ho scoperto che da allora si esibisce con articoletti, editorialucci, intervistine sui giornali di Sinistra o di Estrema Sinistra e che parlando a nome degli Evangeli nel giugno del 2002 chiese all'opposizione di "formulare pronunciamenti perentori che tutelassero i diritti degli immigrati". Che nell'aprile del 2003 definì la guerra in Iraq "un attentato contro l'umanità" e che nell'ottobre dello stesso anno elogiò il vicepresidente del Consiglio per la faccenda del voto agli immigrati. Ho anche scoperto che Lei dice un gran male della Chiesa cattolica. Diritto che io posso esercitare e Lei no. Perché io sono una libera cittadina, e una laica. Lei invece è un alto prelato del Vaticano, un rappresentante del papa. Alla Chiesa cattolica Lei deve tutto, anche le scarpe con cui cammina. Quindi non può tenere il piede in due staffe, pretender d'avere la botte piena e la moglie ubriaca, godersi il ruolo di vescovo e nel medesimo tempo posare a scugnizzo no-global. Se vuol parlar male dei Suoi benefattori, deve dare le dimissioni. Deve rinunciare alla mitria, al pastorale, al piviale, all'anellone con l'ametista, al palazzo arcivescovile, ai domestici, agli inchini, al baciamano, e accontentarsi di fare il giornalista per "l'Unità". Ho scoperto infine che i Bin Laden, i Saddam Hussein, gli Arafat, i kamikaze Lei li rispetta assai. Le piace giustificarli, difenderli, definire le loro stragi "atti di Resistenza". Ed anche per questo concludo: Signor Vescovo, se quella domenica pomeriggio Gesù Cristo avesse avuto la disgrazia di trovarsi nella cattedrale di Caserta, altro che Farisei al tempio! Le sarebbe saltato addosso e a pedate nel culo L'avrebbe scaraventata in piazza. Qui Le avrebbe tirato tanti di quei cazzotti che oggi non potrebbe mangiar neanche una pappa al pomodoro.» *Fine della letterina.* Ma il discorso continua.

*   *   *

Continua perché, ventiquattr'ore dopo l'exploit del nonesimio vescovo, sulla strage di Nassiriya si pronunciò anche colei che viene definita "l'attuale capo delle Brigate Rosse". Lo fece al processo che a suo carico si celebrava per l'omicidio del poliziotto Emanuele Petri, attraverso un proclama che il giudice le proibì di leggere ma mise agli atti. Sicché i giornali poteron parlarne ugualmente e indovina che cosa diceva. Diceva che massacrare diciannove italiani era stato un sacrosanto diritto dei «reduci» iracheni. Che il «valoroso nazionalismo iracheno» deve colpire gli invasori e quei diciannove italiani erano invasori. Che «per distruggere l'imperialismo americano e l'entità-sionista le Brigate Rosse devono far fronte comune coi combattenti di Saddam Hussein e Bin Laden, insieme a loro sferrare continui e crescenti attacchi». Che «le masse arabe sono il naturale-alleato-del-proletariato-metropolitano» e che il proletariato-metropolitano deve unirsi «all'eroica Resistenza» del terrorismo islamico...

Altra letterina. «Cara capessa o presunta capessa delle Brigate Rosse, il Suo presentarci Saddam Hussein e Bin Laden nelle vesti d'un Lenin e d'un Mao Tse-tung è così cretino, così infantile, nonché offensivo per l'intelligenza del proletariato-metropolitano, che mi chiedo come facciano a considerarLa la "mente" dei brigatisti rossi. Se a dirigerli c'è davvero Lei, sono proprio fritti. E farebbero meglio a cercarsi un impiego nella mafia che di killer ha sempre bisogno. Quanto al resto, giovanotta: Lei non ha alcun diritto di usare il termine Resistenza. Non ha alcun diritto di paragonare le islamiche carneficine alla lotta che i nostri padri (o alcuni dei nostri padri) condussero per ritrovare la libertà nella quale Lei è nata e della quale si approfitta come uno sciacallo. Ma lo sa di che si parla quando si parla di Resistenza?!? Si parla di forche, di plotoni d'esecuzione, di forni crematori. Si parla di interrogatori eseguiti con le torture. Di unghie strappate, di piante dei piedi bruciate, di bastonate sulla bocca, di cicche spente sui seni e sugli occhi, di scariche elettriche nei genitali e nella vagina, di urina ficcata in gola fino a soffocarti. Di cose, insomma, dinanzi alle quali Lei morirebbe di paura. Diarrea e paura. I Suoi tiratori scelti, idem. Si parla anche di celle fetide e buie dove per dormire non hai che un pavimento bagnato e per defecare un bussolotto colmo di merda. Dove i topi ti mordono le ferite e gli scarafaggi galleggiano sul nauseabondo intruglio che i secondini chiamano minestra. E niente parlamentari che piangono per te, niente giornalisti che ti pubblicizzano. Giovanotta, è facile posare a guerriera in un regime di libertà e di democrazia. È facile predicare e distribuire la morte in un paese che gli assassini non li punisce con la pena di morte. È facile recitare la parte dei rivoluzionari coi carabinieri che t'arrestano educatamente, prego-signora-s'accomodi. E che se rispondono al fuoco vengono processati o esposti a pubblico ludibrio. È facile recitar la parte della guerriera coi giudici che t'interrogano garbatamente e gli avvocati che ti difendono premurosamente. E senza che nessuno ti dia di stronza quando declami scemenze come: "Io dei miei atti politici rispondo al proletariato metropolitano e basta". È facile mettersi con il nemico quando il massimo castigo che paghi per questo è una cella fornita di letto, coperte, lenzuoli, lavabo, water-closet, acqua corrente, luce elettrica, libri da leggere, carta da scrivere. Una prigione dove mangi a scelta, carne halal se sei mussulmano, e dove hai il permesso di telefonare, guardare la televisione, ricever visite eccetera. E questo senza tener conto dei condoni, degli indulti, delle amnistie, delle licenze che durano anche una settimana, della semilibertà che permette di star fuori dalla mattina alla sera, sicché il carcere diventa una specie di albergo a sbafo. È facile, sì. E comodo e vile. Ma il coraggio non distingue mai i tipi del Suo tipo, del vostro tipo. Che coraggio ci vuole ad ammazzare un poliziotto che con la rivoltella nel fodero chiede i documenti in treno? O un professore che solo solo rientra a casa in bicicletta? O un altro che sempre solo va al lavoro camminando lungo un marciapiede deserto? O me che sono un'antica signora sicché un colpo di vento basta a buttarmi per terra? A proposito. Dica, giovanotta, dica: vuole ammazzare anche me? E a chi intende affidare l'esecuzione della sentenza? Ai Suoi killer oppure ai fratelli mussulmani che promettono d'uccidermi in nome di Allah?» *Fine della letterina.*

* * *

Voilà: ho ceduto alla tentazione. Mi son lasciata riprendere dalla rabbia di due anni fa. Ma ora mi sento meglio e posso parlare del matrimonio poligamico che ha consegnato l'Italia al nemico, ossia di ciò che chiamo Triplice Alleanza. Quella fra Destra e Sinistra e Chiesa cattolica. Incominciamo con la Chiesa cattolica.

CAPITOLO 9

Io sono un'atea cristiana. Non credo in ciò che indichiamo col termine Dio. L'ho già scritto nella mia prima *Sfera Armillare*. Dal giorno in cui m'accorsi di non crederci, (cosa che avvenne assai presto cioè quando da ragazzina incominciai a logorarmi sull'atroce dilemma ma-Dio-c'è-o-non-c'è), penso che Dio sia stato creato dagli uomini e non viceversa. Penso che gli uomini lo abbiano inventato per solitudine, impotenza, disperazione. Cioè per dare una risposta al mistero dell'esistenza, per attenuare le irresolubili domande che la vita ci butta in faccia... Chi siamo, da dove veniamo, dove andiamo. Che cosa c'era prima di noi e di questi mondi, miliardi di mondi, che con tanta precisione girano nell'universo. Che cosa ci sarà dopo... Penso che l'abbiano inventato anche per debolezza, cioè per paura di vivere e di morire. Vivere è molto difficile, morire è sempre un dispiacere, e il concetto d'un Dio che aiuta ad affrontare le due imprese può dare un sollievo infinito: lo capisco bene. Infatti invidio chi crede. A volte ne sono addirittura gelosa. Mai, però, fino a maturare il sospetto quindi la speranza che quel Dio esista. Che con tutti quei miliardi di mondi abbia il tempo e il modo per rintracciare me, occuparsi di me. Ergo, me la cavo da sola. Quasi ciò non bastasse, sopporto male le Chiese. I loro dogmi, le loro liturgie, la loro presunta autorità spirituale, il loro potere. E coi preti vado poco d'accordo. Perfino quando si tratta di persone intelligenti o innocenti non riesco a dimenticare che stanno al servizio di quel potere, e v'è sempre il momento in cui l'antiquato anticlericalismo riaffiora. Un momento in cui sorrido al fantasma del mio nonno materno che era un anarchico ottocentesco e cantava: «Con le budella dei preti impiccheremo i re». Tuttavia, ripeto, sono cristiana.

Lo sono anche se rifiuto vari precetti del cristianesimo. Ad esempio la faccenda del porgere l'altra guancia, del perdonare. (Errore che incoraggia la cattiveria e che non commetto mai). E lo sono perché il discorso che sta alla base del cristianesimo mi piace. Mi convince. Mi seduce a tal punto che non vi trovo alcun contrasto col mio ateismo e il mio laicismo. Parlo del discorso fatto da Gesù di Nazareth, ovvio, non di quello elaborato o distorto o tradito dalla Chiesa cattolica ed anche dalle Chiese protestanti. Il discorso, voglio dire, che scavalcando la metafisica si concentra sull'Uomo. Che riconoscendo il libero arbitrio cioè rivendicando la coscienza dell'Uomo ci rende responsabili delle nostre azioni, padroni del nostro destino. Ci vedo un inno alla Ragione, al raziocinio, in quel discorso. E poiché ove c'è raziocinio c'è scelta, ove c'è scelta c'è libertà, ci vedo un inno alla Libertà. Nel medesimo tempo ci vedo il superamento del Dio inventato dagli uomini per solitudine, impotenza, disperazione, debolezza, paura di vivere e di morire. Ci vedo l'oscuramento del Dio astratto onnipotente spietato di quasi tutte le religioni. Zeus che incenerisce con i suoi fulmini, Geova che ricatta con le sue minacce e le sue vendette, Allah che soggioga con le sue crudeltà e le sue insensatezze. E al posto di quei tiranni invisibili, intangibili, un'idea che nessuno aveva mai avuto comunque mai divulgato. L'idea del Dio che diventa Uomo ossia l'idea dell'Uomo che diventa Dio, Dio di sé stesso. Un Dio con due braccia e due gambe, un Dio di carne che va in giro a fare o tentar di fare la Rivoluzione dell'Anima. Che parlando d'un Creatore assiso in Cielo (sennò chi ascolterebbe, chi capirebbe?) si presenta come suo figlio e spiega che tutti gli uomini sono suoi fratelli, quindi a loro volta figli di quel Dio e in grado di esercitare la loro essenza divina. Esercitarla predicando il Bene che è frutto della Ragione, della Libertà, distribuendo l'Amore che prima d'essere un sentimento è un ragionamento. Un sillogismo anzi un entimèma da cui deduci che la bontà è intelligenza e la cattiveria è cretineria. Un Dio, infine, che il dramma dell'Etica lo affronta da uomo. Col cervello di un uomo, il cuore di un uomo, le parole di un uomo, i gesti di un uomo, ed altro che mitezza! Altro che dolcezza, tenerezza, lasciate-che-i-pargoli-vengano-a-me! Come un uomo prende a botte i farisei e i rabbini che fanno mercimonio della religione. Come un uomo affronta il tema del laicismo che san Paolo svilupperà. Date-a-Cesare-quel-che-è-di-Cesare-e-a-Dio-quel-ch'è-di-Dio. Come un uomo ferma i vigliacchi che stanno per lapidare l'adultera: chi-è-senza-peccato-scagli-la-prima-pietra. Come un uomo tuona contro la schiavitù, e chi aveva mai tuonato contro la schiavitù?!? Chi aveva mai detto che la schiavitù è inaccettabile inammissibile inconcepibile? Come un uomo, in breve, si batte. Si rode, tribola, sbaglia, soffre, certamente pecca, e infine muore. Senza morire perché la vita non muore. Rinasce sempre, resuscita sempre, è eterna. E, insieme al discorso sulla Ragione, l'idea della Vita che non muore è il punto che mi convince di più. Che mi seduce di più. Perché in essa vedo il rifiuto della Morte, l'apoteosi della Vita. La passione per la Vita che è cattiva, sì, mangia sé stessa, ma è Vita e il contrario della Vita è il nulla. I principii, insomma, che stanno alla base della nostra civiltà.

* * *

Stamani mi sono riletta il famoso saggio che Benedetto Croce pubblicò nel 1942: *Perché non possiamo non dirci cristiani*. (Sì, quello dove a disdoro dei professorini che esaltano il Faro-di-Luce osserva: «La lunga età di gloria che fu chiamata Medioevo completò il cristianizzamento dei barbari e animò la difesa contro l'Islam, così minaccioso alla civiltà europea»). E due cose, in quel saggio, mi colpiscono a fondo: il lapidario giudizio con cui egli esalta ciò che io chiamo Rivoluzione dell'Anima, e la forza con cui sostiene che tutte le rivoluzioni venute dopo sono derivate da quella. «Il cristianesimo è stato la più grande rivoluzione che l'umanità abbia mai compiuto. Nessun'altra regge al confronto. Rispetto a lei tutte sembrano limitate.» Del resto non c'è bisogno di Croce per rendersi conto che senza il cristianesimo non ci sarebbe stato il Rinascimento, non ci sarebbe stato l'Illuminismo, non ci sarebbe stata nemmeno la Rivoluzione Francese che malgrado le sue mostruosità era nata dal rispetto per l'Uomo e che in quel senso qualcosa di positivo ha lasciato o pungolato. Non ci sarebbe stato nemmeno il socialismo o meglio l'esperimento socialista. Quell'esperimento che è fallito in modo così disastroso ma che, come la Rivoluzione Francese, qualcosa di positivo ha lasciato o pungolato. E tantomeno ci sarebbe stato il liberalismo. Quel liberalismo che non può non essere alla base d'una società civile, e che oggi chiunque accetta o finge di accettare. (A parole, perfino gli ex trinariciuti e i neotrinariciuti). A parer mio non ci sarebbe stato neanche l'ormai defunto femminismo, sicché guarda: spogliato delle belle fiabe sui miracoli e sulle fisiche resurrezioni, lavato delle sovrastrutture cattoliche, liberato dei ceppi dottrinari cioè ricondotto all'idea geniale dello splendido nazareno, il cristianesimo è davvero una irresistibile provocazione. Una clamorosa scommessa che l'uomo fa con sé stesso. E con ciò eccoci alle colpe d'una Chiesa cattolica che guidando la Triplice Alleanza, favorendo e beneficiando l'Islam, s'è resa e si rende la prima responsabile della catastrofe che stiamo vivendo.

Perché prima di invadere il nostro territorio e distruggere la nostra cultura, annullare la nostra identità, l'Islam mira a spengere quella irresistibile provocazione. Quella clamorosa scommessa. Sai come? Attraverso una rapina ideologica. Cioè rubando il cristianesimo, fagocitandolo, presentandolo nelle vesti d'un rampollo degenere, definendo Gesù Cristo "un profeta di Allah". Profeta di seconda classe, oltretutto. Talmente inferiore a Maometto che, quasi seicento anni dopo, costui ha dovuto ricominciare daccapo. Sorbirsi la chiacchierata con l'arcangelo Gabriele e scrivere ahimè il Corano. Per rubarcelo meglio, il nostro Gesù di Nazareth, i teologi mussulmani negano addirittura che sia stato crocifisso. Ce lo mettono nel loro Djanna a mangiare come un trimalcione, bere come un ubriacone, scopare come un maniaco sessuale. Poi sentenziano: poveraccio, a modo suo il Verbo di Allah lui lo predicava, ma i suoi scellerati discepoli chiamarono cristianesimo quel che in realtà era già Islam, distorsero quel che aveva detto, e... Mirano a rubare anche il giudaismo, d'accordo. Quando affermano che il primo profeta di Allah fu Abramo, come capostipite di Israele il vecchio Abramo va a carte quarantotto. (E va da sé che, se fossi ebrea, non ci piangerei affatto. Secondo me un capostipite che a gloria di Dio vuole sgozzare il proprio bambino è meglio perderlo che trovarlo). Quanto a Mosè, diventa un impostore che il Mar Rosso lo attraversa coi gommoni della mafia albanese. Un ciarlatano che nella Terra Promessa ci va per fregare Arafat, suo rivale in amore o che so io. Però da quelle mire il giudaismo si difende coi denti. La Chiesa cattolica, no. Oh, la Chiesa cattolica sa bene che per i mussulmani Cristo morì di raffreddore e che nel Djanna se la spassa con le Urì. Sa bene che i loro teologi hanno sempre effettuato quella rapina ideologica, sempre giudicato il cristianesimo un aborto dell'Islam. Sa bene che l'imperialismo islamico ha sempre voluto conquistar l'Occidente perché l'Occidente è il primo e vero interprete del ragionamento cristiano. Sa bene che il colonialismo islamico ha sempre sognato di soggiogare l'Europa perché oltre ad essere ricca ed evoluta e piena d'acqua l'Europa è la culla del cristianesimo. (Un cristianesimo manipolato quanto vuoi, distorto quanto vuoi, tradito quanto vuoi, ma cristianesimo). Sa bene che senza il crocifisso i francesi di Carlo Martello non avrebbero mai vinto i Mori giunti fino a Poitiers. Che senza il crocifisso gli spagnoli di Ferdinando d'Aragona e Isabella di Castiglia non avrebbero mai ripreso l'Andalusia, che i Normanni non avrebbero mai liberato la Sicilia, che lo zar Ivan il Grande non avrebbe mai posto fine ai due secoli e mezzo di dominazione mongola in Russia. Sa bene che senza il crocifisso non avremmo mai rotto il secondo assedio di Vienna, mai respinto i cinquecentomila ottomani di Kara Mustafa. (Santità, nel 1683 a difendere Vienna c'erano anche i polacchi: ricorda? Giunti da Varsavia e guidati dall'eroico re Giovanni Sobieski. E ricorda che cosa gridò Sobieski prima della battaglia? Gridò: «Soldati, non è solo Vienna che dobbiamo salvare! È il cristianesimo, l'idea della cristianità!». Ricorda che cosa gridava durante la battaglia? Gridava: «Soldati, combattiamo per la Vergine di Czestochowa!». Eh, sì. Proprio la Vergine di Czestochowa. Quella Vergine Nera alla quale Lei è tanto devoto). In parole diverse, la Chiesa cattolica sa bene che senza il crocifisso la nostra civiltà non esisterebbe. Sa anche che una delle radici da cui quella civiltà è nata, la radice della cultura greco-romana, non ci venne trasmessa dagli Avicenna e dagli Averroè come il Dialogo Euro-Arabo vuol farci credere: ci venne trasmessa da sant'Agostino che la cultura greco-romana l'aveva traghettata nella teologia cristiana ben sette secoli prima di Avicenna e di Averroè. Infine sa bene che senza l'irresistibile provocazione, la clamorosa scommessa, parleremmo anche noi una lingua che non contiene il vocabolo Libertà. Vegeteremmo anche noi in un mondo che, lungi dal rifiutare la morte, nella morte vede un privilegio.

* * *

Eppure si comporta come se non lo sapesse. Questa Chiesa cattolica che col pretesto del "volemose-bene" non si limita ad esercitare la sua industria della beneficenza cioè l'industria grazie alla quale gli immigrati mussulmani li riceve allo sbarco, li nasconde nei suoi ostelli, gli procura l'asilo politico e il sussidio statale, gli blocca le espulsioni o le ostacola... (In Francia, ad esempio, gli cede addirittura i conventi e le chiese. Gli costruisce addirittura le moschee. A Clermont-Ferrand fu il vescovo Dardel che cedette agli immigrati mussulmani la grande cappella delle suore di Saint Joseph, racconta Alexandre Del Valle. Cappella che essi trasformarono immediatamente in moschea. Ad Asnières-sur-Seine fu la Congregazione Cattolica che vendette agli immigrati mussulmani gli edifici più belli, edifici nei quali essi costruirono una moschea con annessa Scuola Coranica. A Parigi furono i sacerdoti Gilles Couvreur e Christian Delorme ad appoggiare la fondazione dell'Istituto Culturale Islamico di rue Tanger, istituto retto dal fondamentalista algerino Larbi Kechat poi arrestato per i suoi legami con Al Qaida. A Lione fu il cardinale Decourtray a far costruire la Grande Moschea...). Questa Chiesa cattolica che con l'Islam ci va tanto d'accordo, in realtà, perché fra preti ci s'intende. Questa Chiesa cattolica senza il cui imprimatur il Dialogo pardon il Monologo Euro-Arabo non avrebbe potuto né incominciare né andare avanti per ben trent'anni. Questa Chiesa cattolica senza la quale l'islamizzazione dell'Europa, la degenerazione dell'Europa in Eurabia, non avrebbe mai potuto verificarsi. Questa Chiesa cattolica che tace perfino quando il crocifisso viene offeso, umiliato, definito un cadaverino ignudo, tolto dalle aule scolastiche o gettato dalle finestre degli ospedali. Che del resto tace anche sulla poligamia e sul ripudio e sulla schiavitù. Perché nell'Islam la schiavitù non è una turpitudine che riguarda il passato remoto, signori del Vaticano. In Arabia Saudita venne abolita (sulla carta) soltanto nel 1962. Nello Yemen, lo stesso. E in Sudan, in Mauritania, in altri paesi africani, esiste ancora. Sulla schiavitù in Sudan la Commission on Human Rights e l'American Anti-Slavery Group stendono continui rapporti. Ch'io sappia, voi no. Tra il 1995 e il 2001 in Sudan la Christian Solidarity International riuscì a liberare 47.720 sudanesi copti. Ch'io sappia, voi no. Ogni ultima domenica di settembre le Chiese evangeliche americane (quelle che non piacciono a Dudù, il Fra' Accursio dell'Onu) osservano una giornata di lutto per gli schiavi neri del Sudan e per tutti i cristiani perseguitati nel mondo. Ch'io sappia, voi no. Nel 1992 l'allora segretario generale delle Nazioni Unite, Boutros-Ghali, denunciò la schiavitù in Sudan con molta durezza e nel 2000 il presidente Clinton la definì "un crimine contro il genere umano". Ch'io sappia, voi no. Anzi, gli imam ve li portate ad Assisi. Li santificate sulla tomba di san Francesco.

E questo mentre la vostra Conferenza Episcopale si allinea con Mortadella e con l'emulo di Togliatti per concedere il voto allo straniero. Mentre il vescovo di Caserta dice le mostruosità che dice. Mentre tre giorni dopo la strage di Nassiriya i padri comboniani legati a doppio filo coi no-global si piazzano dinanzi alle Prefetture con la bianca tonaca infrivolita dalle vistosissime sciarpe arcobaleno e qui distribuiscono i Permessi-di-Soggiorno-in-Nome-di-Dio. Mentre le bandiere pacifiste, quelle bandiere che sventolano sempre e solo per il nemico, i parroci cattocomunisti le mettono anche a fianco dell'altare durante la Messa. E detto ciò occupiamoci dei loro complici rossi e neri.

CAPITOLO 10

Devo fare un paio di messe a punto, prima d'affrontare il discorso sugli altri due membri della Triplice Alleanza. E anzitutto chiarire che quando dico Destra e Sinistra non mi riferisco a due entità opposte e nemiche, l'una simbolo di regresso e l'altra di progresso. Mi riferisco ai due schieramenti che come due squadre di calcio in lotta per lo scudetto rincorrono la palla del Potere. Che tra pedate, gomitate, stincate, perfidie d'ogni genere, se la contendono. E che per questo sembran davvero entità opposte e nemiche. Se le guardi bene, però, t'accorgi che nonostante il colore diverso delle mutande e delle magliette non sono nemmeno due entità distinte. Sono un blocco omogeneo, un'unica squadra che combatte sé stessa. Sai perché? Perché in Occidente la Destra non esiste più. La Destra simbolo di regresso, intendo dire. La Destra laida, reazionaria, ottusa, feudale. Come concetto, quella Destra svanì con la Rivoluzione Francese anzi con la Rivoluzione Americana che trasformando la plebe in Popolo fissò il principio della Libertà sposata all'Uguaglianza. Come realtà, si estinse con l'affermarsi della Destra sorta da queste due rivoluzioni. Cioè la Destra illuminata, liberale, civile, che viene definita Destra Storica. E per capire quanto ciò sia vero basta dare un'occhiata al mappamondo, cercarvi i paesi più retrogradi e disgraziati. A parte il grosso dell'America Latina dove la civiltà occidentale è un sogno mai realizzato, neanche inseguito, quei paesi sono tutti paesi del Medioriente e dell'Estremo Oriente e dell'Africa. Paesi mussulmani. Paesi soggiogati da secoli e secoli dall'Islam. La Destra laida, reazionaria, ottusa, feudale, oggi la trovi soltanto nell'Islam. È l'Islam.

Quanto alla Destra Storica, è ormai un ricordo cancellato anche nella coscienza dei cittadini. Fu una Destra gloriosa. Secondo me, una Destra per modo di dire. Aristocratica, sì, ma rivoluzionaria. Specialmente in Italia. Coi suoi sovrani, i suoi conti, i suoi marchesi, guidò il Risorgimento. Guidò le Guerre d'Indipendenza e perfino Mazzini, a un certo punto, si rivolse a lei. (Lettera a Carlo Alberto). Perfino Garibaldi combatté con lei, la rispettò. (Incontro di Teano eccetera). Perché erano fior di uomini, gli uomini di quella Destra-per-Modo-di-Dire. Intelligenti, coraggiosi, e davvero progressisti. Nonché onesti. Uno si chiamava Cavour. Un altro, Massimo d'Azeglio. Un altro, Vincenzo Gioberti. Un altro, Carlo Cattaneo. Un altro ancora, che ti piaccia o no, Vittorio Emanuele II. Di mestiere, re. Ci dettero il liberalismo, quei fior di uomini anzi di galantuomini. Ci dettero le Costituzioni, i Parlamenti, la democrazia. Ci insegnarono a vivere con la libertà. Ad esempio, lasciando circolare le idee a loro più ostili. Le idee repubblicane, anarchiche, socialiste. Infatti a quel tempo gli italiani rispettavano la politica. La amavano con la stessa passione con cui oggi amano le partite di calcio. Nei teatri, nei salotti, nelle osterie, nei caffè, non si parlava che di politica. D'accordo, per mezzo secolo il voto lo ebbero soltanto quelli che non eran poveri e sapevan leggere e scrivere. Le donne, nemmeno se eran ricche e sapevano leggere e scrivere. Però il burkah le donne non lo portavano in nessun senso. Tra i mille patrioti che Garibaldi si portò a Marsala c'erano anche loro. Col fucile. Il sottanone lungo fino ai piedi, il cappellino, e il fucile. (Io ho i nomi e i cogno-

342

mi di tutte. Erano una quarantina, spesso sorelle o cognate o cugine, e quasi tutte venivano da Milano o da Bergamo o da Varese o da Pavia o da Genova). Col sottanone e il cappellino e il fucile andarono in battaglia più volte, non poche morirono, eppure in Sicilia si moltiplicarono. Quando Garibaldi giunse a Napoli, erano diventate quasi duemila... E poi sloggiarono il papa, quei fior di uomini anzi di galantuomini. Gli tolsero lo Stato pontificio, lo relegarono in Vaticano. Sloggiandolo ci insegnarono il laicismo, il concetto di libera-Chiesa-in-libero-Stato. Ci insegnarono anche altre cose da non buttar via. L'amor patrio, per incominciare. L'orgoglio per la propria identità nazionale. Il senso dell'onore, della disciplina, del decoro. Le buone maniere, il rispetto per i vecchi, il valore della qualità quindi del merito. I mediocri del Politically Correct negano sempre il merito. Sostituiscono sempre la qualità con la quantità. Ma è la qualità che muove il mondo, cari miei, non la quantità. Il mondo va avanti grazie ai pochi che hanno qualità, che valgono, che rendono, non grazie a voi che siete tanti e scemi. Il fatto è che lottare consuma, stanca. E comandare corrompe. A poco a poco quella Destra dimenticò d'essere una Destra-per-Modo-di-Dire, una Destra rivoluzionaria, nel 1876 si lasciò rimpiazzare da Agostino Depretis, e sonnecchiando sulle antiche glorie incanutì. Si addormentò.

Dopo una quindicina d'anni e per una ventina d'anni Giolitti le dette una scrollata, è vero. Il suffragio universale, ad esempio, lo avemmo grazie ai liberali di Giolitti. Non grazie ai socialisti di Depretis. Ma lei era ormai una vecchia signora mezza cieca e mezza sorda che camminava appoggiandosi al bastone. Una giornata di pioggia bastava a farla starnutire, e nel 1914 si beccò una polmonite coi fiocchi: la Settimana Rossa. Quella barbara, sanguinosa Settimana Rossa che i sindacalisti e i socialisti e gli anarchici e i repubblicani scatenarono nelle Marche e nella Romagna con la regia di Pietro Nenni ed Errico Malatesta. E della quale nel 1973 Pietro Nenni mi avrebbe detto in tono avvilito: «Che sbaglio si fece, che sbaglio! Che stupidi, si fu, che stupidi!». Nel 1915 se ne beccò un'altra ancora più grossa: la Grande Guerra mondiale. Nel 1917 ne subì una terza che la lasciò senza fiato: la Rivoluzione Russa. Nel 1919 venne aggredita da un cancro che si chiamava Benito Mussolini e che si manifestò coi Fasci di Combattimento. Nel 1921 quel cancro lei se lo portò alla Camera dei Deputati facendolo eleggere col Blocco Nazionale: lista di liberali che di liberale non avevano che il nome. E un anno dopo morì. Praticamente suicida. Perché, nonostante i peccati di cui s'era macchiata, quel cancro avrebbe potuto debellarlo. Invece lo assecondò con sfacciataggine. Attraverso i suoi parlamentari, per incominciare. In testa, quel Benedetto Croce che di filosofia se ne intendeva parecchio e che sul cristianesimo diceva cose intelligenti ma che fin dall'inizio il fascismo lo riverì anzi lo servì. Sicché del suo tardivo pentimento non me ne importa un bel nulla. E poi, o soprattutto, attraverso l'indegno nipote di Vittorio Emanuele II cioè Vittorio Emanuele III. Il re nano, nano nel corpo e nell'anima, che il 30 ottobre 1922 ossia dopo la Marcia su Roma incaricò Mussolini di formare il governo. Gli regalò il paese.

Morì senza lasciar rimpianti, l'ex gloriosa signora che aveva guidato il Risorgimento e le Guerre d'Indipendenza. Che ci aveva dato le Costituzioni e i Parlamenti e la democrazia e il suffragio universale. Morì come una mondana da strapazzo. Disonorata, disprezzata, dimentica delle nobili cose che ci aveva insegnato. E non rinacque mai più. Infatti Mussolini non era un uomo di Destra. Veniva dal Partito Socialista, dalla Settimana Rossa. Era stato in carcere con Nenni, aveva diretto l'«Avanti!», elogiato la presa del Palais d'Hiver, ammirato Lenin e Trotzkij. Il suo Partito Nazional Fascista non era un partito di Destra. Come il Partito Nazional Socialista di Hitler era o voleva essere o diceva d'essere un partito rivoluzionario. Le sue Camiciacce Nere non erano aristocratici alla Federico Confalonieri o alla Massimo d'Azeglio o alla Cavour. Erano proletari e borghesi, sovversivi nati dalla Sinistra becera e violenta che è sempre stata la rovina d'Italia. (Non a caso sono stati versati fiumi d'inchiostro sulle rosse radici del fascismo, sulla natura rossa del fascismo). E tantomeno era di Destra quella Democrazia Cristiana che caduto il fascismo prese in mano l'Italia e la tenne in pugno per quarant'anni. Era un partito popolare, populista e popolare, la Democrazia Cristiana. Quanto al Partito Liberale, nel dopoguerra era ormai un fantasma e basta. Un club di sconfitti che avrebbero potuto riunirsi, dicevano i loro oppositori, in una cabina telefonica. Ed oggi la parola Destra suona come una parolaccia. Una specie di bestemmia, di insulto, che lo stesso Cavaliere pronuncia con parsimonia e cautela. Infatti la riscatta sempre col rassicurante termine Centro, lo stesso dietro il quale anche la Sinistra si ripara senza pudore, e appena può cita De Gasperi o don Sturzo. (Una volta, è vero, citò Luigi Einaudi. Cosa che mi dispiacque molto per Einaudi. Un'altra volta citò addirittura Carlo Rosselli. Cosa per cui volevo cavargli gli occhi. Però di solito preferisce i democristiani).

Ergo dimmi: chi è di Destra, oggi, in Italia? Chi usa senza un segreto imbarazzo la parola che suona come una parolaccia, una bestemmia, un insulto? Chi si identifica a cuor leggero con la già gloriosa signora morta disonorata, disprezzata, dimentica delle nobili cose che ci aveva insegnato? Non certo quelli che chiamano il loro partito Alleanza Nazionale. Storicamente e ideologicamente, avanzi d'un Msi che a sua volta era un avanzo della mussoliniana Repubblica Sociale, quindi interpreti d'una Destra che dalla Sinistra si distingue proprio per ciò che negli stadi distingue una squadra di calcio dalla squadra di calcio avversaria: il colore delle magliette e delle mutande, il modo di giocare, il numero dei gol. E per capirlo basta rilegger l'articolo che il 17 giugno 1944 (cinquantasei giorni prima che gli Alleati liberassero Firenze) apparve su «Italia e Civiltà», la rivista che i repubblichini di Salò stampavano in Toscana. Un articolo che diceva: «Sappiano, Roosevelt e Churchill e i loro compari, che i fascisti più consapevoli hanno sempre riconosciuto nel comunismo la sola forza viva e contraria alla propria. Il vero nemico essi lo hanno sempre individuato, più che nella Russia, nella plutocratica Inghilterra e nella plutocratica America. I fascisti hanno sempre discordato su vari punti del comunismo, sì, ma anche concordato su molti altri. E precisamente su ciò che gli uni e gli altri non vogliono: la vecchia società liberale, borghese, capitalistica». E poi: «Sappiano dunque i Roosevelt e i Churchill e i loro compari che, ove la vittoria non toccasse al Tripartito, la maggior parte dei fascisti veri e scampati al flagello passerebbero al comunismo. In esso farebbero blocco, e allora sarebbe varcato il fosso che oggi separa le due rivoluzioni».

Fine della prima messa a punto. E passiamo alla seconda.

* * *

Chi non c'è non comanda. Ergo, chi comanda in Italia non è la Destra. È la Sinistra. In tutte le sue forme e colori e travestimenti e compromessi storici e alleanze note o clandestine. Perché, col governo o senza governo, con l'olio di ricino o col terrorismo intellettuale, da noi la Sinistra comanda da almeno ottant'anni. Cioè da quando Mussolini andò al potere esibendo il frac e la bombetta. E perché, caduto lui, s'avverò in pieno ciò che l'anonimo repubblichino aveva annunciato il 17 giugno 1944 sulla rivista «Italia e Civiltà». I fascisti neri s'accorsero d'essere sempre stati fascisti rossi, i fascisti rossi capirono d'essere sempre stati fascisti neri, e il loro oscuro legame riprese come se non fosse successo nulla di quel che era successo: due decenni di dittatura, una guerra mondiale, una guerra civile, un paese semidistrutto, centinaia di migliaia di morti. Meglio: riprese come se si fosse trattato d'un litigio tra amanti, d'un malinteso in famiglia.

E tale era stato, ahimè. Fuorché in pochissimi casi. Non per nulla vi sono momenti in cui mi maledirei per non averlo capito prima, per essermi lasciata prendere in giro buona parte della mia vita. Cristo, avevo soltanto sedici anni quando quella verità incominciò a rivelarsi. Ricordo chiaramente il giorno in cui mio padre tornò a casa pallido di rabbia e con voce sorda disse: «Togliatti ha convinto tutti a concedere l'amnistia ai fascisti. Non ci siamo opposti che noi del Partito d'Azione, e presto i repubblichini ce li ritroveremo col fazzoletto rosso al collo». (Era il 1945). Ricordo anche il "Recupero dei Fratelli in Camicia Nera" che, sempre nel 1945, Togliatti affidò a Luigi Longo e Giancarlo Pajetta. Recupero già sollecitato nel 1936 col vocabolo Riconciliazione e non avvenuto perché proprio quell'anno Stalin aveva acceso la Guerra Civile in Spagna. Ricordo anche il pestaggio che all'Università di Firenze, Facoltà di Medicina, sede di via Alfani, nel 1947 subii per mano d'uno studente fascista e di uno comunista ai quali non piacevano le mie idee. Il primo a pugni e l'altro a calci, in perfetta simbiosi e sincronia, mi picchiarono perché ero "filoamericana e filosionista". Eppure neanche stavolta misi a fuoco la faccenda. (Che non volessi crederci?). Quel malinteso-in-famiglia l'avrei compreso soltanto nel 1965, grazie allo zio Bruno che prima di morire m'affidò un pacco di lettere ricevute negli anni in cui era caporedattore del «Corriere della Sera». Lettere inviategli da celebri intellettuali, ormai di sinistra, che negli anni Trenta e nei primi anni Quaranta lo rimproveravano di non essere fascista. Una era anzi è (le custodisco con scrupolo) di Elio Vittorini che con mussolinesca calligrafia lo ammoniva: «Fallaci! Voi siete un bigio! Voi non riconoscete l'intelligenza del Duce!». Ovviamente lo compresi ancor meglio a leggere il libro nel quale Ruggero Zangrandi sputtanava i suoi compagni rivelando i nomi dei fervidi comunisti che erano stati fervidi fascisti. E soprattutto lo compresi il giorno in cui Pietro Nenni mi raccontò il suo ultimo incontro con un certo Beni che non capivo chi fosse. Incontro avvenuto nel giugno del 1922 a Cannes dove conclusa non so quale conferenza internazionale s'erano messi a discutere sul dissidio che dal 1920 li divideva, e discutendo s'erano incamminati lungo la Croisette. Discutendo avevano continuato a camminare tutta la notte sicché verso l'alba avevano raggiunto il lungomare di Nizza dove incapaci di dirsi addio erano rimasti fino al sorger del sole. Ma all'improvviso se l'erano detto, «Addio Pietro», «Addio Beni», e fu a quel punto che morsa dalla curiosità esclamai: «Scusi, Nenni, ma chi era questo Beni? Io non ne ho mai sentito parlare». Parole che l'offesero molto. «Non ne hai mai sentito parlareeee?!? Dico Beni per dire Benito, Benito Mussolini, nooo?!? Io lo chiamavo Beni, eravamo amici, nooo? Dopo la Settimana Rossa eravamo stati anche compagni di cella e ci volevamo bene, nooo?» Poi, dispiaciuto della sfuriata, si ammansì. E per dimostrarmi quanto si fossero voluti bene mi raccontò che nel 1943, cioè quando le SS lo avevano arrestato per deportarlo in Germania, era stato Beni a salvargli la vita. A far bloccare il vagone piombato sul Brennero, ottenere che anziché in un campo di concentramento il suo amico Pietro venisse mandato al confino nell'isola di Ponza. Con voce roca mi confidò anche che il 28 aprile del 1945, quando Beni era stato fucilato dai partigiani, sull'«Avanti!» aveva dato la notizia con un titolo molto duro: «Giustizia è fatta». Subito dopo, però, s'era appartato e aveva pianto.

* * *

Oh sì: comanda da almeno ottant'anni questa Sinistra che partorì Mussolini, che coi Fratelli-in-Camicia-Nera mantenne sempre l'oscuro legame. E bando alle ipocrisie: negli ultimi cinquant'anni ha continuato a darci un mucchio di dispiaceri. Ci ha dato anche due o tre cose buone, lo ammetto. La prima è quella d'aver contribuito in maniera determinante a vincere il referendum sulla Repubblica. (Perché la volevano in molti, la Repubblica. L'unico a cui importasse poco era Palmiro Togliatti che mirava a una rivoluzione di stampo russo e che pur d'arrivarci era pronto a tenersi ancora un po' i Savoia. Ma senza i socialisti come Pietro Nenni e senza i comunisti che non erano disinvolti come Togliatti non ce l'avremmo mai fatta, ed oggi al Quirinale ci dormirebbero i nipotini del re nano). La seconda è quella d'averci aiutato in maniera altrettanto determinante a vincere il referendum sul divorzio. (Perché in fondo al cuore lo desideravano tutti il divorzio. Ma la Chiesa cattolica e la Democrazia Cristiana avevan rizzato un muro di ferro, e senza i comunisti che in quell'occasione riscattarono l'infamia commessa alla Costituente il divorzio non lo avremmo mai ottenuto). La terza è quella d'aver finalmente capito che se l'Italia fosse diventata un satellite dell'Urss nei gulag ci sarebbero finiti anche loro. Quindi, d'averci lasciato entrare nella Nato. Tuttavia le colpe superano di gran lunga i meriti, e son tante che se l'Inferno esistesse cadrebbero tutti a capofitto nella gola di Lucifero. Una (l'ho già detto nell'altro libro ma non mi stancherò mai di ripeterlo) è il terrorismo intellettuale cioè il Se-Non-la-Pensi-

349

Come-me-Sei-un-Cretino-anzi-un-Delinquente che attraverso i cineasti, i giornalisti, i maestri di scuola, i docenti universitari, ha avvelenato due generazioni. E che ora sta avvelenando la terza. (Occhi negli occhi, signori: le Brigate Rosse non sono uscite dal cervello di Cavour. Sono uscite dal ventre della Sinistra. I no-global e i soi-disant pacifisti che come le Brigate Rosse diffondono il più vile squadrismo e il più stupido illiberalismo non li ha generati mia zia. Li ha generati la Sinistra). Un'altra è quella d'aver nutrito l'ineducazione politica degli italiani.

Perbacco, è passato quasi un secolo dalla Settimana Rossa. Mezzo secolo, dallo slogan «Ha da venì Baffone». Eppure quegli italiani continuano ad esprimersi col linguaggio della Settimana Rossa cioè attraverso i comizi oceanici, i cortei fluviali, i girotondi minacciosi, le arcobalenate, le berciate, le automobili rovesciate e bruciate, gli scioperi selvaggi degli arrogantissimi sindacati. Roba da cui sbuca sempre la faccia d'un capo comunista o ex comunista che si nasconde tra la folla ma nel medesimo tempo cerca di farsi notare. E di solito è uno di quelli che quando contro la guerra in Vietnam scrivevo da Saigon, cioè dalla parte occupata dagli americani, si alzavano in piedi per applaudirmi. Quando invece scrivevo da Hanoi cioè raccontavo le mostruosità del regime comunista, mi mangiavano viva. Se non è uno di loro, è uno dei superciliosi che al tempo di Tangentopoli mostravano le mani appena lavate dall'amnistia del 1989 poi in un vibrar di baffetti scandivano: «Noi-abbiamo-le-mani-pulite». (E pazienza se con l'amnistia del 1989 quelle mani se l'eran pulite solo dai miliardi con cui l'Unione Sovietica aveva sempre impinguato le tasche del sardanapalesco Pci. Pazienza se quelle mani trasudavano ancora lo sporco dei cooperativistici peccati che i giudici di buon cuore avevano messo a tacere). E tutto ciò senza considerare la colpa di cui

350

non si parla mai. Cioè il deserto nel quale tale Sinistra ha gettato tanti italiani. Un deserto dove la sete ti consuma perché la mancanza di rispetto e la sfiducia non ci fanno mai cadere un filo d'acqua, mai crescere un filo d'erba. Tentar d'annaffiarlo, d'altronde, è inutile e...

Oh, fino a trent'anni fa ci provai ad annaffiarlo. Con Pietro Nenni, anzitutto, ormai ultraottantenne e ben consapevole di ciò che cercavo. C'era un rapporto affettuoso, tra me e Nenni. Sai il tipo d'intesa che v'è tra nonno e nipote. Così andavo spesso a trovarlo nella sua villetta di Formia o nel suo attico di piazza Adriana a Roma, quello con la grande terrazza da cui si vede Castel Sant'Angelo, e andarci alleviava un po' la mia sete. Ma non serviva mai a cancellarla. Il giorno in cui a Formia gli chiesi perché la Sinistra non riuscisse ad essere liberale, ad esempio. E lui scosse la testa, rispose: «Bambina mia, non si può conciliare il diavolo con l'acqua santa». O il giorno in cui a Roma gli mostrai la nefandezza che «Critica Sociale», la rivista del Psi, m'aveva inflitto. Un articolo nel quale si diceva che il falso incidente automobilistico col quale Alekos Panagulis era stato ucciso lo avevo causato io regalandogli una Fiat difettosa. Con l'articolo, una copertina dove sotto la mia fotografia era scritto a grosse lettere: «*Ecco il vero assassino di Panagulis*». Quel giorno lui stava in terrazza, ricordo, seduto su una carrozzella. Sulle gambe aveva un plaid scozzese rosso-blu, e alle spalle l'angelo di Castel Sant'Angelo. Dicendo Nenni-guardi-che-m'hanno-fatto gli mostrai la nefandezza, e lui chiuse gli occhi. Poi, con un filo di voce, mormorò: «Se tu sapessi che hanno fatto a me... Bambina mia, quando difendo gli uomini io non mi riferisco agli uomini. Mi riferisco all'idea platonica dell'Uomo. All'Uomo con la *u* maiuscola». Provai anche con Sandro Pertini. Lo incontravo al Quirinale dove faceva il presidente della Repubblica, lui, e dove ogni tanto m'invitava a mangiare.

Frugali colazioni preparate da un cuoco che metteva troppo sale nella minestra, amichevoli tête-à-tête che si prolungavano col caffè nel salone pieno di lampadari e lusinghe e malìe. Era un brav'uomo, Pertini. Diceva di volermi bene e credo che a modo suo me ne volesse. Ma da quel salone pieno di lampadari e lusinghe e malìe il deserto da annaffiare non si vedeva. Così un giorno compresi che il cibo del Quirinale era davvero troppo salato, e decisi di non mangiarlo più. Per qualche tempo provai anche con Giorgio Amendola. Provai perché Amendola era assai intelligente e figlio d'un gran liberale. A parlarci sembrava impossibile che fosse stato un cieco ammiratore di Stalin, un compagno dello studente comunista che insieme allo studente fascista m'aveva picchiato nel corridoio della Facoltà di Medicina. Inoltre era un uomo pieno di finezze, delicatezze. Ad esempio nel bambino del mio romanzo *Lettera a un bambino mai nato*, vedeva sua figlia morta a quarant'anni, e mentre me lo diceva gli si inumidivano gli occhi. Però se lo mettevo dinanzi alle colpe del suo partito, sgusciava. Una volta gli raccontai del pestaggio a Firenze, e invece di condannarlo portò il discorso sul suo grande amico Galeazzo Ciano, figlio del Costanzo Ciano che aveva preso a schiaffi Toscanini e genero di Mussolini dal quale nel 1944 era stato fucilato a Verona. Con un brillante sgambetto si dilungò su un certo incontro avvenuto a Capri dove lui stava in vacanza con-una-bellissima-americana e dove Ciano era in viaggio di nozze con la-figlia-del-Duce. Questo riportò a galla il malinteso in famiglia e... A un certo punto provai anche con Giancarlo Pajetta, comunista che m'incuriosiva per l'incarico affibbiatogli nel dopoguerra da Togliatti e perché quando voleva era simpatico. Nella speranza di stabilire qualche intesa una sera accettai il suo invito a cena e mi costrinsi addirittura all'uso del giacobino "tu" che egli imponeva a tutti. Uso dal quale io rifuggo perché penso che il "tu" sia un privilegio da concedere soltanto ai parenti, agli amanti, agli intimi amici, ai bambini, o alle persone con le quali siamo stati alla guerra. Ma conclusa la cena gli chiesi: «Giancarlo, se il Partito ti ordinasse di fucilarmi mi fucileresti?». Credevo che scoppiasse in una risata. Invece si fece serio. Tutto serio rifletté un paio di secondi e poi rispose: «Certamente».

Comunque la colpa più grossa di cui la Sinistra si sia macchiata nel corso degli ultimi cinquant'anni non è nemmeno quella d'averci tolto fiducia e rispetto per la politica: è la colpa d'aver favorito, insieme alla Chiesa cattolica e agli avanzi dell'Msi, l'islamizzazione dell'Italia. E va da sé che l'Europa è diventata Eurabia perché in ogni paese la Sinistra s'è comportata come s'è comportata e si comporta in Italia. Ora ti dico perché.

CAPITOLO 11

Nel 1979 cioè l'anno in cui i mullah e gli ayatollah spodestarono lo Scià e instaurarono la Repubblica Islamica dell'Iran, Khomeini rispolverò varie Sure del Corano. In particolare, quelle che riguardavano il comportamento sessuale degli sciiti. Su quelle Sure compilò una serie di norme che riunì in un vademecum chiamato Libro Azzurro, e alcune parti del Libro Azzurro furono pubblicate in Italia col beffardo titolo *I Dieci Khomeindamenti*. Tempo fa i Dieci Khomeindamenti (che poi sono almeno una ventina) mi tornarono alle mani. Li rilessi e... Uno dice: «Se una donna ha rapporti carnali col futuro marito, dopo averla sposata questi ha diritto di esigere l'annullamento del matrimonio». Un altro dice: «Il matrimonio con la propria sorella o la propria madre o la propria suocera è peccato». Un altro dice: «L'uomo che ha avuto rapporti sessuali con la propria zia, non può sposarne la figlia cioè la sua cugina». Un altro: «La donna mussulmana non può sposare un eretico e l'uomo mussulmano non può sposare un'eretica. Però l'uomo mussulmano può intrattenere concubinaggio con donne ebree e cristiane». Un altro: «Se un padre ha tre figlie e vuole farne sposare una, al momento del matrimonio deve specificare quale figlia dà». Un altro: «Il matrimonio può essere annullato se dopo le nozze lo sposo scopre che la sposa è zoppa o cieca o afflitta da lebbra ed altre malattie della pelle». Un altro (davvero tremendo perché si riferisce alle mogli di nove anni, età in cui il matrimonio è ammesso): «Se un uomo sposa una minorenne che ha raggiunto i nove anni e le rompe subito l'imene, non può più goderla». Un altro (ancor più tremendo perché ne risulta che una bambina può esser posseduta prima d'aver compiuto i nove anni): «Se una donna vedova o ripudiata non ha compiuto i nove anni, può risposarsi subito dopo la vedovanza o il ripudio senza aspettare i quattro mesi e dieci giorni prescritti. Questo, anche se col primo marito ha avuto di recente rapporti intimi». Un altro: «Se la moglie non obbedisce al marito e non è sempre a disposizione per il piacere di lui o trova scuse per non farlo gioire, il marito non le deve né cibo né vesti né dimora». Un altro: «La madre e la figlia e la sorella di un uomo che ha avuto rapporti anali con un altro uomo non possono sposare quest'ultimo. Però se quest'ultimo ha avuto o ha rapporti anali con un parente acquisito, il matrimonio resta valido». Infine: «Un uomo che ha avuto rapporti sessuali con un animale, ad esempio una pecora, non può mangiarne le carni. Cadrebbe in peccato».

Li rilessi e ci feci una specie di malattia. Perché ricordai che nel 1979 la Sinistra italiana anzi europea s'era innamorata di Khomeini come ora è innamorata di Bin Laden, di Saddam Hussein, di Arafat, e mi dissi: Cristo, la Sinistra è figlia del laicismo. È laica. Possibile che parli di rivoluzione a proposito di quella iraniana?!? La Sinistra parla di progresso. Ne ha sempre parlato, da un secolo inneggia al Sol dell'Avvenir. Possibile che fornichi con l'ideologia più retrograda e più forcaiola di questa Terra?!? La Sinistra è sorta in Occidente. È occidentale, appartiene alla civiltà più evoluta della storia. Possibile che si riconosca in un mondo nel quale bisogna spiegare che sposar la mamma è peccato e raccomandare di non mangiar l'amante se l'amante è una pecora?!? Possibile che inneggi a un mondo nel quale una bambina può esser vedova o venir ripudiata a nove anni anzi prima d'aver nove anni?!? Una specie di malattia, sì. Anzi di ossessione. Infatti a tutti chiedevo: «Tu lo hai capito, Lei lo ha capito, perché la Sinistra sta dalla parte dell'Islam?». E tutti rispondevano: «Chiaro. La Sinistra è terzomondista, antiamericana, antisionista. L'Islam, pure. Quindi nell'Islam vede ciò che i brigatisti chiamano il loro naturale-alleato». Oppure: «Semplice. Col crollo dell'Unione Sovietica e il sorgere del capitalismo in Cina, la Sinistra ha perduto i suoi punti di riferimento. Ergo, si aggrappa all'Islam come a una ciambella di salvataggio». Oppure: «Ovvio. In Europa, il vero proletariato non esiste più, ed una Sinistra senza proletariato è come un bottegaio senza merce. Nel proletariato islamico la Sinistra trova la merce che non ha più, ossia un futuro serbatoio di voti da intascare». Ma, sebbene ogni risposta contenesse un'indiscutibile verità, nessuna teneva conto dei ragionamenti sui quali le mie domande si basavano. Così continuai a tormentarmi, a disperarmi, e ciò durò finché m'accorsi che le mie domande erano sbagliate.

Erano sbagliate, anzitutto, perché nascevano da un residuo di rispetto per la Sinistra che avevo conosciuto o creduto di conoscere da bambina. La Sinistra dei miei nonni, dei miei genitori, dei miei compagni morti, delle mie utopie infantili. La Sinistra che da mezzo secolo non esiste più. Erano sbagliate, inoltre, perché nascevano dalla solitudine politica nella quale avevo sempre vissuto e che invano avevo sperato d'alleggerire cercando d'annaffiare il deserto proprio con chi lo aveva creato. Ma soprattutto erano domande sbagliate perché erano sbagliati i ragionamenti o meglio i presupposti su cui esse si basavano. Primo presupposto, che la Sinistra fosse laica. No: pur essendo figlia del laicismo, peraltro un laicismo partorito dal liberalismo e quindi a lei non consono, la Sinistra non è laica. Sia che si vesta di nero sia che si vesta di rosso o di rosa o di verde o di bianco o d'arcobaleno, la Sinistra è confessionale. Ecclesiastica. Lo è in quanto deriva da un'ideologia di stampo religioso cioè un'ideologia che s'appella a Verità Assolute. Da una parte il Bene e dall'altra il Male. Da una parte il Sol dell'Avvenir e dall'altra il buio pesto. Da una parte i suoi fedeli e dall'altra gli infedeli anzi i cani-infedeli. La Sinistra è una Chiesa. E non una Chiesa simile alle Chiese uscite dal cristianesimo quindi in qualche modo aperte al libero arbitrio, bensì una Chiesa simile all'Islam. Come l'Islam, infatti, si ritiene baciata da un Dio custode del Bene e della Verità. Come l'Islam non riconosce mai le sue colpe e i suoi errori. Si ritiene infallibile, non chiede mai scusa. Come l'Islam pretende un mondo a sua immagine e somiglianza, una società costruita sui versetti del suo profeta Karl Marx. Come l'Islam schiavizza i suoi stessi fedeli, li intimidisce, li rincretinisce anche se sono intelligenti. Come l'Islam non accetta che tu la pensi in modo diverso e se la pensi in modo diverso ti disprezza. Ti denigra, ti processa, ti punisce, e se il Corano ossia il Partito le ordina di fucilarti ti fucila. Come l'Islam è illiberale, insomma. Autocratica, totalitaria, anche quando accetta il gioco della democrazia. Non a caso il 95 per cento degli italiani convertiti all'Islam vengono dalla Sinistra o dall'Estrema Sinistra rosso-nera. Il 95 per cento dei mussulmani naturalizzati cittadini italiani, idem. (Il mascalzone che non vuole il crocifisso nelle scuole o negli ospedali e che ai suoi confratelli scrive Andate-a-morire-con-la-Fallaci viene dall'Estrema Sinistra rosso-nera. Il suo compare è stato addirittura in carcere per sospetta connivenza con le Brigate Rosse). Come l'Islam, infine, la Sinistra è antioccidentale. E il motivo per cui è antioccidentale te lo dico con un brano del saggio che negli anni Trenta il liberale austriaco

Friedrich Hayek scrisse a proposito della Russia bolscevica e della Germania nazionalsocialista. Ecco qua.

«Qui non si abbandonano soltanto i principii di Adam Smith e di Hume, di Locke e di Milton. Qui si abbandonano le caratteristiche più salde della civiltà sviluppatasi dai greci e dai romani e dal cristianesimo, ossia della civiltà occidentale. Qui non si rinuncia soltanto al liberalismo del 1700 e del 1800, ossia al liberalismo che ha completato quella civiltà. Qui si rinuncia all'individualismo che grazie a Erasmo da Rotterdam, a Montaigne, a Cicerone, a Tacito, a Pericle, a Tucidide, quella civiltà ha ereditato. L'individualismo, il concetto di individualismo, che attraverso gli insegnamenti fornitici dai filosofi dell'antichità classica poi dal cristianesimo poi dal Rinascimento poi dall'Illuminismo ci ha reso ciò che siamo. Il socialismo si basa sul collettivismo. Il collettivismo nega l'individualismo. E chiunque neghi l'individualismo nega la civiltà occidentale.»

*   *   *

Assunto: se Hayek ha torto ed io ho torto, se la similitudine tra la Sinistra e l'Islam non esiste, dimmi perché proprio durante i governi della Sinistra rossa e verde e rosa e bianca e arcobaleno la Triplice Alleanza ha consegnato l'Italia all'Islam. Dimmi perché proprio in quegli anni l'invasione islamica s'è rafforzata, stabilizzata, ed oggi gli immigrati sono in stragrande maggioranza mussulmani. (Almeno due milioni e mezzo cioè il 4,3% della nostra popolazione. Al Centro e al Nord, il 5,6%. Percentuale che eguaglia e talvolta supera quella delle città inglesi o francesi o tedesche più invase). Dimmi perché proprio in quegli anni le moschee si sono moltiplicate e nelle moschee s'è preso a far documenti falsi, a collezionare materiale Al Qaida, a reclutare terroristi per mandarli in Bosnia o in Cecenia o in Afghanistan. Dimmi perché proprio in quegli anni le forze di polizia si sono ammorbidite, i prefetti e i questori si son messi a trattare gli immigrati con deferente cortesia, e i carabinieri hanno ricevuto l'ordine di non reagire quando il clandestino li insulta o li minaccia. Dimmi perché proprio in quegli anni i magistrati della Sinistra si son messi a proteggere i figli di Allah favorendo l'arrivo dei loro familiari, ostacolando le loro espulsioni, chiudendo un occhio sui casi di poligamia, e non di rado scarcerando per-difetto-di-procedura quelli in possesso di armi o di esplosivi. (Quei magistrati sono tanti ormai che, pur respingendo il ricorso d'un albanese condannato per aver portato in Italia una prostituta sedicenne, nel 2003 la Corte di Cassazione ha criticato la vigente Legge Bossi-Fini e lodato la defunta Legge Turco-Napolitano. Di quest'ultima ha detto che «aveva gettato le basi di una convivenza civile». Dell'altra, che «bada solo all'ordine pubblico ed interpreta in maniera unilaterale le normative europee»).

Dimmi anche perché, sempre in quegli anni, incominciarono a verificarsi tanti casi inaccettabili. Il caso del preside e degli insegnanti che in una scuola media della provincia di Cuneo dichiarano giorno di vacanza l'inizio del Ramadan, per esempio. O il caso dell'insegnante diessina che in una scuola media di La Spezia stacca il crocifisso dalla parete per compiacere lo scolaro islamico. (Uno scolaro appartenente a una famiglia di nomadi temporaneamente accampati nella zona). Il caso delle maestre arcobaleniste che in una scuola elementare presso Como cacciano il sindaco leghista perché, vestito da Babbo Natale, è andato a distribuire doni natalizi. («Vestendosi da Babbo Natale e portando quei doni egli ha commesso un gesto politicamente scorretto. Il Natale irrita gli alunni islamici e non deve essere considerato una festa religiosa» dissero le babbee). Oppure il caso della maestra che in una scuola elementare delle Puglie mette al bando il Presepe sicché, e sebbene i bambini piangano vogliamo-il-Presepe, vogliamo-il-Presepe, il sindaco diessino se ne congratula. Oppure quello dell'asilo in Val d'Aosta dove i genitori dell'unico bambino mussulmano informano la direttrice di non gradire nemmeno le canzoncine natalizie cantate in classe, e per incominciare *Tu Scendi dalle Stelle o Re del Ciel...* Elenco al quale bisogna aggiungere il caso che all'inizio del 2004 infangò una delle regioni più inguaribilmente rosse d'Italia cioè la Toscana, e in particolare la città che da mezzo secolo è schiava della Sinistra cioè Firenze. Insomma il caso della cosiddetta Via Italiana all'Infibulazione. Via scoperta e sostenuta da un ginecologo somalo che da nove anni lavora alla Maternità di Careggi, il pubblico e glorioso ospedale fiorentino.

* * *

Lo sai, vero, che cos'è l'infibulazione? È la mutilazione che i mussulmani impongono alle bambine per impedir loro, una volta cresciute, (o ancor prima, se si sposano a nove anni), di godere l'atto sessuale. È la castrazione femminile che i mussulmani praticano in ventotto paesi dell'Africa islamica e per cui ogni anno due milioni di creature (cifra fornita dalla World Health Organization) muoiono per sepsi o dissanguamento. E lo sai, vero, in che cosa consiste? Consiste nell'asportare il clitoride cioè l'organo genitale situato nella parte superiore della vulva, quindi nel recidere le piccole labbra e nel cucire le grandi labbra lasciando soltanto una fessura per urinare. Nequizia che di solito viene compiuta dalla mamma con le forbici o col coltello, poi con un normale ago e un normale filo cioè senza strumenti sterilizzati, e senza alcuna forma di narcosi. Infatti in Europa la pratica è proibita dal Codice Penale e in Italia la Commissione Giustizia e Affari Sociali del Parlamento ha varato un progetto di legge che prevede condanne dai sei ai dodici anni di carcere per chiunque la esegua. Ma, a quanto pare deciso a salvare il principio non ad abolirlo, all'inizio dell'anno il suddetto ginecologo propose un compromesso che consiste nel sostituire con una "bucatura di spillo" l'asportazione del clitoride e delle piccole labbra nonché la sutura delle grandi labbra. «Si tratta di un intervento che richiede solo una ferita momentanea. Di una soft-infibulation, insomma, che consente di salvare il rito,» spiegò «così la bambina può tornare subito a casa e festeggiare quella sorta di battesimo.» Poi chiese l'imprimatur del diessino presidente della Regione Toscana che invece di negarglielo tout court lo passò al diessino assessore alla Salute che a sua volta lo passò al presidente dell'Ordine dei Medici della Toscana nonché vicepresidente del Consiglio Sanitario Regionale nonché membro del Consiglio di Amministrazione dell'Agenzia Regionale di Sanità e del Centro Studi per la Salvaguardia e la Documentazione della Sanità Fiorentina nonché presidente del Comitato Unitario delle Professioni in Toscana nonché coordinatore della Società Medica Toscana, nonché direttore della rivista «Toscana Medica» nonché esponente della Commissione di Bioetica della Regione Toscana nonché estensore del Codice Deontologico dei Medici. E sai che cosa disse questo pluridecorato dal quale non mi farei curare neanche un'unghia incarnita? Disse: «I problemi deontologici vanno messi da parte onde rispettare questo rito antichissimo. Personalmente sono favorevole a che il progetto del collega somalo vada in porto». Non solo. Quando la leghista Carolina Lussana portò la faccenda alla Camera dei Deputati e parlando di barbara usanza sollecitò l'intero mondo politico ad intervenire, le colleghe del Centro-Sinistra la invitarono a chiudere il becco. E soltanto al momento in cui le proteste esplosero su scala nazionale il soft-infibulismo dei quattro venne bocciato. Il che non esclude affatto che, sottobanco, i problemi deontologici non possano ugualmente esser messi da parte.

Letterina. «Non-illustre presidente della Regione Toscana, non-illustre assessore alla Salute Pubblica della medesima, non-illustre ginecologo somalo della Maternità di Careggi, non-illustre presidente dell'Ordine dei Medici della Toscana etc., etc., etc. Sette volte eccetera. Non mi disturberò a spiegarvi che l'etica si basa sui principii, che i principii non si possono aggirare coi compromessi o con le furbizie, che quindi il punto non è rendere l'infibulazione meno dolorosa e meno pericolosa: il punto è proibirla, impedirla, punirla in qualsiasi modo essa avvenga. Visto che i principii voi li accantonate, che ad essi preferite i riti-antichissimi, spiegarvelo sarebbe inutile. Non mi disturberò nemmeno a ricordarvi che l'infibulazione è l'equivalente della castrazione ossia dell'altro "antichissimo-rito" che trasforma i galli in capponi, i tori in bovi, gli uomini in eunuchi. Che in Occidente si praticò per molti secoli allo scopo d'ottenere le voci-bianche, e che nel 1700 gli Illuministi riuscirono a far abolire bollandolo con la parola "barbarie". Suppongo che lo sappiate già. Per mio diletto mi disturberò invece a ricordarvi che esistono due forme di castrazione. Una cruenta ed una incruenta o soft. Quella cruenta avviene, in sostanza, nel modo in cui avviene l'infibulazione fatta con le forbici o col coltello. Consiste nell'asportare i testicoli come si asporta il clitoride. E per asportarli s'afferra ciascun cordone testicolare con una tenaglia a orli arrotondati, s'interrompe il flusso del sangue, e zac-zac! Cosa forse non dolorosa quanto il taglio del clitoride e delle piccole labbra o quanto la sutura delle grandi labbra, però molto spiacevole. Quella incruenta o soft consiste invece nell'eliminare i testicoli senza asportarli, cioè nell'atrofizzarli con sostanze chimiche. E costa poco dolore come la "bucatura di spillo". In entrambi i casi però gli effetti sono devastanti sia in senso fisico che psicologico, neurologico, mentale, caratteriale. Perché in entrambi i casi il castrato diventa obeso, perde la barba e i capelli e i peli, perde i desideri sessuali e cade in preda a violentissime crisi isteriche o precocemente senili. Peggio: la sua intelligenza si spegne. Degenera in ebetismo o follia, e inutile che gorgheggi come un angelo le lodi del Signore o gli assolo di Violetta ne *La Traviata*. Quale essere umano non vale più nulla, e per campare deve rassegnarsi a far l'eunuco in un harem dello Yemen o del Sudan. Appellandomi alla par condicio io vi auguro dunque di finire in un harem dello Yemen o del Sudan a fare gli eunuchi. Tutti e quattro. Castrati, obesi, pelati, rincoglioniti, uomini non più uomini. E non solo ve lo auguro ma, a nome delle bambine mussulmane infibulate o da infibulare con le forbici o lo spillo, nonché su incarico delle donne mussulmane che mi ringraziano e mi vogliono bene, mi offro come giustiziere. Non col sistema "soft", sia chiaro, ma con quello che richiede le tenaglie ad orli arrotondati. Zac-zac! Zac-zac! Zac-zac! Zac-zac!» *Fine della letterina e parentesi chiusa.*

* * *

Se Hayek ha torto ed io ho torto dimmi infine perché, proprio negli anni in cui la Sinistra rossa e verde e rosa e bianca e arcobaleno stava al governo, in Italia l'immigrazione aumentò con un crescendo inesorabile. Cioè perché alla fine del 1996 gli stranieri in Italia erano già saliti dall'1,6 all'1,9 per cento. Nel 1997, al 2,2 per cento. Nel 2001, al 2,4 per cento. E questo senza considerare i clandestini. Dimmi perché proprio in quegli anni i cosiddetti ricongiungimenti-familiari aumentarono con un crescendo altrettanto inesorabile. (Il 45 per cento dei nuovi arrivati, mogli rimaste in patria. Infatti fu allora che le nascite dei bambini stranieri presero a moltiplicarsi nel modo che sappiamo). Dimmi anche perché proprio in quegli anni nelle carceri il numero degli stranieri raggiunse il 10 per cento, e perché nel 1998 i clandestini crebbero del 13 per cento rispetto al 1997. Nel 1999, del 15,8 per cento rispetto al 1998. Nel 2000, del 23 per cento rispetto al 1999. Dimmi anche perché le loro espulsioni divennero una farsa. Cioè perché nel 1998 e 1999 cinquantaseimila espulsi per intimazione (cinquantaseimila su settantamila) rimasero in Italia e non furono arrestati. Dimmi anche perché passò la legge che nel caso dei clandestini non considerava reato il rifiuto di fornire le proprie generalità e rivelare il paese al quale appartenevano. Ma soprattutto dimmi perché proprio in quegli anni il delirio dell'antiamericanismo (un antiamericanismo che a conti fatti è semplice antioccidentalismo) crebbe in misura esasperata nonché direttamente proporzionale alla ricetta del pluriculturalismo predicato soltanto per i mussulmani. (Mai per i buddisti o gli induisti o i confuciani). Dimmi perché proprio in quegli anni i cosiddetti opposti estremismi rosso-neri s'accorsero d'essere due anime in un nocciolo e si misero a berciare insieme «God smash America, Dio sfasci l'America», o a schiamazzare insieme contro le «plutocrazie reazionarie dell'Occidente». Slogan, il primo, assai simile a quello che durante la Seconda guerra mondiale le Camicie Nere diffondevano portando sul risvolto della giacca un distintivo che ammoniva: «Dio stramaledica gli inglesi». Fraseologia, la seconda, uguale a quella che il 10 giugno 1940 Mussolini usò al balcone di Palazzo Venezia per la sua dichiarazione di guerra. «Itagliani! Scendiamo in campo contro le democrazie plutocratiche reazionarie dell'Occidente!»

E non è tutto.

CAPITOLO 12

Non è tutto in quanto a somministrare il veleno del filo-islamismo anzi dell'islamismo sposato all'antiamericanismo anzi all'antioccidentalismo non sono le soldatesche della Triplice Alleanza e basta. I maestri e le maestre di scuola e basta, i professorini e basta, i parlamentari e basta, i preti e i vescovi e i cardinali e basta. Sono anche coloro che gestiscono il quotidiano lavaggio cerebrale degli italiani cioè i cosiddetti media. Ho sotto gli occhi le prime pagine dei giornali che il 15 dicembre 2003 annunciarono la cattura di Saddam Hussein. Ne scelgo uno a caso, e accanto all'arcinota immagine dello sconfitto col barbone arruffato che vedo? Un feroce messaggio antiamericano trasmesso attraverso una vignetta degna del mussolinesco Dio-Stramaledica-Gli-Inglesi. (O delle caricature con cui durante la Seconda guerra mondiale la stampa del regime sbeffeggiava Winston Churchill e Franklin Delano Roosevelt). Ritrae infatti un odioso Bush che ritto su un piedistallo da Giulio Cesare, in testa un'ampia corona d'alloro, leva la manaccia e divarica i ditoni in segno di vittoria. Seduto sulle sue spalle, un minuscolo Berlusconi che infilando la testina dentro quell'ampia corona divarica a sua volta le dita. E dov'è sistemato il feroce messaggio? Proprio dentro l'articolo con cui un brillante e onesto studioso (par condicio) loda la lezione di civiltà che con l'incruenta cattura l'America ha dato all'Europa. Risultato: verso Saddam Hussein che ammazzava la sua stessa gente, la torturava, l'asfissiava coi gas, la sotterrava viva, ma che ora è vinto e si fa togliere i pidocchi nonché esaminare la bocca dal garbatissimo ufficiale medico dei Marines, il lettore prova una specie di pietà. (E dalla pietà alla simpatia il passo è breve). Verso il vincitore sul piedistallo prova invece una istintiva antipatia anzi una specie di ripugnanza, sicché l'articolo del brillante e onesto studioso lo leggerà col sopracciglio rialzato o non lo leggerà per niente.

Guardo o meglio riguardo anche il telegiornale che la sera del 15 dicembre 2003 la Rai mandò in onda, e che per caso registrai. Telegiornale nel quale, scandendo con voluttà la parola "impero", il corrispondente da New York informò gli italiani che al National Building Museum di Washington l'America aveva incoronato Bush "imperatore". Poiché il National Building Museum non è il Campidoglio e l'America non è un paese da re o imperatori, feci una piccola inchiesta e indovina che cosa accertai. Accertai che a quel museo Bush c'era andato per l'annuale concerto di beneficenza indetto dal Children National Medical Center, ossia l'ospedale dei bambini. Qui aveva tenuto un sermoncino sulle dolcezze del periodo natalizio ed era stato applaudito, sì, ma non aveva ricevuto neanche una medaglia di latta. Però, ne son certa, ad ascoltar le parole di quel giornalista molti italiani credettero che a Bush l'America avesse tributato davvero un omaggio imperiale. Che al National Building Museum di Washington lo avessero portato davvero in trionfo come un Giulio Cesare vincitore di Pompeo e ormai in diritto d'indossar la porpora, coniar monete con la sua effigie. Così in coloro che oltre al telegiornale videro la vignetta con l'ampia corona d'alloro, l'antiamericanismo crebbe di varie lunghezze. La sudditanza all'Islam, idem.

Un lavaggio cerebrale insieme rozzo e raffinato, ignorante ed educato. Il lavaggio della tecnica pubblicitaria. Su che cosa si basa, infatti, la tecnica pubblicitaria? Sugli schemi emblematici. Sulle fotografie, sulle battute, sugli slogan. Sulla grafica che attrae lo sguardo, sull'impaginazione che piazza al punto giusto la vignetta ingiusta. Sugli impatti visivi, insomma, sugli shock epidermici cioè irrazionali. Mai sui concetti, mai sui ragionamenti che inducono la gente a riflettere su un'idea o un evento. Pensa allo slogan Viaggio-della-Speranza, ormai più diffuso e martellante di quanto lo fosse il Liberté-Égalité-Fraternité di Napoleone. Pensa all'immagine del mussulmano annegato mentre in barca cercava di raggiungere Lampedusa. D'accordo, a volte il lavaggio cerebrale si basa anche su strategie che sembrano racchiudere un concetto, sollecitare un ragionamento. Sull'intervista straziante, ad esempio. Sull'articolo strappalacrime... Cos'è l'articolo strappalacrime? Semplice. È la storia del bambino iracheno o palestinese, mai israeliano, che rimane ucciso o mutilato per colpa di Sharon o di Bush. (Non per colpa di Arafat o Bin Laden o Saddam Hussein. E qui non invocare la par condicio sennò ti taglian la lingua). Oppure è la storia del Marine scemo che in barba al regolamento sposa la ragazza di Bagdad in più le spiffera segreti militari, sicché il crudele esercito statunitense lo rimanda divorziato in Florida e la poveretta s'ammala di dolore. Oppure è la storia dell'intrepido nigeriano che per venire in Italia supera a piedi il Sahara. Lo supera sotto un sole cocente, sfidando i predoni, marciando per giorni lungo l'ex Via degli Schiavi. (E guai a te se ricordi che a vender gli schiavi erano le tribù africane quindi mussulmane, che a gestire il commercio degli schiavi erano i mercanti arabi, che a chiudere la Via degli Schiavi sarebbero stati i colonialisti francesi e inglesi e belgi, non i seguaci del Corano). Oppure è la storia di Ahmed o Khaled o Rashid che in Italia ha vissuto cinque anni da clandestino, che alla fine è stato espulso da uno sbirro incapace di misericordia, che ora sta di nuovo in Tunisia o in Algeria o in Marocco dove non ha nemmeno una ragazza. Peggio: non ha mai baciato una ragazza. Per baciarla deve sposarla, per sposarla deve avere i soldi, per avere i soldi deve tornare in Italia. Ergo vive nel sogno di sbarcare una seconda volta a Lampedusa e sta sempre sulla spiaggia dove ripete ossessivo: «Tornerò. Le leggi italiane non mi fermeranno. Tornerò». Poi annusa il vento che viene dalla Sicilia, se ne riempie i polmoni, mormora: «Respiro il profumo dell'Italia. Questo vento mi porta il profumo dell'Italia».

L'articolo strappalacrime è di solito una storia scelta bene e scritta bene, infatti. È un giornalismo elegante, commovente, ricco. Ai bordi della letteratura. Un giornalismo o meglio un'opera di seduzione, di persuasione. Una scienza che invece del ragionamento usa il sentimento. Infatti il lavaggio cerebrale che ne ricevi è in realtà un lavaggio emotivo. Però l'impatto è identico a quello del lavaggio cerebrale esercitato con la vignetta o la fotografia o lo slogan Viaggio-della-Speranza. Anzi è più profondo, più efficace. Perché toccando il cuore neutralizza le tue difese. Spenge la logica e al suo posto colloca una pietà analoga a quella che tuo malgrado provi a guardare Saddam Hussein sporco, disorientato, umiliato. Peggio: accende in te un malessere che lì per lì non sai definire ma poi definisci e allora un brivido ti corre lungo la schiena. Perbacco, pensi, sono un occidentale. Non porto mica il burkah o il djellaba, non appartengo mica a un mondo suddito del Dio che per niente compassionevole e per niente misericordioso paragona i cani-infedeli alle scimmie e ai maiali! Appartengo a un mondo civile, raziocinante. Un mondo che riconosce il libero arbitrio. Che al centro dell'Etica pone la Coscienza, il senso di responsabilità, il rispetto del prossimo anche se è un prossimo che non vale un fico... E pur sapendo che Ahmed-Khaled-Rashid non ha mai pronunciato la bella frase che il giornalista gli attribuisce, pur sapendo che con ogni probabilità Ahmed-Khaled-Rashid è un tipaccio uso a spacciar droga e forse un manovale di Al Qaida, pur sospettando che di ragazze ne abbia baciate parecchie, che magari ne abbia messe incinte due o tre, ti senti responsabile del suo destino. Avverti come una tentazione di salvarlo e quasi quasi vorresti affittare subito un motoscafo, precipitarti in Tunisia o in Algeria per caricarlo a bordo, portarlo a Lampedusa, qui telefonare al ministro che non mi ha consegnato in manette alla Svizzera e: «Scusi, Castelli, non potrebbe ospitare questo infelice che ama il profumo dell'Italia e che non ha mai baciato una ragazza? Meglio, non potrebbe fargli sposare sua figlia? Meglio ancora, non potrebbe dargli il voto? Anche politico, ovvio, non solo amministrativo. E visto che c'è, non potrebbe farlo eleggere con la lista della Lega, in nome del pluralismo aiutarlo a diventar deputato o sindaco di Milano, e pazienza se il Duomo ce lo trasforma in una moschea, pazienza se al posto della Madonnina ci mette un minareto?». Reagisci, in breve, come reagii io la sera in cui il bisnipote del re nano cioè il rampollo della famiglia che aveva consegnato l'Italia a Mussolini e che per questo era stata cacciata dal patrio territorio nonché privata della cittadinanza, si fece intervistare alla televisione e con voce straziante esclamò: «Ah, che cosa darei per mangiare una pizza a Napoli!». Non era una gran battuta, no. Non aveva la poesia del Respiro-il-Profumo-dell'Italia. Quale argomento per farsi perdonare le colpe degli avi, infatti, mi parve assai debole. Mais chacun dit ce qu'il peut, ciascuno dice quel che può, sospirava Cavour quando gli riferivano le stronzate della Real Casa. E appartenendo a un mondo civile, evoluto, raziocinante, sia pure di malavoglia commentai: «Poveretto, che c'entra lui con le colpe degli avi. Lasciamogliela mangiare a Napoli la fottuta pizza!».

Reagisci a quel modo, sì. Subito dopo, però, t'accorgi che la tua coscienza è stata presa in giro. Beffata. Capisci che anche tu sei rimasto vittima del lavaggio cerebrale anzi emotivo, che per un istante anche tu ti sei addormentato. Così apri gli occhi e rivedi la realtà. Rivedi le infinite moschee che soffocano il din-don delle campane. Ad esempio la grande moschea di Roma dove si predica la Guerra Santa contro i medesimi che obbediscono al papale invito dell'accoglienza a oltranza. Rivedi i prepotenti che per pregare invadono le piazze di Torino e le strade di Milano sicché a certe ore lì non puoi camminare come a Marsiglia. Rivedi le Bozze d'Intesa con le loro richieste sfrontate e truffaldine. Rivedi l'impudenza dei capi islamici che nelle assemblee dei fascisti rossi e dei fascisti neri portano i saluti di Allah, elogiano la "Resistenza" irachena, sputano sui morti di Nassiriya. Rivedi l'imam di Carmagnola che voleva trasformare la storica cittadina piemontese in una città esclusivamente mussulmana. Rivedi sua moglie che dice: «Vi conquisteremo partorendo figli, voi siete in crescita zero, noi ci raddoppiamo ogni anno, Roma diventerà la capitale dell'Islam». Rivedi la lettera del piccolo industriale che ti scrisse: «Io tengo quattro impiegati mussulmani e ho paura. Non scopriranno mica che mia nonna era ebrea?». Rivedi l'amica che due Pasque fa mandò le uova di Pasqua, le uova di cioccolata, ai cinque figli della tunisina installatasi con la suocera e i cognati e i cugini nella casa presso la sua. Uova che la tunisina restituì dicendo: «Per noi la vostra Pasqua è un'offesa. Noi i vostri regali di Pasqua non li vogliamo». Rivedi le coscienze spente o addormentate dai lavaggi cerebrali e capisci che in Italia l'ex clandestino Ahmed-Khaled-Rashid non vuole tornarci per mangiar la pizza come il non-geniale rampollo di casa Savoia. Vuole tornarci per mangiare i nostri principii, i nostri valori, le nostre leggi. Sicché il profumo di cui parla non è un profumo di arance. Tantomeno, un profumo di ragazze da baciare. È il profumo della nostra identità da annullare, distruggere. E dico: «Giovanotto, di quel profumo è rimasto ben poco. Grazie ai tuoi connazionali ed ai miei, la maggior parte di esso è diventato fetore. Ma il poco che è rimasto non ti appartiene. Quindi gira largo. La ragazza da baciare va' a cercartela alla Mecca».

* * *

Il guaio è che deviarlo alla Mecca non serve più a nulla. Anche senza considerare la Politica del Ventre predicata da Boumedienne e dalla moglie dell'imam espulso, i giochi sono ormai fatti. Nemmeno Sobieski, l'eroico Sobieski che coi suoi polacchi inneggianti alla Vergine di Czestochowa contribuì quanto nessuno a respingere le orde di Kara Mustafa giunto alle porte di Vienna, potrebbe disfarli. Guardati attorno. Leggi i giornali, ragiona. Fadhal Nassim, il tunisino ventiquattrenne che lo scorso agosto saltò in aria con la sede dell'Onu a Bagdad, abitava in Eurabia. Viveva sulla Costa Azzurra dove spacciava droga tra Nizza e Mentone, e veniva spesso in Italia dove suo fratello è ben noto alla Digos di Milano. Si chiama Saadi, il fratello. E poiché milita con impegno nelle squadre di Bin Laden, poiché il patriarca della famiglia Nassim dirige una moschea a Tunisi dove usa dire «spero-che-tutti-i-miei-figli-muoiano-da-martiri», è lecito sospettare che a Milano questo Saadi non ci stia per recitar Pater Nostri ed Ave Marie. Eppure la polizia non lo arresta. Non lo espelle. Non lo disturba. (Se lo facesse, qualche magistrato di cuor tenero interverrebbe subito a suo favore. Siamo in democrazia, perbacco! I tipi come me si processano, si denigrano, ma i figli di Allah si trattano con riguardo, no?). Lofti Rihani, il tunisino ventiseienne che lo scorso ottobre saltò in aria dinanzi all'hotel Rashid, sempre a Bagdad, viveva a Milano. Per l'esattezza, nel casone di viale Bligny dove settecento mussulmani alloggiano stipati nei duecentocinquanta monolocali ora sotto mira dell'antiterrorismo. Dai rapporti della Questura risulta che frequentava assiduamente la moschea di via Quaranta che i terroristi li arruola a dozzine. Eppure le nostre autorità non torcono loro un capello. Cristo! Si sa tutto su questi stinchi di santo ai quali la Sinistra rossa o nera o rosa o verde o bianca o arcobaleno e Mortadella e l'emulo di Togliatti vogliono dare il voto nonché portare in Parlamento e in Senato e in Municipio. Si sa a che ora si alzano, a che ora si addormentano, a quali mense mangiano, con quali prostitute (di solito travestiti brasiliani, brutti sudicioni) s'accoppiano. Si sa a chi telefonano e da chi ricevono le telefonate. (Per il telefono hanno un amore profondo, una passione pari a quella che nutrono per il Corano e per l'esplosivo. Ma chi glieli dà i soldi per fare tutte quelle telefonate?!? Noi coi nostri sussidi statali?). Si sa in quali cantieri o ditte o case lavorino e non lavorino. Si sa perfino che i loro acquisti li fanno soltanto nei mercatini dei nordafricani perché Bin Laden gli proibisce di spendere soldi nei negozi degli occidentali. («Vietato dar soldi ai porci», è la parola d'ordine. E non chiederti chi sono i porci. Siamo noi, ovvio. Noi che ce li teniamo, che col denaro pubblico li assistiamo, li curiamo, gli istruiamo i figli). Eppure l'Italia continua ad essere il loro quartier generale. Il loro avamposto preferito dell'Eurabia, la base da cui partono con maggior frequenza per spargere la morte.

Ho messo da parte un articolo che riporta una telefonata intercettata dalla polizia lo scorso novembre. La conversazione tra il fratello d'un kamikaze appena morto, un certo Said, e sua madre. (Una di quelle madri che per beccarsi i soldi cioè il risarcimento-danni spingono i figli a saltare in aria. Uno di quei grassi avvoltoi che alla notizia dell'avvenuta morte ridono felici e ringraziano Iddio onnipotente e misericordioso). Lui parla da Milano. Lei da qualche città del Maghreb o del Medioriente. Ed ecco il testo. Fratello: «Mamma, felicitazioni per Said! Il nostro Said è diventato un martire!». Mamma: «Auguri, auguri!». Fratello: «Sei contenta, mamma?». Mamma: «Contenta, sì contenta! E non aver paura, fegato mio. Devi aver paura di Allah e basta. È Allah che ci mostra la retta via». Fratello: «Qui in Italia tutti lo ammirano e lo invidiano, mamma». Mamma: «Anche qui c'è tanta gente che si complimenta con me! Dio è grande. Ringraziamo Iddio, Allah akbar!». Poi il fratello informa la mamma che uno degli ammiratori di Said che stanno in Italia vuole mandarle ottomila euro in regalo. (Leggi "risarcimento-danni"). Il fatto è che lui sta per sposarsi, quattromila gli servirebbero per aggiustar la casa, e: «Mamma, non si potrebbe fare a metà?». La mamma esita, tergiversa. A quanto pare, è spilorcia. Non accetta sconti. D'un tratto però risponde va-bene, e allora il nubendo le chiede di spedirgli nel "solito modo" i documenti necessari a sposarsi. Nel "solito modo" perché-ha-problemi-con-lo-stato-italiano. (È clandestino, forse). Glieli chiede e subito aggiunge: «Comunque non preoccuparti, mamma. Non allarmarti. Col matrimonio aggiusto tutto. Sposo un'italiana!».

* * *

Sissignori, un'italiana. Una brava ragazza italiana (non si dice così?) che gli permetterà d'ottenere in quattro e quattr'otto la cittadinanza del nostro paese. Che gli partorirà tanti bambini da educare nel Corano. Che di sicuro s'è già convertita e già porta almeno il chador. Senza capire che quei quattromila euro per aggiustare la casa in cui andrà ad abitare grondano sangue. Il sangue della sua gente. Senza accorgersi che il suo mondo brucia. Va in fiamme col nostro passato, il nostro presente, il nostro futuro. E a proposito: c'è nessuno che abbia voglia di spenger l'incendio?

EPILOGO

La recidiva eresia è compiuta e Mastro Cecco si prepara a salire, risalire, sul rogo. Non quello della nostra civiltà che, ripeto, è già in atto. Quello suo personale. È così pronto, povero Mastro Cecco anzi povera Mastra Cecca, che può immaginare sin d'ora l'autodafé con cui gli allievi di Sigrid Hunke celebreranno il castigo. (Un autodafé col cerimoniale obbligato, mai modificato nei secoli). Lo immagino a Firenze, in piazza Santa Croce dove Messer Jacopo da Brescia mi bruciò nel 1328 e dove nel 2002 l'ex repubblichino di Salò voleva fare lo stesso. Quindi ecco. La piazza è colma, e a colmarla è una folla che non ha capito bene chi sia il reo o la rea. Che cosa voglia, da che parte si metta. In compenso sa che morirà fra atroci sofferenze, e la cosa diverte come una partita di calcio. Sono colmi anche i balconi requisiti dalle dame e dai cavalieri della Triplice Alleanza. Parlamentari, europarlamentari, extraparlamentari, capipartito, vescovi, arcivescovi, cardinali, ayatollah, imam, direttori di giornali, alti funzionari e funzionarie della Rai. Ciascuno di loro sventola una bandiera o una sciarpa arcobaleno e intanto le campane suonano a morto. Tacevano da un'eternità, le campane. Il pluriculturalismo le aveva zittite per riguardo al Profeta, ma visto che oggi si tratta di farle suonare a morto il sindaco di Firenze (diessino) ha elargito un permesso speciale. È un don-don assai cupo. Tanto più cupo in quanto si mischia alla brutta voce dei muezzin che latrano gli inevitabili Allah-akbar. E in questo scenario sfila il corteo, anima dell'evento. Ad aprirlo sono infatti i frati domenicani che avanzano levando gli stendardi col motto «Iustitia et Misericordia» sormontato da un ramo d'ulivo. Per l'appunto, (trovo la preziosa notizia a pagina 78 de *L'Inquisizione in Toscana*), un ramo identico al ramo che simboleggia l'odierno raggruppamento dell'Ulivo. Dietro i frati domenicani, i frati comboniani che distribuiscono ai clandestini i «Permessi di Soggiorno in Nome di Dio». Poi i no-global con le elegantissime tute bianche disegnate dagli stilisti Politically Correct. Poi i kamikaze palestinesi, tunisini, algerini, marocchini, sauditi eccetera, con l'esplosivo alla cintura e la mamma che esibisce un lauto assegno in dollari. Poi il Grande Inquisitore che sfoggiando il kaffiah incede a cavallo d'un purosangue iracheno, e che stavolta non è Fra' Accursio. È il vescovo di Caserta. Dietro il vescovo di Caserta, i frati picchiatori di Avanguardia Nazionale con lo sceicco Ahmed Yassin in carrozzella e la cicciuta nipote di Mussolini che tra le risate della folla avanza reggendo un cartello che dice «Partito del Nonno». Alle sue spalle, Mortadella e l'emulo di Togliatti che incedono a braccetto alzando un cartello su cui è scritto invece «Partito del Voto». Dietro di loro i frati berciatori del Fronte Antimperialista, i francescani d'Assisi che tengono per mano i magistrati di cuor tenero, e i quattro soft-infibulisti che obesi pelati rincoglioniti cioè castrati e ridotti a eunuchi gorgheggiano l'assolo di Violetta. «Amami, Alfreeedooo! Amami quanto io t'amooo!» Infine i giornalisti strappalacrime e i vignettisti mea condicio che felici del mio ormai imminente martirio declamano a squarciagola il Requiem Aeternam. E in coda a tutti io che mi trascino scalza, esangue, consunta, nonché infagottata in un sambenito simile al burkah e ridicolizzata dalla mitra a pan di zucchero che m'hanno ficcato in testa. Accanto a me, l'Esecutore

376

di Giustizia che stavolta non è Messer Jacopo da Brescia. È la capessa delle Brigate Rosse che ha ottenuto una licenza per buona condotta e che dopo avermi legato al palo mi chiede (rientra nel cerimoniale stabilito dal Sant'Uffizio) in quale religione desideri morire. Se rispondo in-quella-cattolica-apostolica-romana o meglio ancora in-quella-islamica, può esercitare infatti la misericordia alla quale alludono gli stendardi dei domenicani ulivisti. Cioè strangolarmi e bruciarmi morta. Se rispondo (come risponderò) con una pernacchia, invece no. E dichiarando che delle sue azioni lei risponde solo al proletariato-metropolitano mi brucia viva.

Lo immagino senza crederci troppo: sia chiaro. L'autodafé è una faccenda politicamente rischiosa per via dei crocifissi e delle campane, simboli troppo sgraditi al Dialogo Euro-Arabo, e l'esecuzione sommaria oggi è assai più di moda. Il colpo di rivoltella sparato dal brigatista filoiracheno, ad esempio. O la bomba lanciata dal fratello quasi milanese del kamikaze Said che grazie a ciò intasca gli ottomila euro per aggiustar la casa e sposar l'italiana. In tal caso, però, la Triplice Alleanza dovrebbe condannare il gesto. L'Unione Europea, lo stesso. Dudù Diène, pure. Il presidente della Repubblica sarebbe costretto a presenziare i miei funerali (funerali di Stato) nonché ad esprimer rammarico senza usare il mio cognome come aggettivo spregiativo. E tutto questo è da escludersi. Quindi penso che il castigo avverrà come Alexis de Tocqueville spiega a conclusione del suo intramontabile libro sulla democrazia.

*   *   *

Nei regimi dittatoriali o assolutisti, spiega Tocqueville, il dispotismo colpisce grossolanamente il corpo. Lo incatena, lo sevizia, lo sopprime con gli arresti e le torture, le prigioni e le Inquisizioni. Con le decapitazioni, le impiccagioni, le fucilazioni, le lapidazioni. E così facendo ignora l'anima che intatta può levarsi sulle carni martoriate, trasformare la vittima in eroe. Nei regimi inertemente democratici, al contrario, il dispotismo ignora il corpo e si accanisce sull'anima. Perché è l'anima che vuole incatenare, seviziare, sopprimere. Alla vittima, infatti, non dice: «O la pensi come me o muori». Dice: «Scegli. Sei libero di non pensare o di pensarla come me. E se la penserai in maniera diversa da me, io non ti punirò con gli autodafé. Il tuo corpo non lo toccherò, i tuoi beni non li confischerò, i tuoi diritti politici non li lederò. Potrai addirittura votare. Ma non potrai essere votato perché io sosterrò che sei un essere impuro, un pazzo o un delinquente. Ti condannerò alla morte civile, ti renderò un fuorilegge, e la gente non ti ascolterà. Anzi, per non essere a loro volta puniti coloro che la pensano come te ti abbandoneranno». Poi aggiunge che nelle democrazie inanimate, nei regimi inertemente democratici, tutto si può dire fuorché la verità. Tutto si può esprimere, tutto si può diffondere, fuorché il pensiero che denuncia la verità. Perché la verità mette con le spalle al muro. Fa paura. I più cedono alla paura e, per paura, intorno al pensiero che denuncia la verità tracciano un cerchio invalicabile. Un'invisibile ma insormontabile barriera all'interno della quale si può soltanto tacere o unirsi al coro. Se lo scrittore scavalca quel cerchio, supera quella barriera, il castigo scatta alla velocità della luce. Peggio: a farlo scattare son proprio coloro che in segreto la pensano come lui ma che per prudenza si guardano bene dal contestare chi lo anatemizza e lo scomunica. Infatti per un po' tergiversano, danno un colpo al cerchio ed uno alla botte. Poi tacciono e terrorizzati dal rischio che anche quell'ambiguità comporta s'allontanano in punta di piedi, abbandonano il reo alla sua sorte. In sostanza, quel che fanno gli apostoli quando abbandonano Cristo arrestato per volontà del Sinedrio e lo lasciano solo anche dopo la carognata di Caifa cioè durante la Via Crucis.

Chiariamo dunque questa faccenda. Né l'uno né l'altro castigo mi turba. La morte del corpo perché, più odio la Morte e la considero uno spreco della natura, meno la temo. (Sia in pace che in guerra, sia in salute che in malattia, con la Morte io ho sempre giocato a dadi e chi crede di spaventarmi con lo spettro del cimitero commette una grossolana sciocchezza). La morte dell'anima perché al ruolo di fuorilegge ci sono abituata. Più si cerca di imbavagliarmi anatemizzarmi scomunicarmi più disubbidisco, più mi irrobustisco. E questa recidiva eresia lo conferma. Mi turba, invece, l'invalicabile cerchio che gli italiani hanno tracciato intorno al Pensiero. L'insormontabile barriera all'interno della quale si può solo tacere o unirsi al coro delle condanne e delle menzogne che esprimono ossequio per il nemico e mancanza di rispetto per chi lo combatte. Sempre. Eccone un esempio che a colpo d'occhio può apparire insignificante, ma che in realtà è emblematico ed inquietante.

Quando nell'ottobre del 2002 pubblicai in Italia il testo della conferenza che avevo dato all'American Enterprise Institute di Washington, «Wake up, Occidente» cioè «Sveglia, Occidente», speravo che intorno ad esso si aprisse un dibattito. Era un testo sul sonno che ha narcotizzato l'Europa trasformandola in Eurabia, e meritava una discussione. Ma anziché un invito a ragionare, svegliarsi e ragionare, i collaborazionisti vi videro una formula guerrafondaia. Uno slogan razzista, xenofobo, reazionario, insomma blasfemo. Tutti. Perfino quelli del gayesco e ultracapitalistico mondo che fabbrica cenci miliardari, ossia il futile e frivolo ambiente della cosiddetta Haute Couture. Il gennaio seguente, infatti, un atelier romano presentò una collezione ispirata alla «Pace e Unità fra i Popoli». (Sic). Per l'esattezza, a dodici eroine della storia cioè a dodici sante che, secondo l'incolto stilista, avevano contribuito in maniera determinante al trionfo del pacifismo. Giovanna d'Arco, ad esempio, che maneggiava la spada meglio di Gengis Khan e comandava un esercito. Isabella di Castiglia che i Mori li cacciava (giustamente) o li sterminava senza pietà. Maria Stuarda che tagliava la testa a chiunque si opponesse alla Controriforma. Caterina di Russia che era una nota tiranna e che per salire al trono aveva assassinato perfino il marito. Maria Antonietta che del prossimo se ne fregava nella misura che sappiamo. E via di questo passo. (In definitiva se ne salvavano soltanto due. Marilyn Monroe che come pacifista, però, non s'è mai distinta con particolari imprese o virtù. E Bernadette cui va l'unico merito d'aver portato il turismo a Lourdes). Comunque il punto non sta nell'oscena ignoranza che caratterizzava la scelta. Sta nel fatto che a controbilanciare le dodici sante vi fosse una tredicesima donna. Una creatura perfida e ignobile, un'istigatrice di guerre e discordie sulla cui identità l'atelier manteneva il più fitto mistero. Alla fine, comunque, il mistero svanì. Perché la creatura perfida e ignobile, l'istigatrice di guerre e discordie, apparve sulla pedana. E indovina chi era. Ero io che impersonata da una bionda dal piglio arrogante irrompevo con gli occhiali neri, il cappello nero (da uomo), i pantaloni neri (di cuoio), più una maglietta con l'esortazione «Wake up, Occidente. Sveglia, Occidente». E, sulla maglietta, un giubbotto militare letteralmente foderato di proiettili. Pallottole da venti millimetri cioè da mitraglia pesante.

L'invalicabile cerchio, l'insuperabile barriera, esiste anche in America. Lo so. Del resto Tocqueville individuò il tristo fenomeno studiando la democrazia in America, non in Europa dove i regimi gestiti dal popolo non esistevano ancora. Ed anche in America, minestrone dove bolle ogni tipo di verdura, l'ossequio al nemico raggiunge spesso vette grottesche. L'esempio più clamoroso lo fornisce il bellissimo monumento che fino allo scorso autunno stava dinanzi al Palazzo di Giustizia di Birmingham, capitale dell'Alabama. Un blocco di pietra con un gran libro di marmo aperto a metà, e sulle due pagine aperte i Dieci Comandamenti: genesi dei nostri principii morali. Gli abitanti di Birmingham ci tenevano molto a quel gran libro di marmo. E così il governatore, un brav'uomo assai amato dai neri che lì sono quasi tutti cristiani. Battisti, metodisti, presbiteriani, luterani, cattolici. Ma un brutto giorno i rappresentanti dell'esigua minoranza islamica si misero a mugugnare che i Dieci Comandamenti li aveva scritti l'ebreo Mosè, che esporli in pubblico favoriva la cultura giudaico-cristiana cioè quei battisti, metodisti, presbiteriani, luterani, cattolici. E i Politically Correct si schierarono con Allah. La protesta finì alla Corte Costituzionale, i salomoni della Corte Costituzionale sentenziarono che oltre a danneggiare il dialogo interreligioso il libro di marmo offendeva le norme su cui si basa la separazione tra Stato e Chiesa, e lo scorso autunno il bellissimo monumento venne rimosso in barba al governatore che rifiutava d'accettare l'oltraggioso verdetto. Quanto agli altri esempi, guarda: son tanti che per esporli tutti ci vorrebbe un'enciclopedia. Pensa ai cosiddetti radical che come le babbee di Como vorrebbero abolire il Natale. Col Natale, il gigantesco abete che ogni 24 dicembre viene rizzato al Rockefeller Center di New York. Pensa ai presuntuosissimi e ignorantissimi divi che ad Hollywood vivono da sibariti e tuttavia recitano la commedia del terzomondismo, difendono Saddam Hussein, si convertono all'Islam. Pensa agli opportunisti che vestiti da professori infestano le università raccontando agli studenti che la cultura occidentale è una cultura inferiore anzi perversa. Pensa agli sciagurati che sostengono le filoislamiche porcherie della filoislamica Onu. Però e nonostante quel che accadeva all'epoca di Tocqueville, chi denuncia la verità non viene messo alla gogna. Non viene irriso, processato, punito, ritratto col giubbotto foderato di pallottole. In America l'ultima caccia alle streghe si svolse mezzo secolo fa con McCarthy, e gli americani se ne vergognarono tanto che non ci provarono più. In Europa invece, in Eurabia, il maccartismo trionfa. La caccia alle streghe è ormai regola di vita. Prima di tirare le somme devo dunque dirti che c'è dietro quest'amara realtà.

* * *

C'è il declino dell'intelligenza. Quella individuale e quella collettiva. Quella inconscia che guida l'istinto di sopravvivenza e quella conscia che guida la facoltà di capire, apprendere, giudicare, e quindi distinguere il Bene dal Male. Eh, sì. Paradossalmente siamo meno intelligenti di quanto lo fossimo quando non sapevamo volare, andare su Marte, cercarvi l'acqua. O riattaccarci un braccio, cambiarci il cuore, clonare una pecora o noi stessi. Siamo meno lucidi, meno svegli, di quando non avevamo quel che serve o dovrebbe servire a coltivare l'intelligenza. Cioè la scuola accessibile a tutti anzi obbligatoria, l'abbondanza e l'immediatezza delle informazioni, l'Internet, la tecnologia che rende la vita più facile. E il benessere che toglie l'assillo della fame, del freddo, del domani, che placa l'invidia. Quando questo bendiddio non esisteva, bisognava risolvere tutto da soli. Quindi sforzarci a ragionare, pensare con la propria testa. Oggi no. Perché anche nelle piccole cose quotidiane la società fornisce soluzioni già pronte. Decisioni già prese. Pensieri già elaborati confezionati pronti all'uso come cibo già cotto. «We are thinking for you. So you don't have to. Stiamo pensando per te. Così tu non devi farlo» dice l'agghiacciante scritta che ogni tanto lampeggia in un angolo dello schermo quando alla Tv scelgo il canale «Science and Science-Fiction». Più o meno ciò che fanno i dannati computer (io li detesto) quando correggon gli errori e addirittura forniscono suggerimenti, così esentandoti dal dovere di conoscere la Consecutio Temporum e l'ortografia, nonché sgravandoti da ogni senso di responsabilità e portandoti all'ottusità.

Ergo, la gente non pensa più. O pensa senza pensare con la propria testa. Neanche per fare una somma o una sottrazione, una moltiplicazione o una divisione. Che del resto non sa più fare. Quand'ero bambina tutti sapevano fare le somme e le sottrazioni, le moltiplicazioni e le divisioni. Tutti conoscevano la Tavola Pitagorica. Perfino gli analfabeti. Nei negozi degli alimentari c'era una stadera che dava il peso non il prezzo, così il bottegaio doveva calcolare con la propria testa il prezzo del formaggio che pesava un etto e venticinque grammi. O del pesce che pesava sei etti e trentanove grammi, o del pollo che pesava un chilo e duecentosettanta grammi. E lo calcolava. Velocissimamente. Perfettamente. Infatti se eri stupido non potevi gestire un negozio di ortolano o di pescivendolo o di macellaio. Oggi chiunque può. Perfino l'incolto che oltre a foderarmi di pallottole ignora chi fosse Giovanna d'Arco o Maria Stuarda o Maria Antonietta o Caterina di Russia. Perché al posto della stadera ha la bilancia elettronica che pensa per lui e che insieme al peso gli dà il prezzo. Negli altri mestieri, lo stesso. Quand'ero bambina i fornelli a gas e i fornelli elettrici li avevano i ricchi e basta. Per cuocere l'uovo, bollire l'acqua, dovevi usare il carbone cioè accendere il fuoco. Dovevi anche tenere il carbone acceso con il soffietto. Oggi no. Giri la manopola del fornello elettrico o del fornello a gas, e lui s'accende da solo. Senza fiammifero. Rimane acceso da solo, e ciò sarebbe una gran conquista se il tempo che risparmi tu lo impiegassi per pensare. Per ragionare su ciò che vedi, che ascolti, che leggi, ad esempio. Per sfruttare il tuo cervello nel campo delle idee, della coscienza, della morale. Per accorgerti che qualcosa di ciò che vedi e ascolti e leggi non va, nasconde un inganno o un'impostura. Invece no. Non lo fai perché...

Perché il cervello è un muscolo. E come ogni altro muscolo ha bisogno d'esser tenuto in esercizio. A non tenerlo in esercizio impigrisce, si intorpidisce. Si atrofizza come si atrofizzano le mie gambe quando per mesi e mesi sto a questo tavolino, sempre a scrivere, sempre a studiare... E atrofizzandosi diventa meno intelligente, anzi diventa stupido. Diventando stupido perde la facoltà di ragionare, giudicare, e si consegna al pensiero altrui. Si affida alle soluzioni già pronte, alle decisioni già prese, ai pensieri già elaborati confezionati pronti all'uso. Alle ricette che, come le bilance elettroniche o i fornelli a gas o i computer, l'indottrinamento gli somministra attraverso le formule del Politically Correct. La formula del pacifismo. La formula dell'imperialismo. La formula del pietismo, la formula del buonismo. La formula del razzismo, la formula dell'ecumenismo. La formula anzi la ricetta del conformismo cioè della viltà. Senza che lui se ne renda conto. Il fatto è che non può rendersene conto. Quelle formule e quelle ricette sono veleni incolori, insapori, indolori: polvere d'arsenico che ingerisce da troppo tempo. E niente è più indifeso quindi più malleabile e manipolabile d'un cervello atrofizzato, d'un cervello stupido, d'un cervello che non pensa o pensa coi cervelli altrui. Puoi ficcarci tutto, lì dentro. Dal Credere-Obbedire-Combattere alla verginità di Maria. Puoi fargli credere che Cristo era un profeta dell'Islam, che aveva nove mogli e diciotto concubine, che predicava l'occhio per occhio e dente per dente, e che morì a ottant'anni di raffreddore. Puoi convincerlo che Socrate era un siriano di Damasco, Platone un iracheno di Bagdad, Copernico un egiziano del Cairo, Leonardo da Vinci un marocchino di Rabat, e che tutti e quattro avevano studiato all'Università di Kabul. Puoi raccontargli che Bush è l'erede di Hitler e ogni sera legge il *Mein Kampf*, che Sharon è così grasso perché mangia i bambini palestinesi in salmì, che la cultura islamica è una cultura superiore, e che senza di essa l'Occidente non esisterebbe. Puoi dargli a bere che il pluriculturalismo è l'imperativo categorico di cui parlava Emanuele Kant, che nel Corano sta la nostra salvezza, che le bandiere arcobaleno sono simbolo di pace e le persone come me simbolo di guerra. Non essendo più capace di pensare con la propria testa, nemmeno per accendere il fuoco o per calcolare che due più due fa quattro, quel cervello accetterà ogni bugia o stoltezza senza reagire. La immagazzinerà e la risputerà col medesimo automatismo con cui si gira la manopola del gas o si cerca il prezzo del pollo sulla bilancia elettronica. Atrofizzato e basta? Dovrei dire lobotomizzato. La lobotomia è una castrazione mentale. Consiste nel recidere le vie nervose che controllano i processi cerebrali... Chi subisce la lobotomia smette di pensare ciò che potrebbe pensare, diventa docile strumento nelle mani di chi pensa per lui. E se chi pensa per lui è a sua volta lobotomizzato, buonanotte al secchio.

* * *

Nel caso degli italiani l'amara realtà include anche genetiche colpe, intendiamoci. E la prima è quella che ci viene dalla millenaria abitudine d'aver lo straniero in casa. Di considerarlo una normale disgrazia, un infortunio della natura. Perché bando alle chiacchiere: sono almeno millecinquecento anni che lo straniero ci invade. Da Teodorico in poi (489 dopo Cristo) tutti sono venuti. Tutti! Ostrogoti, Visigoti, Longobardi, Franchi, Mori. Normanni, Germani, Ungari, Vichinghi, di nuovo Mori. Spagnoli, francesi, inglesi, tedeschi, austriaci, russi, turchi cioè di nuovo Mori. Ch'io sappia, soltanto i cinesi e i giapponesi e gli esquimesi non ci hanno mai conquistato. (Però i cinesi ci stanno facendo un pensierino, e i giapponesi gli danno una mano). A farla breve, nel continente europeo non esiste contrada che abbia avuto tanti padroni quanti ne abbiamo avuti noi. E ciò ha sviluppato nei più una perniciosa capacità di sopportazione quindi di rassegnazione. Con la rassegnazione, un nefando allenamento alla sottomissione quindi al servilismo. Per capirlo basta vedere con quale entusiasmo gli italiani copiano gli altri anzi i difetti degli altri, incominciando da quelli degli americani che scimmiottano senza pudore anche quando li odiano come gli arcobalenisti. O con quale ossequio trattano i successi altrui o i prodotti altrui. «È musica dei Beatles!» «È cioccolata svizzera!» «È seta cinese!» «È birra tedesca!» (Una mia zia era convinta che la cera da scarpe inglese fosse migliore di quella italiana. E il suo giudizio nasceva esclusivamente dal fatto che si trattasse di cera fabbricata in Inghilterra). Basta anche vedere con quale umiltà subiscon le cafonerie dei turisti maleducati, gli insulti che i giornali stranieri rivolgono ai nostri capi di Stato, l'indifferenza o il sussiego con cui i leader stranieri ci trattano...

La seconda colpa, conseguenza della prima, sta nella loro atavica mancanza di fierezza. Atavica, quindi inguaribile, e riassumibile con la frase più sconcia che abbia mai insozzato la dignità d'un popolo. La frase della tarantella che i napoletani cantavano al tempo in cui gli spagnoli e i francesi si contendevano la loro città. «Francia o Spagna purché se magna.» Per questo non si offendono quando gli immigrati islamici urinano sui loro monumenti o smerdano i sagrati delle loro chiese o buttano i loro crocifissi dalla finestra d'un ospedale. Per questo si son lasciati sempre occupare, smembrare, avvilire. Per questo a battersi sono sempre stati in pochi, il Risorgimento lo hanno fatto in pochi, la Resistenza l'abbiamo fatta in pochissimi. Per questo quando il nemico avanza, sia egli visigoto o ostrogoto o francese o austriaco o tedesco o turco o saraceno, i più stanno a guardare. Oppure gli offrono i loro servigi, diventano collaborazionisti. Traditori. La terza colpa, conseguenza della seconda, sta nella loro scarsa tendenza ad associare il coraggio con la libertà. «Il segreto della felicità è la libertà, e il segreto della libertà è il coraggio» diceva Pericle. Uno che di certe cose se ne intendeva. Ma anche questa è una faccenda che capiscono in pochi, che hanno sempre capito in pochi. Se l'avessero capita in molti, del resto, non avremmo avuto tanti padroni. Se la capissero in molti, oggi non saremmo una provincia dell'Islam anzi l'avamposto di quella provincia. E la libertà non si troverebbe in pericolo, e il paese non vivrebbe nella paura.

Devo usarla di nuovo questa parola che mi ossessiona, che fin dalle prime pagine ripeto quasi con monotonia. E non me ne scuso. Anzi ora ci affondo il coltello, aggiungo: paura di pensare, anzitutto, e pensando approdare a conclusioni che non corrispondono a quelle delle formule imposte attraverso il lavaggio cerebrale anzi la lobotomia. Paura di parlare, inoltre, e parlando esprimere un giudizio diverso dal giudizio espresso e accettato dai più. Paura di non essere abbastanza allineati, ubbidienti, servili, e perciò di venir condannati alla morte civile con cui le democrazie inerti anzi inanimate ricattano il cittadino. Paura d'essere liberi insomma. Di rischiare, d'avere coraggio. Occhi negli occhi: oggi il coraggio è una merce di lusso, una stravaganza che viene derisa o considerata follia. La viltà è invece un pane che per pochi soldi si vende in ogni bottega. Come i prepotenti che quel pane lo vendono impacchettato nella carta del falso rivoluzionarismo, i più si muovono soltanto se a muoversi non rischiano nulla. O soltanto per seguire le lusinghe e gli equivoci dell'uguaglianza. Ciò va ovviamente a svantaggio della sentenza con cui Pericle definiva la libertà, e... Forse Tocqueville (torno per un istante a Tocqueville) si riferiva a noi italiani quando diceva che il matrimonio su cui si basa la democrazia, il matrimonio dell'Uguaglianza e della Libertà, non è un matrimonio riuscito. Che non è riuscito perché gli uomini amano la libertà assai meno dell'uguaglianza, e la amano assai meno perché sfociando nel collettivismo l'uguaglianza toglie agli individui il peso delle responsabilità. Perché non esige i sacrifici che esige la libertà, non richiede il coraggio che richiede la libertà, non ha bisogno della libertà. (Si può essere uguali anche nella schiavitù). Forse si riferiva a noi anche quando diceva anzi rammentava che col termine Uguaglianza la democrazia intende l'uguaglianza giuridica ossia l'uguaglianza espressa dal motto «La Legge è Uguale per Tutti»: non l'uguaglianza mentale e morale. L'uguaglianza di valore e di intelligenza e di onestà. Lo stesso, quando diceva anzi rammentava che in democrazia i voti si contano ma non si pesano. Sicché la quantità finisce col valere più della qualità, e i non-intelligenti finiscono sempre col comandare. Comandando, col rovinare l'unico sistema di governo possibile cioè la democrazia. Nonostante le sue pecche, le sue colpe, le sue ingiustizie, i suoi vizi di base, infatti, la democrazia non ha alternative. Se muore quella, la libertà va a farsi friggere.

Bè, Tocqueville diceva anche che non si deve essere troppo duri con chi ci legge. In particolare, coi propri compatriotti. Ma su ciò non sono d'accordo. «Medico pietoso non cura malattie» replicava mia madre quando, bambina, non volevo che mi disinfettasse una ferita con l'alcool puro. Brucia-mamma-brucia. In parole diverse, non è tacendo o cantando lodi immeritate che si invita la gente a fare l'esame di coscienza. Perché qui ci vuole un esame di coscienza, cari miei. Quello che nessuno vuol fare, osa fare. E stabilito questo, tentiamo di rispondere alla domanda più difficile che mi sia mai posta. La domanda: è ancora possibile spenger l'incendio? Abbiamo già perduto, noi occidentali, oppure no?

* * *

Forse no. Lo dico avendo negli occhi lo spettacolo che la notte di Capodanno, il Capodanno del 2004, New York ha offerto a Times Square. Si temeva un attacco nucleare, questo Capodanno, a New York. Il pericolo che il Ministero della Difesa indica col colore verde quando è basso, col blu quando è notevole, col giallo quando è grave, con l'arancione quando è gravissimo, col rosso quando è mortale, era giunto all'arancione e la città non aveva mai vissuto in tanto allarme. Truppe della Guardia Nazionale giunte da ogni parte dello Stato e in assetto di guerra, diecimila poliziotti messi a proteggere i luoghi più minacciati cioè i tunnel e i ponti e le sotterranee e i porti e gli aeroporti, elicotteri e aerei militari che solcavano il cielo senza sosta, squadre di scienziati e di medici pronti a misurare le radiazioni e in qualche modo a neutralizzarle. Nonché telegiornali che suggerivano di tener le finestre tappate e la cassetta dei medicinali a portata di mano. Però il presunto attacco nucleare non escludeva l'incubo di stragi compiute col metodo tradizionale cioè con l'esplosivo, e in questo senso gli obbiettivi a maggior rischio erano tre. La Statua della Libertà, il Ponte di Brooklyn, e Times Square: la piazza dove a mezzanotte d'ogni Capodanno i newyorkesi si riuniscono a centinaia di migliaia. Non a caso un detective del municipio m'aveva detto: «Mi raccomando, la sera del 31 stia alla larga da Times Square. Se succede qualcosa lì, è una carneficina che supera quella dell'Undici

Settembre». Per tranquillizzarlo avevo dovuto assicurargli che detesto stare nella ressa, che il pigia-pigia mi dà la claustrofobia, sicché per Capodanno a Times Square non ci vado mai e lo spettacolo di mezzanotte l'avrei guardato alla televisione.

L'ho guardato. E accendendo la televisione m'aspettavo di veder poca gente. Non solo perché il pericolo era davvero grosso ma perché durante la settimana avevo seguito i preparativi e più d'un luogo allestito per accogliere una festa m'era parso un carcere all'aperto. Posti di blocco, torri di guardia, cabine di metal detector. Sbarramenti, transenne per delimitare i recinti dentro i quali i capodannisti controllati uno ad uno coi metal detector sarebbero stati racchiusi, corridoi per la truppa e i poliziotti a piedi o a cavallo... Non mancavano che i carri armati, perbacco, e chi vuol salutare l'Anno Nuovo in un carcere all'aperto? Invece c'era un milione di persone. La piazza non bastava a contenere la folla che aveva sempre contenuto e per almeno due chilometri la gente traboccava nelle arterie adiacenti cioè nella Settima Avenue e in Broadway. Sia in direzione di Battery Park che di Central Park. Per facilitare il controllo individuale molti erano giunti nel pomeriggio, e da ore stavano lì al freddo. La cosa più bella, comunque, non era nemmeno questa. Era l'allegria smodata e nel medesimo tempo calcolata che li elettrizzava, l'insolenza provocatoria con cui reagivano al rischio d'un altro Undici Settembre. Tutti portavano, infatti, un comico cappellino arancione fornito dal municipio. Tutti tenevano in mano un boccaccesco palloncino dello stesso colore. (Boccaccesco perché a forma di salsicciotto. Metafora un po' oscena che qui significa, diciamo, "Va' all'inferno"). E tutti cantavano il ritornello della nota canzone *New York, New York*. Alcuni, nella versione originale: «New York is a wonderful town, è una città meravigliosa». Altri, in una versione improvvisata cioè modificata: «New York is a courageous town, è una città coraggiosa». L'unico a non cantare era il sindaco Bloomberg che ritto su un palco e pallido d'angoscia fissava i tetti dei grattacieli dove i tiratori scelti puntavano i fucili a cannocchiale. Oppure scrutava dentro i recinti in cerca degli scienziati con la valigetta per misurare le radiazioni. Il meglio, però, l'ho visto a mezzanotte. Perché mentre i fuochi d'artificio squarciavano il buio, ogni fuoco un boato così potente da farti temere che l'attacco stesse avvenendo davvero, le macchine da presa hanno inquadrato un giovanotto che si inginocchiava ai piedi d'una ragazza e con la mano sinistra le offriva un anello. Con la mano destra invece alzava un cartello sul quale aveva scritto a gran lettere: «Will you marry me? Vuoi sposarmi?». Dopo qualche secondo di stupore la ragazza s'è messa a baciarlo con avidità, e allora lui ha girato il cartello che sul retro conteneva le parole: «She said yes. Ha detto sì». Poi, a lettere più piccole e tra parentesi: «I knew she would say yes. Lo sapevo che avrebbe detto sì». Bè, è scoppiato il finimondo. Chi saltava, chi s'abbracciava. Chi ritmava Alleluja-evviva-Alleluja. Chi strillava: «Many children, tanti bambini, many children!». Come se l'Undici Settembre non fosse mai avvenuto, non fosse mai esistito. Ed io mi sono commossa. Perché era proprio una sfida, quel «many-children». Voleva proprio dire: «Noi non abbiamo paura». E perché non molto lontano c'era il gran vuoto lasciato dalle Due Torri. C'erano i tremila morti ridotti in polvere. I morti dell'Undici Settembre.

Commossa, sì. Io che con le lacrime non piango mai. E subito ho accantonato la brutta storia dei Dieci Comandamenti sloggiati dalla Corte Costituzionale di Birmingham, Alabama. Ho accantonato il pensiero dell'Albero di Natale che alcuni vorrebbero togliere dal Rockefeller Center. Ho accantonato il disprezzo che provo per i divi ultramiliardari e terzomondisti, per gli opportunisti vestiti da professori, per gli sciagurati che sostengono le filoislamiche porcherie della filoislamica Onu, per tutto ciò che in America non mi piace, e ho assaporato il sale della speranza. La stessa in cui ora mi cullo guardando le fotografie trasmesse dalle sonde che cercano la vita su Marte e guardandole penso: non possiamo perdere. Perché l'Islam è uno stagno. E uno stagno è una gora d'acqua stagna. Acqua che non defluisce mai, non si muove mai, non si depura mai, non diventa mai acqua che scorre e che scorrendo arriva al mare. Infatti si inquina facilmente, ed anche come abbeveratoio per il bestiame vale poco. Lo stagno non ama la Vita. Ama la Morte. Per questo le mamme dei kamikaze gioiscono quando i loro figli muoiono, dicono Allah akbar-Dio è grande-Allah akbar. L'Occidente è un fiume, invece. E i fiumi sono corsi d'acqua viva. Acqua che defluisce continuamente e defluendo si depura, si rinnova, raccoglie altra acqua, arriva al mare, e pazienza se a volte straripa. Pazienza se con la sua forza a volte allaga. Il fiume ama la Vita. La ama con tutto il bene e tutto il male che essa contiene. La nutre, la protegge, la esalta, e per questo le nostre mamme piangono quando i loro figli muoiono. Per questo la Vita noi la cerchiamo ovunque, la troviamo ovunque. Anche nei deserti, anche nelle steppe, anche al di là della stratosfera, anche sulla Luna, anche su Marte. E se non ce la troviamo, ce la portiamo. In qualche modo ce la portiamo. No, non possiamo perdere. Però mentre me lo dico m'accorgo che tale ragionamento non nasce in realtà dalle fotografie fatte dalle sonde inviate su Marte. Non nasce dal nostro essere capaci d'andare nel cosmo, cercare la Vita, portare la Vita su un pianeta che a seconda delle orbite dista da noi cinquantasei o quattrocento milioni di chilometri. Nasce da ciò che ho visto la notte di Capodanno. Dai ridicoli cappellini arancioni, dai boccacceschi palloncini arancioni, dal giovanotto che malgrado il rischio d'un altro Undici Settembre chiedeva alla ragazza di sposarlo, dalla ragazza che rispondeva sì, dalla folla che in barba alla Morte strillava Alleluja-evviva-Alleluja. Many-children. Ed eccoci al punto.

Eccoci perché ciò che ho visto l'ho visto in Times Square. Non in Trafalgar Square o in place de la Concorde o in plaza Mayor o in Alexanderplatz o in Heldenplatz eccetera. Non in piazza San Pietro o in piazza San Marco o in piazza della Signoria o in piazza della Scala. E per spenger l'incendio l'America sola non basta. Non può bastare. L'America è forte, sì, e generosa. Così forte e generosa che negli ultimi sessant'anni di incendi ne ha già spenti due. Quello del nazifascismo e quello del comunismo. Ma quei due potevano esser spenti con gli eserciti o col ricatto degli eserciti. Coi cannoni, coi carri armati, con le bombe. Questo no. Perché, nonostante le stragi attraverso cui i figli di Allah ci insanguinano e si insanguinano da oltre trent'anni, la guerra che l'Islam ha dichiarato all'Occidente non è una guerra militare. È una guerra culturale. Una guerra, direbbe Tocqueville, che prima del nostro corpo vuol colpire la nostra anima. Il nostro sistema di vita, la nostra filosofia della Vita. Il nostro modo di pensare, di agire, di amare. La nostra libertà. Non farti trarre in inganno dai loro esplosivi. Sono una strategia e basta. I terroristi, i kamikaze, non ci ammazzano soltanto per il gusto d'ammazzarci. Ci ammazzano per piegarci. Per intimidirci, stancarci, scoraggiarci, ricattarci. Il loro scopo non è riempire i cimiteri. Non è distruggere i nostri grattacieli, le nostre Torri di Pisa, le nostre Tour Eiffel, le nostre cattedrali, i nostri David di Michelangelo. È distruggere la nostra anima, le nostre idee, i nostri sentimenti, i nostri sogni. È soggiogare di nuovo l'Occidente. E il vero volto dell'Occidente non è l'America: è l'Europa. Pur essendo figlia dell'Europa, erede dell'Europa, l'America non ha la fisionomia culturale dell'Europa. Il passato culturale dell'Europa, l'identità culturale dell'Europa, i lineamenti culturali dell'Europa. Pur essendo nata dall'Occidente, pur essendo l'altro volto dell'Occidente, l'America non è l'Occidente che l'Islam vuol soggiogare. Non è l'Occidente dove Solimano il Magnifico voleva fare la Repubblica Islamica d'Europa. Per spenger l'incendio, dunque, ci vuole anzitutto e soprattutto l'Europa. Ma come si fa a contare su un'Europa che è ormai Eurabia, che il nemico lo riceve col cappello in mano, lo mantiene, e addirittura gli offre il voto?!? Come si fa a fidarsi di un'Europa che al nemico s'è venduta e si vende come una sgualdrina, che i suoi figli li islamizza e li rincretinisce e li imbroglia fin dal momento in cui vanno all'asilo? Un'Europa, insomma, che non sa più ragionare?

Il declino dell'intelligenza è declino della Ragione. E tutto ciò che oggi accade in Europa, in Eurabia, ma soprattutto in Italia è declino della Ragione. Prima d'essere eticamente sbagliato è intellettualmente sbagliato. Contro Ragione. Illudersi che esista un Islam buono e un Islam cattivo ossia non capire che esiste un Islam e basta, che tutto l'Islam è uno stagno e che di questo passo finiamo con l'affogar dentro lo stagno, è contro Ragione. Non difendere il proprio territorio, la propria casa, i propri figli, la propria dignità, la propria essenza, è contro Ragione. Accettare passivamente le sciocche o ciniche menzogne che ci vengono somministrate come l'arsenico nella minestra è contro Ragione. Assuefarsi, rassegnarsi, arrendersi per viltà o per pigrizia è contro Ragione. Morire di sete e di solitudine in un deserto sul quale il Sole di Allah brilla al posto del Sol dell'Avvenir è contro Ragione. È contro Ragione anche sperare che l'incendio si spenga da sé grazie a un temporale o a un miracolo della Madonna. Quindi ascoltami bene, te ne prego. Ascoltami bene perché, l'ho già detto, io non scrivo per divertimento o per soldi. Scrivo per dovere. Un dovere che ormai mi costa la vita. E per dovere questa tragedia l'ho guardata bene, l'ho studiata bene. Negli ultimi due anni non mi sono occupata d'altro, per non occuparmi d'altro ho ignorato perfino me stessa. E mi piacerebbe morire pensando che tanto sacrificio è servito a qualcosa. Che non ho fatto come quel padre che spiega a suo figlio dov'è il Bene e dov'è il Male ma invece d'ascoltarlo il figlio conta le formiche poi sbadiglia: «E cento! Erano cento». Nel mio «Wake up, Occidente, sveglia Occidente» dicevo che abbiamo perso la passione, che bisogna ritrovare la forza della passione. E Dio sa se è vero. Per non assuefarsi, non rassegnarsi, non arrendersi, ci vuole passione. Per vivere ci vuole passione. Ma qui non si tratta di vivere e basta. Qui si tratta di sopravvivere. E per sopravvivere ci vuole la Ragione. Il raziocinio, il buonsenso, la Ragione. Così stavolta non mi appello alla rabbia, all'orgoglio, alla passione. Mi appello alla Ragione. E insieme a Mastro Cecco che di nuovo sale sul rogo acceso dall'irragionevolezza ti dico: bisogna ritrovare la Forza della Ragione.

Oriana Fallaci

Firenze, giugno 2003
New York, gennaio 2004

395

APPENDICE

Nota dell'Editore

La Forza della Ragione, il secondo volume che Oriana Fallaci dedica ai rapporti tra Occidente e Islam dopo il successo internazionale de *La Rabbia e l'Orgoglio* (Rizzoli 2001), è pubblicato nell'aprile 2004 con il marchio Rizzoli International – casa editrice americana di proprietà di RCS Libri, con sede a New York. Tra l'aprile e il settembre di quello stesso anno la sola versione originale in lingua italiana arriva a diciotto edizioni, con una tiratura complessiva di 775.000 copie. Nel dicembre 2004 il volume viene riproposto nel cofanetto della Trilogia che comprende anche *La Rabbia e l'Orgoglio* e il successivo *Oriana Fallaci intervista sé stessa-L'Apocalisse* (2004), aggiornati dall'autrice, e che supera a oggi le 200.000 copie.

Il seguito de *La Rabbia e l'Orgoglio* è molto atteso e molto richiesto dai lettori di tutto il mondo, incuranti della serie interminabile di polemiche che dividono e accendono intellettuali e politici. È tradotto in undici paesi e, come d'abitudine, la Fallaci cura personalmente la versione in lingua inglese, pubblicata sempre da Rizzoli International nel marzo 2006 col titolo *The Force of Reason*. Dopo anni di isolamento e di silenzio, passati a combattere il cancro e a dedicarsi al romanzo della sua famiglia (*Un cappello pieno di ciliege*, che uscirà postumo per Rizzoli nel 2008), Oriana è di nuovo in prima fila. Appassionata, decisa, incalzante, interpreta i difficili equilibri dello scacchiere internazionale, raccoglie e confronta materiali, ripercorre la propria storia di reporter dai punti caldi del pianeta, si documenta raggiungendo livelli di approfondimento e incisività sorprendenti. Dal settembre 2001 torna a firmare per il «Corriere della Sera»: i suoi articoli suscitano un enorme clamore, sono ripresi dalle maggiori testate straniere, scatenano la reazione del popolo di internet. È leggendaria la fedeltà della Fallaci alle sue macchine per scrivere Olivetti ed è noto che non si sarebbe neppure avvicinata, personalmente, a un computer, ma in quegli anni Oriana deve prendere atto della diffusione istantanea dei suoi testi e delle sue idee e confrontarsi con la quantità di messaggi di sostegno che le arrivano attraverso blog e siti a lei dedicati.

Ne *La Forza della Ragione* il lettore trova ampie citazioni (alle pp. 51 e seguenti) da un articolo della Fallaci pubblicato dal «Times» di Londra, che commenta l'intervento militare delle forze occidentali, voluto da Tony Blair e George Bush jr., nell'Iraq di Saddam Hussein. La versione originale completa, con il titolo «La rabbia, l'orgoglio e il dubbio», esce sul «Corriere della Sera» il 14 marzo 2003 e su «The Wall Street Journal», ed è riprodotta nelle pagine che seguono. Le scuse a Tony Blair, contenute nel medesimo articolo, compaiono anche negli aggiornamenti a *La Rabbia e l'Orgoglio* (Opere di Oriana Fallaci, BUR, settembre 2009, Nota dell'Autore, pp. 126-127). L'articolo «Wake up, Occidente, sveglia», 26 ottobre 2002, citato alle pp. 191 e seguenti del presente volume, è il testo della presentazione dell'edizione americana di *The Rage and the Pride* all'American Enterprise Institute di Washington D.C.; un ampio estratto figura nell'Appendice della citata edizione BUR de *La Rabbia e l'Orgoglio*.

Infine, una testimonianza inedita: nei giorni di Natale del

2005, quando è già molto malata, la Fallaci lavora senza sosta alla riscrittura della traduzione inglese de *La Forza della Ragione*, in contatto tra New York e Milano con il suo editor Carlo Brioschi. A conclusione di questa Appendice, il lettore troverà la riproduzione di due pagine autografe inviate via fax, con le indicazioni per la redazione; i testi in inglese per le alette della sovraccoperta, battuti a macchina dall'autrice e contenenti il riferimento all'Annie Taylor Award che le viene conferito nel novembre del 2005 a New York; e la bozza della pagina dell'esergo con la citazione di Virgilio, accompagnata dalla traduzione inglese stilata a mano da Oriana e da una sua richiesta: «Brioschi, please check. Mi pare giusto, ma non si sa mai. OF».

Oriana Fallaci
«La rabbia, l'orgoglio e il dubbio»
«Corriere della Sera», 14 marzo 2003

Per evitare il dilemma, risparmiarmi la dolorosa domanda «questa-guerra-deve-essere-fatta-o-no», per superare le riserve e le riluttanze e i dubbi che ancora mi straziano, spesso dico a me stessa: «Ah, se gli iracheni si liberassero da soli di Saddam Hussein! Ah, se qualche Ahmed o Abdul lo liquidasse e lo appendesse pei piedi in qualche piazza come nel 1945 gli italiani fecero con Mussolini!». Ma non serve. O serve in un senso e basta. Nel 1945, infatti, gli italiani si liberarono di Mussolini perché gli Alleati avevano occupato tre quarti dell'Italia. Quindi reso possibile l'insurrezione del Nord. In parole diverse, perché la guerra l'avevano fatta. Una guerra senza la quale Mussolini ce lo saremmo tenuti vita natural durante. (Hitler, lo stesso). Una guerra durante la quale gli Alleati ci avevano bombardato senza pietà ed eravamo morti come le mosche. Loro, idem. A Salerno, ad Anzio, a Cassino. Nell'avanzata verso Firenze, sulla Linea Gotica. La tremenda Linea Gotica che i tedeschi avevano opposto dal Tirreno all'Adriatico. In meno di due anni, 45.806 morti americani e 17.500 tra inglesi, canadesi, australiani, neozelandesi, sudafricani, indiani, brasiliani, polacchi. Nonché francesi che avevano scelto De Gaulle e italiani che avevano scelto la Quinta o l'Ottava Armata. (Sai quanti cimiteri di militari alleati ci sono in Italia? Oltre centotrenta. E i più grossi, i più affollati, sono proprio quelli americani.

Soltanto a Nettuno, 10.950 tombe. Soltanto a Falciani, presso Firenze, 5811... Ogni volta che ci passo davanti e vedo quel lago di croci, rabbrividisco di dolore e di gratitudine). C'era anche un Fronte di Liberazione Nazionale, in Italia. Una Resistenza che gli Alleati rifornivano di armi e di munizioni. Poiché malgrado la tenera età mi occupavo della faccenda, ricordo perfettamente il Dakota che sfidando la contraerea ce le paracadutava in Toscana. Per l'esattezza, sul Monte Giovi dove per farci localizzare accendevamo i fuochi e dove una notte paracadutarono anche un commando che aveva il compito di allestire una radio clandestina detta Radio Cora. Dieci simpaticissimi americani che parlavano ottimo italiano. E che tre mesi dopo furono catturati dalle SS, torturati in modo selvaggio, fucilati insieme alla partigiana Anna Maria Enriquez-Agnoletti. Così il dilemma rimane. Tormentoso, assillante.

* * *

Rimane per i motivi che mi accingo a esporre. E il primo motivo è che, contrariamente ai pacifisti che non berciano mai contro Saddam Hussein o Bin Laden e se la pigliano solo con Bush o con Blair, (ma nel corteo di Roma se la son presa pure con me, a quanto pare augurandomi di scoppiare in mille pezzi col prossimo shuttle), la guerra io la conosco. So bene che cosa significa vivere nel terrore, correre sotto le cannonate o le bombe da mille chili, veder morire la gente ed esplodere le case, crepare di fame, non aver nemmeno l'acqua da bere. E, peggio ancora, sentirsi responsabile per la morte di un altro essere umano. (Anche se quell'essere umano è un nemico, ad esempio un fascista o un soldato tedesco). Lo so perché appartengo, appunto, alla generazione della Seconda guerra mondiale. E perché gran parte della mia vita sono stata corrispondente di guerra. Non uno di quelli che stanno in albergo: uno di quelli che al fronte ci vanno davvero. Ergo, dal Vietnam in poi ho visto orrori che chi conosce la guerra soltanto attraverso la Tv o i film dove il sangue è salsa di pomodoro non immagina nemmeno. E la guerra la odio quanto i pacifisti in buona o cattiva fede non la odieranno mai. La odio tanto che ogni mio libro trabocca di quell'odio. La odio tanto che perfino i fucili da caccia mi danno fastidio e lo stupido schioppettare dei cacciatori estivi mi fa salire il sangue al cervello. Però non accetto il fariseo principio anzi slogan di coloro che dicono: «Tutte le guerre sono ingiuste, tutte le guerre sono illegittime». La guerra contro Hitler e Mussolini era una guerra giusta, perbacco. Una guerra legittima. Anzi, doverosa. Le guerre risorgimentali che i miei nonni fecero nell'Ottocento per cacciare lo straniero invasore erano guerre giuste, perbacco. Guerre legittime. Anzi, doverose. E la Guerra d'Indipendenza che i coloni americani fecero contro l'Inghilterra, lo stesso. Le guerre (o le rivoluzioni) che avvengono per ritrovare la dignità, la libertà, idem. Io non credo nelle disinvolte assoluzioni, nelle comode pacificazioni, nel perdono facile. E ancor meno credo nello sfruttamento della parola Pace, nel ricatto della parola Pace. Quando in nome della pace si cede alla prepotenza, alla violenza, alla tirannia, quando in nome della pace ci si rassegna alla paura, si rinuncia alla dignità e alla libertà, la pace non è più pace. È suicidio. Il secondo motivo è che, se giusta come spero e legittima come mi auguro, questa guerra non dovrebbe svolgersi ora. Avrebbe dovuto svolgersi un anno fa. Vale a dire quando le rovine delle Due Torri erano fumanti, e tutto il mondo civile si sentiva americano. Se si fosse svolta allora, oggi i simpatizzanti di Bin Laden e di Saddam Hussein non riempirebbero le piazze col loro pacifismo a senso unico. Le star di

Hollywood non si esibirebbero nel ruolo (per loro grottesco) di capi-popolo. E l'ambigua Turchia che sta rimettendo il velo alle donne non rifiuterebbe il passaggio ai Marines diretti al fronte del Nord. Nonostante le cicale europee che insieme ai palestinesi ghignavano «Bene-agli-americani-gli-sta-bene», un anno fa nessuno negava che gli Stati Uniti avessero sofferto una seconda Pearl Harbor e che di conseguenza gli spettasse il diritto di reagire. Meglio: se giusta come spero, legittima come mi auguro, questa è una guerra che avrebbe dovuto svolgersi ancor prima. Cioè quando Clinton era presidente e le piccole Pearl Harbor scoppiavano nel resto del mondo. In Somalia, ad esempio, dove i Marines in missione di pace venivano trucidati e mutilati poi dati in pasto alla folla impazzita. In Kenya, nello Yemen, e via dicendo. L'Undici Settembre non è stato che la brutale conferma d'una realtà ormai fossilizzata. L'indiscutibile diagnosi del medico che ti sventola sul naso la radiografia e senza complimenti dice: «Caro signore, cara signora, Lei ha davvero il cancro». Se Clinton avesse speso meno tempo con le ragazze prosperose, se avesse usato in modo più responsabile la Stanza Ovale, forse l'Undici Settembre non sarebbe avvenuto. È inutile aggiungere che, ancor meno, l'Undici Settembre sarebbe avvenuto se George Bush Senior avesse eliminato Saddam Hussein con la Guerra del Golfo. Rammenti? Nel 1991 l'esercito iracheno si sgonfiò come un pallone bucato. Si disintegrò così velocemente che perfino io catturai quattro dei suoi soldati. Stavo dietro una duna del deserto saudita, sola sola e indifesa, quando quattro scheletri scalzi e laceri vennero verso di me con le braccia alzate. «Bush!» bisbigliarono in tono supplichevole. «Bush!» Parola che per loro significava: «Ho tanta fame, tanta sete. Fammi prigioniero, per carità». Io li presi, li consegnai al tenente in carica, e invece di congratularsi questo brontolò:

«Uffa! ne abbiamo già cinquantamila. Glielo dà lei da mangiare e da bere?». Eppure gli americani non raggiunsero Bagdad. George Bush Senior non lo rimosse, Saddam. («Il-mandato-delle-Nazioni-Unite-era-liberare-il-Kuwait-e-basta»). E, per ringraziarlo, Saddam tentò di farlo assassinare. Infatti a volte mi chiedo se questa guerra tardiva non sia anche una rappresaglia pazientemente attesa. Una promessa filiale, una vendetta da tragedia shakespeariana anzi greca.

* * *

Il terzo motivo è il modo sbagliato in cui l'ipotetica promessa al babbo s'è realizzata. Chi oserebbe confutarlo? Dall'Undici Settembre agli inizi dello scorso autunno tutta l'enfasi si concentrò su Bin Laden, su Al Qaida, sull'Afghanistan. Saddam Hussein e l'Iraq furono praticamente ignorati. E solo quando diventò chiaro che Bin Laden godeva un'eccellente salute perché l'impegno di prenderlo vivo o morto era fallito, Bush e Powell si ricordarono del suo rivale. Ci dissero che Saddam Hussein era cattivo, che tagliava la lingua e gli orecchi agli avversari, che uccideva i loro bambini dinanzi ai loro occhi. (Vero). Che decapitava le prostitute poi esibiva in piazza le loro teste. (Vero). Che le sue prigioni straripavano di detenuti politici chiusi in celle piccole come bare, che gli esperimenti chimici e biologici li eseguiva con particolare diletto su tali vittime. (Vero). Che aveva legami con Al Qaida e finanziava il terrorismo, premiava le famiglie dei kamikaze palestinesi con 25.000 dollari a famiglia. (Vero). Infine, che non aveva mai rinunciato al suo arsenale di armi letali sicché le Nazioni Unite dovevano rimandare gli ispettori in Iraq. D'accordo, ma siamo seri: se negli anni Trenta l'inefficiente Lega delle Nazioni avesse mandato i suoi ispettori in Germania, credi che Hitler gli avrebbe mostrato Peenemünde dove

Von Braun fabbricava i V1 e i V2 per polverizzare Londra? Malgrado ciò, la commedia degli ispettori venne riesumata e con tale intensità che il ruolo di primadonna è passato da Bin Laden a Saddam Hussein. E nemmeno l'arresto di Khalid Muhammed, l'architetto dell'Undici Settembre, ha sollevato un congruo giubilo. La notizia che Bin Laden sia stato localizzato nel Pakistan settentrionale e rischi di fare la medesima fine, lo stesso. Una commedia inzuppata di miserie, oltretutto. Di vili doppi giochi anzi complicità da parte degli ispettori. Di strategie sconsiderate da parte di Bush che tenendo il piede in due staffe chiedeva al Consiglio di Sicurezza il permesso di muover guerra e contemporaneamente inviava le truppe ai confini con l'Iraq. In meno di due mesi, un quarto di milione di truppe. Con quelle inglesi e australiane, oltre trecentomila. E questo senza capire che i nemici dell'America (ma dovrei dire dell'Occidente) non stanno solo a Bagdad. Stanno anche in Europa, signor Bush. Stanno a Parigi dove il mellifluo Chirac se ne frega della pace ma sogna di soddisfare la sua vanità col Prix Nobel de la Paix. Dove nessuno ha voglia di rimuovere Saddam perché Saddam è il petrolio che le compagnie petrolifere francesi pompano dal suo Iraq. E dove, dimenticando il piccolo neo chiamato Pétain, la Francia insegue la napoleonica pretesa di dominare l'Unione Europea. Assumerne l'egemonia. Stanno a Berlino dove il partito del mediocre Schröder ha vinto le elezioni paragonandoLa al loro Hitler. Dove le bandiere americane vengono insozzate con la svastica simbolo della Germania nazista. E dove, nel miraggio di sostener nuovamente la parte dei padroni, i tedeschi vanno a braccetto coi francesi. Stanno a Roma dove i comunisti sono usciti dalla porta per rientrare dalla finestra come gli uccelli dell'omonimo film di Hitchcock. Dove i preti cattolici sono più bolscevichi di loro. E dove affliggendo il prossimo col suo ecumenismo, il suo terzomondismo, il suo fondamentalismo, Karol Wojtyla riceve Aziz come se fosse una colomba col ramoscello d'olivo in bocca o un martire in procinto d'esser divorato dai leoni del Colosseo. (Poi lo manda ad Assisi dove i frati lo scortano fino alla tomba di san Francesco, povero san Francesco). Negli altri paesi europei, idem o giù di lì. Non L'hanno ancora informata i Suoi ambasciatori? In Europa i nemici degli Stati Uniti stanno dappertutto, signor Bush. Ciò che Lei chiama garbatamente «differenze-d'opinione» è odio puro. Un odio simile a quello che l'Unione Sovietica esibiva fino alla Caduta del Muro. Il loro pacifismo è sinonimo di antiamericanismo e, accompagnato da una cupa rinascita di antisemitismo, trionfa quanto in Islam. Sa perché? Perché l'Europa non è più l'Europa. È diventata una provincia dell'Islam come la Spagna e il Portogallo al tempo dei Mori. Ospita sedici milioni di immigrati mussulmani, cioè il triplo di quelli che stanno in America. (E l'America è tre volte più grande dell'Europa). Rigurgita di mullah, di ayatollah, di imam, di moschee, di turbanti, di barbe, di burqa, di chador, e guai a protestare. Nasconde migliaia di terroristi che i nostri governi non riescono né a controllare né a identificare. Ergo la gente ha paura e sventolando la bandiera del pacifismo, pacifismo-uguale-antiamericanismo, si sente protetta. Quasi ciò non bastasse, l'Europa li ha dimenticati i 221.484 americani morti per lei nella Seconda guerra mondiale... Dei loro cimiteri in Normandia, nelle Ardenne, nei Vosgi, nella vallata del Reno, in Belgio, in Olanda, in Lussemburgo, in Lorena, in Danimarca, in Italia, non gliene importa un bel nulla. Anziché gratitudine l'Europa prova invidia, gelosia, livore e nessuna nazione europea appoggerà questa guerra, signor Bush. Nemmeno quelle veramente alleate come la Spagna o rette da tipi che come Berlusconi La chiamano «il mio amico George». In Europa Lei ha un amico e basta, un alleato e basta: Tony Blair. Però anche Blair regge un paese invaso dai Mori e verso gli Stati Uniti pieno di invidia, gelosia, livore. Persino il suo partito lo rimbecca, lo osteggia. E a proposito: devo chiederLe scusa, signor Blair. Devo in quanto nel mio libro *La Rabbia e l'Orgoglio* sono stata ingiusta con Lei. Sviata dal Suo eccesso di cortesia nei riguardi della cultura islamica ho scritto che era una cicala tra le cicale, che il Suo coraggio non sarebbe durato a lungo, che appena non fosse più servito alla Sua carriera politica lo avrebbe messo da parte. Invece quella carriera politica la sta sacrificando alle proprie convinzioni. Con coerenza impeccabile. Davvero mi scuso e ritiro anche la brutta frase che aggravava l'ingiustizia: «Se la nostra cultura ha lo stesso valore d'una cultura che costringe a portare il burqa, perché passa le vacanze nella mia Toscana e non in Arabia Saudita o in Afghanistan?». E Le dico: «Ci venga quando vuole. La mia Toscana è la Sua Toscana, e la mia casa è la Sua casa. My home is your home».

* * *

Il motivo finale del mio dilemma sta nei termini con cui Bush e Blair e i loro consiglieri definiscono questa guerra. «Una guerra di liberazione, una guerra umanitaria per portare la libertà e la democrazia in Iraq.» Eh no, cari signori, no. L'umanitarismo non ha niente a che fare con le guerre. Tutte le guerre, anche quelle giuste, anche quelle legittime, sono morte e sfacelo e atrocità e lacrime. E questa non è una guerra di liberazione. (Non è neanche una guerra di petrolio, sia chiaro, come molti sostengono. Contrariamente ai francesi, gli americani non hanno bisogno del petrolio iracheno). È una guerra politica. Una guerra fatta a sangue freddo per rispondere alla Guerra Santa che i nemici dell'Occidente hanno dichiarato l'Undici Settembre. È una guerra profilattica. Un vaccino come il vaccino contro la poliomelite e il vaiolo, un intervento chirurgico che s'abbatte su Saddam Hussein perché tra i vari focolai di cancro Saddam Hussein appare il più ovvio. Il più evidente, il più pericoloso. Inoltre Saddam costituisce l'ostacolo, (pensano Bush e Blair e i loro consiglieri), che una volta rimosso gli permetterà di ridisegnare la mappa del Medio Oriente. Insomma far quello che gli inglesi e i francesi fecero dopo il crollo dell'Impero Ottomano. Ridisegnarla e diffondere una Pax Romana, pardon, una Pax Americana dove regni la Libertà e la Democrazia. Dove nessuno dia più fastidio con gli attentati e le stragi. Dove tutti possano prosperare, vivere felici e contenti. Sciocchezze. La libertà non può essere data in regalo come un pezzo di cioccolata, e la democrazia non può essere imposta con gli eserciti. Come diceva mio padre quando invitava gli antifascisti a entrare nella Resistenza, e come dico io quando parlo con coloro che credono onestamente nella Pax Americana, la libertà bisogna conquistarcela da soli. La democrazia nasce dalla civiltà, e in entrambi i casi bisogna sapere di cosa si tratta. La Seconda guerra mondiale fu una guerra di liberazione non perché regalò all'Europa i due pezzi di cioccolata cioè due novità chiamate Libertà e Democrazia, ma perché le ristabilì. E le ristabilì perché gli europei le avevano perdute con Hitler e Mussolini. Perché le conoscevano bene, sapevano di che si tratta. I giapponesi no. Ne convengo. Per i giapponesi i due pezzi di cioccolata furono un regalo che li rimborsava, oltretutto, di Hiroshima e Nagasaki. Però il Giappone aveva già iniziato la sua marcia verso il progresso, e non apparteneva al mondo che ne *La Rabbia e l'Orgoglio* chiamo la Montagna. Una montagna che da millequattrocento anni non si muove, non cambia, non emerge dagli abissi della sua cecità. Insomma, l'Islam. I moderni concetti di libertà e di democrazia sono del tutto estranei al tessuto ideologico dell'Islam, del tutto opposti al dispotismo e alla tirannia dei suoi Stati teocratici. In quel tessuto ideologico è Dio che comanda, è Dio che decide il destino degli uomini, e di quel Dio gli uomini non sono figli bensì sudditi, schiavi. Insciallah-Come-Dio-Vuole-Insciallah. Ergo nel Corano non v'è posto per il libero arbitrio, per la scelta, cioè per la libertà. Non v'è posto per un regime che almeno giuridicamente è basato sull'uguaglianza, sul voto, sul suffragio universale, cioè per la democrazia. Infatti quei due moderni concetti i mussulmani non li capiscono. Li rifiutano e invadendoci, conquistandoci, vogliono cancellarli anche dalla nostra vita.

* * *

Sorretti dal loro caparbio ottimismo, lo stesso ottimismo con cui a Fort Alamo combatterono con tanto eroismo e finirono tutti massacrati dal generale Santa Anna, gli americani sono certi che a Bagdad verranno accolti come a Roma e a Firenze e a Parigi. «Ci applaudiranno, ci getteranno fiori» mi ha detto tutto contento una testa d'uovo di Washington. Forse. A Bagdad può succedere di tutto. Ma dopo? Che succederà dopo? Oltre due terzi degli iracheni che nelle ultime "elezioni" hanno dato il cento per cento dei voti a Saddam sono sciiti che da sempre vagheggiano di stabilire la Repubblica islamica dell'Iraq. E negli anni Ottanta anche i sovietici vennero accolti bene a Kabul. Anche i sovietici imposero la loro pax con l'esercito. Convinsero addirittura le donne a togliersi il burqa: rammenti? Però dieci anni dopo dovettero andarsene, cedere il passo ai Talebani. Domanda: e se, invece di scoprire la libertà, l'Iraq diventasse un secondo Afghanistan? E se, invece di imparare la democrazia, l'intero Medio Oriente saltasse in aria o il cancro si moltiplicasse?

Di paese in paese, con una specie di reazione a catena... Da occidentale fiera della sua civiltà e quindi decisa a difenderla fino all'ultimo fiato, senza riserve dovrei in tal caso unirmi a Bush e a Blair asserragliati dentro una nuova Fort Alamo. Senza riluttanze dovrei in tal caso combattere e morire con loro. Il che è l'unica cosa sulla quale non ho il minimo dubbio.

THE FORCE OF REASON

DOCUMENTI ORIGINALI

Nelle pagine che seguono, le indicazioni per la redazione scritte a mano da Oriana Fallaci e inviate via fax il 26 dicembre 2005 al suo editor Carlo Brioschi; i testi per la sovraccoperta, battuti a macchina direttamente in lingua inglese dalla stessa Fallaci; una pagina di bozze, con le correzioni e i commenti autografi.

Oriana Fallaci

31 West 57th Street
4th Floor
New York. NY 10019

RCS Rizzoli Corporation
New York

37 pages
more this one

per CARLO BRIOSCHI

New York, Monday 26 December 2005

Briosdi,

ecco le pagine che mi ha mandato — Mancano solo i risvolti di copertina che non vanno bene. Contengono anche errori banali. Glieli farò avere domani mattina quindi nel suo primo pomeriggio.

Ho lavorato ininterrottamente il giorno prima di Natale e il giorno di Natale, senza muovermi mai. Che tale sforzo fu cui alla fine mi sono sentita e mi sento assai male non sia reso vano da altrui incurie o pigrizie o perdita di tempo prezioso.... Controlli anche gli sfondoni tipografici come oñ invece di OF e TIME invece di TRUE. (Mia frase sul Papa).

Alcune pagine, calcolo 5 o 6, le voglio rivedere. Me le mandi fu fax é poi le vedremo insieme a telefono.

Grazie

OF.

| Oriana Fallaci | 31 West 57th Street
4th Floor
New York, NY 10019

RCS Rizzoli Corporation
New York

3 pages
with this

Per carlo BRIOSCHI - N.Y. lunedì sera

Caro Brioschi, ecco i risvolti di
copertina. Li ho rifatti. Non andavano
bene. Credo che nel primo le righe
corrispondano. Forse sono una o due
di' meno. (Non riesco a contarle, non
ci vedo più, si sovrappongono, e ogni
volta mi sbaglio). Se sono troppo lunghe
non so. Nel secondo (risvolto) sono un
pò di più. C'era spazio. E spero che
il testo non sia troppo. ~~troppo~~. Controlli
e mi chiami. Ma sarà dura. Posso ancora
scrivere a mano, come qui, lentissimamente,
ma a macchina è diventato un martirio.
Mi ci è voluto un giorno intero, oggi.
Chiami. Grazie.   OF.

The genesis of The Force of the Reason
is as stunning as its proliferation.
This time in fact Oriana Fallaci
only wanted to write a post-scriptum
for The Rage and the Pride: in Italy
over one million copies sold at once
and in the other countries of Europe
a well-known bestseller. But when
she concluded the work she realized
to have written another book frm which
still another book would be born to
compose her Trilegy on Islam and the West.

The Force of the Reason beging with
the execution of Mastro Cecco, a scholar
who in 1328 was burnt alive for heresy
by the Inquisition because of his books,
and ends with the equally heretic Fallaci
who seven centuries later is burnt
like him in an imaginary auto-da-fè.
Between the first and the second stake,
a rigorous analysis of what she calls
the Arson of Troy. Meaning of an Europe
who in her view is no longer Europe,
it's an Islamic colony named Eurabia.

The analysis proceeds through historical
and political and moral topics, as usual
facing issues that nobody dares to face,
and readers will find in it a fountain
of ideas expressed also through her case.
(Startling the pages about the abuses and
the life-threats she bears for her opinions.
Unforgettable the chapter where Fallaci
defines herself as a Christian-atheist.
Extraordinary the maturity of thought
the impeccable logic often accompanied by
an irresistible sense of humour). And
above all the courage, the noble heart
of a woman who does not accepet fear.

(continuing on the other flap)

(1)

This American edition also contains
the harsh speech that Fallaci recently
gave in New York when she received
the "Annie Taylor award" from the
Center for the Study of Popular Culture.
"No person alive deserves it as much as
she does" said the motivation. "She has
become the symbol of Resistance to
Islamo-fascism, a warrior in the cause
of human freedom, and her ferocious
determination inspires all of us.
We honour her heroism, her valor"".

ORIANA FALLACI is Italian and was born
in Florence. In confering her the
honorary degree in Letters, the Chicago
Columbia College's Dean called her
"one of the most read and loved writers
in the world". The author of famous novels,
she is renowned for her political journalism
and for her war-correspondent work too.
In 1968 she was heavily wounded at Mexico
City in the massacre of Thatelolco Square
and for many years she has covered
the major conflicts of our times. From
the war in Vietnam to those in the Middle
East and the uprisings in Latin America.
She also is an expert on Islam.

Barbari! sono un po' accecata ho quello Virgilio. Forse correttore belle questa un un renitore di persona che coverte davvero l'inglese. BF.

« They are flooding all over the city now buried into torpor and sleep and wine, the invaders. And meanwhile, through its open gates, others trudge to join their henchmen's platoons ».

Rispetta! Please Chief. Ali per push un vou si in mai. BF —

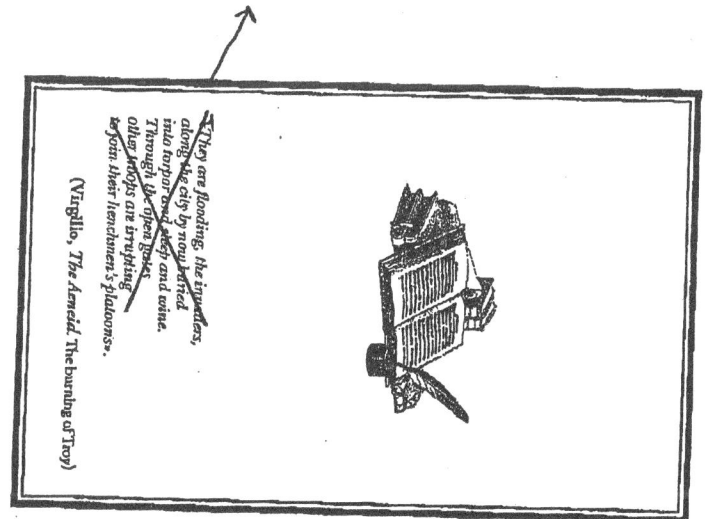

3

Indice

LA RABBIA E L'ORGOGLIO

LA FORZA DELLA RAGIONE

Finito di stampare nel mese di agosto 2016
presso Elcograf S.p.A Stabilimento – Cles (TN)

Printed in Italy

Rizzoli
L I B R I

ISBN 978-88-17-09162-6